문학 교과서 작품 읽기

수필·극 필수편

문학 교과서 작품 읽기: 수필·극 필수편

초판 1쇄 발행 • 2011년 12월 10일

엮은이 • 오세호 이승희 정지영
펴낸이 • 고세현
책임편집 • 유용민
펴낸곳 • (주)창비
등록 • 1986년 8월 5일 제85호
주소 • 413-756 경기도 파주시 교하읍 문발리 513-11
전화 • 031-955-3333
팩시밀리 • 영업 031-955-3399 편집 031-955-3400
홈페이지 • www.changbi.com
전자우편 • cbtext@changbi.com

ⓒ (주)창비 2011
ISBN 978-89-364-5829-4 43810
ISBN 978-89-364-5985-7 (전10권)

수필
극
필수편

문학 교과서
작품 읽기

오세호·이승희·정지영 엮음

창비

'문학 교과서 작품 읽기'를 펴내며

우리나라 국어 교육은 우리말의 정확한 사용을 통한 말하기, 듣기, 쓰기, 읽기 능력의 신장을 목표로 합니다. 고등학교 '문학' 과목은 이러한 기본적인 언어 능력을 토대로, 우리말을 예술적으로 표현하고 그렇게 표현된 것을 감상하는 능력을 기르기 위한 것입니다. 언어가 상호 의사소통을 위한 것이듯, 문학 또한 작가와 독자 사이의 의사소통을 전제로 합니다. 작가는 자신의 사상과 감정을 언어로 조직하여 작품을 생산하고, 독자는 그러한 작품을 이해하고 감상하여 자신의 삶으로 수용하는 것이지요. 문학 작품은 작가의 손을 떠나는 순간, 시간과 공간을 달리하는 독자들의 삶 속으로 들어가 스스로의 생명력을 갖게 됩니다. 그러나 안타깝게도 오늘날 여러분과 문학 작품 사이에는 참고서와 문제집이라는 엄청난 장벽이 자리 잡고 있습니다. 그러한 장벽을 허물고 여러분 스스로 살아 있는 문학 작품과 생생한 대화를 나눌 수 있는 방법은 없을까요? '문학 교과서 작품 읽기' 시리즈는 이러한 문제의식에서 출발하였습니다.

'2009 개정 교육 과정'에 따른 고등학교 검정 『문학』 교과서는 총 14종입니다. 이 교과서에는 개성 있고 권위 있는 집필진이 엄선한 한국 문학의 정수(精髓)가 망라되어 있지요. 여러분은 그중에서 자신의 학교가 선택한 하나의 교과서를 공부하게 됩니다. 하지만 좀 더 다양하고 폭넓은 문학 작품을 감상하기 위해서는 한 권의 교과서만으로는 부족하겠지요. '문학 교과서 작품 읽기' 시리즈는 14종 문학 교과서에 실린 다양한 작품들을 대상으로, 학생 스스로 문학과 풍요로운 대화를 나눌 수 있는 장을 마련해 주고자 기획되었습니다. 이 시리즈에는 시, 소설, 수필, 극, 고전 등 한국 문학의 모든 장르가 망라되어 있습니다. 학교 현장에서 문학 교육을 담당하는 선생님들이 14종 교과서에 중복해서 실린 작품, 문학사적인 평가와 예술적 완성도가 높은 작품, 젊은 작가들의 참신한 작품 등을 엄선해 실었습니다. 이 과정에서 전국 200여 선생님이 추천해 준 작품들을 주목해서 살펴보았습니다. 그리고 '국어 교과서 작품 읽기: 고등' 시리즈에 실린 작품은 제외하는 것을 원칙으로 삼았습니다.

작품 선정 못지않게 시리즈의 구성에도 각별히 공을 들였습니다. 문학의 기초를 다지고 감상 능력을 키우는 일이 수능 준비와 연결될 수 있도록 구성한 것입니다. 2014 수능 개편안에 따르면 언어 영역이 '국어 A'와 '국어 B'로 나뉘어 수험생은 그중 하나를 선택할 수 있게 됩니다. 이에 맞춰 '문학 교과서 작품 읽기' 시리즈도 '필수편'과 '심화편'으로 구성하여 문학의 기초 학습과 심화 학습을 겸할 수 있게 했습니다. 필수편에서는 장르별로 기본 개념을 쉽게 설명한 뒤에 거기에 적합한 작품을 제시하여 체계적인 학습과 감상이 이루어지도록 했습니다. 심화편에서는 작품을 주제별로 엮어 문학과 우리의 삶이 연계되도록 하고 문학의 현재적 가치를 심층적으로 이해할 수 있도록 했습니다. 그리고 모든 작품에 도움글('작품 이해')과 독후 활동을 넣어 혼자서도 충분히 즐거운 문학 여행을 떠날 수 있도록 도왔습니다. 전체적으로 '개념 이해→작품 읽기→작품 이해→활동'으로 구성하고, 갈래별 특성에 맞춰 세부적으로 정교하게 설계했습니다.

여러분은 어쩔 수 없이 수능이라는 현실적인 목표를 머리에 두고 문학 작품에 다가가겠지요. 하지만 작품과 마주하는 순간 문학은 그러한 목적을 넘어서는 즐거움과 매혹을 선사할 것입니다. 문학이 선사하는 삶에 대한 성찰과 우리말의 아름다움에 빠져들어 여러분의 마음이 열릴 때, 오히려 다른 현실적인 목적들은 손쉽게 해결될지도 모릅니다. 소설 속 주인공, 시의 화자, 수필 속 진솔한 인간, 고전 작품의 옛사람들은 지금 여기의 우리에게 간절한 말을 건네고 있습니다. 여러분이 그 말에 귀 기울이고 답할 수 있는 힘을 기르기를 바라는 마음으로 이 시리즈를 엮어 냅니다.

요즘 사람들은 시간 날 때마다 트위터나 페이스북, 미투데이 같은 곳에 일상에 대한 자신의 생각, 삶에서 만나는 대상에 대한 소소한 느낌을 가볍게 써서 올립니다. 사람들이 자신을 표현하려는 욕구를 펼칠 기회가 더 많아진 셈이지요. 이러한 일상적 자기표현이 체계적으로 형상화되면 '수필'이 앞으로 더 발전할 수 있으리라 생각됩니다. 한편 특정 영화나 텔레비전 드라마가 사회적 이슈가 되면서 사람들의 생활 전반에 영향을 주기도 합니다. 영화나 드라마 등의 '극(劇)'은 우리 주변에서 일어나는 갈등을 형상화합니다. 현실의 다툼과 화해의 과정이 생생하게 표현되기 때문에 사람들의 관심과 흥미를 끄는 장르입니다.

『문학 교과서 작품 읽기: 수필·극』에는 이렇게 일상 속에서 친밀하게 접할 수 있는 수필과 극 작품을 묶었습니다. 14종『문학』교과서에 수록된 작품 중 수필 45편과 극 12편을 가려 뽑아 '필수편'과 '심화편'으로 나누었습니다.

'필수편'은 수필과 극을 따로 한 부씩 구성했습니다. 수필은 '형식과 표현', '발견과 성찰', 극은 '구성과 무대', '대사와 행동' 등 각 갈래의 핵심 요소를 중심으로 구성했습니다. 각 부는 도입 글에서 기초적인 개념을 개괄적으로 설명하고, 각 갈래의 핵심적인 개념과 특성을 알기 쉽게 설명하였습니다. 이어서 각 개념들을 익힐 수 있는 다양한 성격의 수필과 극을 제시하고, 작품의 이해를 돕는 간략한 글을 붙였습니다. 그런 후에 작품의 내용과 각 부의 학습 요소들을 익힐 수 있도록 '활동'을 제시했습니다. 그 밖에 각 장의 개념과 연관 지어 관심 있게 더 읽어 볼 작품을 '엮어 읽기' 꼭지에 실었습니다.

'심화편'은 수필과 극을 나누지 않고 다섯 개의 주제로 분류하여 삶과 연계하여 공부할 수 있도록 구성했습니다. '나(개인)→우리(공동체)→인생'으로 이어지도록 배치하고 '과거와 현재의 대화', '말과 예술의 세계'를 다룬 작품을 추가했습니다. 각 부는 이런 주제를 작품을 통해 생각해 보고 여러분 자신의 삶에 적용해 볼 수 있도록 했습니다.

이 책을 통해 여러분이 수필과 극 문학에 더욱 친밀해지길 기대해 봅니다. 작품을 읽으며 자신과 공동체, 인생, 예술 등의 의미를 생각해 보고, 삶의 여러 상황을 간접 경험하여 자신의 삶을 가꾸는 데 필요한 자양분을 얻기 바랍니다.

2011년 11월
오세호 이승희 정지영

문학 교과서 작품 읽기

수필·극 필수편

일러두기

1. 14종 검정 교과서 『문학』(I, II)에 수록된 수필과 극을 엄선하여 함께 엮었습니다. 수필은 총 45편을 뽑아 필수편에 19편, 심화편에 26편을 수록하고, 극은 총 12편(1편은 교과서 밖)을 뽑아 필수편에 7편, 심화편에 5편을 수록했습니다.

2. 단행본이나 전집에 수록된 작품을 원본으로 삼아 전문 수록을 원칙으로 했습니다. 단, 수필에서 곽재구, 이양지, 정민 글, 극에서 유치진, 이창동 작품은 분량 문제로 부분 수록했습니다.

3. 표기는 원문을 충실히 따르는 것을 원칙으로 하되 맞춤법과 띄어쓰기는 최대한 현행 표기법에 따랐습니다.

4. 한자는 모두 한글로 바꾸고 필요한 경우에만 괄호 안에 넣었습니다.

5. 본문 아래쪽에 낱말 풀이를 달았습니다.

1부

수필

수필이란 무엇인가?

"얼굴을 가리운 나의 신부여!"

김춘수 시인의 「꽃을 위한 서시」의 한 구절입니다. 아리따운 신부 얼굴을 보고 싶은데, 면사포에 가려 있으니 얼마나 답답할까요? 꽃의 참모습에 다가가지 못하는 안타까움을 우회적으로 표현한 시구이지요. 수필의 아름다운 얼굴을 간단명료하게 설명하는 것 또한 쉽지 않습니다. 수필의 형태가 다양하여 한마디로 정의하기 어렵기 때문이지요.

일반적으로 수필은 자유로운 형식과 개성적인 문체로 사상과 감정을 표현한 산문 문학의 형식이라고 말합니다. 그런데 이 정도의 설명으로는 부족한 느낌이 들지요? 수필의 역사와 특징을 좀 더 알아보면 수필의 성격이 조금은 이해가 될 것입니다.

동양에서 수필(隨筆)이란 말을 맨 처음 쓴 사람은 12세기 중국의 홍매(洪邁)라는 사람입니다. 그가 쓴 『용재수필(容齋隨筆)』 서문에서 "나는 습성이 게을러서 책을 많이 읽지는 못하였으나, 뜻하는 바를 따라 앞뒤를 가리지 않고 써 두었으므로 수필이라고 한다."라고 한 것이 수필 역사의 시작이지요. 서양에서는 수필과 같은 글을 '에세이(essay)'라고 하는데, '시도' 또는 '시험'의 뜻을 가진 프랑스어 '에세(essai)'에서 온 말입니다. 16세기 프랑스의 철학자 몽테뉴가 자신이나 집안의 사삿일을 솔직하게 쓴 『수상록(Les Essais)』에서 처음 사용하였고, 그 영향을 받은 영국의 철학자 베이컨이 사회적 문제를 다룬 『수필집(The Essays)』에서 '에세이'라는 용어가 확립되었다고 합니다. 홍매는 수필을 자유롭게 썼다는 말을 하고 있고, 몽테뉴는

에세이를 명상적이며 주관적이라고 생각했습니다. 베이컨은 에세이에 대해 지적이며 사상적이라고 생각했답니다. 이로 볼 때 수필과 에세이는 형태적으로 자유롭다는 공통점이 있으며, 사적인 이야기나 사회적 관심사를 쓴 글이라고 할 수 있겠네요.

　이제 수필의 주요 특징을 살펴볼까요? 수필은 시나 소설처럼 형식에 맞추어 제재를 다루지 않으며 붓을 들어 자유롭게 자신의 생각을 표현한다는 특징이 있는데, 이를 흔히 '무형식의 문학'이라고 말합니다. 또한 다른 갈래에 비해 수필은 무엇이나 제재로 취할 수 있고, 개인의 마음을 잘 드러내는 개성적 문학으로서 단순한 생활의 기록이나 객관적 진술이 아닌 지성과 감성을 바탕으로 한 비평 정신이 깃든 문학입니다. 기법이나 문체에서 나타나는 심미적 예술성과 사상·사회·생활 등과 관련된 철학적 사상성도 지니고 있습니다.

　수필의 역사와 특징을 살펴보니 수필의 얼굴이 보이기 시작했나요? 수필은 시나 소설보다 이해하기가 쉽습니다. 문학을 난해한 것이라고 생각한다면 먼저 수필부터 감상하는 것이 문학에 쉽게 다가갈 수 있는 방법일 것입니다. 그러니까 여기서 멈출 수는 없겠지요. 자, 이제부터 직접 작품을 읽어 보면서 면사포 속에 있는 수필이라는 신부의 얼굴이 얼마나 어여쁜가 확인해 봅시다.

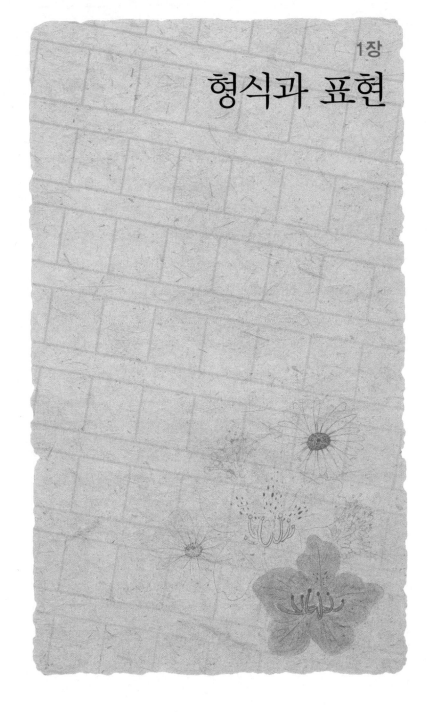

1장

형식과 표현

형식과 표현에 대하여

앞에서 수필을 '무형식의 문학'이라고 하였지요. '무형식'을 강조하여 수필의 형식을 이야기하다 보면 아무렇게나 써도 좋다는 말로 들릴 수 있습니다. 하지만 형식이 아예 없다는 것이 아니라 형식에 구애됨 없이 자유롭게 쓸 수 있다는 말이지요. 어떤 내용과 주제든지 그 나름의 형식과 표현으로 쓰인 독창적이고 개성적인 글이면 좋은 수필입니다. 형식이 없다고 했다가 있다고 하니 어리둥절할지도 모르겠습니다.

수필은 일기, 서간, 기행문에서 논평, 시평에 이르기까지 형식이 다양합니다. 즉 작가의 생각과 느낌을 나타내기에 적합한 형식과 표현을 자유롭게 채택하는 글쓰기가 수필이라고 볼 수 있습니다.

수필에는 다양한 종류가 있는데, 많이 거론되는 분류 기준은 진술 방식에 따른 것입니다. 수필을 진술 방식에 따라 분류하면 서정적 수필, 서사적 수필, 극적 수필, 교훈적 수필로 나눌 수 있어요. 수필을 내용에 따라 분류하면 개인적이고 신변잡기적인 경수필과 사회적이고 논리적인 중수필로 나눌 수 있습니다. 이런 분류는 절대적인 것이 아니기 때문에 분류 방법을 외우기보다는 작가의 개성을 잘 드러낼 수 있는 형식인지를 중심으로 감상하면 됩니다.

수필은 그 표현 방법에서도 일정한 제약이 없지요. 체험이나 대상에서 얻은 느낌을 서정적으로 표현하면서 주장을 담을 수도 있고, 사건이나 체험을 구체적으로 서사하거나 묘사하면서 깨달음과 교훈을 전달할 수도 있어요. 또 해박한 지식과 날카로운 이성을 동원해 논리적으로 설명하면서 서술할 수도 있습니다. 계몽이나 설득을 목표로 할 때에는 토론 형식을 활용하거나 우화, 예화를 들어 표현하기도 합니다.

이 장에서는 수필의 형식과 표현을 이해하기 위해 수필의 대가가 말하는 '수필론'부터 시작하여, 다양한 모습을 살펴볼 수 있는 수필들을 준비했습니다.

이제 딱딱한 이야기는 마치고 직접 작품 속으로 들어가 볼까요?

수필

피천득(1910~2007) 수필가, 시인, 영문학자. 서울에서 태어나 중국 후장(滬江) 대학 영문과를 졸업하고 서울대 교수를 지냄. 생활에 얽힌 것을 소재로 삼아 섬세한 문체로 서정성 짙은 수필을 씀. 수필집 『수필』 『인연』 등이 있음.

수필은 청자(靑瓷) 연적˚이다. 수필은 난(蘭)이요, 학(鶴)이요, 청초하고 몸맵시 날렵한 여인이다. 수필은 그 여인이 걸어가는 숲 속으로 난 평탄하고 고요한 길이다. 수필은 가로수 늘어진 페이브먼트˚가 될 수도 있다. 그러나 그 길은 깨끗하고 사람이 적게 다니는 주택가에 있다.

수필은 청춘의 글은 아니요, 서른여섯 살 중년 고개를 넘어선 사람의 글이며, 정열이나 심오한 지성을 내포한 문학이 아니요, 그저 수필가가 쓴 단순한 글이다.

수필은 흥미를 주지만 읽는 사람을 흥분시키지는 아니한다. 수필은 마음의 산책이다. 그 속에는 인생의 향취˚와 여운이 숨어 있는 것이다.

수필의 색깔은 황홀 찬란하거나 진하지 아니하며, 검거나 희지 않고 퇴락하여˚ 추(醜)하지 않고, 언제나 온아우미˚하다. 수필의 빛은

˚ 연적(硯滴) 벼루에 먹을 갈 때 물을 담아 두는 그릇.
˚ 페이브먼트(pavement) 포장한 도로.
˚ 향취(香臭) 향기로운 냄새. 향내.
˚ 퇴락(頹落)하다 낡아서 무너지고 떨어지다.
˚ 온아우미(溫雅優美) 따뜻하고 우아한 아름다움.

비둘기 빛이거나 진줏빛이다. 수필이 비단이라면 번쩍거리지 않는 바탕에 약간의 무늬가 있는 것이다. 그 무늬는 읽는 사람의 얼굴에 미소를 띠게 한다.

수필은 한가하면서도 나태하지 아니하고, 속박을 벗어나고서도 산만하지 않으며, 찬란하지 않고 우아하며 날카롭지 않으나 산뜻한 문학이다.

수필의 재료는 생활 경험, 자연 관찰, 또는 사회 현상에 대한 새로운 발견, 무엇이나 다 좋을 것이다. 그 제재(題材)가 무엇이든지 간에 쓰는 이의 독특한 개성과 그때의 무드°에 따라 '누에의 입에서 나오는 액이 고치°를 만들듯이' 수필은 써지는 것이다. 수필은 플롯°이나 클라이맥스°를 필요로 하지 않는다. 가고 싶은 대로 가는 것이 수필의 행로(行路)이다. 그러나 차를 마시는 거와 같은 이 문학은 그 방향°을 갖지 아니할 때에는 수돗물같이 무미(無味)한 것이 되어 버리는 것이다.

수필은 독백(獨白)이다. 소설가나 극작가는 때로 여러 가지 성격을 가져 보아야 된다. 셰익스피어는 햄릿도 되고 폴로니우스° 노릇도 한다. 그러나 수필가 램은 언제나 찰스 램°이면 되는 것이다. 수필은 그 쓰는 사람을 가장 솔직히 나타내는 문학 형식이다. 그러므로 수필은 독자에게 친밀감을 주며, 친구에게서 받은 편지와도 같은 것이다.

• 무드(mood) 어떤 상황에서 대체적으로 느껴지는 분위기나 기분.
• 고치 누에가 번데기로 변할 때에 실을 토하여 제 몸을 둘러싸서 만든 둥글고 길쭉한 모양의 집.
• 플롯(plot) 문학 작품에서 형상화를 위한 여러 요소들을 유기적으로 배열하거나 서술하는 일.
• 클라이맥스(climax) 극이나 소설의 전개 과정에서 갈등이 최고조에 이르는 단계. 절정.
• 방향(芳香) 꽃다운 향기.
• 폴로니우스 셰익스피어의 『햄릿』에 나오는 재상.
• 찰스 램(Charles Lamb, 1775~1834) 영국의 수필가. 『엘리아의 수필』은 그의 신변 관찰을 멋진 유머와 페이소스를 섞어 가며 훌륭하게 문장화한 것으로, 영국 수필의 걸작으로 평가받고 있다.

덕수궁 박물관에 청자 연적이 하나 있었다. 내가 본 그 연적은 연꽃 모양을 한 것으로, 똑같이 생긴 꽃잎들이 정연히˚ 달려 있었는데, 다만 그중에 꽃잎 하나만이 약간 옆으로 꼬부라졌었다. 이 균형 속에 있는 눈에 거슬리지 않은 파격˚이 수필인가 한다. 한 조각 연꽃잎을 꼬부라지게 하기에는 마음의 여유를 필요로 한다.

이 마음의 여유가 없어 수필을 못 쓰는 것은 슬픈 일이다. 때로는 억지로 마음의 여유를 가지려 하다가 그런 여유를 갖는 것이 죄스러운 것 같기도 하여 나의 마지막 십 분지 일까지도 숫제 초조와 번잡에 다 주어 버리는 것이다.

〔『산호와 진주』, 일조각 1969〕

˚ 정연(整然)하다 가지런하고 질서가 있다.
˚ 파격(破格) 일정한 격식을 깨뜨림. 또는 그 격식.

이 글은 '우리나라 서정 수필의 모체'로 평가받는 피천득의 수필론입니다. 수필이 무엇인지 이론적으로 다룬 글이 아니라 함축적인 언어로 수필의 문학성을 설명한 글이기 때문에 논문이 아닌 수필입니다. 맨 처음 수필을 '청자 연적'에 비유하고 있습니다. 연적은 벼루에 먹을 갈 때 물을 담아 두는 그릇이지요. 이 작은 실용품에도 우리 선인들의 예술적 혼이 스며 있는데 작가는 이런 연적을 통해 수필의 우아한 멋을 말하고자 한 것이 아닐까 합니다. 이처럼 피천득의 「수필」은 일상적인 소재를 활용해서 수필의 본질, 제재와 표현, 문체, 쓰는 자세 등을 아름답고 섬세하게 표현하였습니다.

　　비유에 담긴 작가의 생각을 헤아리며 '수필이란 무엇인가'를 마음으로 느껴 보셨을 겁니다. 이제 여러분이 수필의 정의를 내려 볼 차례입니다.

활동

1 "수필은 플롯이나 클라이막스를 필요로 하지 않는다."의 뜻은 무엇인가요?

2 「수필」에서 수필을 가장 잘 비유하고 있다고 생각하는 표현을 찾아보고 그 이유를 말해 봅시다.

3 지금까지 자신이 읽은 수필 중에 가장 기억에 남는 작품을 떠올려 보고, 이 글과 연결해서 수필의 정의를 내려 봅시다.

두꺼비 연적을 산 이야기

김용준(1904~1967) 동양화가, 미술사학자, 수필가. 호는 근원(近園). 경북 선산에서 태어나 도쿄 미술학교 서양화과를 졸업함. 해방 후 서울대 교수를 지내고 1950년 6·25전쟁 때 월북하여 북한에서 활동함. 한국 미술사 연구에 크게 이바지했고, 수필 문학의 백미로 꼽히는 수필집『근원 수필』을 남김.

골동집˚ 출입을 경원한˚ 내가 근간에는 학교에 다니는 길옆에 꽤 진실성 있는 상인 하나가 가게를 차리고 있기로 가다 오다 심심하면 들러서 한참씩 한담˚을 하고 오는 버릇이 생겼다.

하루는 집으로 돌아오는 길에 또 이 가게에를 들렀더니 주인이 누릇한 두꺼비 한 놈을 내놓으면서 "꽤 재미나게 됐지요." 한다.

황갈색으로 검누른 유약˚을 내려 씌운 두꺼비 연적인데 연적으로서는 희한한 놈이다.

사오십 년래로 만든 사기(砂器)로서 흔히 부엌에서 고추장, 간장, 기름 항아리로 쓰는 그릇 중에 이따위 검누른 약을 바른 사기를 보았을 뿐 연적으로서 만든 이 종류의 사기는 초대면˚이다.

두꺼비로 치고 만든 모양이나 완전한 두꺼비도 아니요, 또 개구리는 물론 아니다.

˚ 골동(骨董)집 오래되었거나 희귀한 옛 물품인 골동품을 파는 가게.
˚ 경원(敬遠)하다 공경하되 가까이하지는 않다.
˚ 한담(閑談) 심심하거나 한가할 때 나누는 이야기.
˚ 유약(釉藥) 도자기의 몸에 덧씌워 광택을 내는 약.
˚ 초대면(初對面) 처음으로 접함.

톡 튀어나온 누깔[*]과 떡 버티고 앉은 사지(四肢)며 아무런 굴곡이 없는 몸뚱어리—그리고 그 입은 바보처럼 '헤' 하는 표정으로 벌린 데다가, 입속에는 파리도 아니요 벌레도 아닌, 무언지 알지 못할 구멍 뚫린 물건을 물렸다.

콧구멍은 금방이라도 벌룸벌룸할 것처럼 못나게 뚫어졌고, 등어리[*]는 꽁무니에 이르기까지 석 줄로 두드러기가 솟은 듯 쪽 내려 얽게[*] 만들었다.

그리고 유약을 갖은 재주를 다 부려 가면서 얼룩얼룩하게 내려 부었는데, 그것도 가슴 편에는 다소 희멀끔한 효과를 내게 해서 구석구석이 교(巧)하다느니보다[*] 못난 놈의 재주를 부릴 대로 부린 것이 한층 더 사랑스럽다.

요즈음 골동가들이 본다면 거저 준대도 안 가져갈 민속품이다. 그러나 나는 값을 물을 것도 없이 덮어놓고 사기로 하여 가지고 돌아왔다. 이날 밤에 우리 내외간[*]에는 한바탕 싸움이 벌어졌다.

쌀 한 되 살 돈이 없는 판에 그놈의 두꺼비가 우리를 먹여 살리느냐는 아내의 바가지다.

이런 종류의 말다툼이 우리 집에는 한두 번이 아닌지라 종래[*]는 내가 또 화를 벌컥 내면서 "두꺼비 산 돈은 이놈의 두꺼비가 갚아 줄 테니 걱정 말아."라고 소리를 쳤다. 그러한 연유[*]로 나는 이 잡문

• 누깔 '눈깔'의 사투리.
• 등어리 '등'의 사투리.
• 얽다 물건의 거죽에 우묵우묵한 홈이 많이 나다.
• 교(巧)하다 물건을 만드는 솜씨가 정교하다.
• 내외간(內外間) 부부 사이.
• 종래(從來) 일정한 시점을 기준으로 이전부터 지금까지에 이름. 또는 그런 동안.
• 연유(緣由) 일의 까닭.

을 또 쓰게 된 것이다.

잠꼬대 같은 이 한 편의 글 값이 행여 두꺼비 값이 될는지 모르겠으나, 내 책상머리에 두꺼비 너를 두고 이 글을 쓸 때 네가 감정을 가진 물건이라면 필시 너도 슬퍼할 것이다.

너는 어쩨 그리도 못생겼느냐. 눈알은 왜 저렇게 튀어나오고 콧구멍은 왜 그리 넓으며, 입은 무얼 하자고 그리도 컸느냐. 웃을 듯 울 듯한 네 표정! 곧 무슨 말이나 할 것 같아서 기다리고 있는 나에게 왜 아무런 말이 없느냐. 가장 호사스럽게˚ 치레˚를 한다고 네 몸은 얼쑹덜쑹하다마는˚ 조금도 화려해 보이지는 않는다. 흡사히 시골 색시가 능라 주속(綾羅綢屬)˚을 멋없이 감은 것처럼 어색해만 보인다.

앞으로 앉히고 보아도 어리석고 못나고 바보 같고…….

모로 앉히고 보아도 그대로 못나고 어리석고 멍텅하기만 하구나.

내 방에 전등이 휘황하면˚ 할수록 너는 점점 더 못나게만 보이니, 누가 너를 일부러 심사˚를 부려서까지 이렇게 만들었단 말이냐.

네 입에 문 것은 그게 또 무어냐.

필시 장난꾼 아이 녀석들이 던져 준 것을 파리인 줄 속아서 받아 물었으리라.

그러나 뱉아 버릴 줄도 모르고.

준 대로 물린 대로 엉거주춤 앉아서 울 것처럼 웃을 것처럼 도무지 네 심정을 알 길이 없구나.

˚ 호사(豪奢)스럽다 호화롭게 사치하는 태도가 있다.
˚ 치레 잘 손질하여 모양을 냄.
˚ 얼쑹덜쑹하다 여러 가지 빛깔로 된 큰 점이나 줄이 고르지 아니하게 뒤섞이어 무늬를 이룬 상태이다.
˚ 능라 주속(綾羅綢屬) 두꺼운 비단과 얇은 비단 등 명주실로 짠 여러 가지 피륙.
˚ 휘황(輝煌)하다 광채가 나서 눈부시게 번쩍이다.
˚ 심사(心思) 마음에 맞지 않아 어깃장을 놓고 싶은 마음.

너를 만들어서 무슨 인연으로 나에게 보내 주었는지 너의 주인이
보고 싶다.

나는 너를 만든 너의 주인이 조선 사람이란 것을 잘 안다.

네 눈과, 네 입과, 네 코와, 네 발과, 네 몸과, 이러한 모든 것이 그것
을 증명한다.

너를 만든 솜씨를 보아 너의 주인은 필시 너와 같이 어리석고 못나고 속기 잘하는 호인(好人)*일 것이리라.

그리고 너의 주인도 너처럼 웃어야 할지 울어야 할지 모르는 성격을 가진 사람일 것이리라.

내가 너를 왜 사랑하는 줄 아느냐.

그 못생긴 눈, 그 못생긴 코, 그리고 그 못생긴 입이며 다리며 몸뚱어리들을 보고 무슨 이유로 너를 사랑하는지를 아느냐.

거기에는 오직 하나의 커다란 이유가 있다.

나는 고독한 사람이기 때문이다!

나의 고독함은 너 같은 성격이 아니고서는 위로해 줄 수 없기 때문이다.

두꺼비는 밤마다 내 문갑* 위에서 혼자 잔다. 나는 가끔 자다 말고 버쩍 불을 켜고 나의 사랑하는 멍텅구리 같은 두꺼비가 그 큰 눈을 희멀건히 뜨고서 우두커니 앉아 있는가를 살핀 뒤에야 다시 눈을 붙이는 것이 일쑤다.

〔「근원 수필」, 을유문화사 1948〕

• 호인(好人) 성품이 좋은 사람.
• 문갑(文匣) 문서나 문구 따위를 넣어 두는 방 안의 물건.

작품
이해

　이 수필은 글쓴이가 어느 골동품 가게에서 산 두꺼비 연적을 통해 자신의 마음을 드러낸 글입니다. 그가 산 연적은 한마디로 우스꽝스럽게 생겼지요. 게다가 고급 유약도 안 발라 골동품 수집가들은 공짜로 준다고 해도 안 가져갈 정도였나 봅니다.

　그런데도 그는 두꺼비 연적을 사랑하지요. 두꺼비 연적에 인격을 부여해서 애정 어린 시선을 보냅니다. 자신이 '고독한 사람'이기 때문이고, 그 고독함은 두꺼비 같은 성격한테서만 위로받을 수 있기 때문이라고 하지요. 두꺼비 같은 성격! 이게 무슨 뜻일까요? 글쓴이는 두꺼비를 만든 사람이 '조선 사람'이며, "너(두꺼비)처럼 어리석고 못나고 속기 잘하는 호인"이라고 단정하지요. 이 글을 쓸 당시가 일제 강점기이고 글쓴이가 지식인이라는 점을 감안하면, 왜 글쓴이가 두꺼비 연적을 사랑한다고 했는지 이해가 될 듯도 합니다.

활동

1 「두꺼비 연적을 산 이야기」의 작가가 이 글을 쓰게 된 사연을 말해 봅시다.

2 작가가 1930년대 일제 강점기 시기를 살았던 시대적 배경과 관련하여 이 글에서 자신이 '고독한 사람'이기 때문에 두꺼비 연적을 사랑한다고 말한 이유를 생각해 봅시다.

3 여러분에게도 작가에게 '연적'과 같이 의미 있는 대상이 있다면 그 제재를 활용해 짧은 수필을 써 봅시다.

소양강 처녀

오정희(1947~) 소설가. 서울에서 태어나 서라벌예술대 문예창작과를 졸업함. 소설집 『바람의 넋』 『유년의 뜰』 『불꽃놀이』, 장편소설 『새』 등이 있으며, 산문집 『허리 굽혀 절하는 뜻은』 『내 마음의 무늬』를 펴냄.

그녀를 처음 본 것은 10여 년 전 어느 날 저녁 무렵의 시장통에서였다. 생선 가게에서 주인과 서른 살가량 되어 보이는 여자가 싸움을 벌이고 있었다. 돈을 냈다거니 안 받았다거니 하는, 어느 쪽의 착각에서였든 흔히 있을 수 있는 일이 싸움의 발단이었다. 주인은, 20년 넘게 장사를 했어도 두 번 돈 받은 일은 없다고 험악한 기세로 악을 썼다. 차림새가 초라하고 어딘가 시름이 가득한 여자는 주머니를 뒤적거리고 지갑을 열어 보이며 어쩔 줄을 몰랐다. 누구의 눈에도 열세˚로 몰리는 것이 분명한 여자가 갑자기 울음을 터뜨렸다. 어떻게 살아, 어떻게 살아. 세상에 대한 억울함과 서러움이 가득한 느닷없는 울음에 주위 사람들과 가게 주인은 순간적이지만 급습˚을 당한 듯 조용해졌다. 뒤늦게 발견한, 여자가 아직 탈상˚ 전의 상제˚임을 알리는, 머리의 흰 댕기 때문에 그 울음이 더욱 처연히 들렸는지도 모를 일이었다.

• **열세(劣勢)** 상대편보다 힘이나 세력이 약함. 또는 그 힘이나 세력.
• **급습(急襲)** 갑자기 공격함. 또는 그런 공격.
• **탈상(脫喪)** 원래는 어버이의 삼년상을 마친다는 뜻인데, 여기서는 남편의 상을 마친다는 의미로 쓰임.
• **상제(喪制)** 가족이 상중(喪中)에 있는 사람.

그다음 해, 나는 그녀를 다시 보았다. 잡상인의 출입을 막는 아파트 경비원과 토마토를 가득 실은 리어카를 끌고 실랑이를 벌이는 여자에게서 나는 금세 시장통을 낭자하게* 울리던 울음을 기억해 냈다. 아파트 안으로 들어올 수 없게 되자 그녀는 울 밖에 리어카를 세워 놓았다. 싱싱하고 맛 좋은 토마토 사려어, 한마디 외치고는 뜻밖에도 「소양강 처녀」를 구성지게* 불러 대는 것이었다. 그녀는 목청이 좋았다. 며칠 지나지 않아 노래 부르는 과일 장수는 명물*이 되었고 소양강 처녀로 불리게 되었다. 제철 과일이 나오기 시작하는 늦봄부터 가을까지 그녀는 하루에 한 차례씩 아파트 울 밖에 와서 과일을 팔았다. 주민들과 낯이 익고 단골이 늘자 그녀는 더 이상 노래를 부르지 않았다. 한번 불러 보라고 하면 씩 웃으며 노래 대신 덤을 얹어 주었다.

장사를 처음 시작할 때 서럽고 부끄러워 죽어도 "토마토 사려."를 외칠 수가 없어 '이판사판'으로 노래를 한 곡 뽑았다는 것이다.

그녀는 덤이 후했다. 손님이 조르지 않아도 덤을 줄 이유는 항상 있었다. 개시*라서, 다른 손님이 없어서, 잘 팔려서, 안 팔려서 등등……. 그러는 동안 나는 겨우내 보이지 않다가 늦봄 무렵이면 어김없이 까맣게 기미 낀 얼굴에 함박웃음을 지으며 나타나는 그녀가 두 살에서 열 살까지 올망졸망한 아이들 넷을 두고 남편과 사별했다는 것, 아침이면 단칸 셋방에 밥상을 차려 놓고 종일 어미 없이 지낼 아이들에게 동전 한 닢씩을 쥐여 주고 나온다는 것을 알게 되었다. 처

• 낭자(狼藉)하다 왁자지껄하고 시끄럽다.
• 구성지다 천연스럽고 구수하며 멋지다.
• 명물(名物) 남다른 특징이 있어 인기 있는 사람을 이르는 말.
• 개시(開市) 하루 중 처음으로, 또는 가게 문을 연 뒤 처음으로 이루어지는 거래.

녀 적에도 가수가 되고 싶어 군의 노래자랑에도 나갔고 촌에서 시집살이할 때는 아궁이 앞에서 부지깽이* 두들기며 목청을 돋우다가 밥 태우고 옷 태워 시어머니에게 매 맞은 얘기도 들었다. 그 신명은 나이 들고 사는 고생이 심해도 수그러들지 않나 보았다. 한동안 보이지 않다가 나타난 그녀는 다리를 절고 있었다. 동사무소에서 단체로 보내 준 땅굴 견학 관광차에서 쉬지 않고 춤을 추다가 다리를 삐었다는 것이다.

그 후 나는 두어 해 이 고장을 떠나 있었고 돌아와서도 이사를 하는 등 생활의 변화를 겪으며 오래 그녀를 만날 수 없었다. 과일을 살 때나 구성진 유행가 가락을 들을 때면 문득 그녀의 생각이 떠올라 궁금해지기도 했다. 그녀를 다시 만난 것은 지난여름이었다. 바나나와 참외를 실은 리어카를 끌고 가던 그녀가 나를 먼저 알아보고는 반색*을 하며 다짜고짜 큼직한 바나나를 벗겨 내밀었다. 새까맣게 기미 낀 얼굴은 훨씬 늙었지만 함박웃음은 여전하고 배에 두른 전대*는 관록* 있게 때에 절어 반들거렸다. 그사이 작은 아파트도 장만했고 위의 두 아이들은 착실히 제 밥벌이를 하니 한시름 덜었다고 했다.

"이젠 가게라도 얻어 편히 앉아 장사하라고들 하지만 이 나이에도 들앉지 못하고 훨훨 떠돌고만 싶으니 무슨 병인가, 무당 끼인가 몰라. 바람이 들어 땅에 발붙이지 못하는 나를 새끼 보듬고 세상 보듬고 살라고 애아버지가 먼저 간 모양이유. 하도 고생스럽고 막막해서 강물에라도 풍덩 뛰어들고 싶을 때가 얼마나 많았는지. 그 세월을 어찌

---

* 부지깽이 아궁이 따위에 불을 땔 때에, 불을 헤치거나 거두어 넣거나 하는 데 쓰는 가느스름한 막대기.
* 반색 매우 반가워함. 또는 그런 기색.
* 전대(纏帶) 돈이나 물건을 넣어 허리에 매거나 어깨에 두르기 편하도록 만든 자루.
* 관록(貫祿) 어떤 일에 대한 상당한 경력으로 생긴 위엄이나 권위.

살았을까. 그래도 세상살이가 내 선생이라. 집에 가만히 들앉아 편히 살았으면 이런 요지경 속 같은 세상을 어떻게 알았겠수. 아줌마는 소설 짓는 사람이라던데 내 살아온 얘기를 한번 써 보시오. 책으로 엮으면 열 권도 넘을 거요."

나는 고개를 끄덕였지만 그게 쉽지 않으리라는 것을 안다. 춥고 거칠고 메마른 세상 바닥을 훑고 살면서 당당하게 함박웃음을 짓는 여자 앞에서 고통이니 절망이니 슬픔이니 하는 말들이 사치스럽고 간사하게 느껴졌던 것이다.

〔『허리 굽혀 절하는 뜻은』, 도서출판 창 1994〕

이 수필은 남편과 사별하고 네 자식을 키우며 힘들게 살아온 한 여인의 삶을 감동적으로 들려줍니다. 소설처럼 이야기 줄거리가 있는 이런 수필을 '서사적 수필'이라고 하지요.

글쓴이는 시장통 생선 가게에서 여인을 처음 본 날부터 이야기를 시작합니다. 여인은 과일 행상을 시작했는데 처음에는 부끄럽고 서러워서 "토마토 사려."를 외칠 수가 없어 '이판사판'으로 유행가를 한 곡조 뽑았다고 하지요. 몇 년 후 글쓴이가 다시 만난 그녀는 "세상살이가 내 선생"이었다고 고백합니다. 고생한 세월이 스승이라고 말하는 걸 보면 그녀는 퍽 긍정적인 사람인 것 같지요. 물론 그녀를 바라보는 글쓴이의 눈길도 아주 따스합니다. 우리 주변에도 이처럼 사연 많은 분들이 적잖이 있을 겁니다. 그분들의 살아온 이야기가 여러분들에게는 인생의 '선생'이 될 수도 있겠지요.

활동

1 「소양강 처녀」에서 '그녀'가 부른 노래 '소양강 처녀'의 기능이 무엇인지 이야기해 봅시다.

2 이 글의 마지막 부분에서 '그녀'가 함박웃음을 짓는 모습을 통해 작가가 깨달은 바를 생각해 봅시다.

3 작가처럼 우리가 감동할 수 있는 이야기를 찾아 다양한 매체를 통해 알려 봅시다.

달밤

윤오영(1907~1976) 수필가. 서울에서 태어나 양정고보를 졸업하고 오랫동안 교직 생활을 함. 1959년 『현대문학』에 수필을 발표하며 수필가로 활동함. 간결하고 절제된 문체, 시각적 이미지가 돋보이는 서정적인 문장으로 개성적인 수필 문학을 일굼. 수필집 『고독의 반추』 『방망이 깎던 노인』 『곶감과 수필』 등이 있음.

　내가 잠시 낙향해서* 있었을 때 일.

　어느 날 밤이었었다. 달이 몹시 밝았다. 서울서 이사 온 윗마을 김 군을 찾아갔다. 대문은 깊이 잠겨 있고 주위는 고요했다. 나는 밖에서 혼자 머뭇거리다가 대문을 흔들지 않고 그대로 돌아섰다.

　맞은편 집 사랑 툇마루엔 웬 노인이 한 분 책상다리를 하고 앉아서 달을 보고 있었다. 나는 걸음을 그리로 옮겼다. 그는 내가 가까이 가도 별 관심을 보이지 아니했다.

　"좀 쉬어 가겠습니다." 하며 걸터앉았다. 그는 이웃 사람이 아닌 것을 알자

　"아랫마을서 오셨소?" 하고 물었다.

　"네, 달이 하도 밝기에…….."

　"음! 참 밝소." 허연 수염을 쓰다듬었다. 두 사람은 각각 말이 없었다. 푸른 하늘은 먼 마을에 덮여 있고, 뜰은 달빛에 젖어 있었다.

　노인이 방으로 들어가더니 안으로 통한 문소리가 나고 얼마 후에 다시 문소리가 들리더니, 노인은 방에서 상을 들고 나왔다. 소반*에

* 낙향(落鄕)하다 시골로 거처를 옮기거나 이사하다.

는 무청 김치 한 그릇, 막걸리 두 사발이 놓여 있었다.

"마침 잘됐소, 농주* 두 사발이 남았더니……." 하고 권하며, 스스로 한 사발을 쭉 들이켰다. 나는 그런 큰 사발의 술을 먹어 본 적은 일찍이 없었지만, 그 노인이 마시는 바람에 따라 마셔 버렸다.

이윽고

"살펴 가우." 하는 노인의 인사를 들으며 내려왔다. 얼마쯤 내려오다 돌아보니, 노인은 그대로 앉아 있었다.

〔『고독의 반추』, 관동출판사 1974〕

---

* 소반(小盤) 자그마한 밥상.
* 농주(農酒) 농사일을 할 때에 일꾼들을 대접하기 위하여 농가에서 빚은 술.

작품
이해

이 글은 짧은 대화와 절제된 문장으로 인정 있고 서정성 짙은 달밤의 정취를 한 폭의 동양화처럼 그려 내고 있습니다.

글쓴이는 달 밝은 밤에 김 군을 찾아갔으나 만나지 못하고 돌아서다 우연찮게도 달을 보고 있는 노인을 만납니다. 그 노인과 글쓴이는 별말 없이 달을 바라보다 노인이 가져온 농주 한잔을 마시고 헤어지지요. 이게 내용의 전부입니다. 이렇게 적어 놓고 보면 이 수필을 읽었을 때 느껴지는 달밤의 분위기와 노인의 정이 제대로 전달되지 않지요. 이 수필을 읽으며 주제 의식이나 메시지를 찾기보다는 '달밤'이라는 소재가 연출하는 분위기와 정서에 주목해야 합니다. 아마도 작가는 따스한 인정에 대한 그리움을 이런 극적인 구성을 통해 말하고 싶었던 건 아닐까요?

활동

1 「달밤」에서 노인과 작가를 이어 준 매개체는 무엇인가요?

2 작가가 여운이 있는 결말이 아닌 작가 자신의 느낌으로 글을 끝맺었다면 어떤 내용이 되었을까요?

3 이 글처럼 감동을 느낀 장면이 있었다면 그 장면의 아름다움을 이야기해 봅시다.

지조˚론
변절자˚를 위하여

조지훈(1920~1968) 시인. 경북 영양에서 태어나 혜화전문학교를 졸업하고 고려대 교수를 지냄. 1939년 『문장』지의 추천을 받아 등단함. 조지훈·박두진과 함께 '청록파' 시인으로 활동함. 시집 『풀잎 단장(斷章)』 『역사 앞에서』, 산문집 『시와 인생』 『지조론』 『돌의 미학』 등이 있음.

    지조(志操)란 것은 순일한˚ 정신을 지키기 위한 불타는 신념이요, 눈물겨운 정성이며, 냉철한 확집˚이요, 고귀한 투쟁이기까지 하다. 지조가 교양인의 위의˚를 위하여 얼마나 값지고 그것이 국민의 교화˚에 미치는 힘이 얼마나 크며, 따라서 지조를 지키기 위한 괴로움이 얼마나 가혹한가를 헤아리는 사람들은 한 나라의 지도자를 평가하는 기준으로서 먼저 그 지조의 강도를 살피려 한다. 지조가 없는 지도자는 믿을 수가 없고 믿을 수 없는 지도자는 따를 수가 없기 때문이다. 자기의 명리˚만을 위하여 그 동지와 지지자와 추종자를 일조˚에 함정에 빠뜨리고 달아나는 지조 없는 지도자의 무절제와 배신 앞에 우리는 얼마나 많이 실망하였는가.

    지조를 지킨다는 것이 참으로 어려운 일임을 아는 까닭에 우리는

• 지조(志操) 원칙과 신념을 굽히지 아니하고 끝까지 지켜 나가는 꿋꿋한 의지. 또는 그런 기개.
• 변절자(變節者) 절개나 지조를 지키지 않고 그 마음을 바꾼 사람.
• 순일(純一)하다 다른 것이 섞이지 아니하고 순수하다.
• 확집(確執) 자기의 의견을 굳이 고집하여 양보하지 아니함.
• 위의(威儀) 위엄이 있고 엄숙한 태도나 차림새.
• 교화(敎化) 가르치고 이끌어서 좋은 방향으로 나아가게 함.
• 명리(名利) 명예와 이익을 아울러 이르는 말.
• 일조(一朝) 하루 아침이라는 뜻으로, 갑작스럽도록 짧은 사이를 이르는 말.

지조 있는 지도자를 존경하고 그 곤고°를 이해할 뿐 아니라 안심하고 그를 믿을 수도 있는 것이다. 우리는 이와 같이 생각하는 자(者)이기 때문에 지조 없는 지도자, 배신하는 변절자들을 개탄하고 연민하며 그와 같은 변절의 위기의 직전에 있는 인사들에게 경성°이 있기를 바라는 마음이 간절하다.

지조는 선비의 것이요, 교양인의 것이며, 지도자의 것이다. 장사꾼에게 지조를 바라거나 창녀에게 지조를 바란다는 것은 옛날에도 없었던 일이지만, 선비와 교양인과 지도자에게 지조가 없다면 그가 인격적으로 장사꾼과 창녀와 가릴 바가 무엇이 있겠는가. 식견°은 기술자와 장사꾼에게도 있을 수 있지 않은가 말이다. 물론 지사(志士)°와 정치가가 완전히 같은 것은 아니다. 독립운동을 할 때의 혁명가와 정치인은 모두 다 지사였고 또 지사라야 했지만, 정당 운동의 단계에 들어간 오늘의 정치가들에게 선비의 삼엄한° 지조를 요구하는 것은 지나친 일인 줄은 안다. 그러나 오늘의 정치 정당 운동을 통한 정치도 국리민복°을 위한 정책을 통해서의 정상(政商)°인 이상 백성을 버리고 백성이 지지하는 공동 전선을 무너뜨리고 개인의 구복°과 명리를 위한 부동°은 무지조(無志操)로 규탄되어 마땅하다고 하지 않을 수 없다. 더구나 오늘 우리가 당면한 현실과 이 난국을 수습할 지도

• 곤고(困苦) 형편이나 처지 따위가 딱하고 어려움.
• 경성(警醒) 정신을 차려 그릇된 행동을 하지 않도록 타일러 깨우침.
• 식견(識見) 학식과 견문이라는 뜻으로, 사물을 분별할 수 있는 능력을 이르는 말.
• 지사(志士) 나라와 민족을 위하여 제 몸을 바쳐 일하려는 뜻을 가진 사람.
• 삼엄(森嚴)하다 무서우리만큼 질서가 바로 서고 엄숙하다.
• 국리민복(國利民福) 나라의 이익과 국민의 행복을 아울러 이르는 말.
• 정상(政商) 정치가와 결탁하거나 정권(政權)을 이용하여 사사로운 이익을 꾀하는 사람.
• 구복(口腹) 먹고살기 위하여 음식물을 섭취하는 입과 배.
• 부동(浮動) 고정되어 있지 않고 움직임. 또는 진득하지 못하고 들뜸.

자의 자격으로 대망하는* 정치가는 권모술수*에 능한 직업 정치인보다 지사적 품격의 정치 지도자를 더 대망하는 것이 국민 전체의 충정*인 것이 속일 수 없는 사실이기에 더욱 그러하다. 염결 공정* 청백 강의*한 지사 정치만이 이 국운을 만회할 수 있다고 믿는 이상 모든 정치 지도자에 대하여 지조의 깊이를 요청하고 변절의 악풍*을 타매하는* 것은 백성의 눈물겨운 호소이기도 하다.

지조와 정조*는 다 같이 절개*에 속한다. 지조는 정신적인 것이고, 정조는 육체적인 것이라고 하지만, 알고 보면 지조의 변절도 육체 생활의 이욕*에 매수된 것이요, 정조의 부정도 정신의 쾌락에 대한 방종에서 비롯된다. 오늘의 정치인의 무절제와 장사꾼적인 이욕의 계교*와 음부적 환락의 탐혹*이 합쳐서 놀아난 것이라면 과연 극언*이 될 것인가.

하기는, 지조와 정조를 논한다는 것부터가 오늘에 와선 이미 시대착오의 잠꼬대에 지나지 않는다고 할 사람이 있을는지 모른다. 하긴

- 대망(待望)하다 기다리고 바라다.
- 권모술수(權謀術數) 목적 달성을 위하여 수단과 방법을 가리지 아니하는 온갖 모략이나 술책.
- 충정(衷情) 마음에서 우러나오는 참된 정.
- 염결 공정(廉潔公正) '염결'은 청렴하고 결백함 '공정'은 공평하고 올바름을 가리킨다.
- 청백 강의(淸白剛毅) '청백'은 재물에 대한 욕심이 없이 곧고 깨끗함, '강의'는 의지가 굳세고 강직하여 굽힘이 없음을 가리킨다.
- 악풍(惡風) 나쁜 풍속.
- 타매(唾罵)하다 아주 더럽게 생각하고 경멸히 여겨 욕하다.
- 정조(貞操) 이성 관계에서 순결을 지니는 일.
- 절개(節槪) 신념, 신의 따위를 굽히지 아니하고 굳게 지키는 꿋꿋한 태도.
- 이욕(利慾) 사사로운 이익을 탐내는 욕심.
- 계교(計巧) 요리조리 헤아려 보고 생각해 낸 꾀.
- 탐혹(耽惑) 어떤 사물에 마음이 빠져 정신이 흐려짐.
- 극언(極言) 극단적으로 말함. 또는 그런 말.

그렇다. 왜 그러냐 하면, 지조와 정조를 지킨다는 것은 부자연한 일이요, 시세˚를 거역하는 일이기 때문이다. 과부나 홀아비가 개가하고˚ 재취하는˚ 것은 생리적으로나 가정생활로나 자연스러운 일이므로 아무도 그것을 막을 수 없고, 또 그것을 막아서는 안 된다. 그러나 우리는 그 개가와 재취를 지극히 당연한 것으로 승인하면서도 어떤 과부나 환부˚가 사랑하는 옛 짝을 위하여 또는 그 자녀를 위하여 개가나 속현˚의 길을 버리고 일생을 마치는 그 절제에 대하여 찬탄하는 것을 또한 잊지 않는다. 보통 사람이 능히 하기 어려운 일을 했대서만이 아니라 자연으로서의 인간의 본능고(本能苦)를 이성(理性)과 의지로써 초극한˚ 그 정신의 높이를 보기 때문이다. 정조의 고귀성이 여기에 있다.

지조도 마찬가지다. 자기의 사상과 신념과 양심과 주체는 일찌감치 집어던지고 시세에 따라 아무 권력에나 바꾸어 붙어서 구복의 걱정이나 덜고 명리의 세도에 참여하여 꺼떡대는 것이 자연한 일이지, 못나게 쪼˚를 부린다고 굶주리고 얻어맞고 짓밟히는 것처럼 부자연한 일이 어디 있겠느냐고 하면 얼핏 들어 우선 말은 되는 것 같다. 여름에 아이스케이크 장사를 하다가 가을바람만 불면 단팥죽 장사로 간판을 남 먼저 바꾸는 것을 누가 욕하겠는가. 장사꾼, 기술자, 사무원의 생활 방도는 이 길이 오히려 정도(正道)˚이기도 하다. 오늘의 변

- 시세(時勢) 그 당시의 형세나 세상의 형편.
- 개가(改嫁)하다 결혼하였던 여자가 남편과 사별하거나 이혼하여 다른 남자와 결혼하다.
- 재취(再娶)하다 아내를 여의었거나 아내와 이혼한 사람이 다시 장가가서 아내를 맞이하다.
- 환부(鰥夫) 홀아비.
- 속현(續絃) 거문고와 비파의 끊어진 줄을 다시 잇는다는 뜻으로, 아내를 여읜 뒤에 다시 새 아내를 맞는 일을 비유적으로 이르는 말.
- 초극(超克)하다 어려움 따위를 넘어 극복해 내다.
- 쪼 '깨끗이 가지는 몸과 굳게 잡은 마음'을 뜻하는 '조(操)'의 뜻인 듯.

절자도 자기를 이 같은 사람이라 생각하고 또 그렇게 자처한다면 별 문제다. 그러나 더러운 변적을 하면서도 자기는 훌륭한 정치가요 지도자라고 그 변절의 정당화를 위한 엄청난 공언*을 늘어놓는 것은 분반할* 일이다. 백성들이 그렇게 사람 보는 눈이 먼 줄 알아서는 안 된다. 백주 대로*에 돌아앉아 볼기짝을 까고 대변을 보는 격이라면 점잖지 못한 표현이라 할 것인가.

　지조를 지키기란 참으로 어려운 일이다. 자기의 신념에 어긋날 때면 목숨을 걸어 항거하여 타협하지 않고 부정과 불의한 권력 앞에는 최저의 생활, 최악의 곤욕*을 무릅쓸 각오가 없으면 섣불리 지조를 입에 담아서는 안 된다. 정신의 자존과 자지(自持)*를 위해서는 자학과도 같은 생활을 견디는 힘이 없이는 지조는 지켜지지 않는다.

　그러므로 지조의 매운 향기를 지닌 분들은 심한 고집과 기벽*까지도 지녔던 것이다. 신단재* 선생은 망명 생활 중 추운 겨울에 세수를 하는데 꼿꼿이 앉아서 두 손으로 물을 움켜다 얼굴을 씻기 때문에 찬물이 모두 소매 속으로 흘러 들어갔다고 한다. 어떤 제자가 그 까닭을 물으매, 내 동서남북 어느 곳에도 머리 숙일 곳이 없기 때문이라고 했다는 일화가 있다. 무서운 지조를 지킨 분의 한 분인 한용운*

• 정도(正道) 올바른 길. 또는 정당한 도리.
• 공언(公言) 여러 사람 앞에 명백하게 공개하여 말함. 또는 그렇게 하는 말.
• 분반(噴飯)하다 참을 수가 없어서 웃음이 터져 나오다. 입속에 있는 밥을 내뿜는다는 뜻에서 나온 말이다.
• 백주 대로(白晝大路) 대낮의 큰길이란 뜻으로 사람의 왕래가 많으며 눈에 잘 띄는 장소를 이름.
• 곤욕(困辱) 심한 모욕. 또는 참기 힘든 일.
• 자지(自持) 자기가 가짐. 또는 스스로 긍지를 지님.
• 기벽(奇癖) 남달리 기이한 버릇.
• 신단재(申丹齋, 1880~1936) 사학자, 독립운동가, 언론인으로 활동한 신채호(申采浩). 단재는 그의 호다.
• 한용운(韓龍雲, 1879~1944) 승려, 시인, 독립운동가. 3·1운동 때 민족 대표 33인 가운데 한 사람. 시집으로 『님의 침묵』이 있다.

선생의 지조 때문에 낳은 많은 기벽의 일화도 마찬가지다.

오늘 우리가 지도자와 정치인 들에게 바라는 지조는 이토록 삼엄한 것은 아니다. 다만 당신 뒤에는 당신들을 주시하는 국민이 있다는 것을 잊지 말고 자신의 위의와 정치적 생명을 위하여 좀 더 어려운 것을 참고 견디라는 충고 정도다. "한때의 적막을 받을지언정 만고°에 처량한 이름이 되지 말라."는 『채근담』°의 한 구절을 보내고 싶은 심정이란 것이다. 끝까지 참고 견딜 힘도 없으면서 뜻있는 백성을 속여 야당의 투사를 가장함으로써 권력의 미끼를 기다리다가 후딱 넘어가는 교지°를 버리라는 말이다. 욕인(辱人)으로 출세의 바탕을 삼고 항거로써 최대의 아첨을 일삼는 본색을 탄로시키지 말라는 것이다. 이러한 충언의 근원을 캐면 그 바닥에는 변절하지 말라, 지조의 힘을 기르란 뜻이 깃들어 있다.

변절이란 무엇인가. 절개를 바꾸는 것, 곧 자기가 심신으로 이미 신념하고 표방했던 자리에서 방향을 바꾸는 것이다. 그러므로 사람이 철이 들어서 세워 놓은 주체의 자세를 뒤집는 것은 모두 다 넓은 의미의 변절이다. 그러나 사람들이 욕하는 변절은 개과천선°의 변절이 아니고, 좋고 바른 데서 나쁜 방면으로 바꾸는 변절을 변절이라 한다. 일제 때 경찰에 관계하다 독립운동으로 바꾼 이가 있거니와 그런 분을 변절이라고 욕하진 않았다. 그러나 독립운동을 하다가 친일파로 전향한 이는 변절자로 욕하였다. 권력에 붙어 벼슬하다가 야당이 된 이도 있다. 지조에 있어 완전히 깨끗하다고는 못 하겠지만 이

• 만고(萬古) 아주 오랜 세월 동안.
• 채근담(菜根譚) 중국 명나라 말기에 홍자성(洪自誠)이 지은 어록집.
• 교지(狡智) 교활한 재주와 꾀.
• 개과천선(改過遷善) 지난날의 잘못이나 허물을 고쳐 올바르고 착하게 됨.

들에게도 변절자의 비난은 돌아가지 않는다.

나머지 하나 협의(狹義)˙의 변절자, 비난 불신의 대상이 되는 변절자는 야당 전선에서 이탈하여 권력에 몸을 파는 변절자다. 우리는 이런 사람의 이름을 역력히 기억할 수 있다.

자기 신념으로 일관한 사람은 변절자가 아니다. 병자호란 때 남한산성의 치욕에 김상헌˙이 찢은 항서˙를 도로 주워 모은 주화파˙ 최명길˙은 다시 민족정기의 맹렬한 공격을 받았으나 심양˙의 감옥에 김상헌과 같이 갇히어 오해를 풀었다는 일화는 널리 알려진 얘기다. 최명길은 변절의 사(士)가 아니요 남다른 신념이 한층 강했던 이었음을 알 수 있다. 또 누가 박중양, 문명기 등 허다한 친일파를 변절자라고 욕했는가. 그 사람들은 변절의 비난을 받기 이하의 더러운 친일파로 타기되기는˙ 하였지만 변절자는 아니다.

민족 전체의 일을 위하여 몸소 치욕을 무릅쓴 업적이 있을 때는 변절자로 욕하지 않는다. 앞에 든 최명길도 그런 범주에 들거니와, 일제 말기 말살되는 국어의 명맥을 붙들고 살리기 위해서 해방을 위한 유일의 준비가 되었던 『맞춤법 통일안』, 『표준말 모음』, 『큰사전』을 편찬한 '조선어 학회'가 '국민 총력 연맹 조선어 학회 지부'의 간판을

• 협의(狹義) 어떤 말의 개념을 정의할 때에, 좁은 의미.
• 김상헌(金尙憲, 1570~1652) 조선 중기의 문신(文臣). 병자호란 때 중국 청나라와 화친하는 것을 배척하던 대표적인 신하였다.
• 항서(降書) 항복을 인정하는 문서.
• 주화파(主和派) 전쟁을 피하고 화해하거나 평화롭게 지내자고 주장하는 파.
• 최명길(崔鳴吉, 1586~1647) 조선 중기의 문신. 병자호란 때 화평(和平)을 주장하고 항서(降書)를 써서 청나라에 항복하였다.
• 심양(瀋陽) 중국 당나라 때 양쯔 강(揚子江) 부근 주장(九江)에 설치하였던 군 및 현. 현재의 장시 성(江西省) 북쪽에 있다.
• 타기(唾棄)하다 업신여기거나 아주 더럽게 생각하여 돌아보지 않고 버린다. 침을 뱉듯이 버린다는 뜻에서 나온 말이다.

붙인 것을 욕하는 사람은 없었다.

아무런 하는 일도 없었다면 그 간판은 족히 변절의 비난을 받고도 남음이 있었을 것이다. 이런 의미에서 좌옹, 고우, 육당, 춘원* 등 잊을 수 없는 업적을 지닌 이들의 일제 말의 대일 협력의 이름은 그 변신을 통한 아무런 성과도 없었기 때문에 애석하나마 변절의 누명을 씻을 수는 없었다. 그분들의 이름이 너무나 컸기 때문에 그에 대한 실망이 컸던 것은 우리의 기억이 잘 알고 있다. 그 때문에 이분들은 반민 특위*에 불리었고, 거기서 그들의 허물을 벗겨 주지 않았던가. 아무것도 못하고 누명만 쓸 바에야 무위한* 채로 민족정기의 사표(師表)*가 됨만 같지 못한 것이다.

변절자에게는 저마다 그럴듯한 구실이 있다. 첫째, 좀 크다는 사람들은 말하기를, 백이,* 숙제*는 나도 될 수 있다. 나만 깨끗이 굶어 죽으면 민족은 어쩌느냐가 그것이다. 범의 굴에 들어가야 범을 잡는다는 투의 이론이요, 그다음이 바깥에선 아무 일도 안 되니 들어가 싸운다는 것이요, 가장 하치*가, 에라 권력에 붙어 이권이나 얻고 가족이나 고생시키지 말아야겠다는 것이다. 굶어 죽기가 쉽다거나 들어

---

* 좌옹(佐翁)은 정치가 윤치호(尹致昊, 1865~1945)의 호이며, 고우(古友)는 독립운동을 한 최린(崔麟, 1878~1958)의 호. 육당(六堂)은 작가 최남선(崔南善, 1890~1957)의 호이며, 춘원(春園)은 소설가 이광수(李光洙, 1892~?)의 호임.
* 반민 특위(反民特委) '반민족 행위 특별 조사 위원회'의 약칭. 1948년 제헌 국회 내에 일제 강점기에 일본에 협력하면서 악질적으로 반민족 행위를 저지른 사람을 조사, 처벌하기 위해 두었던 특별 위원회.
* 무위(無爲)하다 아무것도 하는 일이 없다. 또는 이룬 것이 없다.
* 사표(師表) 학식과 덕행이 높아 남의 모범이 될 만한 인물.
* 백이(伯夷) 중국 은나라 말에서 주나라 초기의 현인. 주나라 무왕이 은나라의 주왕을 치려고 했을 때, 아우인 숙제와 함께 간하였으나 받아들여지지 않고 주나라가 천하를 통일하자 수양산으로 들어가 굶어 죽었다.
* 숙제(叔齊) 백이의 동생.
* 하(下)치 같은 부류의 사람이나 사물 가운데서 신분이나 품질이 가장 낮은 사람이나 물건.

가 싸운다거나 바람이 났거나 그 구실을 뒷받침할 만한 일을 획책°도 한 번 못 해 봤다면 그건 변절의 낙인밖에 얻을 것이 없는 것이다.

우리는 일찍이 어떤 선비도 변절하며 권력에 영합해서 들어갔다가 더러운 물을 뒤집어쓰지 않고 깨끗이 물러 나온 예를 역사상에서 보지 못했다. 연산주°의 황음°에 어떤 고관의 부인이 궁중에 불리어 갈 때 온몸을 명주로 동여매고 들어가면서, 만일 욕을 보면 살아서 돌아오지 않겠다고 해 놓고 밀실에 들어가서는 그 황홀한 장치와 향기에 취하여 제 손으로 명주를 풀고 눕더라는 야담°이 있다. 어떤 강간도 나중에는 화간°이 된다는 이치와 같지 않은가.

만근° 30년래°를 우리나라는 변절자가 많은 나라였다. 일제 말의 친일 전향, 해방 후의 남로당° 탈당, 또 최근의 민주당의 탈당, 이것은 20이 넘은, 사상적으로 철이 난 사람들의 주책없는 변절임에 있어서는 완전히 동궤°다. 감당도 못 할 일을, 제 자신도 율(律)하지 못하는 주제에 무슨 민족이니 사회니 하고 나섰더라는 말인가. 지성인의 변절은 그것이 개과천선이든 무엇이든 인간적으로는 일단 모욕을 자취(自取)하는° 것임을 알 것이다.

우리가 지조를 생각하는 사람에게 주고 싶은 말은 다음의 한 구절

- 획책(劃策) 어떤 일을 꾸미거나 꾀함. 또는 그런 꾀.
- 연산주(燕山主, 1476~1506) 연산군(燕山君). 조선 제10대 왕. 무오사화, 갑자사화를 일으켜 많은 선비들을 죽이고, 폭군으로 지탄받아 중종반정으로 폐위되었다.
- 황음(荒淫) 함부로 음탕한 짓을 함.
- 야담(野談) 민간에서 사사로이 기록한 역사인 야사(野史)를 바탕으로 흥미 있게 꾸민 이야기.
- 화간(和姦) 부부가 아닌 남녀가 육체적으로 관계함.
- 만근(輓近) 몇 해 전부터 현재까지의 기간.
- 연래(年來) 지나간 몇 해. 또는 여러 해 전부터 지금까지 이르는 동안.
- 남로당(南勞黨) '남조선 노동당'의 줄임말로, 1946년 11월 서울에서 결성된 공산주의 정당.
- 동궤(同軌) 같은 궤도.
- 자취(自取)하다 잘하든 못하든 자기 스스로 그렇게 되게 만들다.

이다.

　기녀˚라도 늘그막에 남편을 좇으면 한평생 분 냄새가 거리낌이
없을 것이요, 정부(貞婦)˚라도 머리털 센 다음에 정조(貞操)를 잃고
보면 반생˚의 깨끗한 고절˚이 아랑곳없으리라. 속담에 말하기를, 사
람을 보려면 다만 그 후반을 보라. (『채근담』)

　차돌에 바람이 들면 백 리를 날아간다는 우리 속담이 있거니와,
늦바람이란 참으로 무서운 일이다. 아직 지조를 깨뜨린 적이 없는 이
는 만년˚을 더욱 힘쓸 것이니 사람이란 늙으면 더러워지게 마련이기
때문이다. 아직 철이 안 든 탓으로 바람이 났던 이들은 스스로의 후
반을 위하여 번연히˚ 깨우치라. 한일 합방 때 자결한˚ 지사 시인 황매
천˚은 정탈˚이 매운 분으로 "매천필하무완인(梅泉筆下無完人)"이란 평
을 듣거니와 그『매천야록(梅泉野錄)』에 보면, 민충정공˚, 이용익˚ 두

---

* 기녀(妓女) 잔치나 술자리에서 노래나 춤 또는 풍류로 흥을 돋우는 것을 직업으로 하는 여자.
* 정부(貞婦) 슬기롭고 절개가 굳은 아내 또는 여자.
* 반생(半生) 한평생의 반.
* 고절(苦節) 어려운 지경에 빠져도 변하지 아니하고 끝까지 지켜 나가는 굳은 절개.
* 만년(晚年) 나이가 들어 늙어 가는 시기.
* 번연히 어떤 일의 결과나 상태 따위가 훤하게 들여다보이듯이 분명하게.
* 자결(自決)하다 의분을 참지 못하거나 지조를 지키기 위해 스스로 목숨을 끊다.
* 황매천(黃梅泉, 1855~1910) 구한말의 시인이자 학자인 황현(黃玹). 매천은 그의 호. 1910년에 일본에 국
　권을 강탈당하자 망국의 울분을 이기지 못하고 자살하였다.
* 정탈(定奪) 신하들이 올린 논의나 계책 가운데서 임금이 가부를 결정하던 일. 여기서는 엄격한 사리 분
　별을 뜻하는 듯.
* 민충정공(閔忠正公, 1861~1905) 조선 고종 때 문신인 민영환(閔泳煥.)을 높여 이르는 말. 을사조약이 체
　결되자 조약의 폐기를 상소하였으나 뜻을 이루지 못하자 자결하였다.
* 이용익(李容翊, 1854~1907) 조선 말기의 정치가. 1905년 을사조약 체결에 반대하였으며, 블라디보스토
　크 등지로 망명하여 구국 운동을 펼쳤다.

분의 초년* 행적을 헐뜯은 곳이 있다.

오늘에 누가 민충정공, 이용익 선생을 욕하는 이 있겠는가. 우리는 그분들의 초년을 모른다. 역사에 남은 것은 그분들의 후반이요, 따라서 그분들의 생명은 마지막에 길이 남게 된 것이다.

도도히 밀려오는 망국의 탁류*—이 금력과 권력, 사악 앞에 목숨으로써 방파제를 이루고 있는 사람들은 지조의 함성을 높이 외치라. 그 지성(至性)* 앞에는 사나운 물결도 물러서지 않고는 못 배길 것이다. 천하의 대세가 바른 것을 향하여 다가오는 때에 변절이란 무슨 어처구니없는 말인가. 이완용*은 나라를 팔아먹어도 자기를 위한 36년의 선견지명*(?)은 가졌었다.

무너질 날이 얼마 남지 않은 권력에 뒤늦게 팔리는 행색은 딱하기 짝없다. 배고프고 욕된 것을 조금 더 참으라. 그보다 더한 욕이 변절 뒤에 기다리고 있다.

"소인기(少忍飢)하라."* 이 말에는 뼈아픈 고사(故事)*가 있다. 광해군*의 난정* 때 깨끗한 선비들은 나가서 벼슬하지 않았다.

어떤 선비들이 모여 바둑과 청담*으로 소일하는데,* 그 집 주인은

* 초년(初年) 사람의 일생에서 초기, 곧 젊은 시절을 이르는 말.
* 탁류(濁流) 흘러가는 흐린 물. 또는 그런 흐름.
* 지성(至性) 지극하게 애를 쓰는 성질.
* 이완용(李完用, 1858~1926) 조선 고종 때의 친일 관료. 1910년에 총리대신으로 정부의 전권 위원이 되어 한일 병합 조약을 체결하는 등 민족을 배반하였다.
* 선견지명(先見之明) 어떤 일이 일어나기 전에 미리 앞을 내다보고 아는 지혜.
* 소인기(少忍飢)하라 '배고픔을 좀 참아라.'의 뜻.
* 고사(故事) 유래가 있는 옛날의 일. 또는 그런 일을 표현한 어구.
* 광해군(光海君, 1575~1641) 조선 제15대 왕. 임진왜란을 수습하고 자주적인 외교를 폈으나 인목대비를 유폐한 폭군으로 더 알려져 있다.
* 난정(亂政) 어지러운 정치.
* 청담(淸談) 명리(名利)를 떠난, 맑고 고상한 이야기.
* 소일(消日)하다 어떠한 것에 재미를 붙여 심심하지 아니하게 세월을 보내다.

적빈이 여세라,* 그 부인이 남편의 친구들을 위하여 점심에는 수제비 국이라도 끓여 드리려 하니 땔나무가 없었다. 궤짝을 뜯어 도마 위에 놓고 식칼로 쪼개다가 잘못되어 젖을 찍고 말았다.

바둑 두던 선비들은 갑자기 안에서 나는 비명을 들었다. 주인이 들어갔다가 나와서 사실 얘기를 하고 초연히* 하는 말이, 가난이 죄라고 탄식하였다. 그 탄식을 듣고 선비 하나가 일어서며, 가난이 원순 줄 이제 처음 알았느냐고 야유하며 간 뒤로 그 선비는 다시 그 집에 오지 않았다. 몇 해 뒤 그 주인은 첫 뜻을 바꾸어 나아가 벼슬하다가 반정(反正)* 때 몰리어 죽게 되었다.

수레에 실려서 형장*으로 가는데, 길가 숲 속에서 어떤 사람이 나와 수레를 잠시 멈추게 한 다음 가지고 온 닭 한 마리와 술 한 병을 내놓고 같이 나누며 영결하였다.* 그때 그 친구의 말이, 자네가 새삼스레 가난을 탄식할 때 나는 자네가 마음이 변한 줄 이미 알고 발을 끊었다고 했다. 고기 밥 맛에 끌리어 절개를 팔고 이 꼴이 되었으니 죽으면 고기 맛을 못 잊어서 어찌겠느냐는 야유가 숨었는지도 모른다. 그러나 이렇게 찾는 것은 우정이었다.

죄인은 수레에 다시 타고 형장으로 끌려가면서 탄식하였다. "소인기 소인기하라."고.

변절자에게도 양심은 있다. 야당에서 권력에로 팔린 뒤 거드럭거리다 이내 실세(失勢)한* 사람도 있고 지금 요추*에 앉은 사람도 있으

---

* 적빈(赤貧)이 여세(如洗)라 가난하기가 마치 물로 씻은 듯 심하여 아무것도 가진 것 없음.
* 초연(愀然)히 얼굴에 근심스러운 빛이 있게.
* 반정(反正) 옳지 못한 임금을 폐위하고 새 임금을 세워 나라를 바로잡음. 또는 그런 일.
* 형장(刑場) 사형을 집행하는 장소, 즉 사형장.
* 영결(永訣)하다 죽은 사람과 산 사람이 서로 영원히 헤어지다.
* 실세(失勢)하다 세력을 잃다.

며 갓 들어가서 애교를 떠는 축도 있다. 그들은 대개 성명서를 낸 바 있다. 표면으로 성명은 버젓하나 뜻있는 사람을 대하는 그 얼굴에는 수치의 감정이 역연하다.* 그것이 바로 양심이란 것이다. 구복과 명리를 위한 변절은 말없이 사라지는 것이 좋다. 자기변명은 도리어 자기를 깎는 것이기 때문이다. 처녀가 아기를 낳아도 핑계는 있다는 법이다. 그러나 나는 왜 아기를 배게 됐느냐 하는 그 이야기 자체가 창피하지 않은가.

양가(良家)*의 부녀가 놀아나고 학자 문인까지 지조를 헌신짝같이 아는 사람이 생기게 되었으니 변절하는 정치가들도 우리쯤이야 괜찮다고 자위할지* 모른다. 그러나 역시 지조는 어느 때나 선비의, 교양인의, 지도자의 생명이다. 이러한 사람들이 지조를 잃고 변절한다는 것은 스스로 그 자임하는* 바를 포기하는 것이다.

〔『지조론』, 삼중당 1962〕

- 요추(要樞) 가장 중요한 부분.
- 역연(歷然)하다 분명히 알 수 있도록 또렷하다.
- 양가(良家) 지체가 있는 좋은 집안.
- 자위(自慰)하다 자기 마음을 스스로 위로하다.
- 자임(自任)하다 임무를 자기가 스스로 맡다.

작품
이해

　글쓴이 조지훈은 이른바 '청록파' 시인입니다. 그런 그가 '변절자를 위하여'라는 부제가 붙은 이 무거운 수필을 발표한 때는 1960년입니다. 당시에는 친일파들이 정치계에서 힘을 발휘하고, 정치가들이 지조 없이 변절을 일삼았답니다. 글쓴이는 이런 혼탁한 세태를 엄격한 붓으로 비판합니다. 그런데 변절자를 옹호하는 글이 아니라 비판하는 글임에도 불구하고 글쓴이는 부제에서 '위하여'라는 말을 썼습니다. 아마 글쓴이는 이 글을 변절자들에게 들려주는 '조언'이나 '충고'로도 생각한 것 같지요.

　이 수필은 어지럽고 정의롭지 못한 시대상을 냉철한 이성에 근거해 비판합니다. 주제와 대상도 무거운 편이지요. 이러한 수필을 '중수필'이라고 합니다. 사소한 일상을 기록하는 것만이 수필이 아니라는 점 기억해 두세요.

활동

1 「지조론」에서 지적하는 '변절자'는 누구인가요?

2 이 글에서 작가가 말하는 '지조(志操)'의 의미는 무엇인가요?

3 우리 주변에 이 글을 읽고 지조의 의미를 생각해 봤으면 하는 사람이 있다면 어떤 사람인지 이야기해 봅시다.

땅끝에서 바다로 이어지는 신비의 바닷길

곽재구(1954~) 시인. 광주에서 태어나 전남대 국문학과를 졸업함. 시집으로 『사평역에서』『전장포 아리랑』『참 맑은 물살』, 산문집 『내가 사랑한 사람 내가 사랑한 세상』『곽재구의 포구 기행』『우리가 사랑한 1초들』등이 있음.

참으로 깊고 맑은 예술혼의 길

광주에서 나주를 거쳐 완도로 가는 13번 국도는 해남군의 옥천면에서 또 하나의 길과 만난다. 18번 국도, 나라 안의 많은 길들 중에서 나는 이 길을 유독 사랑한다. 길 위에서 길을 꿈꾸는 나그네가 자신이 걷고 있는 길의 거칠고 부드러움을 구분 짓고 탓한다면 이미 나그네로서의 격을 잃었을 터이지만 이 길 위에 서면 내 마음은 여름날 강변 미루나무 잎새들처럼 싱싱해지고 잘 삭은 토하젓˚에 버무린 비빔밥 한 그릇처럼 따뜻해진다.

내가 이 길을 좋아하는 이유는 이 길이 지닌 맑은 영혼 때문이다. 이 길은 지리산의 화엄사에서 시작된다. 나라 안의 가장 깊고 웅숭한˚ 땅의 기운을 안고 길은 곧장 구례의 섬진강 변을 따라 흐르다 이윽고 보성강과 탐진강을 따라 차례로 흐르게 된다. 그윽하고 수려한 필치로 그려진 남종 문인화˚와 같은 남도의 세 강변을 그대로 답파

• 토하젓 새뱅잇과의 민물 새우로 담근 것.
• 웅숭하다 웅숭깊다. 사물이 되바라지지 아니하고 깊숙하다.
• 남종 문인화(南宗文人畵) 남종화. 산수화의 2대 화풍 가운데 하나로 학문과 교양을 갖춘 문인들이 비직업적으로 수묵(水墨)과 담채(淡彩)를 써서 내면세계의 표현에 치중한 그림의 경향.

하는* 것이다. 그 강변에 모여 사는 사람들의 꿈과 사랑과 한숨 같은 것들……. 길은 해남에서 곧장 진도로 이어진다. 예부터 보배의 섬으로 불린 진도. 평범한 사람들이 삶 속에서 이루어 낸 생활 예술의 지극한 경지. 진도 소리의 본향으로 길은 육자배기 한 자락처럼 선선히 풀어지는 것이다. 그러나 어찌 이 길이 지닌 그 맑은 영혼을 사랑하지 않을 수 있을 것인가.

차는 해남읍의 연동으로 들어선다. 녹우당(綠雨堂). 해남 윤씨 종가의 이름이다. 집 앞에 선 400년 묵은 은행나무에서 떨어지는 은행잎이 '녹색의 비' 같아서 이름 지어진 이 집의 당호(堂號)*는 우리 역사를 들춰 보았을 때 단순한 '은행잎의 비' 이상의 의미를 지닌다. 고산 윤선도와 공재 윤두서, 다산 정약용의 숨결들이 이 집 곳곳에 스며 있으며 추사 김정희와 초의선사, 소치 허유의 예술과 정신세계가 직간접으로 이 집과 연결되어 있음을 고려한다면 해남을 찾는 여행자가 그 첫 발걸음으로 녹우당을 향하는 것은 지극히 자연스런 일이다.

효종이, 그의 스승이었던 고산 윤선도를 위하여 하사한 이 집은 원래 수원에 있었던 것을 옮긴 것이다. 안채가 550년쯤, 사랑채가 360년쯤의 나이를 먹었으며 효종이 하사한 것은 그 가운데 사랑채다.

> 보리밥 풋나물을 알마초* 먹은 후에
> 바위 끝 물가에 슬카지* 노니노라.
> 그나믄 여나믄 일*이야 부럴* 줄이 있으랴.
> ─「산중신곡」제2수

* 답파(踏破)하다 험한 길이나 먼 길을 끝까지 걸어서 돌파하다.
* 당호(堂號) 집의 이름에서 따온 그 주인의 호.
* 알마초 알맞게.
* 슬카지 실컷.

임금의 스승이라는 명예와는 별도로 생애 20년의 귀양살이와 17년의 은둔 생활을 경험했던 고산은 그 험난한 세상살이의 이력으로부터 '조선의 말과 조선의 자연이 함께 어울린 가장 조선적인 시들'을 써냈다는 후세 평론가들의 평을 얻었다. 한 개인의 고통과 방황의 흔적들이 예술혼과 만나 꽃을 피워 내는 상징으로 녹우당은 존재하는 것이다.

이러한 예술혼은 공재 윤두서(1668~1715)와 다산 정약용(1762~1836)으로 이어진다. 유물 전시관에서 윤두서의 작품 「자화상」을 볼 수 있다는 것은 여행자로선 큰 기쁨이다. 전신(傳神).˚ 육체 속에 깃든 내면의 정신세계. 윤두서의 회화 정신이 그대로 깃든 이 그림 앞에서 여행자는 삶을, 그 진한 고통의 바다를 훌훌 털어 내는 청정한 예술혼을 만나게 된다.

녹우당은 다산 정약용의 먼 외갓집이기도 하다. 공재의 손녀가 바로 다산의 어머니인 것이다. 조선 실학의 집대성자로서 다산의 정신과 학문의 맥이 녹우당 옛 당주들의 혼과 면면히 이어져 있음을 생각할 때 가을바람에 흩날리는 이 집의 은행잎들이 범상한 낙엽으로 보이지 않는다.

차는 이제 대둔사로 길을 잡는다.

얼마 전까지 대흥사란 이름으로 더 많이 불린 이 절집은 서산대사의 의발(衣鉢)˚이 전해짐으로써 큰 이름을 얻게 되었다.

˚ 그나믄 여나믄 일 그 밖의 나머지 다른 일. 벼슬살이, 부귀영화를 뜻함.

˚ 부럴 부러워할.

˚ 전신(傳神) 초상화에서, 그려진 사람의 얼과 마음을 느끼도록 그리는 일.

˚ 의발(衣鉢) 가사와 바리때를 아울러 이르는 말. 스승으로부터 전하는 교법(敎法)이나 불교의 깊은 뜻을 이르는 말.

숲길은 고요하고 그윽하다. 서산은 이 땅을 '병란°이나 삼재°가 미치지 않을 땅이며 만년을 지나도 훼손되지 않을 땅'으로 보았다. 옛선(禪)지식의 혜안이 깊게 스민 땅기운을 호흡하며 10리 가까운 숲길을 천천히 걸을 수 있는 것은 대둔사가 마련한 일품의 격이거니와 침계루와 대웅전, 표충사를 소요하는° 동안 이 절집을 융숭하게 감싸안고 있는 산봉우리들로부터 여행자는 서산의 진술을 몸으로 느끼게 된다.

그리고 일지암으로 이어지는 숲길. 숲길은 며느리밥풀꽃으로 작은 군락을 이루고 있다. 자주색 꽃잎 위에 내려앉은 두 개의 밥풀 모양 꽃술이 앙증맞기도 하고 조금 처량하기도 하다. 일지암엔 우리나라 다도의 기초를 확립한 초의선사(1786~1866)의 흔적이 그대로 남아 있다.

눈이 오는 새벽이나 달이 뜬 밤마다 (스승은) 시를 읊으며 흥을 견디곤 했다. 차가 끓고 향기가 일면 흥에 겨운 대로 걸음을 옮긴다. 난간에 기대어 새소리를 듣다가 허리 굽은 오솔길에서 손님을 만날까 봐 숨곤 하였다.

일지암에 머물며 그림 수업을 하던 소치 허유는 스승인 초의의 일과를 이렇게 기록했다. 선다일여(禪茶一如)°의 경지 속에 『동다송(東茶頌)』 『다신전(茶神傳)』과 같은 저서를 남긴 초의는 당대의 유학들과 친교를 나눴는데 특히 동갑내기인 추사 김정희와의 교분°은 세상에

• 병란(兵亂) 나라 안에서 싸움질하는 난리.
• 삼재(三災) 사람에게 닥치는 세 가지 재해. 화재, 수재, 풍재의 세 가지 재앙.
• 소요(逍遙)하다 자유롭게 이리저리 슬슬 거닐며 돌아다니다.
• 선다일여(禪茶一如) 참선을 닦는 것과 차를 마시는 일은 같다는 불교의 가르침.

널리 알려졌다.

차는 나의 갈증 난 허파를 적셔 주겠지만 매우 줄었고, 또 훈납
과도 일찍이 차의 약속을 정성껏 한 바 있건만 한 잎짜리도 보내
주지 않으니 한탄스러우이.
햇차는 어찌하여 돌샘과 솔바람 사이에서 혼자만 마시고 먼 데
사람 생각은 조금도 하지 않는가. 30대의 몽둥이를 맞아야겠는가.

제주도에 유배 중인 추사가 초의에게 보낸 편지다. 투정 섞인 어투
속에 두 사람의 우의와 차에 대한 사랑이 잘 녹아 있다.
차를 사랑하는 정신은 오늘날 일지암의 주인에게까지 그대로 계
승되고 있다.
소요음영(逍遙吟詠)*이라고는 하지만 꽤 긴 숲길을 올라온 터에 초
의의 숨결이 깃든 차 한 잔 공양* 받으려는 꿈은 깨어졌다. 암자의 방
문들은 다 열려 있건만 찻물을 끓일 집주인은 행적이 없다. '불법은
차를 마시고 밥을 먹는 곳에 있다. 차의 더러움 없는 정기를 마실 때
어찌 대도를 이룰 날이 멀다고만 하랴.' 보조국사 지눌의 일갈*이 허
공으로 날아간 지금, 암자 뒤의 작은 샘에서 솟는 약수 한 잔으로 차
닦음을 한다.
암자의 대나무 툇마루에 앉아 산새 울음소리를 듣다가 멀리 펼쳐
지는 해남 바다의 모습을 본다. 선승의 먹옷 자락처럼 길게 길게 뻗

• 교분(交分) 서로 사귄 정.
• 소요음영(逍遙吟詠) 자유롭게 이리저리 슬슬 거닐며 나지막이 시를 읊조림.
• 공양(供養) 절에서, 음식을 먹는 일.
• 일갈(一喝) 한 번 큰 소리로 꾸짖음. 또는 그런 말.

어 나가는 산자락 끝에 펼쳐져 있는 은빛 바다의 모습은 일지암만이 지닌 풍광이다. 그 또한 선다일여의 경지 탓인가.

해남을 여행하는 여행자는 근본적으로 땅끝에 대한 깊은 향수를 지닌다. 잠시 백두 대간에 대해서 이야기하자. 백두산에서 뻗어 내린 산맥의 큰 힘과 꿈은 금강산과 설악산, 태백산을 거쳐 내려오며 우리 국토의 척추를 이룬다. 그 척추뼈가 마지막 마침표를 찍은 땅의 이름은, 얘기하는 사람에 따라서 조금씩 다르다. 지리산 천왕봉에서 그 장대한 숨결이 용솟음치며 마감을 했다고 얘기하는 사람이 있고, 어떤 이는 해남 땅 달마산에서 그 숨결이 한결 편안하게 골라져 지금의 땅끝 마을에 이른다는 것이다.

미황사(美黃寺)는 달마산 자락에 자리하고 있다. 해발 489미터. 결코 높지 않은 산봉우리지만 온통 암벽으로 이루어진 길이가 10리쯤 되는 바위산 봉우리들은 그 기품이 첫눈에도 예사롭지 않다. 주지인 금강스님의 덕분으로 일지암에서 받지 못한 녹차 공양을 받는다. 뜨내기 여행객들이 적지 않을 텐데 기꺼이 차 공양을 하는 스님의 이마와 눈빛이 차 향기만큼 맑다.

여덟 잔, 아니 아홉 잔은 마신 것 같다. 스님으로부터 절집의 내력과 괘불(掛佛),* 기우제 등에 대해 이야기를 듣는 동안 전갈이 왔다. 저녁 공양이 준비됐다는 것이다. 박속나물과 숙주나물이 나온 저녁 공양은 꿀처럼 달았다. 산사가 지닌 미덕은 예나 지금이나 같다. 배고프고 고통 받는 뭇 중생들을 그 자신의 몸 안에 끌어안는 것이다.

공양 후에 세 마장*쯤 떨어진 부도* 밭으로 걸음을 옮겼다. 조선

---

* 괘불(掛佛) 그림으로 그려서 걸어 놓은 부처의 모습.
* 마장 거리의 단위. 5리나 10리가 못 되는 거리를 이른다.
* 부도(浮屠) 고승(高僧)의 사리를 안치한 탑.

중후기 대표적인 선지식들의 형형한 눈빛이 살아 있는 곳. 겸허하고 소박한, 한없이 포근한 돌들의 좌선.° 묵언.° 나는 정암선사(1738~1794)의 부도 앞에 쭈그리고 앉았다. 내가 처음 미황사의 부도 밭에 들어섰을 때는 겨울날이었다. 군데군데 잔설이 있었고 나뭇가지들은 잎이 다 떨구어져 있었다. 산기슭에는 빈 가지들을 스쳐 온 바람소리가 만만치 않았다. 그런데 부도 밭에 들어서는 순간 달랐다. 지극히 포근하고 아늑한 기운들이 초면인 여행자를 감싸 안았던 것이다. 나는 한 부도 앞에 쭈그리고 앉았다가 필경은 잘 마른 풀숲 위에서 잠이 들고 말았다. 그 잠이 또한 전혀 춥지 않았다. 그 부도가 바로 정암선사의 부도였다.

여행지에서 돌아온 나는 정암선사의 기록을 찾았다. 일체의 무소유. 그는 대덕(大德)°들 중에서도 자비행으로 이름이 높았다. 그는 자신이 얻은 모든 재물을 중생에게 나누어 주었으며 그 자신은 늘 한 끼의 공양도 제대로 갖추지 못했다. '정암스님 계신 곳에서 양식을 구걸하는 자는 추방한다.' 오죽하면 미황사 일대의 걸인들이 이런 결정을 내렸을까.

길은 땅끝 마을로 이어진다. 이곳의 길은 나라 안의 어떤 길보다도 땅기운이 유순하다. 터벅터벅 아무리 걸어도 싫증나지 않는다. 운이 좋은 여행자라면 1일과 6일에 서는 송지장터에 들러 아직도 온기가 식지 않은 옛 닷새장의 흥취를 맛볼 수도 있다.

이골°이 난 여행자라면 당연히 해거름°이 질 무렵 땅끝에 도착한

• 좌선(坐禪) 고요히 앉아서 참선함.
• 묵언(默言) 아무런 말도 하지 않음.
• 대덕(大德) 넓고 큰 덕. 또는 그런 덕을 가진 사람.
• 이골 아주 길이 들어서 몸에 폭 밴 버릇.
• 해거름 해가 서쪽으로 넘어가는 일. 또는 그런 때.

다. 바다 위로 지는 해를 천천히 바라보며 지금껏 자신이 걸어온 길을, 그 길의 영혼을 응시하게 된다. 힘들고, 쓸쓸하고, 두렵고, 어리석었던 세상의 시간들이여 안녕. 그러고는 비록 여관방의 한구석에서나마 파도 소리와 함께 밤을 새우고 싱싱하게 솟구쳐 오르는 땅끝의 태양을, 햇살을 온 가슴에 받아들이는 것이다. 땅이 끝나는 곳에서 비로소 시작되는 이승의 시간들, 꿈들, 사랑들…….

(하략)

〔『남도땅 멋길 맛길』, 디자인하우스 2000〕

방학 숙제나 수행 평가로 체험 학습 보고서나 소감문을 써 본 적이 있을 겁니다. 보고서나 소감문 형식에서 벗어나 자신이 간 곳과 보고 들은 것, 그리고 느낀 바를 좀 더 개성을 살려 적을 수도 있습니다. 이러한 수필을 우리는 기행문이라고 부릅니다. '여정, 견문, 감상'이 주요 요소인 기행문도 수필의 한 종류입니다.

이 수필은 곽재구 시인이 전라남도 해남에 있는 녹우당, 대둔사, 미황사에서 선인들의 삶과 정신을 돌아보고 땅끝 마을에 도착해 자신의 삶을 돌아본 기행문입니다. 사람마다 생각이 다르듯이 여행지에서 보고 들은 것이나 감상도 천차만별입니다. 이 점에 주목해서 읽는다면 글쓴이의 생각이나 깨달음도 함께 읽을 수 있습니다.

활동

1 「땅끝에서 바다로 이어지는 신비의 바닷길」에서 작가의 여정을 순서대로 말해 봅시다.

2 이 글의 견문과 감상 중에서 가장 감명을 받은 것은 무엇인가요?

3 여러분이 땅끝에서 '지금껏 자신이 걸어온 길, 그 길의 영혼을 응시'하고 있다면 어떤 생각을 하게 될까요?

감옥에서 어머님께 올린 글월

심훈(1901~1936) 소설가. 서울에서 태어나 경성제일고등보통학교 재학 중 3·1운동에 참여했다가 4개월 간 복역함. 그후 중국 즈장(之江) 대학을 중퇴하고 동아일보 기자 생활을 하면서 시와 소설을 쓰기 시작 함. 농촌 계몽 소설 『상록수』, 저항 시 「그날이 오면」 등이 있음.

어머님!

오늘 아침에 고의적삼* 차입해* 주신 것을 받고서야 제가 이곳에 와 있는 것을 집에서도 아신 줄 알았습니다. 잠시도 엄마의 곁을 떠 나지 않던 막내둥이의 생사를 한 달 동안이나 아득히 아실 길 없으 셨으니, 그동안에 오죽이나 애를 태우셨겠습니까?

그러하오나 저는 이곳까지 굴러 오는 동안에 꿈에도 생각지 못하 던 고생을 겪었건만 그래도 몸 성히 배포 유하게* 큰집*에 와서 지냅 니다. 고랑을 차고 용수*는 썼을망정 난생처음으로 자동차에다가 보 호 순사를 앉히고 거들먹거리며 남산 밑에서 무학재 밑까지 내려 긁 는 맛이란 바로 개선문으로나 들어가는 듯하였습니다.

어머님!

제가 들어 있는 방은 28호실인데 성명 삼 자도 떼어 버리려 2007호

• 고의적삼 여름에 입는 홑바지와 저고리.
• 차입(差入)하다 교도소나 구치소에 갇힌 사람에게 음식, 의복, 돈 따위를 들여보내다.
• 배포(排布) 유(柔)하다 서두르거나 조급하게 굴지 않고 느긋하고 유들유들하다. '배포'는 일을 조리 있게 계획하는 속마음을 뜻함.
• 큰집 '감옥'을 뜻하는 은어.
• 용수 죄수의 얼굴을 보지 못하도록 머리에 씌우는 둥근 통 같은 기구.

로만 행세합니다. 두 간도 못 되는 방 속에 열아홉 명이나 비웃* 두름* 엮이듯 했는데 그중에는 목사님도 있고, 시골서 온 상투쟁이*도 있고요, 우리 할아버지처럼 수염 잘난 천도교* 도사도 계십니다. 그 밖에는 그날 함께 날뛰던 저의 동무들인데 제 나이가 제일 어려서 귀염을 받는답니다.

어머님!

날이 몹시도 더워서 풀 한 포기 없는 감옥 마당에 뙤약볕이 내리쪼이고 주황빛의 벽돌담은 화로 속처럼 달고 방 속에서는 똥통이 끓습니다. 밤이면 가뜩이나 다리도 뻗어 보지 못하는데 빈대, 벼룩이 다투어 가며 짓무른 살을 뜯습니다. 그래서 한 달 동안이나 쪼그리고 앉은 채 날밤을 새웠습니다. 그렇건만 대단히 이상한 일이 있지 않습니까? 생지옥 속에 있으면서 하나도 괴로워하는 사람이 없습니다. 누구의 눈초리에나 뉘우침과 슬픈 빛이 보이지 않고 도리어 그 눈들은 샛별과 같이 빛나고 있습니다그려!

더구나 노인네의 얼굴은 앞날을 점치는 선지자처럼 고행하는 도승*처럼 그 표정조차 엄숙합니다. 날마다 이른 아침 전등불 꺼지는 것을 신호 삼아 몇천 명이 같은 시간에 마음을 모아서 정성껏 같은 발원*으로 기도를 올릴 때면 극성맞은 간수*도 칼자루 소리를 내지 못하며 감히 들여다보지도 못하고 발꿈치를 돌립니다.

• 비웃 '청어(靑魚)'를 식료품으로 이르는 말.
• 두름 조기 따위의 물고기를 짚으로 한 줄에 열 마리씩 두 줄로 엮은 것.
• 상투쟁이 상투를 튼 사람을 낮잡아 이르는 말.
• 천도교(天道敎) 최제우가 창건한 '동학'을 제3대 교주인 손병희가 개칭한 이름.
• 도승(道僧) 불도를 닦아 깨달은 승려.
• 발원(發願) 신이나 부처에게 소원을 빎. 또는 그 소원.
• 간수(看守) 감옥에서 죄인을 감시하는 역할을 하던 사람.

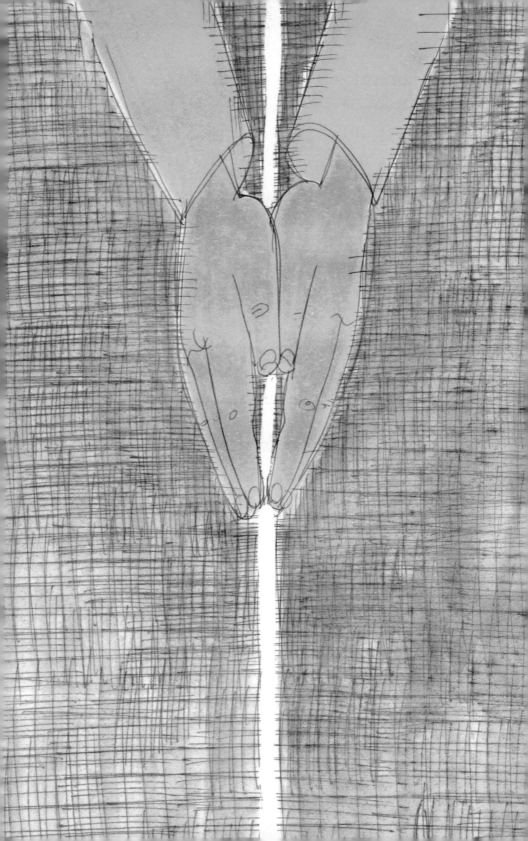

어머님!

우리가 천 번 만 번 기도를 올리기로서니 굳게 닫힌 옥문이 저절로 열릴 리는 없겠지요. 우리가 아무리 목을 놓고 울며 부르짖어도, 크나큰 소원이 하루아침에 이루어질 리도 없겠지요. 그러나 마음을 합하는 것처럼 큰 힘은 없습니다. 한데 뭉쳐 행동을 같이하는 것처럼 무서운 것은 없습니다. 우리들은 언제나 그 큰 힘을 믿고 있습니다. 생사를 같이할 것을 누구나 맹세하고 있으니까요……. 그러기에 나이 어린 저까지도 이러한 고초˚를 그다지 괴로워하여 하소연해 본 적이 없습니다.

어머님!

어머님께서는 조금도 저를 위하여 근심치 마십시오. 지금 조선에는 우리 어머님 같으신 어머니가 몇천 분이요 몇만 분이나 계시지 않습니까? 그리고 어머님께서도 이 땅에 이슬을 받고 자라나신 공로 많고 소중한 따님의 한 분이시고 저는 어머님보다도 더 크신 어머님을 위하여 한 몸을 바치려는 영광스러운 이 땅의 사나이외다.

콩밥을 먹는다고 끼니때마다 눈물겨워하지도 마십시오. 어머님이 마당에서 절구에 메주를 찧으실 때면 그 곁에서 한 주먹씩 주워 먹고 배탈이 나던, 그렇게도 삶은 콩을 좋아하던 제가 아닙니까? 한 알만 마루 위에 떨어지면 흘금흘금 쳐다보고 다른 사람이 먹을세라 주워 먹기 한 버릇이 되었습니다.

어머님!

오늘 아침에는 목사님한테 사식˚이 들어왔는데 첫술을 뜨다가 목

˚ 고초(苦楚) 괴로움과 어려움을 아울러 이르는 말.
˚ 사식(私食) 교도소나 유치장에 갇힌 사람에게 사사로이 마련하여 들여보내는 음식.

이 메어 넘기지를 못합니다. 그도 그럴 것이외다. 아내는 태중˚에 놀라서 병들어 눕고 열두 살 먹은 어린 딸이 아침마다 옥문 밖으로 쌀을 날라다가 지어 드리는 밥이라 합니다. 저도 돌아앉으며 남모르게 소매를 적셨습니다.

어머님!

며칠 전에는 생후 처음으로 감방 속에서 죽는 사람의 임종을 같이 하였습니다. 돌아간 사람은 먼 시골의 무슨 교를 믿는 노인이었는데 경찰서에서 다리 하나를 못 쓰게 되어 나와서 이곳에 온 뒤에도 밤이면 몹시 앓았습니다. 병감˚은 만원이라고 옮겨 주지도 않고 쇠잔한 몸에 그 독은 나날이 뼈에 사무쳐 어제는 아침부터 신음하는 소리가 더 높았습니다.

밤은 깊어 악박골˚ 약물터에서 단소 부는 소리도 그쳤을 때 그는 가슴에 손을 얹고 가쁜 숨을 몰기 시작했습니다. 우리는 모두 일어나 그의 머리맡을 에워싸고 앉아서 죽음의 그림자가 시시각각으로 덮어 오는 그의 얼굴을 묵묵히 지키고 있었습니다.

그는 희미한 눈초리로 5촉밖에 안 되는 전등을 멀거니 쳐다보면서 무슨 깊은 생각에 잠긴 듯 추억의 날개를 펴서 기구한˚ 일생을 더듬는 듯합니다. 그의 호흡이 점점 가빠지는 것을 본 저는 제 무릎을 베개 삼아 그의 머리를 괴었더니 그는 떨리는 손을 더듬더듬하여 제 손을 찾아 쥐더이다. 금세 운명할 노인의 손아귀 힘이 어쩌면 그다지도 굳셀까요? 전기나 통한 듯이 뜨거울까요?

˚ 태중(胎中) 아이를 배고 있는 동안.
˚ 병감(病監) 교도소에서 병든 죄수를 따로 두는 감방.
˚ 악박골 서울특별시 서대문구 현저동 일대의 옛 이름.
˚ 기구(崎嶇)하다 세상살이가 순탄하지 못하고 가탈이 많다.

어머님!

그는 마지막 힘을 다하여 몸을 벌떡 솟치더니 "여러분!" 하고 큰 목소리로 무거이 입을 열었습니다. 찢어질 듯이 긴장된 얼굴의 힘줄과 표정이 그날 수천 명 교도 앞에서 연설을 할 때의 그 목소리가 이와 같이 우렁찼을 것입니다. 그러나 우리는 마침내 그의 연설을 듣지 못했습니다. "여러분!" 하고는 뒤미쳐 목에 가래가 끓어오르기 때문에…….

그러면서도 그는 우리에게 무엇을 바라는 것 같아서 어느 한 분이 유언할 것이 없느냐 물으매 그는 조용히 머리를 흔들어 보이나 그래도 흐려 가는 눈은 꼭 무엇을 애원하는 듯합니다마는 그의 마지막 소청*을 들어줄 그 무엇이나 우리가 가졌겠습니까? 우리는 약속이나 한 듯이 나직나직한 목소리로 그날에 여럿이 떼 지어 부르던 노래를 일제히 부르기 시작했습니다. 떨리는 목소리로 첫 절도 다 부르기 전에 설움이 북받쳐서 그와 같은 신도인 상투 달린 사람은 목을 놓고 울더이다.

어머님!

그가 애원하던 것은 그 노래인 것이 틀림없었을 것입니다. 우리는 최후의 일각의 원혼*을 위로하기에는 가슴 한복판을 울리는 그 노래밖에 없었습니다. 후렴이 끝나자 그는 한 덩이 시뻘건 선지피*를 제 옷자락에 토하고는 영영 숨이 끊어지고 말더이다.

그러나 야릇한 미소를 띤 그의 영혼은 우리가 부른 노래에 고이고 이 쌓이고 받들려 쇠창살을 새어서 새벽하늘로 올라갔을 것입니다.

* 소청(所請) 남에게 청하거나 바라는 일.
* 원혼(冤魂) 분하고 억울하게 죽은 사람의 넋.
* 선지피 생생한 피.

저는 감지 못한 그의 두 눈을 쓰다듬어 내리고 날이 밝도록 그의 머리를 제 무릎에 내려놓지 않았습니다.

어머님!

생각하면 생각할수록 새록새록 아프고 쓰라렸던 지난날의 모든 일을 큰 모험 삼아 몰래몰래 적어 두는 이 글월에 어찌 다 시원스러이 사뢰올° 수 있사오리까? 이제야 겨우 가시밭을 밟기 시작한 저로서 어느 새부터 이만 고생을 호소할 것이오리까?

오늘은 아침부터 참대같이 쏟아지는 비에 더위가 씻겨 내리고 높은 담 안에 시원한 바람이 휘돕니다. 병든 누에같이 늘어졌던 감방 속의 여러 사람도 하나둘 생기가 나서 목침돌림° 이야기에 꽃이 핍니다.

어머님!

며칠 동안이나 비밀히 적은 이 글월을 들키지 않고 내보낼 궁리를 하는 동안에 비는 어느덧 멈추고 날은 오늘도 저물어 갑니다. 구름 걷힌 하늘을 우러러 어머님의 건강을 비올 때, 비 뒤의 신록°은 담 밖에 더욱 아름답사온 듯 먼 촌의 개구리 소리만 철창에 들리나이다.

1919. 8. 29.

〔『그날이 오면』, 한성도서주식회사 1949〕

• 사뢰다 웃어른에게 말씀을 올리다.
• 목침(木枕)돌림 여럿이 모인 자리에서 목침을 돌려, 차례가 된 사람이 옛이야기나 노래를 하며 즐김. 또는 그런 놀이.
• 신록(新綠) 늦봄이나 초여름에 새로 나온 잎의 푸른빛.

작품
이해

이 글은 아들이 어머니께 보내는 편지입니다. 아들은 농촌 계몽 소설 『상록수』의 작가 심훈이지요. 그는 19세 때인 1919년 3·1 운동에 참여했다 감옥에 갇힙니다. 한집에 살아도 자식 걱정을 하는 이가 어머니입니다. 하물며 감옥에 갇힌 자식을 둔 어머니의 심정이야 어떻겠어요?

그러나 글쓴이는 어머니를 되레 위로합니다. 자신의 어머니와 같은 처지에 있는 어머니가 몇천 분이나 계시다면서, 자신은 원래 콩을 좋아했다면서 말이지요. 참 의젓합니다. 그런데 좀 더 생각해 보면, 글쓴이가 그렇게 말한 데에는 자신이 조국을 위해 올바른 일을 하다 감옥에 왔다는 자긍심이 깔려 있음을 알 수 있어요. 그러니 감옥 안에서도 식민지 상황을 극복하겠다는 의지를 굳게 다지는 것이지요.

활동

1 작가가 「감옥에서 어머님께 올린 글월」을 쓴 목적은 무엇인가요?

2 이 글과 「그날이 오면」에 담긴 공통된 생각은 무엇인지 말해 봅시다.

> 그날이 오면
> 심훈
>
> 그날이 오면, 그날이 오면은
> 삼각산이 일어나 더덩실 춤이라도 추고
> 한강 물이 뒤집혀 용솟음칠 그날이,
> 이 목숨이 끊기기 전에 와 주기만 할 양이면,
> 나는 밤하늘에 나는 까마귀와 같이
> 종로의 인경을 머리로 들이받아 울리오리다.
> 두개골은 깨어져 산산조각이 나도
> 기뻐서 죽사오매 오히려 무슨 한이 남으오리까. (하략)

**엮어
읽기**

　이번에 소개할 작품은 수필의 범주를 넓게 보았을 때 아우를 수 있는 다양한 형식의 글입니다. 연설문 「우리는 결국 모두 형제들이다」, 소설가가 자기 작품에 대해 쓴 「상이군인에서 얻은 영감과 외나무다리의 결합」, 자기 생각을 체계적으로 적은 글 「무식한 놈」을 실었습니다. 세 편의 글을 읽으며 각 글의 형식과 그 안에 표현된 내용을 잘 새겨보기 바랍니다.

　「우리는 결국 모두 형제들이다」는 인디언 추장의 연설문입니다. 신선한 공기, 반짝이는 물, 땅의 온기를 사고팔 수 있는 소유물로만 여기는 백인들을 비판합니다. 이 땅에 사는 사람들은 모두 대자연의 일부이며, 인간이 자연에 하는 일이 다시 인간에게 돌아오니 부디 자연을 소중히 하라며 호소하고 있습니다. 환경오염과 기후 변화로 자연을 파괴한 대가를 톡톡히 치르고 있는 오늘날, 200여 년 전 인디언 추장의 메시지가 뜻깊게 다가옵니다.

　「상이군인에서 얻은 영감과 외나무다리의 결합」은 태평양 전쟁과 한국 전쟁이라는 20세기 우리 민족의 수난을 바탕으로 한 소설 「수난이대」가 어떻게 탄생했는지 작가 스스로 작품의 기원을 밝히는 글입니다.

　「무식한 놈」은 야생초에 관한 문학 작품과 자기 체험을 예로 들며 논리적으로 자신의 주장을 펼쳤습니다. 글을 쓰는 사람은 보통 사람보다 사물을 잘 관찰하여 언어를 엄격하게 썼으면 한다는 내용을 담고 있습니다.

우리는 결국 모두 형제들이다˙

시애틀 추장(1786?~1866) 미국 서부 워싱턴 주 지역에 살던 인디언 부족의 지도자. 워싱턴 주의 시애틀 시는 그의 이름을 따서 지은 것이며, 몸집이 장대하고 연설할 때에는 목소리가 반 마일 이상 울려 퍼졌다고 함.

워싱턴의 대추장이 우리 땅을 사고 싶다는 전갈을 보내 왔다. 대추장은 우정과 선의의 말도 함께 보내 왔다. 그가 답례로 우리의 우의˙를 필요로 하지 않는다는 것을 잘 알고 있으므로 이는 그로서는 친절한 일이다. 하지만 우리는 그대들의 제안을 진지하게 고려해 볼 것이다. 우리가 땅을 팔지 않으면 백인이 총을 들고 와서 우리 땅을 빼앗을 것임을 우리는 알고 있다.

그대들은 어떻게 저 하늘이나 땅의 온기를 사고팔 수 있는가? 우리로서는 이상한 생각이다. 공기의 신선함과 반짝이는 물을 우리가 소유하고 있지도 않은데 어떻게 그것들을 팔 수 있다는 말인가? 우리에게는 이 땅의 모든 부분이 거룩하다. 빛나는 솔잎, 모래 기슭, 어두운 숲 속 안개, 맑게 노래하는 온갖 벌레들, 이 모두가 우리의 기억과 경험 속에서는 신성한 것들이다. 나무 속에 흐르는 수액은 우리 홍인(紅人)˙의 기억을 실어 나른다. 백인은 죽어서 별들 사이를 거닐 적에 그들이 태어난 곳을 망각해 버리지만, 우리가 죽어서도 이 아름다운 땅을 결코 잊지 못하는 것은 이것이 바로 우

• 1854년 미국의 14대 대통령 피어스가 원주민의 땅을 매입하려고 하자 시애틀 추장이 행한 연설문 또는 추장의 편지로 알려진 글이다.
• 우의(友誼) 친구가 서로 사귀어 친하여진 정.
• 홍인(紅人) 백인에 대해 인디언이 자신들을 '붉은색 인종'으로 구별해 일컫는 말임.

리 홍인의 어머니이기 때문이다. 우리는 땅의 한 부분이고 땅은 우리의 한 부분이다. 향기로운 꽃은 우리의 자매이다. 사슴, 말, 큰 독수리, 이들은 우리의 형제들이다. 바위산 꼭대기, 풀의 수액, 조랑말과 인간의 체온 모두가 한 가족이다.

워싱턴의 대추장이 우리 땅을 사고 싶다는 전갈을 보내 온 것은 곧 우리의 거의 모든 것을 달라는 것과 같다. 대추장은 우리만 따로 편히 살 수 있도록 한 장소를 마련해 주겠다고 한다. 그는 우리의 아버지가 되고 우리는 그의 자식이 되는 것이다. 그러니 우리의 땅을 사겠다는 그대들의 제안을 잘 고려해 보겠지만, 우리에게 있어 이 땅은 거룩한 것이기에 그것은 쉬운 일이 아니다. 개울과 강을 흐르는 이 반짝이는 물은 그저 물이 아니라 우리 조상들의 피다. 만약 우리가 이 땅을 팔 경우에는 이 땅이 거룩한 것이라는 걸 기억해 달라. 거룩할 뿐만 아니라, 호수의 맑은 물속에 비친 신령스러운˚ 모습들 하나하나가 우리네 삶의 일들과 기억들을 이야기해 주고 있음을 아이들에게 가르쳐야 한다. 물결의 속삭임은 우리 아버지의 아버지가 내는 목소리이다. 강은 우리의 형제이고 우리의 갈증을 풀어 준다. 카누를 날라 주고 자식들을 길러 준다. 만약 우리가 땅을 팔게 되면 저 강들이 우리와 그대들의 형제임을 잊지 말고 아이들에게 가르쳐야 한다. 그리고 이제부터는 형제에게 하듯 강에게도 친절을 베풀어야 할 것이다.

아침 햇살 앞에서 산안개가 달아나듯이 홍인은 백인 앞에서 언제나 뒤로 물러났지만 우리 조상들의 유골은 신성한 것이고 그들의 무덤은 거룩한 땅이다. 그러니 이 언덕, 이 나무, 이 땅덩어리는 우리에게 신성한 것이다. 백인은 우리의 방식을 이해하지 못한다는 것을 우리는 알고 있다. 백인은 땅의 한 부분이 다른 부분과 똑같다. 그는 한밤중에 와서는 필요한 것

˚ 신령(神靈)스럽다 보기에 신기하고 영묘한 데가 있다.

을 빼앗아 가는 이방인이기 때문이다. 땅은 그에게 형제가 아니라 적이며, 그것을 다 정복했을 때 그는 또 다른 곳으로 나아간다. 백인은 거리낌 없이 아버지의 무덤을 내팽개치는가 하면 아이들에게서 땅을 빼앗고도 개의치* 않는다. 아버지의 무덤과 아이들의 타고난 권리는 잊혀지고 만다. 백인은 어머니인 대지와 형제인 저 하늘을 마치 양이나 목걸이처럼 사고 약탈하고 팔 수 있는 것으로 대한다. 백인의 식욕은 땅을 삼켜 버리고 오직 사막만을 남겨 놓을 것이다.

모를 일이다. 우리의 방식은 그대들과는 다르다. 그대들의 도시의 모습은 홍인의 눈에 고통을 준다. 백인의 도시에는 조용한 곳이 없다. 봄 잎새 날리는 소리나 벌레들의 날개 부딪치는 소리를 들을 곳이 없다. 홍인이 미개하고 무지하기 때문인지는 모르지만, 도시의 소음은 귀를 모욕하는 것만 같다. 쏙독새의 외로운 울음소리나 한밤중에 못가에서 들리는 개구리 소리를 들을 수가 없다면 삶에는 무엇이 남겠는가? 나는 홍인이라서 이해할 수가 없다. 인디언은 연못 위를 쏜살같이 달려가는 부드러운 바람 소리와 한낮의 비에 씻긴 바람이 머금은 소나무 내음을 사랑한다. 만물이 숨결을 나누고 있으므로 공기는 홍인에게 소중한 것이다. 짐승들, 나무들, 그리고 인간은 같은 숨결을 나누고 산다. 백인은 자기가 숨 쉬는 공기를 느끼지 못하는 듯하다. 여러 날 동안 죽어 가고 있는 사람처럼 그는 악취에 무감각하다.

그러나 만약 우리가 그대들에게 땅을 팔게 되더라도 우리에게 공기가 소중하고, 또한 공기는 그것이 지탱해 주는 온갖 생명과 영기(靈氣)*를 나누어 갖는다는 사실을 그대들은 기억해야만 한다. 우리의 할아버지에게 첫 숨결을 베풀어 준 바람은 그의 마지막 한숨도 받아 준다. 바람은 또한 우리의

• 개의(介意)하다 어떤 일 따위를 마음에 두고 신경을 쓰다.
• 영기(靈氣) 신령스러운 기운.

아이들에게 생명의 기운을 준다. 우리가 우리 땅을 팔게 되더라도 그것을 잘 간수해서 백인들도 들꽃들이 향기로워진 바람을 맛볼 수 있는 신성한 곳으로 만들어야 한다.

우리는 우리의 땅을 사겠다는 그대들의 제의를 고려해 보겠다. 그러나 제의를 받아들일 경우 한 가지 조건이 있다. 즉 이 땅의 짐승들을 형제처럼 대해야 한다는 것이다. 나는 미개인이니 달리 생각할 길이 없다. 나는 초원에서 썩어 가고 있는 수많은 물소를 본 일이 있는데 모두 달리는 기차에서 백인들이 총으로 쏘고는 그대로 내버려 둔 것들이었다. 연기를 뿜어 내는 철마˚가, 우리가 오직 생존을 위해서 죽이는 물소보다 어째서 더 중요한지를 모르는 것도 우리가 미개인이기 때문인지 모른다. 짐승들이 없는 세상에서 인간이란 무엇인가? 모든 짐승이 사라져 버린다면 인간은 영혼의 외로움으로 죽게 될 것이다. 짐승들에게 일어난 일은 인간들에게도 일어나게 마련이다. 만물은 서로 맺어져 있다.

그대들은 아이들에게 그들이 딛고 선 땅이 우리 조상의 뼈라는 것을 가르쳐야 한다. 그들이 땅을 존경할 수 있도록 그 땅이 우리 종족의 삶들로 충만해 있다고 말해 주라. 우리가 우리 아이들에게 가르친 것을 그대들의 아이들에게도 가르치라. 땅은 우리 어머니라고. 땅 위에 닥친 일은 그 땅의 아들들에게도 닥칠 것이니, 그들이 땅에다 침을 뱉으면 그것은 곧 자신에게 침을 뱉는 것과 같다. 땅이 인간에게 속하는 것이 아니라 인간이 땅에 속하는 것임을 우리는 알고 있다. 만물은 마치 한 가족을 맺어 주는 피와도 같이 맺어져 있음을 우리는 알고 있다. 인간은 생명의 그물을 짜는 것이 아니라 다만 그 그물의 한 가닥에 불과하다. 그가 그 그물에 무슨 짓을 하든 그것은 곧 자신에게 하는 짓이다.

• 철마(鐵馬) 쇠로 만든 말이라는 뜻으로, '기차'를 비유적으로 이르는 말.

그러나 우리는 우리 종족을 위해 그대들이 마련해 준 곳으로 가라는 그대들의 제의를 고려해 보겠다. 우리는 떨어져서 평화롭게 살 것이다. 우리가 여생을 어디서 보낼 것인가는 중요하지 않다. 우리의 아이들은 그들의 아버지가 패배의 굴욕을 당하는 모습을 보았다. 우리의 전사들은 수치심에 사로잡혔으며 패배한 이후로 헛되이 나날을 보내면서 단 음식과 독한 술로 그들의 육신을 더럽히고 있다. 우리가 어디서 우리의 나머지 날들을 보낼 것인가는 중요하지 않다. 그리 많은 날이 남아 있지도 않다. 몇 시간, 혹은 몇 번의 겨울이 더 지나가면 언젠가 이 땅에 살았거나 숲 속에서 조그맣게 무리를 지어 지금도 살고 있는 위대한 부족의 자식들 중에 그 누구도 살아남아서 한때 그대들만큼이나 힘세고 희망에 넘쳤던 사람들의 무덤을 슬퍼해 줄 수 없을 것이다. 그러나 내가 왜 우리 부족의 멸망을 슬퍼해야 하는가? 부족이란 인간들로 이루어져 있을 뿐 그 이상은 아니다. 인간들은 바다의 파도처럼 왔다가는 간다. 자기네 하느님과 친구처럼 함께 걷고 이야기하는 백인들조차도 이 공통된 운명에서 벗어날 수는 없다. 결국 우리는 한 형제임을 알게 되리라.

　백인들 또한 언젠가는 알게 되겠지만 우리가 알고 있는 한 가지는 우리 모두의 하느님은 하나라는 것이다. 그대들은 땅을 소유하고 싶어 하듯 하느님을 소유하고 있다고 생각할지 모르지만 그곳은 불가능한 일이다. 하느님은 인간의 하느님이며 그의 자비로움은 홍인에게나 백인에게나 꼭 같은 것이다. 이 땅은 하느님에게 소중한 것이므로 땅을 해치는 것은 그 창조주에 대한 모욕이다. 백인들도 마찬가지로 사라져 갈 것이다. 어쩌면 다른 종족보다 더 빨리 사라질지 모른다. 계속해서 그대들의 잠자리를 더럽힌다면 어느 날 밤 그대들은 쓰레기 더미 속에서 숨이 막혀 죽을 것이다. 그러나 그대들이 멸망할 때 그대들을 이 땅에 보내 주고 어떤 특별한 목적으로 그대들에게 이 땅과 홍인을 지배할 권한을 허락해 준 하느님에 의해 불태워

져 환하게 빛날 것이다. 이것은 우리에게는 불가사의한 신비이다. 언제 물소들이 모두 살육되고 야생마가 길들여지고 은밀한 숲 구석구석이 수많은 인간들의 냄새로 가득 차고 무르익은 언덕이 말하는 쇠줄(전화선)로 더럽혀질 것인지를 우리가 모르기 때문이다. 덤불은 어디에 있는가? 사라지고 말았다. 독수리는 어디에 있는가? 사라지고 말았다. 날랜 조랑말과 사냥에 작별을 고하는 것은 무엇을 의미하는가? 삶의 끝이자 죽음의 시작이다.

우리 땅을 사겠다는 그대들의 제의를 고려해 보겠다. 우리가 거기에 동의한다면 그대들이 약속한 보호 구역을 가질 수 있을 것이다. 아마도 거기에서 우리는 얼마 남지 않은 날들을 마치게 될 것이다. 마지막 홍인이 이 땅에서 사라지고 그가 다만 초원을 가로질러 흐르는 구름의 그림자처럼 희미하게 기억될 때라도, 기슭과 숲들은 여전히 내 백성의 영혼을 간직하고 있을 것이다. 새로 태어난 아이가 어머니의 심장의 고동을 사랑하듯이 그들이 이 땅을 사랑하기 때문이다. 그러므로 우리가 땅을 팔더라도 우리가 사랑했듯이 이 땅을 사랑해 달라. 우리가 돌본 것처럼 이 땅을 돌보아 달라. 당신들이 이 땅을 차지하게 될 때 이 땅의 기억을 지금처럼 마음속에 간직해 달라. 온 힘을 다해서, 온 마음을 다해서 그대들의 아이들을 위해 이 땅을 지키고 사랑해 달라. 하느님이 우리 모두를 사랑하듯이.

한 가지 우리는 알고 있다. 우리 모두의 하느님은 하나라는 것을. 이 땅은 그에게 소중한 것이다. 백인들도 이 공통된 운명에서 벗어날 수는 없다. 결국 우리는 한 형제임을 알게 되리라.

(『녹색평론 선집 1』, 김종철 옮김, 녹색평론사 1998)

상이군인*에서 얻은 영감*과 외나무다리의 결합

하근찬(1931~2007) 소설가. 경북 영천에서 태어나 전주사범학교를 졸업하고 동아대 토목과를 중퇴함. 1957년 한국일보 신춘문예에 단편소설 「수난이대」가 당선되어 등단함. 주요 단편으로 「수난이대」 「왕릉과 주둔군」 「삼각의 집」 「족제비」 등이 있음.

　「수난이대」는 1957년에 한국일보의 신춘문예에 당선된 작품으로, 나의 처녀작*인 셈이다.

　이 작품의 착상이 머리에 떠오른 것은 1956년 가을 어느 날 동해남부선의 삼등열차 속에서였다. 그 무렵 부산에서 대학에 다니고 있던 터이라, 나는 부산과 고향인 영천 사이를 기차로 자주 왕래했었다.

　그 무렵의 기차 타기란 한마디로 이만저만한 고역이 아니었다. 연발* 연착*은 다반사*고, 차중에서 으레 두어 차례 증명서 조사를 받아야 하며, 또 끊임없이 잡상인들에게 시달려야만 했다. 안 사면 그만이지 잡상인에게 시달리다니, 얼른 납득이 안 가는 얘기겠지만, 사실 그 무렵은 그랬다.

　잡상인들이란 대개가 상이군인들이었다. 팔이 하나 없거나 다리가 하나 떨어져 나갔거나 혹은 얼굴이 형편없이 뭉개져 버린 그런 상이군인들이 둘 또는 셋씩 패를 지어 다니며 물품을 강매했다.* 손 대신 쇠갈고리가 박힌

---

* 상이군인(傷痍軍人) 전투나 군사상 공무 중에 몸을 다친 군인.
* 영감(靈感) 창조적인 일의 계기가 되는 기발한 착상이나 자극.
* 처녀작(處女作) 처음으로 지었거나 발표한 작품.
* 연발(延發) 정하여진 시간보다 늦게 출발함.
* 연착(延着) 정하여진 시간보다 늦게 도착함.
* 다반사(茶飯事) 차를 마시고 밥을 먹는 일이라는 뜻으로, 보통 있는 예사로운 일을 이르는 말.

의수*로 협박하듯 물건을 불쑥 내밀며 사라는 데는 질리지 않을 도리가 없었다. 사 주면 그만이지만, 그렇다고 한두 번도 아닌데 번번이 살 수는 없는 노릇이었다. 학생 신분인데 무슨 돈이 그렇게 있겠는가. 그러나 안 산다고 그냥 고개만 내저었다가는 야단이다.

"우리가 누굴 위해 이렇게 됐는지 모르갔수?"

쇠갈고리가 눈앞으로 다가드는 것이다. 그러니 더럽지만 그저, '미안합니다, 미안합니다.' 해야 한다.

아무튼 그런 분위기의 기차 안에서 나는 「수난이대」의 모티브*를 얻었던 것이다.

당장 눈앞에 대하면 불쾌하고 저항을 느끼게 하는 상이군인들이지만, 그러나 가만히 생각해 보면 그게 아니었다. 그것은 어떤 전율과 분노를 자아내게 하기에 충분한 것이었다. 그 인간 파편 같은 상이군인들의 모습에서 전쟁이라는 괴물의 수법을 볼 수 있었고, 그 잔인하고 거대한 괴물의 그림자 속에서 발버둥치는 무고한* 민중의 모습을 실감할 수가 있었다. 그리고 나아가서는 이 땅과 이 겨레의 운명 같은 것을 느낄 수도 있는 것 같았다.

이 땅과 이 겨레의 암담한 운명을 상징하고 있는 것 같은 상이군인들의 모습―무엇이 하나 될 것 같았다.

그런데 한번은 그런 기차 안에서 나는 어떤 문예지에 실린 기행문 하나를 읽고 있었다. 누가 쓴 것인지는 기억에 남아 있지 않으나, 아무튼 국내의 이름 있는 분이 유럽을 다녀 보고 와서 쓴 글이었다. 그 글을 읽어 내려가던 나는 속으로 '옳지, 됐어, 됐어.' 하고 쾌재*를 불렀다. 머리에 번쩍 와

• 강매(強賣)하다 남에게 물건을 강제로 떠맡겨 팔다.
• 의수(義手) 손이 없는 사람에게 인공으로 만들어 붙이는 손. 나무, 고무, 금속 따위로 만든다.
• 모티브(motive) 회화, 조각, 소설 따위의 예술 작품을 표현하는 동기가 된 작가의 중심 사상.
• 무고(無辜)하다 아무런 잘못이나 허물이 없다.
• 쾌재(快哉) 일 따위가 마음먹은 대로 잘되어 만족스럽게 여김. 또는 그럴 때 나는 소리.

닿는 것이 있었다.

어떤 도시의 뒷골목에서 신기료장수*를 발견한 그 필자는 매우 호기심
이 동했다. 앉아서 구두를 고치고 있는 모습이 우리나라의 신기료장수와
별로 다를 게 없었던 것이다. 유럽도 별 수 없구나 싶었고, 그러면서도 어
쩐지 친밀감 같은 것이 느껴져 필자는 그 신기료장수에게 다가가서 구두
를 벗었다. 그리고 징을 몇 개 박으면서 말을 걸었다. 그 신기료장수는 매
우 명랑한 사람이었다. 이쪽 한마디 말에 벌써 호의를 눈치챈 듯 서슴없이
자기 이야기를 늘어놓았다.

그 신기료장수는 다리 한쪽이 무릎 밑으로는 잘려 나간 불구자였다. 하
나밖에 없던 아들은 이번 제이 차 세계 대전에 죽었다는 것이다. 그리고 자
기는 제일 차 세계 대전 때 이렇게 다리 하나를 잘려 버렸다면서, 그 무릎
위로만 남은 다리 토막을 끄떡 들어 보이며 허허허 웃더라는 것이다.

아들은 제이 차 세계 대전에 죽고, 아버지는 제일 차 세계 대전에 다리
가 하나 잘려 나가고—옳지, 바로 이것이로구나 싶었다. 이것이야말로 바로
우리의 경우에도 딱 들어맞는 이야기가 아닌가. 이대에 걸친 수난—그것은
유럽의 경우보다도 어쩌면 우리의 경우에 더 절실하게 들어맞는 이야기인
것 같았다. 이 땅과 이 겨레의 암담한 운명을 상징할 수 있는 주제였다.

구상은 곧 이루어졌다.

이대에 걸친 수난이니 곧 '수난이대'—이렇게 제목부터 먼저 왔고, 아들
이 6·25에 당했다면, 아버지는 태평양 전쟁*에 당한 것으로 해야 한다. 뻔
한 노릇이다. 그리고 사실 또 그랬던 것이다.

아들이 6·25에 당하고, 아버지는 태평양 전쟁에 당하고—그렇다면 이건

---

* 신기료장수 헌 신을 꿰매어 고치는 일을 직업으로 하는 사람.
* 태평양 전쟁(太平洋戰爭) 1941년부터 1945년까지 일본과 연합국 사이에 벌어진 전쟁. 제이 차 세계 대전
  의 일부로서, 일본의 진주만 기습으로 시작되어 일본의 무조건 항복으로 끝났다.

능히 장편소설 감이다. 이대에 걸친 전쟁 피해담―이 거창한 놈을 어떻게 단편소설이라는 조그만 궤짝 속으로 집어넣을 것인지, 문제는 거기에 있었다. 약간 무리가 가더라도 구상을 잘하면 불가능한 일은 아닐 것 같았다.

그해의 신춘문예에 응모하리라는 생각을 하고 있었던 터이라 구상에 골몰하기 시작했다. 그런데 비교적 쉽게 그것을 해결할 수가 있었다. '외나무다리'가 계기였다. 우리 고향의 냇물에는 그 무렵만 해도 외나무다리가 흔히 눈에 띄었는데, 그 외나무다리의 아슬아슬한 역할을 생각하자 번쩍 머리에 떠오르는 것이 있었다. 수난의 두 부자로 하여금 그 외나무다리를 건너게 해 보자는 생각이었다. 말하자면 그 아슬아슬한 외나무다리 위에 이대의 수난을 집약시키는 것이다.

그렇다면 두 부자가 다 다리가 성해서는 의미가 없다. 아무리 아슬아슬한 외나무다리라 할지라도 다리가 성하면 능히 건널 수가 있을 터이니 말이다. 어느 한쪽이 다리가 불구여서 혼자서는 외나무다리를 건널 수가 없도록 해야만 이야기가 될 것 같았다. 그래서 아들 쪽을 전장에서 다리 하나가 잘려 나간 상이군인으로 설정했고, 아버지는 징용*으로 남양 군도*에 끌려가서 팔을 하나 잃어버린 불구자로 설정했다.

이쯤 되니 문제는 이제 다 해결된 거나 마찬가지였다. 다리를 하나 잃은 상이군인이 되어 돌아오는 아들을 팔이 하나 없는 아버지가 마중을 나가게 한다. 그리고 외나무다리에 이르자 아버지가 아들을 업고 다리 위에 오르도록 하는 것이다.

그런데 잠시 망설이게 된 것은 그다음이었다. 그렇게 외나무다리 위에 오른 두 불구 부자가 무사히 다리를 건너가게 하느냐, 아니면 중도에 냇물

• 징용(徵用) 강제 징용. 일제 강점기에 일본 제국주의자들이 조선 사람을 강제로 동원하여 부리던 일.
• 남양 군도(南洋群島) 제일 차 세계 대전 후에 일본이 통치하던 태평양 적도 부근의 미크로네시아의 섬들을 일컬음. 태평양 전쟁 말기 미·일 전투의 격전지였고, 이곳에 당시 많은 조선인들이 강제로 끌려갔다.

에 떨어지게 하느냐 하는 문제였다. 즉 결론인 셈이었다.

무사히 건너가게 하는 것도 중도에 떨어지게 하는 것도 다 일리가 있는 것 같았다. 중도에 떨어지게 하는 것은 수난을 강조하는 의미가 되어 주제를 더욱 짙게 하는 효과를 이루는 것 같았고, 무사히 건너가게 하는 것은 그런 수난 속에서도 삶에의 의지라 할까 집념이라 할까 그런 것을 잃지 않게 하는 것 같았다. 다시 말하면 떨어지게 하는 것은 절망을 상징하는 것이었고, 건너가게 하는 것은 절망의 극복을 상징하는 것이었다.

그렇다면 문제는 간단했다. 나는 결코 절망에 그치는 쪽을 택하고 싶지는 않았다. 절망을 디디고 넘어서려는 의지, 그 강인한 삶에의 집념 쪽을 택하고 싶었다. 이 땅과 이 겨레의 암담한 운명의 극복을 희망하고 싶었다.

그리고 또 한편 아무리 허구이기는 하지만 그 수난의 불구 부자를 다시 냇물에 밀어 넣어 버릴 수는 도저히 없는 노릇이었다.

이 결말 부분에 대해서는 신춘문예의 시상식 때 잠시 담소(談笑)* 거리가 되었다. 소설 부문이 아닌 다른 부문의 심사위원 한 분이 웃으시면서, "그 두 부자가 외나무다리에서 떨어지게 했다면 더 재미있었을 텐데……." 이런 말씀을 하셨다. 극적 효과를 앞세우는 말씀인 것 같았다.

그 말씀에 나는 아무 대꾸도 하지 않고 그저 속으로, '모르시는 말씀.' 하고 웃기만 했었다.

(「소설, 나는 이렇게 썼다」, 평민사 1999)

---

* 담소(談笑) 웃고 즐기면서 이야기함. 또는 그런 이야기.

무식한 놈

이익섭(1938~) 국어학자. 강원도 강릉에서 태어나 서울대 국문과를 졸업하고 같은 대학원에서 박사 학위를 받음. 서울대 교수와 국립국어원 원장을 지냄. 지은 책으로 『한국의 언어』 『꽃길 따라 거니는 우리 말 산책』 등이 있음.

안도현의 시에 「무식한 놈」이라는, 제목부터 재미있는 시가 있습니다. 특별히 이 시를 지목하여 읽어 보라며 어떤 분이 이 시인의 시집을 제게 선물했는데 재미있게 읽히는 시였습니다.

쑥부쟁이와 구절초를
구별하지 못하는 너하고
이 들길 여태 걸어왔다니

나여, 나는 지금부터 너하고 절교(絶交)다!

쑥부쟁이와 구절초를 구별하지 못한다고 절교를 선언하는 그 단호함이 아주 신선하게 느껴졌습니다. 그리고 그것을 상대방에게 하는 것이 아니라 "나여"라고 하면서 자신에게 하는 착상도 기발한 게 재미있었고요.

그런데 말입니다. 이런 걸로 절교를 하겠다면 절교 안 당하고 살아남을 사람이 몇이나 될까요? 이 시를 읽으며 저도 움찔하였습니다. 그때까지 쑥부쟁이와 구절초를 실물로는 구별하고 또 이들이 다른 이름으로 구별된다는 것까지는 알았으나 그 정확한 이름은 몰랐으니까요. 요즈음 그야말로 눈부시게 발전하였지만 그때까지만 해도 꽤 무식한 놈이었지요.

사실 자기는 무식하지 않노라고 나설 수 있는 사람이 많지는 않을 것입니다. 안도현 시인 스스로도 고백한 것이 있습니다. 같은 시집에 있는 「애기똥풀」을 함께 읽어 보실까요.

나 서른다섯 될 때까지
애기똥풀 모르고 살았지요
해마다 어김없이 봄날 돌아올 때마다
그들은 내 얼굴 쳐다보았을 텐데요
코딱지 같은 어여쁜 꽃
다닥다닥 달고 있는 애기똥풀
얼마나 서운했을까요

애기똥풀도 모르는 것이 저기 걸어간다고
저런 것들이 인간의 마을에서 시를 쓴다고

그러니 쑥부쟁이와 구절초의 구별 능력을 절교당하지 않는 조건으로 내세우는 건 그 수준을 너무 높이 잡은 감이 없지 않습니다. 그렇기는 하여도 우리 주변에는 무식해도 너무나 무식한 사람들이 의외로 많은 것도 사실입니다. 작년입니다만 집에 놀러 왔다가 점심을 먹으러 나가면서 친구와 나눈 말,

"저게 민들레지?"
"아니, 그건 씀바귀지."
"아이구 어쩌지? 마누라한테 민들레라고 큰소리쳤는데."

또 어제 집 부근의 산을 오르면서 고향 친구가 한 말도 그렇습니다. 진달래와 철쭉이 어떻게 다른지 모르겠다고 하였으니까요. 아니, 오늘 저녁에도 사건이 하나 있었지요. 젊은 부부가 산책을 나온 듯하였는데 여자가 "야, 아카시아 좀 봐." 그러지 않습니까. 그래서 제가 그랬지요. "저 흰 꽃 말인가요? 그건 조팝나뭅니다."

특히 글을 쓰는 사람들이 그 무식을 드러낼 때는 딱한 생각이 듭니다. 『아들과 함께 걷는 길』(1996)이라는 소설에 나오는 다음 대목이 그 대표적인 예의 하나일 것입니다.

"그건 갈나무야. 도토리 열매가 달리는. 그래서 잎이 밤나무하고 비슷하단다."
"그다음 아빠가 물었던 건 상수리나무고. 그 나무도 잎이 갈나무와 비슷하게 생겼는데 잎이 더 넓고 크단다."

참나무 중 가장 쉽게 구별할 수 있는 것이 상수리나무가 아닙니까? 다른 것에 비해 잎이 그야말로 밤나무의 잎처럼 좁고 길쭉하여 여느 참나무와 확연히 구별되지 않습니까? 그런데 앞의 소설에서는 아들에게 정반대로 가르쳐 주고 있습니다.

갈나무를 국어사전에서는 "떡갈나무의 준말"이라고 하나 굳이 떡갈나무에 한정시키기보다는 신갈나무와 갈참나무 등 '갈'자가 들어가는 참나무들을 두루 가리키는 이름으로 생각해도 좋을 듯합니다. 우리 고향에서는 그런 뜻으로 '갈나무'라 하고, 또 그 잎을 '갈잎'이라 하였지요. 어떻든 갈나무는 그 잎이 상수리나무 잎보다 훨씬 넓은 나무지요.

이처럼 결정적이지는 않지만 어느 시인이 1989년에 쓴 수필에서 산수유나무를 보았다고 한 이야기도 저는 왠지 미심쩍습니다. 내용인즉 이렇습니다. 박목월의 시 「귀밀 사마귀」에 나오는 "산수유 꽃 노랗게/흐느끼는 봄마다"를 읽고 산수유 꽃이 도대체 어떻게 생긴 꽃일까 하고 궁금했으나 주변에 아는 사람도 없고 해서 오랜 세월 잊고 있다가 근자*에 혼자서 자주 오르내리는 능선* 길을 가다가 우연히 시야에 들어온 꽃나무를 보고 그게 산수유임을 알아챘다는 것입니다.

책을 뒤져 그 특징을 확인했다고 했는데도 저는 이상하게 고개가 갸우뚱거려집니다. 능선 길에서 보았다는 것이 우선 마음에 걸립니다. 이분이 자주 오르내린 능선 길이 어떤 지리적인 조건의 길인지는 모르겠으나 능선에 있었으면 생강나무이기가 쉽고 산수유이기는 어렵지 않겠느냐는 의문이 드는 것입니다.

더구나 이분은 산수유의 열매를 "가을에 홍색으로 익는다고 하나 나는 아직 확인하지 못하고 있다."고 하였습니다. 자주 오르내린 길에서 산수유 열매가 한 번도 눈에 띄지 않았다면 그것도 이해가 잘 안 가는 부분 아닌가요? 역시 생강나무였기 때문에 열매를 못 본 것이 아닐까, 그 선연하게 반짝이는 산수유 열매가 어찌 눈에 안 뜨일 수 있었겠느냐 그런 의심을 하게 되는 것입니다.

지난봄에 관악산에서 생강나무를 찍고 있는데 한 등산객이 혼잣말로 산수유다 그러더군요. 제가 산수유가 아닌데요 했더니 그냥 가 버렸습니다. 그럼 무슨 꽃이냐고 묻기를 기다렸는데(그러면 숲 해설가 행세를 좀 해 보려 했는데) 그 이상 관심이 없다는 듯 그냥 가 버렸습니다.

산수유 꽃과 생강나무 꽃은 아마 일반인들이 가장 구별하기 어려운 종류에 속할 것입니다. 정말 이것을 구별하지 못한다고 무식한 놈이라거나 절

• 미심(未審)쩍다 분명하지 못하여 마음이 놓이지 않다.
• 근자(近者) 요 얼마 되는 동안.
• 능선(稜線) 산등성이를 따라 죽 이어진 선.

산수유

쑥부쟁이

철쭉

생강나무

구절초

진달래

교하겠다든가 하는 일은 지나친 일이라고 하지 않을 수 없겠지요. 그러니 만일 앞의 안도현 시인도 누가 생강나무를 산수유나무로 혼동하였다고 하면 그건 애교로 보아 줄 수 있을 것입니다.

그러나 역시 글을 쓰는 사람은 이런 데 좀 더 엄격해야 한다는 것이 저의 생각입니다. 이 시인은 수필 끝에 '산수유 꽃'이라는 시까지 곁들였는데 한 편의 시를 받치는 글로는 산수유에 대한 관찰이 전체적으로 너무 피상적*이라는 인상을 지울 수 없었습니다.

〔『꽃길 따라 거니는 우리말 산책』, 신구문화사 2010〕

• 피상적(皮相的) 본질적인 현상은 추구하지 아니하고 겉으로 드러나 보이는 현상에만 관계하는. 또는 그런 것.

2장

발견과 성찰

발견과 성찰에 대하여

앞 장에서 만난 작품들을 통해 수필의 다양한 형식과 표현에 대해 충분히 매력을 느꼈나요? 이번 장에서는 수필 작품의 내용과 주제에 대해 생각하며 더 폭넓게 읽어 보기로 하지요.

수필은 자신의 체험에서 길어 올린 생각이나 느낌을 자연스럽게 드러내는 글입니다. 굳이 내용이나 형식을 정해진 틀에 맞출 필요가 없습니다. 그래서인지 수필에는 다른 글에 비해 글쓴이의 체험이나 사색이 솔직하게 드러납니다. 작가는 대개 체험을 통해 얻은 지혜와 깨달음, 삶에 대한 생각을 글로 표현합니다. 다른 장르에 비해 글쓴이가 정직하게 스스로를 드러내고 인생과 세상에 대해 발견한 사실들을 진솔하게 담아냅니다. 그래서 수필을 읽다 보면 독자는 작가의 체험과 생각을 자기 것과 견주어 보게 되고, 삶의 가치와 의미를 생각해 보게 됩니다. 또 자신의 삶이 과연 올바른 방향으로 설정되어 있는지 반성해 보기도 합니다. 글쓴이의 발견과 성찰의 메시지를 어떤 장르보다 쉽게 이해할 수 있고, 글에 담긴 내용과 주제가 독서 과정을 통해 독자의 '발견과 성찰'로 전이될 수 있는 것이지요.

우리의 생각을 넓고 지혜롭게 가꾸고 삶을 더 풍요롭게 하기 위해서는 풍부한 경험과 성찰이 담긴 수필을 많이 읽는 게 좋습니다. 한 개인의 경험은 한정되어 편협할 수밖에 없지만, 시간과 공간을 뛰어넘어 다른 사람들이 생활 속에서 발견한 지혜를 폭넓게 얻을 수 있으니까요. 수필을 읽으면서 작가의 성찰을 밑거름 삼아 자신의 삶을 어떻게 가꾸어야 할지 진지하게 묻는 시간을 가질 수 있습니다.

2장에서는 작품을 통해 '나'와 '우리', '세계'를 만나 보려고 합니다. 나는 누구인가, 어떻게 살아야 올바른가, 무엇이 아름다운 관계인가, 내가 살고 있는 세계는 어떤 곳인가 등의 질문을 스스로에게 던져 보면서 삶의 가치와 의미를 찾아보기로 하지요. 또한 나의 삶은 어떤 방향으로 나아가고 있는지, 우리의 행동은 올바른지, 우리가 살고 있는 세계는 정의로운지 등에 대해 스스로 묻고 답해 봅시다.

그럼 이제 작품 속으로 들어가 볼까요? 우리가 무심코 지나친 일상의 사소한 것들에서 삶의 의미를 짚어 낸 작가들의 통찰에 주목하면서, 또 우리의 좌우명으로 새겨질 감동적인 구절과의 빛나는 만남을 기대하면서.

사는 거야 어디서 살건

권정생(1937~2007) 아동문학가. 일본 도쿄에서 태어나 해방 직후인 1946년 외가가 있는 경북 청송으로 돌아옴. 가난으로 인하여 교육을 제대로 받지 못하고 떠돌다가 1967년 경북 안동에 정착함. 동화집 『사과나무 밭 달님』 『바닷가 아이들』, 소년소설 『몽실 언니』 『점득이네』, 산문집 『우리들의 하느님』 등이 있음.

　1937년 9월에 나는 일본 도쿄 혼마치(本町)의 헌 옷 장수 집 뒷방에서 태어났다고 한다. 그런데 함께 동무했던 아이들과 학교에 들어가지 못해 얼마나 실망을 했는지 모른다. 그래서 늘 외톨이로 골목길에서 지내야 했다. 삯바느질을 하시던 어머니는 저녁때면 5전짜리 동전을 주면서 심부름을 시켰다. 이때 나는 따뜻한 사람들을 많이 만났다.

　키도 작고 손도 조그만 히데코 누나는 항상 말이 없고 외로워 보였다. 함께 극장에 가면 고구마튀김을 수건에다 겹겹이 싸서 식지 않도록 품속에 넣어 뒀다가, 영화가 중간쯤 진행될 때 꺼내어 내 손을 더듬어 쥐여 주던 그 따뜻한 촉감은 평생을 잊을 수 없다.

　아무렇게나 흘러들어 와 모여 사는 빈민가* 사람들의 가족 구성도 정상적이지 않았다. 골목길 끄트머리 노리코네 아버지는 조선 사람, 어머니는 일본 여자, 노리코는 고아원에서 데려온 딸이었다. 건너편 집의 미치코는 주워다 키운 아이고, 동생 기미코는 조선 아버지와

* 빈민가(貧民街) 가난한 사람들이 모여 사는 거리.

일본 어머니 사이에 태어난 혼혈아였고, 우리 앞집 일본인 부부도 양
딸을 데리고 살고 있었다. 한 집 건너 경순이는 관동 지진° 때 부모를
잃고, 거기서 식모살이처럼 얹혀살고 있었다.

경순이는 가끔 얻어맞아 퉁퉁 부어오른 얼굴로 우리 집으로 쫓겨
왔다. 어머니는 어루만져 달래 주고, 밥을 먹이고, 재워 줬다. 경순이
에 대한 추억은 이따금 아직도 가슴을 아프게 한다. 스무 살이 넘었
을 것이라 했지만, 경순이는 제 나이가 몇 살인지 몰랐다. 오테다마
(팥 주머니)를 만들자면 보통 팥알을 넣는데, 경순이는 그럴 수 없어
우리 집 추녀° 밑에 빗방울이 떨어지면서 만들어진 자잘한 돌멩이를
골라 만들곤 했다. 소설 『몽실 언니』는 혼마치에 살았던 히데코 누
나이기도 하고, 경순이 누나이기도 하고, 그 외의 가엾은 아이들의
모습이다.

1946년 해방 이듬해, 우리는 조선으로 돌아왔다. 그때 '조선인 연
맹'에 가입했던 형님 두 분은 다음에 돌아오기로 했으나, 끝내 돌아
오지 않았다. 울타리의 동백꽃이 피던 3월에 후지오카°의 버스 정류
장에서 나는 차에 오르지 않으려 애를 썼지만, 끝내 떼밀려 태워졌
고, 차는 떠나고 말았다. 만 8년 6개월 동안 어렵지만 정들어 자라 온
땅을 떠난다는 것은 가슴이 쓰리고 서러운 일이었다.

1946년 4월은 보릿고개°가 심했다. 거듭된 흉년으로 웬만한 집 모

- 관동 지진(關東地震) 1923년 9월 일본 간토(關東) 지방에서 발생한 대지진. 관동은 '간토'를 우리 한자음
  으로 읽은 이름.
- 추녀 네모지고 끝이 번쩍 들린, 처마의 네 귀에 있는 큰 서까래. 또는 그 부분의 처마.
- 후지오카(藤岡) 일본 간토의 도치기현(栃木県)에 있는 정(町). '정'은 시(市)보다 작은 행정 단위.
- 보릿고개 햇보리가 나올 때까지의 넘기 힘든 고개라는 뜻으로, 묵은 곡식은 거의 떨어지고 보리는 아직
  여물지 아니하여 농촌의 식량 사정이 가장 어려운 때를 비유적으로 이르는 말.

두가 쑥과 송피*로 죽을 끓여 먹고 있었다. 그것도 하루 세 끼 먹는 집은 드물었다.

만주와 일본에 갔다가 돌아온 동포들의 생활은 말이 아니었다. 당장 거처할 집이 없는 우리 식구는 뿔뿔이 흩어졌다. 어머니와 동생과 나는 외가가 있는 청송으로 갔고, 아버지와 누나는 안동으로 갔다. 함께 모인 것은 1947년 12월이었다.

나는 초등학교를 네 군데 다녔다. 도쿄의 혼마치에서 8개월, 군마 켄*에서 8개월, 조선에 와서 청송에서 5개월, 그리고 나머지는 안동에서 졸업을 했다. 그것도 잇따라 다닌 것이 아니라, 몇 달씩 몇 년씩 쉬었다가 다니는 바람에 1953년 3월에야 겨우 졸업을 했다.

아버지의 소작 농사만으로는 월사금*을 못 내어 어머니가 행상*을 하셨다. 한 달에 여섯 번씩 가시는데, 장날 갔다가 다음 장날 돌아왔다. 그러니 자연히 밥 짓는 일은 내가 맡아야 했다. 아침밥을 지어 먹고 설거지하고 학교 가자면 바쁘게 달려가야 했다. 그때 열 살 때부터 밥을 짓는 것을 배웠으니, 훗날 혼자서 살아가는 데 많은 도움이 되었다. 초등학교를 졸업하고 나서 처음 시작한 것이 나무장수였고, 다음이 고구마 장수, 담배 장수, 그리고 점원 노릇.

결핵을 앓은 것은 열아홉 살 때부터였다. 처음엔 숨이 차고 몹시 피곤했지만, 그런대로 두 해를 더 버티다가 결국 1957년, 고향으로

• 송피(松皮) 소나무의 속껍질. 쌀가루와 함께 섞어서 떡이나 죽을 만들어 먹기도 한다.
• 군마켄(群馬縣) 일본 혼슈(本州) 중앙부에 있는 현(縣). '켄'은 우리의 '도(道)'에 해당하는 '현(縣)'의 일본식 발음.
• 월사금(月謝金) 다달이 내던 수업료.
• 행상(行商) 이리저리 돌아다니며 물건을 파는 일. 도붓장사.

돌아와 버렸다. 마을에는 객지˚에 갔다가 결핵으로 돌아온 아이들이 나 말고도 10여 명이나 되었다. 식모살이 갔던 성애와 철도 기관사 조수로 일하던 태호, 산판˚에서 일하던 청수, 기덕이, 옥이, 성란이. 우리는 이따금 나오는 항생제˚를 배급받기 위해 읍내 보건소를 찾아 갔다. 그러나 허탕치고 돌아오는 날이 많았다. 약이 필요한 만큼 공급되지 않아서였다.

하나 둘씩 차례로 죽어 갔다. 열일곱 살의 기덕이는 빨간 피를 토하다 죽고, 열다섯 살의 옥이는 주일 학교 동무들이 예배를 드리는 가운데 숨을 거두었다. 다 죽고, 마지막 나 혼자만 남았다. 나는 늑막염˚과 폐결핵에서 신장 결핵, 방광 결핵으로 온몸이 망가져 갔다. 병을 앓는 나도 고통스러웠지만, 식구들의 고통은 더 심했을 게다. 어머니는 내가 아니었으면 좀 더 오래 사셨을 텐데, 자식 병구완하시느라˚ 일찍 돌아가셨다.

어머니는 첫아들을 장티푸스를 앓으면서 사산(死産)하시고,˚ 셋째는 열일곱 살 때 잃고, 둘째와 넷째는 해방 이듬해 헤어진 뒤 결국 다시 만나 보지 못하셨다. 그런 어머니는 1964년 가을에 세상을 뜨셨다. 몸져누우시기 전날까지 병든 자식 걱정하며, 헤어진 자식 기다리며 사셨다.

˚ 객지(客地) 자기 집을 멀리 떠나 임시로 있는 곳.
˚ 산판(山坂) 나무를 찍어 내는 일판.
˚ 항생제(抗生劑) 미생물이 만들어 내는 항생 물질로 된 약제. 다른 미생물이나 생물 세포를 선택적으로 억제하거나 죽인다.
˚ 늑막염(肋膜炎) 외상이나 결핵균의 감염 따위로 가슴막에 생기는 염증인 '가슴막염'의 전 용어.
˚ 병(病)구완하다 앓는 사람을 돌보아 주다.
˚ 사산(死産)하다 임신한 지 4개월 이상 지난 후 이미 죽은 태아를 분만하다.

어머니가 돌아가시고 나자, 나는 세상이 싫어졌다. 그래서 이 무렵 나는 동생을 결혼시켜야 하니 어디 좀 나갔다 오라는 아버지의 제안을 선뜻 받아들여 무작정 집을 나왔다.

1965년 4월에 나갔다가 8월에 돌아왔다. 그때 대구에서는 이윤복 군의 일기 『저 하늘에도 슬픔이』가 영화화되어 거리마다 극장 포스터가 나붙어 있었다. 나는 대구에서 김천으로, 상주로, 점촌, 문경, 예천으로 3개월을 떠돌아다녔다. 인생의 가장 밑바닥 생활인 걸식°을 한 것이다. 그러나 그것 때문에 병 한 가지만 더 얻었다. 그때부터 앓기 시작한 부고환° 결핵으로 온몸이 불덩이처럼 열이 올랐다. 산길에 쓰러져 누워 있다 보면, 누군가가 지나다 보고 간첩으로 오해를 하기도 했다. 그사이 아버지도 돌아가셨다.

이곳 교회 문간방에 들어가 살게 된 것은 1967년이었다. 전에 살던 집은 소작하던 농막°이어서 비워 주어야 했기 때문이다. 아버지, 어머니는 한평생 당신들의 집이 없었다. 가엾은 분들이다. 서향°으로 지어진 예배당 부속 건물의 토담집°은 겨울엔 춥고, 여름엔 더웠다. 외풍°이 심해 겨울엔 귀가 동상에 걸렸다가 봄이 되면 낫곤 했다. 그래도 그 조그만 방은 글을 쓸 수 있고, 아이들과 자주 만날 수 있는 장소였다. 여름에 소나기가 쏟아지면 창호지 문에 빗발이 쳐서 구멍이 뚫리고 개구리들이 그 구멍으로 뛰어들어 와 꽥꽥 울었다. 겨울이면 아랫목에 생쥐들이 와서 이불 속에 들어와 잤다. 자다 보면 발가

• 걸식(乞食) 음식 따위를 빌어먹음. 또는 먹을 것을 빎.
• 부고환(副睾丸) 포유류 수컷 생식 기관의 한 부분.
• 농막(農幕) 농사짓는 데 편리하도록 논밭 근처에 간단하게 지은 집.
• 서향(西向) 서쪽으로 향함. 또는 그 방향.
• 토담집 흙으로 쌓아 만든 담인 토담만 쌓아 그 위에 지붕을 덮어 지은 집.
• 외풍(外風) 밖에서 들어오는 바람.

락을 깨물기도 하고, 옷 속으로 비집고 겨드랑이까지 파고들어 오기도 했다. 처음 몇 번은 놀라기도 하고 귀찮기도 했지만, 지내다 보니 그것들과 정이 들어 버려 아예 발치*에다 먹을 것을 놓아두고 기다렸다. 개구리든 생쥐든 메뚜기든 굼벵이든 같은 햇빛 아래 같은 공기와 물을 마시며, 고통도 슬픔도 겪으면서 살다 죽는 게 아닌가? 나는 그래서 황금덩이보다 강아지 똥이 더 귀한 것을 알고, 외롭지 않게 되었다.

지금 우리 집엔 강아지 한 마리가 있는데, 심성이 착해서 좋다. 이름을 '뺑덕이'라 지었더니 아이들이 왜 하필이면 뺑덕이라고 하느냐고 하지만, 나는 『심청전』에 나오는 뺑덕 어미가 훨씬 인간적인 가엾은 여인이어서 좋기 때문이다.

예배당 문간방에서 16년 살다가 지금은 이곳 산 밑에 그 문간방과 비슷한 흙담집에서 산다. 사는 거야 어디서 살건 그것이 문제되는 것이 아니라, 어떻게 사는가가 더 중요한 것이 아닐까?

식민지와 분단과 전쟁과 굶주림, 그 속에서도 과연 인간이 인간답게 살 수 있을까? 앞서 간다는 선진국은 한층 더하다. 그들은 침략과 약탈과 파괴와 살인을 한 대가로 얻은 풍요를 누리는, 천사처럼 보이는 악마일 따름이다. 우리 인간이 인간다워지기 위해서는 선진과 후진이 없어야 한다. 물론 우리나라의 경우, 인위적으로 만들어진 분단도 하루 속히 무너뜨려야 한다. 경제적 후진만으로 부끄러워할 이유가 없다.

기름진 고깃국을 먹은 배 속과 보리밥을 먹은 배 속의 차이로 인간의 위아래가 구분지어지는 것 자체가 부끄러운 것이다. 약탈과 살

* 발치 발이 있는 쪽.

인으로 살찐 육체보다, 성실하게 거둔 곡식으로 깨끗하게 살아가는 정신이야말로 참다운 인간의 길이 아닐까?

누가 이렇게 물었다.

"장가는 못 가 봤는가요?"

"예, 못 가 봤습니다."

"그럼, 연애도 못 해 봤나요?"

"연애는 수없이 했지요. 할아버지, 할머니하고도, 아이들하고도, 강아지하고도, 생쥐하고도, 개구리하고도, 개똥하고도……."

(『사람 사이에 삶의 길이 있고』, 사계절 1993)

동화 작가 권정생은 이 글에서 자신의 한평생을 돌아보고 있습니다. 과거의 '나'와 만나는 거지요. 그는 가난과 질병의 고통 속에서 살았습니다. 하지만 힘든 삶 속에서도 순수한 마음만은 오롯이 지켜 냈습니다. 권정생은 인간다운 삶이 무엇인가 항상 고민했으며 우리 사회와 문명에 대한 깊은 성찰을 통해 『몽실 언니』와 「강아지똥」 같은 빛나는 작품을 만들어 냈습니다.

병들고 홀몸이었던 그는 생을 마감하기까지 한 달에 5만 원을 쓰고, 책을 펴내고 받은 돈(인세)으로 어려운 이웃을 도왔으며, 돌아가실 때 평생 모은 돈을 북쪽의 굶주리는 아이들을 위해 써 달라는 유서를 남겼습니다. 그는 우리에게 탐욕으로 몸을 살찌우기보다 성실히 일하며 정신을 깨끗하게 지키는 것이 참다운 인간의 길이라는 사실을 자신의 작품과 삶을 통해 절절히 보여 주었습니다.

활동

1 「사는 거야 어디서 살건」의 작가가 가난과 질병의 고통 속에서 평생 살았던 것은 우리 역사의 어떤 시대적 상황과 관련되어 있나요?

2 이 글에서 작가가 추구하는 이상적인 삶의 자세가 무엇인지 말해 봅시다.

3 이 글을 읽고 자신만의 좌우명을 만들어 보고, 좌우명에 담긴 의미를 이야기해 봅시다.

나의 길, 나의 삶

박이문(1931~) 철학자, 문필가. 충남 아산에서 태어남. 서울대 불문과를 졸업하고 프랑스 소르본 대학에서 불문학 박사 학위를, 미국 사우스캐롤라이나 대학에서 철학 박사 학위를 받음. 철학과 문학과 예술에 관해 많은 책을 펴냄.

내가 궁극적으로 찾는 것은, '이게 다 뭔가?', '어떻게 살아야 참다운가?'에 대한 대답이다. 이처럼 근본적이고 총괄적인 물음에 대한 대답을 내가 찾아낼 수 없음은 처음부터 잘 알고 있었다.

어려서 나는 새를 무척 좋아했다. 여름이면 보리밭을 누비고 다니며 밭고랑 둥우리에 있는 종달새 새끼를, 눈 쌓인 겨울이면 뜰 앞 짚가리˚에서 모이를 쪼고 있는 방울새를 잡아 새장 속에 키우며 기뻐했다. 가슴이 흰 엷은 잿빛 종달새와 노랗고 검은 방울새는, 흔히 보는 참새와는 달리, 각기 고귀하고 우아해 보였기 때문이다.

나는 개도 무척 좋아했다. 학교에서 돌아와 개와 더불어 뒷동산이나 들을 뛰어다녔다. 가식 없는 개의 두터운 정이 마음에 들었던 것이다. 어느 여름날, 그 개가 동네 사람들에게 끌려가게 되던 날 나는 막 울었다.

서울에 와서 나는 문학에 눈을 떴다. 별로 읽은 책은 없고, 읽었다 해도 제대로 이해한 것은 아니지만, 작가는 특수한 인간처럼 우러러보였다. 무슨 소리인지도 모르면서 하나하나의 시는 이 세상에서 가

˚ 짚가리 짚단을 쌓아 올린 더미.

장 귀중한 보석처럼 생각되었다. 나는 작가가 되고 싶었다. 내가 시인이 된다면 당장 죽어도 한이 없을 것처럼 생각되었다. 보들레르°나 말라르메°와 같은 시를 쓸 수만 있다면, 횔덜린°처럼 방황하다 미쳐 죽어도 상관없다고 믿었다. 어떤 직업에도 구애됨이 없이 작품을 내서 인세로 살 수 있는 삶이 부러웠다. 그래서 사회적으로도 화려했던 사르트르°가 선망의 대상이 되기도 했지만, 사회와 거의 단절하고 사는 괴벽스러운° 샐린저° 같은 작가의 생활이 더 멋있어 보이기도 했다.

그후, 나는 차츰 무엇이 뭔지를 도무지 알 수 없음을 의식하게 되었다. 나는 알고 싶었다. 모든 것에 대해서 투명할 수 있게 되고 싶었다. 정서적 표현에 대한 충동에 앞서 지적 갈증에 몰리게 됐다. 만족할 수 있는 시원한 지적 오아시스를 찾아, 나는 사막 같은 길을 나서기로 결정했다.

시골 논두렁길을 따라 삭막한 서울의 뒷거리를 방황했던 나는, 어느덧 소르본 대학의 낯선 거리를 5년 동안이나 외롭게 서성거린다. 파리의 좁은 길이 로스앤젤레스의 황량한 길로 연결되었고, 그 길은 다시 보스턴의 각박한 꼬부랑길로 통했다. 이처럼, 나는 앎의 길을 찾아 서른 살이 넘어 10여 년 가깝도록 다시 학생 생활을 했고, 이제 60이 넘은 지금까지도 학교의 테두리 속에서 서성거리고 있다.

50년의 긴 배움의 도상(途上)°에서 나는 적지 않은 사람들을 만났

° 보들레르(C. P. Baudelaire, 1821~1867) 프랑스의 시인. 시집 『악의 꽃』을 출판하여 프랑스 상징시의 선구자가 되었다.

° 말라르메(S. Mallarmé, 1842~1898) 프랑스의 시인. 대표작 『목신(牧神)의 오후』 『주사위 던지기』.

° 횔덜린(J. C. F. Hölderlin, 1770~1843) 독일의 시인. 고대 그리스에 대한 동경을 노래한 섬세하고 격조 높은 작품을 남겼다.

° 사르트르(J. P. Sartre, 1905~1980) 프랑스의 소설가·철학자. 실존주의 사상의 대표자 중 한 사람.

° 괴벽(怪癖)스럽다 성격 따위가 이상야릇하고 까다로운 데가 있다.

° 샐린저(J. D. Salinger, 1919~2010) 미국의 소설가. 대표작 『호밀밭의 파수꾼』.

고, 적지 않은 것들과 접했다. 그 사람들은, 내가 꿈에도 상상할 수 없는 것을 생각하고, 꿈에도 가 볼 수 없는 지적 깊이를 보여 준 철학자들, 사상가들, 과학자들, 예술가들이다. 그것들은 거의 동물에 지나지 않는 인간이 성취한, 에베레스트보다 높고 눈 덮인 들보다도 고귀한 도덕적 가치이다. 나는 이런 만남이 있을 때마다 찬미와 존경을 퍼붓지 않을 수 없었고, 경건하고 겸허한 마음을 억제할 수 없었다. 나는 원래 감탄을 잘한다.

이런 경험만으로도 나는 내가 택한 배움의 길에 아쉬움 없는 보람을 느낀다. 내 환경이 만족스러웠던 것도 아니고, 내 운명에 대한 불만 의식이 적었던 것도 아니지만, 내가 내 뜻대로 앎을 찾아 배움의 길만을 택할 수 있게 해 준 내 환경을 고마워하고, 내 운명에 감사한다. 겉으로 보기에 나의 삶은 사치스러웠다고 할 만큼 배움만을 위해 살아왔고, 앎의 길만을 따라다녔지만, 나는 아직도 잘 배우지 못했고, 아직도 잘 알지 못한다. 배운 것이 있다면 잘 알 수 없다는 사실뿐이며, 아는 것이 있다면 오로지 단편적인, 파편과 같은 것뿐이다. 전체적으로 모든 것이 아직도 나에게는 아물아물하다. 그러기에 나는 사물의 현상을 더 관찰하고, 남들로부터 더 배우고, 더 생각하고, 더 알고 싶은 의욕에 벅차 있을 뿐이다.

내가 궁극적으로 찾는 것은 '이게 다 뭔가?', '어떻게 살아야 참다운가?'에 대한 대답이다. 이처럼 근본적이고 총괄적인 물음에 대한 대답을 내가 찾아낼 수 없음은 처음부터 잘 알고 있었다. 아마도 확실한 대답을 가지고 있는 사람은 아무도 없었고, 현재에도 없고, 또 앞으로도 없을 것 같다.

---

* 도상(途上) 어떤 일이 진행되는 과정이나 도중.

내가 지금까지 배우고 생각한 끝에 알 수 있는 것이 있다면, 그것은 극히 단편적이며 극히 피상적인 것에 지나지 않음을 나는 잘 알고 있다. 나는 이런 것들이나마 더 배우고, 더 생각하고, 더 알고 싶다. 나는 눈을 감는 날까지 더 배우고 더 알고자 노력할 것이다. 내가 새로운 것을 알았다고 믿게 되었거나 이미 알고 있는 것을 더 투명하게 할 수 있다면, 나는 그것을 철학적 저서를 통해서, 혹은 문학 작품을 통해서, 혹은 잡문의 형식으로라도 표현하고 남들에게 전달하고 싶다.

만일 내 자신을 위한 지적, 정신적 추구의 결과가 혹시 남의 사고에 다소나마 자극이 되고 사회에 티끌만큼이라도 공헌이 될 수 있다면, 그것은 기막히게 기적적인 요행˚으로, 나에게는 한없는 기쁨이 될 것이다.

논두렁길에서 시작된 나의 길은 믿어지지 않을 만큼 길고도 짧았다. 어느덧 내 삶의 오후가 왔음을 의식한다. 약간은 아쉽고 초조해진다. 갈 길은 더욱 아득해 보이는데, 근본적인 문제들은 아직도 풀리지 않고 알쏭달쏭하기만 하다.

어렸을 때에 초연(超然)했던˚ 종달새, 우아했던 방울새, 정이 두터웠던 개가 생각난다. 엄격한 승원(僧院)˚이나 깊은 절간의 고요 속에서 이런 짐승들을 생각하면서 더 자유롭게, 더 조용히, 또 생각하고 또 쓰고 싶다.

〔『길』, 미다스북스 2003〕

˚ 요행(僥倖) 뜻밖에 얻는 행운.
˚ 초연(超然)하다 어떤 현실 속에서 벗어나 그 현실에 아랑곳하지 않고 의젓하다.
˚ 승원(僧院) 수도원.

작품
이해

이 글에서 작가는 '어떻게 살아야 좋은가?'에 대한 고민을 하고 있습니다. 여러분도 이런 고민 한 번쯤 해 봤겠지요?

작가는 어린 시절 종달새와 방울새, 개를 사랑하는 호기심 많은 아이였습니다. 청년이 되어서는 문학에 대한 열정을 불태우다가 그 후 '모든 것의 근본을 투명하게 알고 싶다.'는 철학적인 문제에 직면했답니다. 그 문제를 풀기 위해 50년 가까이 끊임없이 배우고 연구하는 삶을 살았지요. 이 글에서 작가는 앞으로도 배움의 끈을 놓지 않겠다는 의지를 드러내고 있습니다. 또 평생 배움의 길을 걸었던 것에 대해 감사하다고 합니다. 학자로서 겸손함을 잃지 않는 그의 모습은 부단한 자아 성찰의 결과가 아닐까요?

활동

1 「나의 길, 나의 삶」의 작가는 학문 탐구에 대해 어떤 생각을 갖고 있나요?

2 「나의 길, 나의 삶」에서 '길'이 의미하는 바가 무엇인지 말해 봅시다.

3 작가가 이 글에서 던진 물음인 "어떻게 살아야 참다운가?"에 대한 자신만의 대답을 적어 봅시다.

미안합니다

장영희(1952~2009) 영문학자, 수필가. 서울에서 태어나 서강대 영문과를 졸업하고 뉴욕 주립대 대학원에서 박사 학위를 받음. 생후 1년 만에 소아마비를 앓아 두 다리를 쓰지 못하는 장애인이 되었으나 역경을 딛고 문필가로 활동함. 수필집 『내 생애 단 한 번』 『문학의 숲을 거닐다』 『축복』 『살아온 기적 살아갈 기적』 등을 펴냄.

서양 사람들에 비해 우리나라 사람들에게 단연코 인색한* 말이 있다면 아마도 '고맙다'는 말과 '미안하다'는 말일 것이다. 아주 작고 사소한 일에도 걸핏하면 'Thank you, Sorry'를 되뇌는 외국인들에 비해 우리는 여간해서는 이런 말을 잘 하지 않는 듯하다.

오랜 유학 생활 덕분에 나는 그나마 '고맙다'는 말은 꽤 자주 하는 편이다. 조교나 학생들이 심부름을 해 주거나 시중을 들어 주면 곧잘 '고마워'라는 말을 하곤 한다.

그러나 이에 비해 '미안해'라는 말은 여간 어렵지 않다. 분명히 내게 잘못이 있다는 사실을 알고 있으면서도, '미안해'라는 말을 하려면 목소리가 기어들거나 가능하면 슬쩍 얼버무려 버린다. 마음속으로 미안한 감정을 느끼지 않아서가 결코 아니다. 너무나 미안하다고 생각할 때도 그렇다.

게다가 가끔씩은 그런 말을 할 기회를 놓치고 후회하는 적도 있다. 때문에 오해를 불러일으키기도 하고, 오해는 아니더라도 다른 이들에게 거만하게 보이거나 못된 사람으로 비치기도 한다.

---

* 인색(吝嗇)하다 어떤 일을 하는 데 대하여 지나치게 박하다.

그러나 문제는 이런 나의 성격적 결함을 머릿속으로는 다 알고 있으면서도 막상 '미안해'라는 말을 해야 하는 상황이 생기면 어쨌거나 그 말이 목에 딱 걸려 안 나온다는 것이다.

그래서 나름대로 이 심각한 문제에 대해 심사숙고해 보기까지 한다. 왜 '미안해요'라는 짧은 말 한마디가 그토록 어려운 것인가?

그것은 나의 삶의 방식과 연결된 것인지도 모른다. 아무도 내게 가르쳐 주지 않았지만, 어렸을 때부터 본능적으로 체득한 내 삶의 법칙은 슬프게도 '삶은 투쟁이고, 투쟁은 이겨야 한다.'는 것이다. 그래서 승부 근성°이 투철한 내게 '미안해'라는 말은 결국 내가 졌다는 뜻이고, 패배를 인정하고 싶지 않은 나의 경쟁 심리가 그 말을 거부하는 것인지도 모른다.

혹은 자존심 탓일 수도 있다. '미안하다'고 말한다는 것은 나의 결함°과 실수를 인정한다는 것인데, 그것이 나의 자존심을 건드린다. 아니, 좀 더 마음속 깊이 파고들어 가 보면 그것은 아마도 내가 어쩌면 잘못 살고 있는지도 모른다는 두려움 때문인지도 모른다. 왜 애당초 남에게 사과할 일을 했으며, 그것도 예견 못 했다는 것은 지독한 오판°이기 때문이다.

그것도 아니면, 내가 남보다 못났다는 데 대한 열등의식이거나 자격지심°일 수도 있다. 만일 내가 스스로에 대해 자신감이 있다면, 내가 잘못했고, 그 사실에 대해 미안하게 생각한다는 것을 인정하는 것이 무어 그리 어렵겠는가.

• 근성(根性) 뿌리가 깊게 박힌 성질.
• 결함(缺陷) 부족하거나 완전하지 못하여 흠이 되는 부분.
• 오판(誤判) 잘못 보거나 잘못 판단함. 또는 잘못된 판단.
• 자격지심(自激之心) 자기가 한 일에 대하여 스스로 미흡하게 여기는 마음.

지난주, 19세기 미국 소설 강의 시간에, 나는 한 학생에게 『주홍 글씨(The Scarlet Letter)』의 첫 장면을 읽도록 시켰다. "김영수, 23페이지 첫째 단락을 읽어 보세요." 그러나 아무 반응이 없었다. 그래서 다시 되풀이했다. "23페이지 첫째 문단 말이야." 또다시 한동안 침묵이 흘렀다. 그러더니 갑자기 영수가 아닌 서훈이가 책을 읽기 시작하는 것이었다.

처음에는 단지 의아해했지만 가만히 생각하니 은근히 부아˙가 치밀었다. 학기 시작하고 두어 달이 지났으니 모든 학생들의 이름을 기억하고 있고, 학생들 또한 내가 자기들의 이름을 기억한다는 사실을 알고 있었다.

그런데 어떻게 내가 호명한˙ 영수가 아닌 서훈이가 책을 읽을 수 있단 말인가? 그것은 나에 대한 반항이거나 한 걸음 더 나아가 모욕이라는 생각까지 들었다. 나는 화를 눌러 참고 책을 다 읽을 때까지 기다렸다. 그리고 냉담하게˙ 말했다.

"지금 책 읽은 학생이 김영수예요?"

나는 정색을 하고 선생으로서의 위엄과 자존심을 건드린 두 사람을 노려보았다.

"자기 이름들도 몰라요? 결석한 친구 대신 대리 대답하는 학생들이 있다더니 그렇게 하는 것이 아예 버릇이 돼서 이젠 친구 이름을 자기 이름인 줄로 착각할 정도인가?"

나는 야유까지 했다.

반 전체가 쥐 죽은 듯 고요했다. 영수와 서훈은 고개를 떨구고 있

˙ 부아 노엽거나 분한 마음.
˙ 호명(呼名)하다 이름을 부르다.
˙ 냉담(冷淡)하다 태도나 마음씨가 동정심 없이 차갑다.

었다. 시간을 더 이상 허비할˚ 수 없어서 강의를 계속했지만, 수업이 끝나고도 기분이 썩 좋지 않았다.

그리고 오후에 퇴근 준비를 하고 있는데, 학생 하나가 찾아와 진상˚을 알려 주었다. 김영수는 아주 심각한 말더듬이 증세를 갖고 있고, 그 증세는 사람들 앞에서 말하거나 읽거나 하는 스트레스 상황에서는 더욱 악화된다는 것이었다. 그러니 아까 갑자기 말문이 막혀 책을 읽을 수도, 그렇다고 말을 더듬어서 못 읽겠다고 설명할 수도 없는 처지였을 것이고, 그 사정을 잘 아는 서훈이가 당황하는 친구를 도와주려고 대신 읽었다는 것이다.

이야기를 듣고 나서, 나는 정말이지 쥐구멍에라도 숨고 싶은 심정이었다. 어렸을 때 나도 한때 말더듬이 비슷한 증세가 있었기 때문에 영수가 느꼈을 충격과 고뇌, 그리고 수업 시간 이후의 기분을 잘 알 수 있었다.

미안하다고 해야겠다. 나는 속으로 생각했다. 하지만 어떻게? 영수에게 수업 후에 오라고 할까? 그러면 영수가 더 부끄러워하지 않을까? 아니면 삐삐˚ 번호를 알아내어 내게 전화하라고 할까? 하지만 말더듬이 증상은 전화로 말할 때 더 심각해지니까 그것도 별로 좋은 생각이 아닌 듯하다.

그렇다면 어떻게 사과를 할까. 이런저런 궁리를 하다가 가만히 생각해 보니, 정말로 내가 사과해야 하는 상황인가에 대해 의구심이 일어났다. 요컨대 그게 정말 내 잘못이었는가 말이다. 영수에게 그런 문제가 있다는 것을 나는 모르지 않았는가? 학기 시작할 때 미리 자

˚ 허비(虛費)하다 헛되이 쓰다.
˚ 진상(眞相) 사물이나 현상의 거짓 없는 모습이나 내용.
˚ 삐삐 예전에 사용하던 소형 휴대용 무선 수신기인 '무선 호출기'를 일상적으로 이르는 말.

기에게 이러이러한 문제가 있으니 호명하지 말아 달라고 한마디라도 해 줬으면 어련히 알아서 했을까 말이다.

게다가 선생 체면에 학생에게 그런 말 했다고 해서 사과할 필요까지 있겠는가. 그리고 지금쯤은 영수도 다 잊어버리고 있을지도 모르는데 괜히 사과해서 오히려 긁어 부스럼이 될 수도 있다.

영수에게 '미안해'라고 말할 필요가 없을 만한 온갖 구실들을 발견하고 나니 그제야 마음이 편해졌고, 오히려 사과하려고 생각했던 내가 어리석게까지 여겨졌다. 그리고 이 바쁜 와중에 그런 생각까지 하고 있다니, 쓸데없는 시간 낭비라고 결론짓고 그냥 잊어버렸다.

하지만 오늘 나는 '미안합니다'라는 말, 아니 그 말의 위력에 대해서 다시 생각해 봐야만 했다.

저녁 때 아버지가 오피스텔에 있는 나를 데리러 차를 갖고 오셨다. 아버지와 내가 공동으로 집필하고 있는 고등학교 영어 교과서를 위해 출판사에서 얻어 준 오피스텔인데, 나는 주말에 그곳에서 일하곤 한다.

아버지와 만나기로 한 약속 시간보다 조금 늦게 나갔는데, 건물 뒤편에 있는 주차장 경비원이 현관 가까이에 차를 댔다고 소리를 지르고 있었다. 아버지는 계속 허리를 굽히면서 사과하고 계셨다.

"미안합니다. 잠깐만 있을 겁니다. 제가 기다리고 있는 사람이 곧 나올 겁니다."

그러나 아버지 연세쯤 되어 보이는 경비원은 심하게 아버지를 힐책하였다.*

"아, 글쎄 기다리려면 저기 주차장 안에 차를 대고 기다리란 말예

* 힐책(詰責)하다 잘못된 점을 따져 나무라다.

요! 왜 하필이면 현관 앞에 차를 대냐고요."

"미안합니다. 조금만."

아버지는 계속 '미안합니다'를 반복하고 계셨다. 물론 차를 현관 근처에 대는 것은 금지되어 있지만, 경비원에게 머리를 조아리는 아버지의 모습을 보자 너무 자존심 상하고 화가 나서 나는 경비원을 한 번 흘끗 쳐다보고는 차에 올라탔다.

경비원은 잠시 나와 목발을 번갈아 가며 쳐다보았다. 그러고는 아버지에게 깊이 머리를 숙이더니,

"아이고, 정말 죄송합니다. 왜 이분을 기다리고 있다고 말씀해 주시지 그랬어요. 만약 그랬다면 아무 말도 하지 않았을 텐데요. 이분이라면 몸이 불편하시니까 여기 대셔야지요. 이분을 자주 봬요."

말을 하는 와중에도 그는 중간 중간 "미안합니다, 죄송합니다."라는 말을 여러 번 되풀이했다.

아버지는 또 아버지대로 "괜찮습니다. 제가 잘못한 건데요. 죄송합니다."라고 사과했고, 두 사람은 서로에게 인사하고 헤어졌다. 차가 떠날 때 경비원은 손까지 흔들며 우리들을 배웅해 주었다.

얼마나 아름다운 결말인가! 서로 얼굴 붉히고 마음 상하고 헤어졌을 수도 있는 일이었지만, 두 사람 모두 기꺼이 "미안합니다." 하고 사과를 했기 때문에 결과는 해피 엔딩이었다.

아마도 나라면 아버지처럼 사과하는 대신 "금방 간다는데 왜 그러세요? 그렇게 융통성이 없으세요?" 하면서 얼굴을 찌푸렸을 것이고, 경비원도 사과하는 대신 "그래도 원칙은 원칙이지, 아무리 몸이 불편한 사람 기다린다고 차를 현관 앞에 세우다니." 생각하면서 뽀로통한 얼굴로 돌아섰을 것이다.

그러나 나보다 나이도 많고 인생 경험도 풍부한 두 사람은 해피

엔딩을 만드는 법을 잘 알고 있었다. 자신의 잘못을 기꺼이 인정하는 태도와 상대방의 처지를 이해하려는 마음 그리고 '미안합니다'라는 말의 효력°을 알고 있었던 것이다.

그래도 나는 차를 타고 나서 아버지에게 투덜댔다.

"아버지, 왜 그런 사람한테까지 허리를 굽히고 그래. 채신없어° 보이잖아."

그러자 아버지가 의아한 표정으로 말씀하셨다.

"채신? 원, 잘못한 거 사과하는 데 채신은 무슨 채신이냐?"

문득 영수 얼굴이 떠올랐다. 잘못한 것 사과하는데 선생 체면은 무슨 선생 체면? 수업 중에 내가 한 말 때문에 영수가 아직도 상심해 있을지도 모른다. 내일은 수업 끝나고 정식으로 사과해야지.

"얘, 영수야, 지난번엔 미안했어. 수업 중에 읽는 것 시키지 말라고 말해 주지 그랬니. 모르고 그런 거니 용서해 줄 거지?"

이번 일을 계기로 나도 '미안합니다'를 좀 더 자주 말할 수 있을 것 같다.

〔『내 생애 단 한 번』, 샘터 2010〕

° 효력(效力) 약 따위를 사용한 후에 얻는 보람.
° 채신없다 말이나 행동이 경솔하여 위엄이나 신망이 없다.

**작품
이해**

　작가는 태어난 지 1년 만에 소아마비를 앓고 평생 목발을 짚고 살아야 했던 장애인이었습니다. 하지만 좌절하지 않고 영문학자로서 번역가로서 성실하게 살았지요. 특히 자신의 일상을 진솔하게 드러낸 수필로 많은 사람들에게 깊은 울림을 주었습니다.

　작가는 강의 시간에 어떤 학생에게 책을 읽게 했습니다. 그런데 다른 학생이 대신 책을 읽습니다. 처음에는 납득이 안 되어 화가 났지만 나중에 그 학생에게 심각한 말더듬이 증세가 있다는 사실을 알고 겸연쩍어하지요. 그러나 "미안해."라며 학생에게 사과하기는 쉽지 않습니다. "미안합니다."라는 말을 못해 전전긍긍하는 작가와는 달리 작가의 아버지는 "미안합니다."라는 말로 해피 엔딩을 만들어 냅니다. 우리도 그동안 "미안합니다!"라는 말에 너무 인색하지는 않았을까요?

활동

1 「미안합니다」의 첫머리에서 언급한 우리나라의 잘못된 풍토는 무엇인가요?

2 작가가 영수에게 "미안합니다."라고 말하지 못한 이유를 말해 봅시다.

3 이 글의 "미안합니다."라는 말과 같이 우리의 삶을 아름답게 만들어 주는 말에는 어떤 것들이 있을까요? 그 말을 사용해 본 경험과 함께 써 봅시다.

당신이 나무를 더 사랑하는 까닭

소광리* 소나무 숲

신영복(1941~) 학자, 문필가. 경남 밀양에서 태어나 서울대 경제학과를 졸업함. 1968년 통일혁명당 사건으로 구속되어 20년간 감옥 생활을 함. 옥중에서 가족에게 보낸 편지를 묶은 『감옥으로부터의 사색』을 간행하여 많은 독자를 감동시킴. 산문집 『나무야 나무야』, 『더불어 숲』, 『처음처럼』 등이 있음.

오늘은 당신이 가르쳐 준 태백산맥 속의 소광리 소나무 숲에서 이 엽서를 띄웁니다.

아침 햇살에 빛나는 소나무 숲에 들어서니 당신이 사람보다 나무를 더 사랑하는 까닭을 알 것 같습니다.

200년 300년, 더러는 500년의 풍상*을 겪은 소나무들이 골짜기에 가득합니다.

그 긴 세월을 온전히 바위 위에서 버티어 온 것에 이르러서는 차라리 경이*였습니다.

바쁘게 뛰어다니는 우리들과는 달리 오직 '신발 한 켤레의 토지'에 서서 이처럼 우람할 수 있다는 것이 충격이고 경이였습니다.

생각하면 소나무보다 훨씬 더 많은 것을 소비하면서도 무엇 하나 변변히 이루어 내지 못하고 있는 나에게 소광리의 솔숲은 마치 회초리를 들고 기다리는 엄한 스승 같았습니다.

• 소광리(召光里) 경상북도 울진군 서면에 있는 리(里).
• 풍상(風霜) 바람과 서리를 아울러 이르는 말.
• 경이(驚異) 놀랍고 신기하게 여김. 또는 그럴 만한 일.

어젯밤 별 한 개 쳐다볼 때마다 100원씩 내라던 당신의 말이 생각납니다.

오늘은 소나무 한 그루 만져 볼 때마다 돈을 내야겠지요. 사실 서울에서는 그보다 못한 것을 그보다 비싼 값을 치르며 살아가고 있다는 생각이 듭니다.

언젠가 경복궁 복원 공사 현장에 가 본 적이 있습니다. 일제가 파괴하고 변형시킨 조선 정궁°의 기본 궁제°를 되찾는 일이 당연하다고 생각하였습니다.

그러나 막상 오늘 이곳 소광리 소나무 숲에 와서는 그러한 생각을 반성하게 됩니다.

경복궁의 복원에 소요되는 나무가 원목으로 200만 재,° 11톤 트럭으로 500대라는 엄청난 양이라고 합니다.

소나무가 없어져 가고 있는 지금에 와서도 기어이 소나무로 복원한다는 것이 무리한 고집이라고 생각됩니다. 수많은 소나무들이 베어져 눕혀진 광경이라니 감히 상상할 수가 없습니다. 그것은 이를테면 고난에 찬 몇백만 년의 세월을 잘라 내는 것이나 마찬가지입니다.

우리가 생각 없이 잘라 내고 있는 것이 어찌 소나무만이겠습니까.

없어도 되는 물건을 만들기 위하여 없어서는 안 될 것들을 마구잘라 내고 있는가 하면 아예 사람을 잘라 내는 일마저 서슴지 않는것이 우리의 현실이기 때문입니다.

° 정궁(正宮) 황후나 왕비를 후궁에 상대하여 이르는 말. 여기서는 여러 궁궐 가운데 임금이 주로 정무를 보던 궁궐을 가리킴.
° 궁제(宮制) 궁의 구조와 체계.
° 재(才) 재목의 부피를 나타내는 단위. 가로와 세로가 각기 한 치이고 길이가 열두 자인 재목의 부피.

우리가 살고 있는 이 지구 위의 유일한 생산자는 식물이라던 당신의 말이 생각납니다.

동물은 완벽한 소비자입니다. 그중에서도 최대의 소비자가 바로 사람입니다. 사람들의 생산이란 고작 식물들이 만들어 놓은 것이나 땅속에 묻힌 것을 파내어 소비하는 것에 지나지 않습니다. 쌀로 밥을 짓는 일을 두고 밥의 생산이라고 할 수 없는 것이나 마찬가지입니다. 생산의 주체가 아니라 소비의 주체이며 급기야는 소비의 객체˚로 전락되고 있는 것이 바로 사람입니다.

자연을 오로지 생산의 요소로 규정하는 경제학의 폭력성이 이 소광리에서만큼 분명하게 부각되는 곳이 달리 없을 듯합니다.

산판일˚을 하는 사람들은 큰 나무를 베어 낸 그루터기˚에 올라서지 않는 것이 불문율˚로 되어 있다고 합니다. 잘린 부분에서 올라오는 나무의 노기˚가 사람을 해치기 때문입니다.

어찌 노하는 것이 소나무뿐이겠습니까. 온 산천의 아우성이 들리는 듯합니다.

당신의 말처럼 소나무는 우리의 삶과 가장 가까운 자리에서 우리와 함께 풍상을 겪어 온 혈육 같은 나무입니다. 사람이 태어나면 금줄˚에 솔가지를 꽂아 부정˚을 물리고 사람이 죽으면 소나무 관 속에 누워 솔밭에 묻히는 것이 우리의 일생이라 하였습니다.

• 객체(客體) 작용의 대상이 되는 쪽.
• 산판(山坂)일 산에서 나무를 베는 따위의 일.
• 그루터기 풀이나 나무 따위의 아랫동아리. 또는 그것들을 베고 남은 아랫동아리.
• 불문율(不文律) 문서의 형식을 갖추지 않았지만 관습으로 인정되어 지키고 있는 규칙.
• 노기(怒氣) 성난 얼굴빛. 또는 그런 기색이나 기세.
• 금(禁)줄 부정한 것의 침범이나 접근을 막기 위하여 문이나 길 어귀에 건너질러 매거나 신성한 대상물에 매는 새끼줄.
• 부정(不淨) 깨끗하지 못함. 또는 더러운 것. 또는 사람이 죽는 따위의 불길한 일.

그리고 그 무덤 속의 한을 달래 주는 것이 바로 은은한 솔바람입니다.

솔바람뿐만이 아니라 솔빛·솔향 등 어느 것 하나 우리의 정서 깊숙이 들어와 있지 않은 것이 없습니다. 더구나 소나무는 고절(高節)*의 상징으로 우리의 정신을 지탱하는 기둥이 되고 있습니다. 금강송의 곧은 둥치*에서뿐만 아니라 암석지의 굽고 뒤틀린 나무에서도 우리는 곧은 지조를 읽어 낼 줄 압니다.

오늘날의 상품 미학과는 전혀 다른 미학을 우리는 일찍부터 가꾸어 놓고 있었습니다.

나는 문득 당신이 진정 사랑하는 것이 소나무가 아니라 소나무 같은 '사람'이라는 생각이 들었습니다. 메마른 땅을 지키고 있는 수많은 사람들이란 생각이 들었습니다. 문득 지금쯤 서울 거리의 자동차 속에 앉아 있을 당신을 생각했습니다.

그리고 외딴 섬에 갇혀 목말라 하는 남산의 소나무들을 생각했습니다.

남산의 소나무가 이제는 더 이상 살아남기를 포기하고 자손들이나 기르겠다는 체념으로 무수한 솔방울을 달고 있다는 당신의 이야기는 우리를 슬프게 합니다.

더구나 그 솔방울들이 싹을 키울 땅마저 황폐해 버렸다는 사실이 우리를 더욱 암담하게 합니다.

그러나 그보다 더 무서운 것이 아카시아와 활엽수의 침습*이라니

---

* 고절(高節) 높은 절개.
* 둥치 큰 나무의 밑동.
* 침습(侵襲) 갑자기 침범하여 공격함.

놀라지 않을 수 없습니다. 척박한 땅을 겨우겨우 가꾸어 놓으면 이내 다른 경쟁수(競爭樹)들이 쳐들어와 소나무를 몰아내고 만다는 것입니다.

무한 경쟁의 비정한 논리가 뻗어 오지 않는 곳이 없습니다.

나는 마치 꾸중 듣고 집 나오는 아이처럼 산을 나왔습니다.

솔방울 한 개를 주워 들고 내려오면서 생각하였습니다.

거인에게 잡아먹힌 소년이 솔방울을 손에 쥐고 있었기 때문에 다시 소생했다는* 신화를 생각하였습니다.

당신이 나무를 사랑한다면 솔방울도 사랑해야 합니다.

무수한 솔방울의 끈질긴 저력을 신뢰해야 합니다.

언젠가 붓글씨로 써 드렸던 글귀를 엽서 끝에 적습니다.

"처음으로 쇠가 만들어졌을 때 세상의 모든 나무들이 두려움에 떨었다.

그러나 어느 생각 깊은 나무가 말했다. 두려워할 것 없다.

우리들이 자루가 되어 주지 않는 한 쇠는 결코 우리를 해칠 수 없는 법이다."

(『나무야 나무야』, 돌베개 1996)

---

* 소생(蘇生/甦生)하다 거의 죽어 가다가 다시 살아나다.

우리가 살고 있는 지구는 우리만의 것이 아닙니다. 우리와 함께 살고 있는 식물도 마땅히 지구의 주인이지요. 또한 우리의 후손도 앞으로 지구에서 살아갈 존재이기 때문에 그들에게 물려 줄 자연을 함부로 훼손해서는 안 됩니다.

작가는 우리가 "없어도 되는 물건을 만들기 위하여 없어서는 안 될 것들을 마구 잘라 내고 있"다고 말합니다. 지구상의 최대의 소비자인 인간은 눈앞의 이욕을 채우려고 식물들이 만들어 놓은 것이나 땅속에 묻힌 것을 마구 소비한다는 것이지요. 이런 과욕이 부메랑처럼 돌아와 우리 사람들마저 잘라 내고 있다는 작가의 경고가 뼈아프게 들립니다.

활동

1 「당신이 나무를 더 사랑하는 까닭」에서 작가가 엽서를 띄우는 대상인 '당신'이 누구인지 본문의 내용을 근거로 생각해 봅시다.

2 '소나무 같은 사람'은 어떤 사람을 의미하는지 말해 봅시다.

3 이 글에는 "나는 꾸중을 듣고 산을 내려왔다."라는 말이 나옵니다. '산'이나 '나무'의 입장에서 '나'에게 편지를 써 봅시다.

두꺼운 삶과 얇은 삶

김현(1942~1990) 문학평론가, 불문학자. 전남 진도에서 태어나 서울대 불문과와 같은 대학원을 졸업하고 모교에서 교수를 지냄. 『상상력과 인간』 『문학과 유토피아』 등 많은 비평집을 펴냈으며, 산문집 『반 고비 나그네 길에』 『두꺼운 삶과 얇은 삶』, 독서 일기 모음 『행복한 책 읽기』 등이 있음.

　　내가 지금 살고 있는 곳은 반포의 서른두 평짜리 아파트이다. 칠팔 년 전만 하더라도 나는 내가 반포 같은 곳에서 살게 되리라고는 꿈에도 생각하지 못했다. 내 기억 속에 지금도 지워지지 않고 남아 있는 반포는, 수원으로 놀러 갈 때에 버스 속에서 바라다본, 키 큰 포플러나무가 피난살이하러 나와 있는 바싹 마른 아낙네들같이 모여 있는 소택지*이다. 그 소택지를 메워 자연스러운 자연을 거의 완벽하게 없애 버리고 100동이 넘는 아파트를 세워 놓은 곳에서, 나는 거의 4년째 살고 있다. 내가 반포 아파트에 오게 된 것은 정말 이상한 행운 때문이었다. 내가 맨 처음 내 문패를 단 집을 가졌던 곳은 연희동이다. 연희동 채소밭이, 거의 모든 서울 근교의 채소밭이 그러했듯이, 쓰레기로 뒤덮이고 하수도가 뚫리자, 맨 먼저—이 맨 먼저 때문에 맨 먼저 결국 그곳을 떠나야 되었지만—마흔 평 남짓한 조그마한 땅을 사서 스무 평짜리 집을 짓고서 나는 내 평생 처음으로 거기에 내 문패를 붙였다. 길이 포장이 안 되어서 장마철에는 장화를 신어야 될 지경이었는데도, 앞뒤로 눈에 거슬리는 것이 없어서 꽤 편안

* 소택지(沼澤地) 늪과 연못으로 둘러싸인 습한 땅.

하게 1년을 지낸 셈인데, 1년이 지나자마자 내 집 주위에 이른바 미니
이 층이라고 불리는 양옥집*들이 들어서기 시작했고, 마지막으로 내
집 창 옆의 공지*에 새 집이 들어서자, 내 집은 앞집, 뒷집, 옆집 사이
에 파묻혀, 가련한 난쟁이 집이 되어 버렸다. 작고 낮은 집에 사는 것
만으로도 기분이 언짢은데, 이제는 햇볕이 거의 들지 않아서 집 안
은 늘 눅눅했다. 다른 경제적인 이유도 있었지만 그 눅눅함을 벗어
나려고 나와 아내는 복덕방에 그 집을 내놓은 지 반년 만에야 겨우
그것을 팔고, 스물두 평짜리 여의도 아파트에 전세를 들었다. 그것이
나의 아파트 생활의 시작이었던 셈이다.

　잠잘 때는 비록 공중에 떠서 자고 있는 듯한 느낌이 들었으나—우
리는 6층에 세 들어 있었다—처음에 그것은 굉장히 편한 공간처럼
느껴졌다. 연희동에서처럼 겨울에 마루에 연탄난로를 피울 필요도
없어졌으며, 새벽에 일어나 연탄을 갈 필요도 없었다. 더운물이 아
무 때나 나와서 나처럼 이발소 가기와 목욕탕 가기를 싫어하는 사람
도 자주 목욕을 할 수 있게 되었고, 엘리베이터라는 문명의 이기*를
날마다 이용할 수 있게 되었다. 아내도 간단한 물건들을 구입할 때는
일부러 시장에 나갈 필요가 없이 전화기만 들면 되게 되었다. 문화적
인 생활이 시작된 것이다. 그런데 나는 한 달이 지나지 않아 그 문화
적인 생활에 점차로 싫증을 내게 되었다. 여의도 아파트엘 가 본 사
람이면 다 알겠지만, 그곳은 이른바 복도식 아파트이다. 중앙에 엘리
베이터가 있고 층마다 같은 복도를 사용하게 되어 있다. 내가 세 든
아파트는 엘리베이터에서 내리면 왼편 끝에 있었다. 내 아파트에 들

---

* 양옥(洋屋)집 서양식으로 지은 집.
* 공지(空地) 공터. 빈 땅.
* 이기(利器) 실용에 편리한 기계나 기구.

어가기 위해서는 서너 개의 현관을 지나치지 않으면 안 되었다. 겨울에는 그런대로 괜찮지만 여름에는 더우니까 자연히 현관문과 부엌 창문을 열어 놓게 마련이어서 보기에 좀 거북한 것들도 보지 않을 수가 없었다. 특히 현관문을 열어 놓으면 대개 응접실에 비치해*둔 텔레비전 소리가 밖으로까지 들려 나왔다. 그때는 텔레비전 방송국들이 지금보다는 훨씬 친절해서 아침에 그 전날의 인기 프로그램을 재방송해 주고 있었는데, 그래서 나는 내 집 응접실에 있었던 텔레비전이 소리를 내지 않을 때에도 아침부터 그것을 듣지 않을 수 없게 되었다. 남의 텔레비전 소리를 듣게 되면서부터 나는 신문을 보지 않아도 그때의 인기 가수가 누구이고 인기 연속극이 무엇인지를 금세 알게 되었다. 같은 층에 있는 여러 세대 중의 반이 넘는 세대가 언제나 텔레비전을 켜고 있었는데, 그 프로그램이 거의 언제나 같았기 때문이었다. 다른 사람들이 재미있다고 생각하는 것을 듣거나 보지 못하면 사람은 신경이 날카로워지는 모양이었다. 아파트가 대중 조작에 가장 적합한 장소라는 것을 알게 된 것은 거기에서였다. 직업이 다르고, 나이가 다르고, 얼굴의 형태가 달라도 거주 공간이 같으면 성격이 비슷해지게 마련인 모양이었다. 나도 내 아내도 옆집 사람들과 같은 텔레비전의 프로그램을 보고 듣고, 같은 밑반찬을 준비하고, 같은 식의 음식을 만들고, 그래서 결국 같은 생각을 하게 되었다.

그곳에서의 전세 계약 기간이 끝나갈 무렵, 나는 이제 아파트에는 신물*이 났으니 다시 단독 가옥으로 가 보자고 내 아내를 꾀기 시작했으나, 아내는 땅 집—이게 내 아내만의 독특한 표현은 아니라고 생

---

* 비치(備置)하다 마련하여 갖추어 두다.
* 신물 지긋지긋하고 진절머리 나는 생각이나 느낌. 또는 그런 반응.

각한다—에 갈 의사가 별로 없는 모양이었다. 연탄에는 이제 질렸다는 것은 연탄가스에 질렸다는 뜻만이 아니라, 연탄 갈기에 질렸으며, 찬물 데우기에 질렸으며, 손수 자질구레한 물건을 사러 밖으로 나가는 것에 질렸다는 뜻이었다. 거기에 가정부를 구하기가 힘들다는 것이 덧붙여졌다. 그때쯤 해서 나는 내 의사와 관계없이 내 꼬리를 붙잡혔다. 그렇게 말렸음에도 불구하고 내 아내가 나 몰래 신청한 스물두 평짜리 반포 아파트가 당첨이 된 것이었다. 알고 보니 내 주위의 상당수의 사람들이 신청을 했다가 떨어졌는데, 내가 아는 사람으로서는 내 아내만이 당첨이 되었다. 내가 견딜 수 없이 분노를 느꼈다면 그것은 거짓이고, 아무튼 내 속으로는 다시 내 집이 생겨서 다행이라고 생각했다. 그런 나를 보고 내 아내는 위선자*라고 공격을 했다. 그것은 사실이었다. 나는 위선자였다. 나도 슬슬 아파트에 동화되어* 가고 있었던 것이다. 반포 아파트는 여의도 아파트와 다르게 계단식이어서, 그 획일성*이 겉으로 드러나지는 않았으나, 얼마 뒤에 그곳은 적어도 나에게는 여의도와 마찬가지가 되었다. 아파트에 살면서 나는 아파트가 하나의 거주 공간이 아니라 사고 양식이라는 것을 깨달았다. 그것은 중산층*의 사고 양식이었다. 아파트에 사는 사람들에게는, 술꾼들에게 술을 마시면 취하는 병이 있듯이 여러 가지의 병이 있다. 그 가장 큰 병은 새로운 더 큰 아파트로 이사하고 싶어 하는 병이다. 사람들이란 혼자 있을 때는 제법 사람 같은 생각을 하다가도 여럿이 있을 때는 금세 달라진다. 남 앞에서는 가능하면 은밀하

* 위선자(偽善者) 겉으로만 착한 체하는 사람.
* 동화(同化)되다 성질, 사상 따위가 다르던 것이 서로 같게 되다.
* 획일성(劃一性) 모두가 한결같아서 변함이 없는 성질.
* 중산층(中産層) 재산의 소유 정도가 유산 계급과 무산 계급의 중간에 놓인 계급.

게—왜냐하면 아파트의 주민들은 문화인들이기 때문이다—자신을 돋보이게 하고 싶은 것이 사람의 속성이다. 그래서 가장 우선하는 것은 같은 동에, 또는 같은 층에 사는 사람이 자기보다 우월한지 우월하지 않은지를 탐색하는 것이다. 그런데 생각의 우월성을 판단하기는 극히 힘들고, 판단할 수 있다 하더라도 시간이 오래 걸리므로 대개 사람들은 외모로, 다시 말해 그가 갖고 있는 것으로 상대편을 쉽게 판단해 버린다. 상대방이 갖고 있는 것이 자기가 갖고 있는 것보다 많으면 우선 자기보다 우월하다고 생각한다. 서른두 평짜리 아파트에 사는 사람은 스물두 평짜리 아파트에 사는 사람보다 열 평이 우월하고, 마흔두 평짜리에 사는 사람은 스물두 평짜리에 사는 사람보다 스무 평이 우월하다. 이렇게 글을 쓰고 있는 나 자신도 아파트 단지에 돌아가면 그렇게 생각하게 된다. 스물두 평에 처음 발을 디딜 때는 그렇게 적어 보이지 않던 공간이 서른두 평에 다녀온 뒤에는 그렇게 비좁을 수가 없었다. 그래서 스물두 평에 사는 사람은 서른두 평으로, 서른두 평에 사는 사람은 마흔두 평으로 옮겨 가려고 애를 쓰는 것이다. 그리고 1년에 두 번 그런 노력을 가능하게 해 주는 때가 있다.

아파트 단지에서는 아파트 값이 오르는 때와 순서가 있다. 아파트 값이 가장 높이 치솟아 오르는 때는 봄과 가을이다. 그리고 그 값은 스물두 평에서부터 오른다. 스물두 평부터 오르기 시작한 아파트의 값이 마흔두 평, 예순두 평에까지 그것과 비례해서 오르기까지에는 짧게 잡아서 보름, 길게 잡아서 한 달쯤의 시간이 걸린다. 그 시기를 적절히 이용하면 더 넓은 집으로 옮기는 것이 그리 어려운 일은 아니다. 아파트 값이 움직이는 시기에는 모든 아파트 주민이 소다*를 잔뜩 넣은 밀가루 빵처럼 부풀어 오른다. 아파트 단지는 사람을 적당히 미치게 하는 데에 천재적인 능력을 발휘하는 것이다. 그 방법 말고도 아파트를 옮길 수 있는 다른 더 쉬운 방법이 있다. 적당한 시기에 그때의 시세에 따라 자기의 아파트를 팔면, 그 돈으로 자기의 옛날 아파트보다 넓은 새로 건축되는 아파트를 구할 수 있다. 그래서 새로 건축되는 아파트에는 언제나 사람들이 붐빈다. 그 아파트에 누구나 언제든지 쉽게 당첨되는 것은 아니다. 만일에 당첨이 되면 다행이지만, 그렇지 못한 때에는 집을 그냥 날려 버리는 수도 있다. 그러나 사람들의 눈에는 실패한 사람은 보이지 않는 법이므로, 그리고 성공한 사람이 자기보다 뛰어난 사람처럼 보이는 경우는 더구나 드물기 때문에, 새 아파트 청약*은 그야말로 자기의 운(運)을 시험할 수 있는 가장 좋은 시험대이다. 더 새롭고 더 넓은 아파트로 가려는 아파트 주민들의 병은 아주 고치기 힘든 병이다. 나도 내 아내도 그 병에서 벗어나지 못했다. 이번에는 다행스럽게도 내가 다니고 있는 대학교가 관악산 기슭으로 이사를 오는 바람에, 그리고 그 대학교가 교수 사택*을 마련할 수 없었기 때문에, 주택 공사는 꽤 유리한 조건으로 그 학교의 교수들에게 서른두 평짜리 아파트를 몇 동 분양해 주는 데에 동의를 했고, 나는 그 동의의 혜택을 입고 이사를 와서 지금까지 거기에 살고 있다.

아파트 병의 뿌리는, 내 빈약한 머리로 진단하기에는 남보다 더 잘 살고 싶은 데에 있고, 그것의 뿌리는 여러 의미의 경쟁심에 있고, 그 경쟁심의 결과는 자기가 가진 것으로 판가름 난다. 아파트 병이 가르쳐 주는 가장 확실한 교훈은 나보다 100만 원을 더 갖고 있는 사

---

* 소다(soda) '탄산나트륨'을 일상적으로 이르는 말.
* 청약(請約) 일정한 내용의 계약을 체결하려고 신청하는 의사 표시.
* 사택(舍宅) 기업체나 기관에서 일하는 직원을 위하여 그 기업체나 기관에서 지은 살림집.

람은 그 100만 원만큼 나보다 뛰어나다는 것이다. 아파트는 이제 거주 공간이 아니라, 자기의 뛰어남을 확인하는 전시 공간이 된다. 같은 평수의 아파트에 사는 사람들끼리는 자동차가 있고 없음이, 자동차를 갖고 있지 않은 사람들끼리는 캐비닛형의 냉장고가 있고 없음이…… 사람 판단의 잣대가 된다. 그래서 너도나도 기를 쓰고 남들이 사들인 것을 가장 짧은 시간 안에 사려고 애를 쓰는 것이다. 그가 가진 것으로 사람을 판단하고, 자기가 가진 것으로 자기가 판단되는 사회! 한 소설가가 전해 주는 것을 그대로 믿자면─나 자신은 겪은 적이 없으나, 활자화된 소설에 나오는 것이니 아마 사실이리라. 요즈음은 현실이 소설보다 훨씬 허구적이니까 말이다─마흔두 평에 사는 사람에게는 고기 반 근을 시켜도 배달을 해 주는데, 스물두 평에 사는 사람에게는 고기 한 근을 시켜도 배달을 안 해 준다. 스무 평이라는 아파트의 크기의 차이가 그렇게 작은 일에까지 섬세하게 작용을 하고 있는 것이다. 사람을 있는 그대로의 모습으로 판단하지 않고 그가 가진 것을 통해 판단하려는 경향이 아파트만의 특유한 현상은 아니겠으나, 아파트에서 그것은 그 어느 곳에서보다도 더 첨예하게° 나타난다. 왜 그럴까? 그것에 대해 오래 생각하다가 나는 그것이, 아파트에서는 그 아파트의 주인이 가진 것이 한눈에 들어오기 때문이 아닐까 하고 생각하게 되었다.

　아파트는 그 내부의 면적이 어떠하거나 같은 높이의 단일한 평면을 나누어 사용하게 되어 있다. 보통 집, 아니 다시 내 아내의 표현을 빌면 땅 집은 아무리 그 면적이 적더라도 단일한 평면을 분할하게 되어 있지 않다. 다락방이나 지하실은 거실이나 안방과 같은 높이의 평

° **첨예(尖銳)하다** 상황이나 사태 따위가 날카롭고 격하다.

면 위에 있지 않다. 그것들은 거실이나 안방보다 높거나 낮다. 그런데 아파트는 모든 방의 높이가 같다. 다만 분할된 곳의 크기가 다를 뿐이다. 그렇기 때문에 아파트에서의 삶은 입체감을 갖고 있지 않다. 아파트에서는 부엌이나 안방이나 화장실이나 거실이 다 같은 높이의 평면 위에 있다. 그것보다 밑에 또는 위에 있는 것은 다른 사람의 아파트이다. 좀 심한 표현을 쓴다면 아파트에서는 모든 것이 평면적이다. 깊이가 없는 것이다. 사물은 아파트에서 그 부피를 잃고 평면 위에 선으로 존재하는 그림과 같이 되어 버린다. 모든 것은 한 평면 위에 나열되어 있다. 그래서 한눈에 들어오게 되어 있다. 아파트에는 사람이나 물건이나 다 같이 자신을 숨길 데가 없다. 모든 것이 열려 있다. 그러나 그 열림은 깊이 있는 열림이 아니라 표피적인 열림이다. 한눈에 드러난다는 것, 또는 한눈에 드러난 것으로 여겨지는 것은, 깊이를 가진 인간에게는 상당한 형벌이다. 요즈음에 읽은 한 소설가의 소설 속에는, 아파트 단지에서 몸을 숨길 곳을 찾지 못한 아이들이 옥상 위의 물탱크 속에 들어가 숨음으로써 자신들을 죽음으로 이끌고 간 끔찍한 사건이 기술되어* 있었다. 물탱크는 밖에서는 열 수 있으나 안에서는 열 수가 없게 되어 있었던 것이다. 같은 평면 위에서 대번에 그 정체를 드러내는 사물과 인간은 두께나 깊이를 가질 수 없다. 두께나 깊이는 차원이 다른 것이 겹쳐서 생기기 때문이다.

땅 집에서는 사정이 전혀 딴판이다. 땅 집에서는 모든 것이 자기 나름의 두께와 깊이를 가지고 있다. 같은 물건이라도 그것이 다락방에 있을 때와 안방에 있을 때와 부엌에 있을 때는 거의 다르다. 아니 집 자체가 인간과 마찬가지의 두께와 깊이를 갖고 있다. 내가 좋아한

* 기술(記述)하다 대상이나 과정의 내용과 특징을 있는 그대로 열거하거나 기록하여 서술하다.

한 철학자는 집이 아름다운 것은 그것이 인간을 닮았기 때문이라고 말했다. 다락방은 의식이며, 지하실은 무의식이다. 땅 집의 지하실이나 다락방은 우리를 얼마나 즐겁게 해 주는 것인지. 그곳은 자연과는 또 다른 매력을 갖고 있다. 다락방과 지하실에서는 하찮은 것들이라도 굉장한 신비를 간직한 것으로 나타난다. 그것들은 쓸모가 없는, 또는 쓰임새가 줄어든 것들이어서, 쓰임새 있는 것에만 둘러싸여 살던 우리를 쓰임새의 세계에서 안 쓰임새의 세계로 인도해 간다. 화가 나서, 주위의 사람들이 미워서, 어렸을 때에 다락방이나 지하실에 혼자 들어가, 낯설지만 흥미로운 것들을 한두 시간 매만지면서 나 혼자만의 세계에 잠겨 있었을 때에 정말로 내가 얼마나 행복했던고! 화는 어느새 풀리고, 주위 사람들에 대한 증오도 사라져, 이윽고 밖으로 나와 때로는 이미 전기가 들어와 바깥은 컴컴하나 안은 눈처럼 밝은 것을 볼 때에, 때로는 황혼이 느리게 내려 모든 것이 있음과 없음의 그 미묘한 중간에 있는 것을 보고 느낄 때에 세계는 언제나 팔을 활짝 열고 나를 자기 속으로 깊숙이 이끌어 들이는 것이었다. 그래서 다 자란 뒤에도 다락방이나 지하실을 쓸데없는 것들이 잔뜩 들어 있는 쓰레기 창고로서가 아니라 내가 끝내 간직해야 될 신비를 담고 있는 신비로운 사물함으로 자꾸만 인식하게 된다. 나도 내가 사랑한, 그리고 지금도 사랑하고 있는 그 철학자처럼 다락방과 지하실 때문에 땅 집을 사랑하는 것인지 모른다. 그 지하실과 다락방 말고도 내가 좋아하는 것은 한식집의 부엌이다. 내가 태어난 시골의 내 외갓집 부엌은, 그 집이 제법 부유했기 때문에 꽤 넓었다. 그 부엌에는 언제나 내가 좋아하는 아낙네들이 가득 차 있었고 그 부엌을 건너 질러가면, 외할아버지가 친손자들에게만 주려고 외손자들에겐 접근을 막은 단감나무·대추나무 들이 있었다. 사람이 없을 때에 그 부엌에 들어가 보면, 부엌 바닥은 한없이 깊고 컴컴했고, 누룽지를 넣어 둔 찬장*은 한없이 높고 높았다. 그 부엌을 나는 한 한 달 전에 두 사람의 시인과 함께 놀러 간 어떤 절에서 다시 보았다. 그때의 그 즐거움!

땅 집이 아름다운 것은 그것이 많은 것을 숨기고 있기 때문이다. 어린 왕자에 대한 아름다운 산문을 남긴 생텍쥐페리*는 사막이 아름다운 것은 어디엔가 우물이 있기 때문이라고 말한 적이 있다. 과연 그렇다. 땅 집이 아름다운 것은 곳곳에 우물과 같은 비밀스러운 것들이 있기 때문이다. 아파트에는 그 비밀이 있을 수가 없다. 5분 안에 찾아낼 수 없는 것은 아파트에 없다. 거기에는 모든 것이 노출되어 있다. 스물두 평 또는 서른두 평의 평면 위에 무엇을 숨길 수가 있을 것인가. 쓰임새 있는 것만이 아파트에서는 존중을 받는다. 아파트에 쓰임새 없는 것으로서 존재하는 것은 값비싼 골동품뿐이다. 그 골동품들 또한 아파트에서는 얼마나 엷게 보이는지. 그것은 얼마짜리로서 존재하는 것이지 그것의 두께로 존재하지 않는다. 두께 없는 사물과 인간. 아파트에서 우리는 모든 것을 그대로 드러내고 산다. 그러나 감출 것이 없을 때에 드러낸다는 것이 무슨 의미를 가질 수 있을까? 드러낼 수 있다는 것은 감출 수도 있다는 말에 다름 아니다. 사람은 자기가 드러내는 것보다 훨씬 많은 것을 숨겨야 살 수 있다. 그 숨김이 불가능해질 때에 사람은 사회가 요구하는 것만을 살 수밖에 없게 된다. 무의식은 숨김이라는 생생한 역동성을 잊고 표면과 동일시되어 메말라 버린다. 표면의 인공적인 삶만이 가장 중요한 것으로 여겨지게 되는 것이다. 그 가장 첨예한 상징적인 사실이 아파트에서는 채소

* 찬장(饌欌) 음식이나 그릇 따위를 넣어 두는 가구.
* 생텍쥐페리(Saint-Exupéry, 1900~1944) 프랑스의 소설가·비행사. 대표작 『야간 비행』 『어린 왕자』.

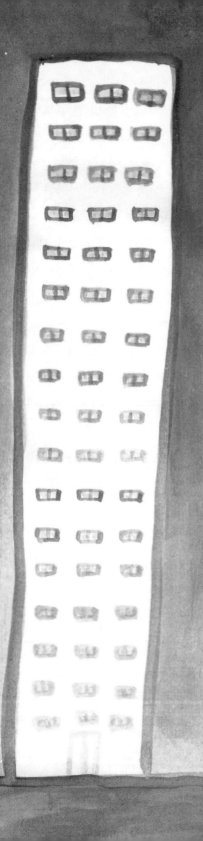

를 손수 가꿔 먹을 수 없는 것이다. 아파트에서는 자연과의 직접 교섭이 거의 완전히 단절된다. 아파트에 자연이 있다면 그것은 인위적인 자연이다. 아파트 안에서 키워지는 꽃이나 나무 들은 자연의 그것이 아니라, 깊이 없는 사물들에 다름 아니다. 자연의 상실은 아파트에서의 삶을 더욱 엷게 만든다. 그 삶을 약간이나마 두껍게 해 주는 것이 음악일 것이라고 생각되지만—또는 나 같은 사람에겐 시나 소설이다—그것들만으로 충분하지는 않다. 그런데도 나는 아파트에서 살 수밖에 없다. 나의 적은 월급으로는 가정부를 두어야 버텨 낼 수 있는 땅 집에서 견뎌 내기가 힘들기 때문이다. 나는 아파트에서 살면서 내 아이들에게 가장 부끄러움을 느낀다. 그 아이들은 비록 아파트에서 태어나지는 않았으나, 삶에서 가장 중요하다고 하는 아이 시절을 아파트 단지 안에서 보냈다. 그리고 아직도 보내고 있다. 그들이 보고 느끼는 것은 아파트의 회색 시멘트와 잔가지가 잘 정돈된 가로수들뿐이다. 그들에겐 자연이 없다.

내가 태어나서 자란 곳은 남도의 조그마한 섬이다. 그곳은 예술가들이 많이 태어나서 이제는 꽤 이름이 알려진 곳이다. 아무튼 그 조그마한 섬에서, 나는 산에 올라가 산나무 열매를 따 먹거나, 떼 지어 몰려다니며 밭에서 자라는 온갖 것들을 몰래 맛보거나—목화꽃을 따 먹을 때에, 무나 감자를 몰래 캐 먹을 때에, 옥수수를 불에 구워 먹을 때에 우리는 얼마나 즐거웠던가. 어른들에게 들킬지도 모른다는 무서움까지도 우리에게는 즐거움이었다—선창*에 나가 서너 시간씩 바다를 바라보고 앉아 있으면서 어린 시절을 보냈다. 지금도 내 어린 시절을 회상할 때면, 옻나무나 발목까지 빠지던 펄*의 감촉이

* 선창(船艙) 물가에 다리처럼 만들어 배가 닿을 수 있게 한 곳. 부두(埠頭).

맨 처음 되살아 나오고, 가도 가도 끝이 없던 여름날의 황톳길˙의 더위와 모깃불의 매캐한 냄새가 나를 가득 채운다. 나는 내 아이들에게 그 자연을 살게 할 수가 없는 것이다. 그 대신에 내가 소풍날에야 한두 개 얻어먹었던 삶은 달걀이나, 내가 고등학교 때에야 맛본 자장면 따위를 시켜 주며, 그들의 관심을 「원더 우면」˙이나 「육백만 불의 사나이」˙로 돌려놓고 있다. 나의 바다와 산은 「원더 우면」이나 「육백만 불의 사나이」의 달리기와 높이 뛰어오르기 또는 높은 데서 뛰어내리기로 바뀌어져 있다. 좋은 자연을 보고 숨 쉬는 대신에 이제는 하도 먹어 맛도 없는 달걀이나 자장면을 먹고 자라는 내 불쌍한 아이들! 계속 자라면서 그들이 배우는 것은 선생님께 잘 보이기, 과외 공부하기, 회색 시멘트에 길들기, 오엑스식의 문제 알아맞히기, 그리고 재치 있게 말하기 따위이다. 한마디로 감춰지지 않는 것 배우기이다. 아니 이렇게 쓰는 것만으로 충분하지는 않다. 나도 내 아이들처럼 아파트의 삶에 완전히 길들여져 있다. 그래서 내 주위의 모든 것을 엷게 본다. 거기에서 벗어나기란 얼마나 힘이 드는가. 그것은 거기에서 벗어나야 된다는 당위˙만으로 벗어날 수 있는 게 아니다. 아파트에서 벗어나야, 아니 땅 집으로 가야 사물과 인간의 두께를 발견할 수 있다는 생각 자체가, 이미 내가 아파트에서의 삶에 깊이 물들어 있음을 보여 준다.

아니 그러면 다락방이나 지하실이나 부엌이 없는 곳에서 산 사람

˙ 펄 갯가의 개흙이 깔린 벌판. 개펄.
˙ 황톳길 누르고 거무스름한 흙으로 이루어진 길.
˙ 「원더 우면」 1970년대에 우리나라 텔레비전 방송국에서 방영해 큰 인기를 끌던 미국 드라마.
˙ 「육백만 불의 사나이」 1970년대에 우리나라 텔레비전 방송국에서 방영해 큰 인기를 끌던 미국 드라마. '불'은 미국 화폐 단위인 달러.
˙ 당위(當爲) 마땅히 그렇게 하거나 되어야 하는 것.

에겐 깊이가 없단 말인가? 바다와 산만을 보고 자라나야 삶의 깊이를 깨달을 수 있단 말인가? 또 아이들은 언제나 신비 덩어리가 아닌가? 아이들에게는 조약돌 하나로도 우주보다도 넓은 세계를 꿈꿀 수 있는 능력이 있는 것이 아닌가? 내 아이들을 불쌍하게 여기는 것은 나의 잘난 체하는 태도의 소산이 아닌가? 이 모든 것을 깊이 있게 생각해야 아파트에서의 나의 삶에 대한 충분한 비판이 이루어질 수 있을 것인데, 그 비판을 하는 것이 나에게는 너무나 어렵다. 그 생각에 깊이 잠기면 잠길수록 나는 어느 틈엔가 남도의 한 조그마한 섬의 밭에, 산에, 바다에 내려가 있기 때문이다. 그래야 한 젊은 시인의 표현을 빌리면 물소리가 물소리로 들리는 것이다. 그 말을 뒤집으면 내가 두껍지 않을 때에 나는 엷게 판단한다는 것이 될지 모르겠다. 아파트에 살면서 아파트를 비난하는 체하는 자기모순.˙ 나에게 칼이 있다면 그것으로 너를 치리라. 바로 나를!

〔『두꺼운 삶과 얇은 삶』, 나남 1986〕

˙ 자기모순(自己矛盾) 스스로의 생각이나 주장이 앞뒤가 맞지 아니함.

사람들이 모여 사회가 만들어지고, 우리는 사회라는 '세계' 속
에서 살아갑니다. 사람들은 자신이 소속된 세계의 영향을 받지요.
이 글에는 아파트에서 살기 시작한 사람이 아파트에 갇혀 획일
적인 생활을 하게 되고 아파트에 길들여지는 모습이 그려집니다.
자기가 상대방보다 많이 갖고 있으면 더 우월하다고 생각하는 아
파트 주민들의 경쟁적인 심리가 잘 표현되어 있지요.

　지금도 사람들의 가치관은 이 글이 씌어진 1970년대와 별반
다르지 않습니다. 아파트 평수와 집에 놓인 물건 값이 거기 사는
사람을 평가하는 기준이 됩니다. 이러한 얄팍함에서 벗어나 두껍
고 깊이 있는 삶을 되찾고 싶다는 작가의 목소리에 귀 기울이면
좋겠습니다.

활동

1 「두꺼운 삶과 얇은 삶」의 작가가 땅집을 선호하는 이유와 아파트에 사는 사람들
　의 가치관을 말해 봅시다.

2 다음 내용은 조선 시대 선비들이 공부했던 공간인 안동 병산 서원의 그림과 설
　명입니다. 이런 곳에서 공부하면 어떤 느낌이 들지, 지금의 학교와 비교했을 때
　어떤 차이점이 있을지 상상해 봅시다.

　안동 병산 서원 앞으로는 낙동강이 흐른
다. 병산이라는 산을 마주 보고 있고, 서
원 뒤쪽으로는 화산이라는 산이 있다. '복
례문'이라는 정문을 들어서면 병산과 낙
동강의 풍경이 한눈에 보이는 '만대루'가
있는데, 전교생이 모두 모이는 대강당이라고 생각하면 된다. '만대루' 양편
에는 '일신재', '직방재'라는 이름의 기숙사가 있는데, 매일 새롭게 학문을
수양하며 늘 행동을 바르게 하라는 교훈이 담겨진 이름이다.

쇠붙이와 강철 시대의 봄을 맞으면서

유안진(1941~) 시인, 교육학자. 경북 안동에서 태어나 서울대 교육학과를 졸업하고 미국 플로리다 주립대학에서 박사 학위를 받음. 여성 특유의 섬세한 감수성이 느껴지는 많은 시집을 펴냈으며, 산문집 『그리운 말 한마디』 『엉뚱하게 살아 보기』 『지란지교를 꿈꾸며』 등이 있음.

얼었던 흙이 제 살을 풀면서, 흙의 향기가 풍겨 나기 시작한다. 후미진 산자락이 아니라도, 흙 내음이 풍겨 날 듯하니, 흙의 시대에 자란 세대다움일까? 그렇다. 나는 지금 같은 플라스틱이나 강철 쇠붙이 문화의 시대에 자라지 않았다. 저 원시 시대 같은 흙먼지와 부드러운 나무의 문화에서 잔뼈가 굵었다고나 할까? 그래서 흙과 나무의 문화에 더 가깝다.

그러나 사람들은 부드러워서 연약하고 불에 타 버려서 깨끗이 연소가 되는 나무나 흙보다는, 더 강하고 단단한 강철과 쇠붙이의 시대로 옮겨 왔다. 이것을 발전이라고 하면서, 사람들은 나무나 흙의 본성을 점차 잊어 가는 것일까? 흙에서 태어나 죽어서 다시 흙으로 돌아갈 사람이 흙의 본성을 잃어 가면서, 도리어 강철과 쇠붙이의 성질을 닮아 가니, 어찌 소란스럽고 잔혹한 사건이 빈발하지* 않겠는가? 이런 생각으로 이 시대를 이해하려고 애쓰지만 하도 끔찍스런 사건이 많이 자주 일어나니 무서워서 어찌 살 수 있겠는가 말이다. 강철 시대라서 사람들의 마음도 강철같이 쇠붙이같이 차갑고 냉혹

---

* 빈발(頻發)하다 어떤 일이나 현상이 자주 일어나다.

스러워 이러할까?

사람도 환경의 소산*일진대, 우리의 환경에서 그 원인이 찾아질 수도 있지 않을까? 예컨대, 우리는 옛 농경 시대와는 달리 쇠붙이를 사용하는 기계 시대에 살고 있다. 그 어느 하루도 쇠붙이를 사용하지 않고서는 살 수가 없다. 자동차, 기차, 지하철, 비행기, 아니 시내버스를 타더라도 마찬가지가 아닌가. 어디 그뿐인가. 살고 있는 집의 골격과 건너다니는 다리, 그리고 손으로 만지고 항상 몸에 지니는 핸드백에도 쇠고리가 붙어 있고, 사용하는 의자나 책걸상에도 쇠붙이 강철이 없으면 아무 기능도 못 하니, 결국 우리의 마음이 강철처럼 무감각하고 쇠붙이처럼 냉혹해지는가? 이런 강철과 쇠붙이로 된 기계에서 인정이나 눈물이 나올 수 없는 것은 너무도 당연한 것을.

농경 시대에는 생활에 사용하는 연장과 가구 등 생활용품 모두가 나무와 흙으로 만들어졌었다. 물론 쇠붙이를 전혀 사용하지 않은 것은 아니나, 어쩔 수 없는 작은 부분에만 강철을 사용했을 뿐, 대부분이 나무로 되어 있었다. 그러나 요즘의 모든 물건을 보자. 손잡이에서부터 결정적인 기능을 하는 중요 부분에 이르기까지 모두가 플라스틱이나 쇠붙이로 되었다. 플라스틱이면 그래도 좋은 것이다. 차갑고 섬뜩한 감촉의 강철이 하루에도 수십 번씩 피부와 맞닿아야 되니, 아무리 눈물이 많고 인정이 뜨거운 사람도 어째서 영향을 받지 않으랴.

나무는 사람처럼 살아 있는 생물이다. 심지어는 나무로 집을 짓거나 가구를 만들 때에도, 제 고장에서 자란 나무를 사용하고, 또 죽은 나무라도 숨을 쉴 수 있도록 페인트나 니스*를 칠하지 않으면 수백 년

* 소산(所産) 어떤 행위나 상황 따위에 의한 결과로 나타나는 현상.
* 니스 광칠. 광택이 있는 투명한 피막을 형성하는 도료.

이나 견딜 수가 있다고 한다. 우리 선조들은 이러한 살아 있는 생물로서 목재를 사용하여 집을 지었고 물건을 만들었기 때문에, 고궁과 옛 가구가 오랜 세월에도 견디어 남아 있게 된 것이라지 않은가.

나무는 그 질감이 부드럽고 훈훈하고 탄력도 있다. 흙 또한 우리의 살이 아닌가. 어느 문화에서나 흙은 모성(母性)이며, 자애와 포옹과 용서의 상징이었다. 그러한 흙에서 태어나고, 흙에서 자란 나무야말로 그 생리와 질감이 사람과 별반 다르지 않은 것, 그래서 농경 시대에 흙과 흙에서 자란 나무를 주로 사용하여 살던 사람들은 인정스럽고 자비로웠다. 지금보다 더 가난하게 살았어도 범죄가 더 적었고 덜 포악하고 덜 잔인스러웠던 이유도, 나무와 흙의 시대다운 심성을 지녔기 때문일까?

그러나 거의 모든 용품에 강철이 사용된 이 시대의 우리는 홀로서도 갈등하며, 그래서 자살을 시도하고, 살기 어린 쇳소리를 내는가? 심지어는 음악마저도 금속성의 소리이니, 어디서 무엇으로 심성을 온화하게 덥힐 수 있으랴. 그럼에도 세계는 경쟁적으로 과학 기술 문명에 전력투구하며,* 고도화·고속화되어 가는 기술 문명과, 그 산물인 기계 없이는 하루도 견딜 수가 없으며, 이런 강철을 더 많이 사용하며 살아야 하지 않는가.

에릭슨*은, 국가의 지도자도 강철의 뜻을 가진 사람이 나타났으며 소련의 스탈린*과 몰로토프*의 이름도 강철과 쇠붙이의 뜻이라고 했

* **전력투구(全力投球)하다** 모든 힘을 다 기울이다. 야구에서, 투수가 타자를 상대로 모든 힘을 기울여서 공을 던지는 것을 가리키는 데에서 나온 말.
* **에릭슨**(H. Erikson, 1902~1994) 독일 태생의 미국 심리학자, 정신분석학자.
* **스탈린**(I. V. Stalin, 1879~1953) 소련의 정치가. 러시아 혁명 때에 레닌을 도왔으며, 레닌이 죽은 후 권력 투쟁에서 승리하였다. 독재적인 방법으로 사회주의 건설을 지도하고 헌법을 제정하였다.
* **몰로토프**(V. M. Molotov, 1890~1986) 소련의 정치가·외교관.

다. 미국 역시 컴퓨터라는 기계 시대에 맞는 인간형이 보다 가치로운 인재로 인정되며, 우리나라에서도 아이들의 이름에 쇠와 강철의 뜻 글자를 더 애호하는* 경향이 두드러지고 있다면, 나의 과민성이라고 할까? 그래서 우리의 심성도 더 차갑고 모질고 단단해져서, 양보는커녕 타협조차도 거부하며 살고 있는 걸까? 생각해 보면 그럴수록 우리는 더 따스하고 더 부드러워야 할 것 같은데, 발전의 방향은 늘 반대쪽인 듯싶다.

머지않아서 나뭇가지나 묵은 그루터기에서도 새 촉*과 새 움이 틀 것이고, 언덕 위엔 그리운 마음처럼 아지랑이도 눈물 나게 아름다울 텐데, 어째서 우리 삶은 이리도 고단하기만 할까. 좋은 집, 좋은 음식이 아니어도 좋으니, 흙냄새 어린 흙길을 마음껏 걸으면서, 낯선 이를 만나도 무섭고 겁나지 않았으면 얼마나 좋으랴.

더하여 이 시대의 예술도 쇠붙이 강철 문화가 진정 사람을 위한 것이 되도록 자애와 포용과 용서의 구실을 할 수 있었으면. 모름지기 예술이란 농경 시대 흙과 나무의 성품과 더 가까워야 할 듯한데도, 발전의 방향은 늘 역행하는* 듯하니, 내가 잘못 본 것일까? 언 땅과 언 강물이 풀어지듯 모진 강철 마음들도 풀어지고 녹아져서, 천천히 살며 덜 가지며, 경쟁보다 협동으로, 강철 시대에 흙과 나무의 문화를 함께 발전시켜, 이 시대의 방향에 균형 잡아 주었으면……

〔『엉뚱하게 살아 보기』, 시와시학사 1993〕

● 애호(愛好)하다 사랑하고 좋아하다.
● 촉 '싹'의 사투리.
● 역행(逆行)하다 보통의 방향과 반대 방향으로 거슬러 나아가다.

이 글에서 '쇠붙이와 강철'은 현대 기계 문명과 그것이 지배하는 삭막한 사회 분위기를 상징합니다. 작가는 이것이 우리의 마음마저 쇠붙이처럼 차갑고 날카롭게 만든다고 생각합니다. 반면 흙과 나무를 주로 사용하던 옛사람들은 지금보다는 가난했지만 따스한 정을 나누며 살았습니다. 작가는 아마도 그들이 흙과 나무의 품성을 닮아 그러하지 않았을까 추측합니다.

　　작가는 현대 사회의 냉혹함을 극복하기 위해서는 흙과 나무의 부드러움이 필요하다고 말합니다. 작가의 바람대로 이 시대의 예술이 "쇠붙이 강철 문화가 진정 사람을 위한 것이 되도록 자애와 포용과 용서의 구실을 할 수 있"기를 소망해 봅니다.

1 「쇠붙이와 강철 시대의 봄을 맞으면서」에서 언급하고 있는 주요 소재의 속성을 정리해 봅시다.

쇠붙이와 강철	나무와 흙

2 작가가 '쇠붙이와 강철의 시대'를 성찰한 후 바람직한 시대상을 제시하고 있는 부분을 찾아 적어 봅시다.

3 이 글에 나타난 작가의 견해에 반론을 제기하고 그 근거를 제시해 봅시다.

**엮어
읽기**

'엮어 읽기'로 소개하는 수필은 주제에 대해 주목해 볼 만한 외국 작품입니다. 소로의 「월든」, 유종원의 「종수(種樹) 곽탁타전」, 루쉰의 「어진 사람과 어리석은 자, 그리고 노비」입니다. 세 작품을 읽으면서 각각의 주제를 살피고 독자들에게 어떠한 '발견'과 '성찰'의 메시지를 전하는지 새겨볼까요?

소로는 월든 호숫가에서 자급자족하는 삶을 살면서 일기를 쓰듯 자유롭게 글을 썼습니다. 지나친 풍요에 젖어 낭비가 습관이 된 채 살고 있는 현대인들에게 작가가 어떤 말을 건네는지 귀 기울여 보세요.

중국 당나라의 문인 유종원은 나무를 심고 가꾸는 곽탁타의 이야기를 통해 정치의 원리를 제시합니다. 나무의 본성을 거스르지 않고 키우는 곽탁타에게서 훌륭한 관리란 바로 백성이 자연스럽게 살아가도록 두는 사람이라는 깨달음을 얻게 됩니다.

루쉰의 이야기에는 세 인물이 등장합니다. 그중 노비를 눈여겨보세요. 그의 처지가 안타깝기도 하지만 노예근성을 버리지 못하는 모습이 답답합니다. 루쉰은 실제로 우매한 민중을 '구경꾼'에 비유하면서 그들 스스로 변화해야 불행에서 벗어날 수 있다고 주장했지요.

월든

소로(H. D. Thoreau, 1817~1862) 미국의 사상가, 문학자. 하버드 대학을 졸업하고 1845년부터 2년간 월든 호숫가에 통나무집을 짓고 생활한 경험을 기록한 『월든』(1854)으로 널리 알려짐. 자연과 조화를 이루는 삶, 소박하고 검소한 삶만이 인간에게 행복을 가져다준다는 사상을 전해 줌.

저 밖에는 봄이 와 있는데 우리는 겨울 안에서 머무적거리고 있다. 흔쾌한 봄날 아침 인간의 모든 죄는 용서를 받는다. 그런 날은 모든 악덕에 대한 일시 휴전의 날이다. 그러한 태양이 내리비치는 동안은 가장 사악한 죄인도 다시 돌아올 수 있을 것이다. 우리가 우리 자신의 순수함을 되찾는다면 우리 이웃 안에도 순수함이 있음을 발견하게 된다.

어제까지만 해도 우리는 이웃 사람 하나를 도둑, 주정뱅이 또는 오입쟁이*로 알고 있었으며, 그 사람을 동정하거나 경멸하고 세상 사태를 개탄했을지 모른다. 그러나 햇볕이 화사하게 내리쬐어 만물을 회생시키는 이 최초의 봄날 아침 우리는 그가 차분하게 어떤 일을 하고 있는 현장에 마주친다. 그리고 그의 방탕에 지친 핏줄이 고요한 기쁨으로 부풀어 오르고, 그가 새로운 날을 축복하여 어린아이의 순수함으로 봄기운을 받아들이는 것을 볼 때 그의 모든 허물은 잊히고 마는 것이다.

그의 몸 주위에는 선의의 분위기가 감돌 뿐만 아니라 갓 태어난 본능처럼 어떤 성스러운 기미마저 맹목적이고 비효과적이나마 표출되는 듯하다.

---

* 오입(誤入)쟁이 오입질하는 사람을 낮잠아 이르는 말. '오입질'은 아내가 아닌 여자와 성관계를 가지는 짓을 말함.

그리하여 잠시 동안이나마 이 남쪽 언덕 비탈에서는 천박한 농담은 자취를 감추고 만다. 그의 옹이°투성이의 껍질에서는 깨끗하고 순수한 싹이 터져 나와 마치 어린 나무처럼 여리고 신선한 모습으로 새로운 해의 삶을 시도하는 것을 엿볼 수 있다.

이제 그와 같은 사람마저도 자신만의 기쁨에 참여하게 된 것이다. 어찌하여 교도소장은 감옥의 문을 열어 놓지 않으며, 목사는 그의 회중°을 집으로 돌려보내지 않는가? 그 이유는, 이들이 신이 내리는 계시를 듣지 않고 그가 만인에게 아낌없이 베푸는 용서를 받아들이지 않는 데 있다.

날마다 고요하고 자비로운 아침 공기 속에서 피어난 선으로 복귀하고 싶은 마음은, 사람으로 하여금 덕을 사랑하고 악을 미워하는 점에서 인간의 본성에 보다 가까워지게 한다. 그것은 잘라 낸 숲에서 어린 싹이 터서 자라는 것과 같다. 이와 마찬가지로 사람이 하루 동안에 자행한° 악은 다시 싹트기 시작한 덕의 배아(胚芽)를 자라나지 못하게 하며 이를 망치게 한다.

이와 같이 덕의 배아가 여러 차례 발육하지 못하도록 방해를 받으면, 저녁의 자비로운 공기도 그 배아를 보존하지 못한다. 밤의 공기가 그것을 더 이상 보존하지 못하게 되면, 사람의 본성은 금수°와 다를 바 없게 된다. 사람들은 이 사람의 본성이 짐승의 그것과 같은 것을 보고 그가 인간 고유의 이성 기능을 소유한 적이 없다고 여기나, 과연 그것이 어찌

° 옹이 나무의 몸에 박힌 가지의 밑부분.
° 회중(會衆) 많이 모여 있는 사람들.
° 자행(恣行)하다 제멋대로 해 나가다. 또는 삼가는 태도가 없이 건방지게 행동하다.
° 금수(禽獸) 날짐승과 길짐승이라는 뜻으로, 모든 짐승을 이르는 말.

사람의 본래의 성정*이겠는가?

> —『맹자(孟子)』,「고자 편(告子篇)」, 고자장구상(告子章句上) 제8장

황금시대가 처음 이루어졌을 때 응징자*가 없었고,

법이 없었지만 성실과 공정(公正)을 소중히 여겼다.

형벌과 두려움이 없었고 위협적인 말이, 매달린

놋쇠 위에 읽히지도 않았다. 애원하는 군중이

법관의 말을 두려워하지도 않았으며, 응징자 없이도 태평했다.

산에서 잘린 소나무가 바다 물결에 굴러떨어져

낯선 세상을 보는 일도 없었고,

사람들은 제 나라 해안밖에 몰랐다.

(…)

거기에는 영원한 봄이 있었고, 부드러운 미풍*은

따스히 불어서 씨 없이 태어난 꽃들을 달랬다.

> —오비디우스의『변신 이야기』

4월 29일 나는 '나인 에이커 코너'의 다리 근처 강둑에서 낚시를 하고 있었다. 내가 서 있던 곳은 은방울꽃들이 자라고 버드나무의 뿌리가 드러나 있는 곳으로 근처에는 사향쥐들이 서식하고 있었다. 갑자기 나는 이상한 달그락거리는 소리를 들었다. 그것은 아이들이 손가락으로 가지고 노는 나뭇조각 장난감에서 나는 소리와 비슷했다. 고개를 들어 하늘을 쳐다보니 몸집이 작고 우아한 매 한 마리가 밤매가 흔히 그러듯이 물결처럼 하늘로

---

* 성정(性情) 성질과 심정. 또는 타고난 본성.
* 응징자(膺懲者) 잘못을 깨우쳐 뉘우치도록 징계하는 사람.
* 미풍(微風) 약하게 부는 바람.

치솟았다가는 5미터 내지 10미터를 일직선으로 떨어져 내려왔으며, 그 동작을 여러 차례 반복하는 것이었다. 이렇게 나는 과정에 매의 날개 속이 드러나 공단° 리본처럼, 아니 조개 속에 든 진주처럼 햇빛 속에 번득였다.

그 모습을 보고 있노라니 매사냥°이 생각났으며, 왜 매사냥을 고귀하고 시적인 운동이라고 하는지 이해할 것 같았다. 나는 이 새가 쇠황조롱이라고 부르는 매의 일종일 것이라고 생각했다. 그러나 이름 같은 것은 아무래도 좋았다. 그것은 내가 그때까지 본 중 가장 영묘한° 비상°이었다. 이 새는 나비처럼 단순히 훨훨 날지도 않았고, 좀 더 큰 매처럼 공중으로 솟구치지도 않았다. 그는 공기의 흐름에 자만스럽게 몸을 맡기고는 그 이상스러운 울음소리와 함께 하늘로 올라가서는 자유롭고 아름답게 떨어져 내려왔는데 그러는 도중 연처럼 몸을 여러 차례 회전시키는 것이었다. 그는 상당한 거리를 떨어져 내려오다가는 방향을 바꾸곤 했는데 마치 지상에는 한 번도 내려앉은 적이 없는 것 같았다.

하늘에서 그처럼 홀로 노는 모습을 보면 이 새는 천지간°에 벗이라곤 없는 것 같았고, 또 자신이 날고 있는 창공과 아침 공기를 제외하고는 아무런 벗이 필요 없는 듯했다. 그는 외로운 것 같지 않았으며 오히려 자기 아래 땅 위에 있는 모든 것이 외롭게 보이도록 만들었다. 그를 낳아 준 부모와 형제는 하늘 어디에 있단 말인가? 하늘의 거주자인 이 새는 그 언젠가 험한 바위틈에서 알에서 깼다는 것 말고는 지구와 인연이 없는 것 같았다. 그렇지 않으면 그가 태어난 둥지마저 구름의 한구석에 있었으며, 그 둥지

° 공단(貢緞) 두껍고, 무늬는 없지만 윤기가 도는 비단. 고급 비단에 속한다.
° 매사냥 길들인 매로 꿩이나 새를 잡는 일.
° 영묘(靈妙)하다 신령스럽고 기묘하다.
° 비상(飛翔) 공중을 날아다님.
° 천지간(天地間) 하늘과 땅 사이라는 뜻으로, 이 세상을 이르는 말.

는 무지개의 부스러기와 저녁노을로 엮어져 한여름의 부드러운 아지랑이로 단*을 댄 것이었단 말인가? 이제 그가 사는 곳은 낭떠러지 같은 어떤 구름이란 말인가?

매 구경을 하는 것 말고도 나는 금색과 은색과 빛나는 구리색의 귀한 물고기를 한 줄이나 낚았다. 이 고기들은 마치 보석들을 줄에 꿰어 놓은 것 같았다. 얼마나 많은 첫 봄날 아침에 나는 강변에 가서 풀덤불에서 풀덤불로, 버드나무 뿌리에서 버드나무 뿌리로 뛰어 건너곤 했던가! 그때 야성*의 강 계곡과 숲은 너무나도 깨끗하고 밝은 빛에 충만해 있었기 때문에 죽은 사람들이라도 깨어날 것 같았다. 일부 사람들이 생각하듯 죽은 사람들이 정말 죽은 것이 아니고 단지 무덤에서 잠자고 있는 것이라면 말이다. 그러나 인간의 불멸성에 대하여 이런 빛 이상의 다른 증거는 필요하지 않을 것이다. 만물이 모두 그런 빛 속에서 살 수만 있다면! 오 죽음이여, 그대의 가시가 어디에 있었으며, 오 무덤이여, 그대의 승리가 어디에 있었는가?

만약 우리의 마을을 둘러싸고 있는 인적 드문 숲과 강변이 없다면 우리의 삶은 지극히 단조로울 것이다. 우리는 야성의 강장제*를 필요로 한다. 때때로 우리는 뜸부기와 해오라기가 숨어 사는 늪 속을 무릎까지 빠지며 건너 보거나 도요새의 날갯짓 소리에 귀를 기울일 필요가 있다. 그리고 야성의 외톨이 새만이 둥지를 틀며 족제비가 배를 땅 가까이에 대고 기어가는 곳에 가서 바람에 흔들리고 있는 골풀*의 냄새를 맡을 필요가 있다.

우리는 한편으로 모든 것을 알아내고 탐색하려는 욕망을 가지고 있지만 다른 한편으로는 모든 것이 신비에 싸인 채 탐색되지 않기를 바라며, 육

• 단 옷자락 끝의 가장자리를 안으로 접어 붙이거나 감친 부분. 옷단.
• 야성(野性) 자연 또는 본능 그대로의 거친 성질.
• 강장제(強壯劑) 온몸의 물질대사를 촉진하고 영양을 도와 체력을 증진하고 몸을 튼튼하게 하는 약.
• 골풀 골풀과의 여러해살이풀.

지와 바다가 무한의 야성을 지니고 미개척으로 남아 있기를 바라는 마음도 있다. 우리가 자연을 아무리 받아들이더라도 결코 그 도가 지나치는 법은 없을 것이다. 우리는 자연의 무진장한 힘, 웅대한 지세,* 난파선*의 잔해가 깔린 해안, 살아 있는 나무와 썩어 가고 있는 나무들이 뒤엉킨 황무지, 천둥을 품은 구름, 3주간이나 계속되어 홍수를 낸 폭우 등을 목격할 때마다 자연에 대한 안목을 새롭게 해야 할 것이다. 우리는 우리의 경계가 무너지는 것을 목격하며, 우리가 결코 가지 않는 곳에 어떤 생명이 자유로이 풀을 뜯는 것을 목격할 필요가 있다.

우리는 동물이 죽어 썩어 가는 것을 보면 메스껍고 언짢아하지만, 독수리가 그 시체를 뜯어 먹으며 힘을 얻는 것을 보면 차라리 잘되었다는 생각을 한다. 내 집에 이르는 길옆의 파인 곳에는 말 한 마리가 죽어 넘어져 있었는데, 이 때문에 나는 때때로 길을 돌아가야만 했고 밤이 되어 냄새가 심하게 풍길 때는 더욱 그러했다. 그러나 그것은 대자연의 왕성한 식욕과 침범할 수 없는 건강을 나에게 확인시켰고 나는 그로부터 어떤 위안을 받았다. 대자연이 생명으로 가득 차 있기 때문에 상당수가 희생되거나 서로를 잡아먹을 수 있는 여유가 있는 것이 차라리 다행스럽게 여겨진다.

연약한 생명체가 펄프*처럼 짓눌려 없어지더라도, 예를 들면 왜가리가 올챙이를 통째로 삼킨다든지, 길 위에 거북이와 두꺼비 들이 마차에 치여 때로는 즐비하게 죽어 넘어지더라도, 자연은 그것을 허용할 여유가 있는 것이다. 우리는 항상 사고를 당할 위험을 안고 있지만 거기에 대한 해명은 불충분하다는 것을 깨닫지 않으면 안 된다. 현명한 사람이 여기서 받는 인상은 보편적인 결백이다. 독이란 것도 알고 보면 위험한 것이 아니며, 어떤 상

---

* 지세(地勢) 땅의 생긴 모양이나 형세. 지형(地形).
* 난파선(難破船) 항해 중에 폭풍우 따위를 만나 부서지거나 뒤집힌 배.
* 펄프(pulp) 기계적·화학적 처리에 의하여 식물체의 섬유를 추출한 것. 섬유나 종이 따위의 원료로 쓴다.

처도 치명적인 것은 없다. 연민이란 지지할 수 없는 감정이다. 그것은 임시 변통적인 감정임에 틀림없다. 그에 대한 변명을 고정 관념화할 수는 없을 것이다.

5월 초가 되자 호수 주위의 소나무들 사이에 끼여 있던 떡갈나무, 호두나무, 단풍나무와 그 밖의 나무들이 새싹을 냈다. 이 새싹들은 주위의 경치에 햇빛과도 같은 밝음을 가져다주었는데 특히 구름이라도 낀 날에는 더욱 그러했다. 마치 태양이 안개를 뚫고 여기저기 산허리를 아련하게 비치기라도 하는 것 같았다. 5월 3일인가 4일에는 호수에서 되강오리 한 마리를 보았으며, 그 달 첫 주일 동안에 쏙독새, 지빠귀, 갈색지빠귀, 딱새, 되새와 다른 여러 새들의 울음소리를 들었다. 숲개똥지빠귀의 울음소리를 들은 것은 그보다도 한참 전이었다.

피비새도 어느새 다시 찾아와 앞문과 창문으로 집 안을 들여다보며 과연 들어가 살 만한 곳인지를 확인하고 있었다. 피비새는 마치 공기를 움켜잡고 매달려 있는 듯, 발톱을 웅크리고 날개를 쳐서 몸무게를 유지하면서 내 집 일대를 조사하고 있었다. 머지않아 리기다소나무의 유황과 같은 꽃가루가 호수와 그 주위의 돌들과 썩은 나무들 위를 누렇게 덮었다. 쓸어 담으면 한 통쯤은 쉽게 담을 수 있을 것 같았다. 이것이 흔히 말하는 '유황 소나기'인 것이다. 인도의 시인 칼리다사가 지은 희곡 「샤쿤탈라」에도 "연꽃의 황금색 꽃가루로 인해 노랗게 물든 시냇물"이라는 구절이 있다. 이리하여 점점 키가 커지는 풀 속을 거니는 동안 계절은 여름으로 접어들어 갔다.

이렇게 해서 내 숲 생활의 첫 번째 해는 끝이 났다. 그다음 해도 첫해와 큰 차이는 없었다. 1847년 9월 6일 나는 드디어 월든을 떠났다.

〔『월든』, 강승영 옮김, 은행나무 2011〕

종수˚ 곽탁타˚전(種樹郭橐駝傳)

유종원(柳宗元, 773~819) 중국 당나라 때의 시인, 학자. 당나라와 송나라의 뛰어난 문장가 여덟 명 중
의 한 사람. 진사과에 급제한 뒤에 정치 혁신을 꾀하는 집단에 참여했다가 몰락하여 10년 동안 벽지에서
창작에 몰두함. 한유(韓愈)와 함께 고문(古文) 부흥 운동을 선도하며 문체 개혁에 나서 산문의 새로운 경
지를 개척하고, 자연 묘사에 뛰어난 시를 남김.

곽탁타(郭橐駝)의 처음 이름은 무엇인지 모른다. 곱사등이 병을 앓아 등
이 우뚝 솟아 가지고 기어다니는 것이 탁타와 같기 때문에 그 고을 사람
들이 탁타라고 별호˚를 지어 불렀다. 그러면 타(駝)는 이 부름을 듣고는 "그
것 용하다. 내 이름에 꼭 적당하구나." 하고, 그만 자기의 본이름을 버리고
또한 스스로도 탁타라고 일컬었다. 탁타가 사는 고을 이름은 풍악인데, 장
안˚ 서쪽에 있다. 타는 종수(種樹)를 직업으로 하였다. 장안의 호가˚나 부인
(富人)˚들, 정원을 꾸미는 사람들, 또 과수˚를 영업으로 하는 사람들이 서로
다투어 그를 맞이하여 나무를 심고 기르게 하였다. 타가 심는 나무는 비
록 옮겨 심었더라도 죽는 것이 없을 뿐 아니라, 무성하기도 하고 열매도 빨
리 맺어서, 다른 사람은 아무리 그것을 보고 본받으려 하여도, 도무지 그렇
게 되지 않았다.

어떤 사람이 그 까닭을 물으니 "나라고 해서 나무를 오래 살게 한다거

˚ 종수(種樹) 나무를 심음.
˚ 탁타(橐駝) 낙타. '탁(橐)'은 자루라는 뜻으로 낙타는 등에 자루처럼 솟은 혹이 있어 탁타라고도 한다.
˚ 별호(別號) 사람의 외모나 성격 따위의 특징을 바탕으로 남들이 지어 부르는 이름. 별명.
˚ 장안(長安) 중국 산시 성(陝西省) 시안 시(西安市)의 옛 이름. 한나라·당나라 때 도읍지였다.
˚ 호가(豪家) 재산이 많고 권세가 당당한 가문.
˚ 부인(富人) 부자. 물질적으로 부유한 사람.

나 뻗어 가게 할 수 있는 것은 아니다. 다만 나무의 천성*을 따라 그 본성을 발휘하게 할 뿐이다. 원래 나무의 성질은 그 뿌리는 퍼고자 하고 비료는 고르게 받고자 하며, 흙은 본디 가지고자 하고 쌓이기는 단단하게 다지고자 하는 것이니, 이미 그렇게 되어 있으면 흔들지도 말고 걱정도 말고, 내버려 두어 다시는 돌아보지 말아야 하는 것이다. 그것을 심을 때에는 자식처럼 여기고 그것을 두는 것은 버리듯 하면 그 천성이 완전하여 그 본성을 얻을 것이다. 그러므로 나는 그 자라남을 해치지 않을 뿐이요 크고 성하게 할 수는 없는 것이며, 그 열매를 억누르지 않을 뿐이요 일찍 맺거나, 번식하게 할 수는 없는 것이다. 그런데 다른 사람들은 그렇지 않아서 뿌리를 감고 흙을 바꾸며, 비료는 과하지 않으면 모자라게 한다. 비록 그렇게 하지 않는 사람이라도, 사랑하기를 너무 심하게 하고 걱정하기를 너무 부지런히 하여 아침에 보고 저녁에 어루만지며, 버려 두었다가도 또다시 돌아본다. 그러나 그뿐인가? 좀 심한 사람은 그 껍질을 손톱으로 집어서 살았나 죽었나를 시험해 보고 그 뿌리를 흔들어 보아 단단한가 않은가를 살펴보는 것이다. 이렇게 하여 나무는 그의 성질에서 날로 멀어지게 되는 것이니, 사랑한다 하지마는 기실*은 해치는 것이요, 걱정한다 하지마는 기실은 죽이는 것이다. 그러므로 그들은 나처럼 하지 않을 뿐이지 무슨 별다른 능력이 있겠는가?" 하였다.

그 사람이 또 "자네의 이 도를 정치에 이용해 보면 어떨꼬?" 하였다. 타가 대답하기를 "나는 종수(種樹)를 알 뿐이지 정치는 내 업(業)이 아니오. 그러나 내가 시골에 있으면서 소위 행정한다는 어른들을 보니, 그들은 가지가지 명령하기를 좋아하여, 얼른 보기에는 백성들을 못내 사랑하는 듯하

* 과수(果樹) 과실나무.
* 천성(天性) 본래 타고난 성격이나 성품.
* 기실(其實) 실제의 사정. 사실은.

나 마침내 화(禍)°를 주고 맙니다. 아침저녁으로 관리가 와서, 이것은 관(官)의 명령이라고 고함을 치면서 '너희들 논을 빨리 갈아라, 씨를 빨리 뿌려라, 추수를 빨리 거두어라, 실은 일찍 뽑아라, 베°를 일찍 짜라, 아기를 사랑해라, 개나 돼지를 잘 먹여라……' 이렇게 북을 울려서 사람을 모으고, 목탁을 쳐서 백성을 부르지요. 그러나 우리들은 소인이라 아침저녁을 차려 그분들을 대접하기에도 겨를을 못 차리는데, 또 어느 여가에 내 생업을 붇게° 하고 내 마음을 편안하게 하겠습니까? 그러므로 백성들은 병이 들고 또한 시달리는 것이니, 이렇게 하면 이것은 저 우리들의 나무 심는 업과 같은 점이 있다 하겠습니다." 그 사람이 "어허 기쁘다. 자네 말이 좋지 않은가? 내 나무 기르는 법을 물었다가 사람 기르는 술(術)을 들었구나." 하였다. 이 사실을 전해서 관리의 경계°를 삼는 바이다.

〔『고문진보』, 김달진 옮김, 문학동네 2000〕

● 화(禍) 모든 재앙과 액화.
● 베 삼실, 무명실, 명주실 따위로 짠 피륙.
● 붇다 분량이나 수효가 많아지다. 증대하다. 커지다.
● 경계(警戒) 옳지 않은 일이나 잘못된 일들을 하지 않도록 타일러서 주의하게 함.

어진 사람과 어리석은 자, 그리고 노비

루쉰(魯迅, 1881~1936) 중국의 소설가, 사상가. 신학문을 배우고 일본에 유학하여 의학을 공부하다 중국인들의 마비된 정신을 일깨우기 위해 문학으로 진로를 바꿈. 그후 문필 생활에 몰두하며 중국 지식인들의 허위와 민중들의 노예성을 가차 없이 비판하는 작품을 씀. 소설 「광인일기」 「아Q정전」 「고향」, 산문집 『아침 꽃을 저녁에 줍다』 등이 있음.

노비는 툭하면 남에게 신세타령을 하곤 했다. 그러고 나면 속이 시원해지기도 했지만, 그 외에는 달리 뾰족한 방도˚가 없기도 했다. 한번은 어진 사람을 만났었다.

"선생님!"

그는 울먹이며 말했다. 두 줄기 눈물이 볼을 탔다.

"선생님도 아시다시피, 저는 사는 꼴이 말이 아닙니다. 밥은 하루 한 끼를 먹을까 말까인데, 그것도 강냉이죽으로, 개돼지도 거들떠보지 않을 정도예요. 게다가 손바닥만 한 그릇으로 달랑 한 그릇뿐이죠……."

"참으로 불쌍하군."

어진 사람은 애처로운 듯이 말하였다.

"그렇지요!"

그는 마음이 밝아졌다.

"밤낮으로 쉴 새가 없어요. 아침에는 물을 길어야 하고, 저녁에는 밥을 지어야 하고, 낮에는 심부름에 헐떡이고, 맑은 날에는 빨래하고 궂은 날에

˚ 방도(方道) 어떤 일을 하거나 문제를 풀어 가기 위한 방법과 도리.

는 우산잡이가 되고, 겨울이면 탄불* 피우랴 여름이면 부채 부쳐 주랴, 밤에는 밤참 만들어 주인님 마작*하시는 방에 들여보내랴……. 그런데도 땡전 한 닢은 고사하고 돌아오는 건 매타작뿐이니……."

"쯧쯧 저런……."

어진 사람은 한숨을 내쉬었다. 눈시울이 이내 붉어지며 이슬이 맺히는 듯하였다.

"선생님, 이러니 대관절 어떻게 당해 낼 수 있겠어요? 무슨 다른 방도가 없을까요? 전 어쩌면 좋지요?"

"머잖아 분명 좋게 될 것임세."

"정말요? 그렇게만 된다면야……. 어쨌든 이렇게 선생님께 제 괴로움을 하소연하고, 선생님이 저를 동정해 주시고 위로해 주시니 마음이 한결 낫네요."

그러나 이삼 일이 지나자 다시금 마음이 언짢아져 또다시 신세타령을 들어 줄 상대를 찾아 나섰다.

"선생님!"

그는 눈물을 흘리며 말했다.

"아시다시피 제 집은 외양간만도 못하답니다. 주인은 저를 사람 취급도 안 해요. 저보다 강아지가 몇천 배 더 귀여움을 받지요."

"이런 멍청이!"

듣던 이가 소리를 질러 그는 깜짝 놀랐다. 그 사람은 어리석은 자였다.

"선생님. 제 집은 고작 개집 같은 오두막이에요. 춥고 빈대까지 우글거려, 자려고 하면 여기저기 물고 생난리지요. 썩은 냄새로 코가 막힐 지경이고

---

* 탄(炭)불 연탄이 탈 때에 이는 불. 또는 연탄을 피우는 불.
* 마작(麻雀) 중국의 실내 오락. 네 사람의 경기자가 글씨나 숫자가 새겨진 136개의 패를 가지고 짝을 맞추며 진행함.

요. 창문 하나 없는 데다······."

"주인한테 창문 내 달라는 말도 못 해?"

"안 될 말씀입지요."

"그래! 그럼 어디 한번 가 보자."

어리석은 자는 노비의 집으로 갔다. 그리고 집에 이르자마자 흙담을 뚫으려 하는 것이었다.

"선생님, 지금 뭐 하시려는 겁니까?"

"자네한테 창문을 내 주려고 그러는 게야."

"안 돼요! 주인님께 혼납니다."

"괜찮아!"

그는 벽을 헐었다.

"누구 없어요! 강도가 집을 부숴요! 빨리요, 집 다 부서져요."

그는 울부짖으며 펄쩍펄쩍 뛰었다.

노비들이 우르르 몰려와 어리석은 자를 쫓아냈다.

소동을 알고서 주인이 천천히 나타났다.

"강도가 집을 부수려 했습지요. 제가 소리를 질러, 저희들이 함께 몰아냈사옵니다."

노비는 공손하게, 그러면서도 자랑스러워하면서 아뢰었다.

"그래, 잘했다."

주인이 그를 칭찬했다.

그날, 여러 사람들이 찾아와 노비를 위로해 주었다. 그중에는 어진 사람도 있었다.

"선생님, 이번에 제가 공을 세웠답니다. 주인님께서 칭찬해 주셨지요. 지난번에 선생님께서 그러셨잖아요. 머잖아 잘될 거라고요. 정말 선견지명°이셨어요."

꿈에 부푼 듯, 그는 유쾌하게 떠들었다.

"암, 그렇고말고."

어진 사람은 고개를 끄덕였다. 덕택에 자신도 유쾌하다는 듯이.

(『아침 꽃을 저녁에 줍다』, 이욱연 옮김, 도서출판 창 1991)

◦ 선견지명(先見之明) 어떤 일이 일어나기 전에 미리 앞을 내다보고 아는 지혜.

2부

극

극이란 무엇인가?

"그게 최선입니까? 확실해요?", "내 안에 너 있다." 여러분은 친구들과 이런 유행어를 사용하면서 대화를 즐겁게 만들거나 웃음을 끌어낸 경험이 있을 겁니다. 이런 말들을 어디에서 빌려왔나요? 바로 텔레비전 드라마지요. 요즘은 매체가 다양하게 발달하면서 극 갈래를 쉽게 접할 수 있게 되었습니다. 특히 영화와 드라마는 생활에서 흔히 접하는 가장 친숙한 문화 영역이 되었고, 뮤지컬이나 연극도 많은 사람의 관심을 얻고 있습니다. 물론 글로 읽는 것이 아니라 상연이나 상영의 형태를 통해 접하지만 연극이나 영화, 방송극의 뿌리는 희곡과 시나리오입니다. 상연이나 상영을 전제로 하는 이러한 글들을 '극 문학'이라고 합니다.

연극은 어떤 문학 갈래보다도 역사가 깁니다. 고대 그리스 시대부터 기록이 보이는데 그보다 훨씬 전에 종교적인 의식이나 놀이로서의 활동 속에 극의 모습이 있었고, 훗날 연극의 요소만 독립되어 더욱 발전된 양식으로 변했지요. 우리나라에서도 희곡이나 시나리오는 1920~30년대에 등장하지만 그 이전부터 고유의 극 형태가 존재했어요. 예를 들어 연희자가 가면을 쓰고 하는 가면극, 인형극인 꼭두각시놀음, 그림자극, 판소리 등에서 희곡적 요소를 찾아볼 수 있답니다.

극은 희곡이나 시나리오가 가진 문학적 측면과 무대에서 상연되거나 영상으로 상영될 때의 공연적 측면을 동시에 지니고 있습니다. 이렇듯 극은 대본이라는 문학의 영역에서 출발하여 더 넓은 영역에서 실현되는 특성이 있지요.

그럼 극이 가진 문학적 특성으로는 어떤 것들이 있을까요? 극은 소설처럼 서술자가 있어서 사건을 이끌어 가는 것이 아니라 오직 인물의 대사와 행동을 통해서만 사건을 전달하고 인물의 성격, 내적 심리, 의식 등을 제시합니다. 극은 현재화의 문학입니다. 모든 사건을 늘 관객 앞에 현재성으로 보여 주는 방식으로 작가와 관객이 소통하게 됩니다.

극은 보통 인물, 사건, 배경 등의 요소들이 유기적으로 결합하여 상황을 만들고, 주제를 표현합니다. 희곡과 시나리오는 전자는 연극으로 상연되고 후자는 영화로 상영된다는 점 때문에 서로 차이가 있습니다. 연극의 무대는 제한될 수밖에 없기 때문에 희곡에서 배경 설정, 등장인물 등에서도 제약이 있을 수밖에 없겠지요? 반면에 관객들은 무대와 인물의 행동을 눈앞에서 직접 보기 때문에 현장감을 강하게 느끼게 됩니다. 이에 비해 시나리오는 영화 촬영·편집 기술의 발달로 제약이 덜해서 상상의 시공간과 인물까지도 풍부하게 그려 내고 있지요. 요즘은 연극도 과학 기술의 도움을 받아 표현 가능성을 확장하고 있습니다. 아울러 뮤지컬이 각광을 받으며 관객들의 호응을 얻고 있기도 하지요.

이제 극을 문학으로 읽을 차례입니다. 희곡이나 시나리오를 읽을 때는 줄거리 흐름과 구성 단계를 생각해 보고 무대나 영상의 장면을 상상하며 꼼꼼히 읽는 것이 좋습니다. 각 등장인물의 대사나 행동이 무엇을 의도한 것이고 거기에 어떤 의미가 담겨 있는지, 사건의 인과 관계는 얼마나 치밀한지 등을 파악하며 읽으면 극의 묘미를 더 많이 느낄 수 있습니다.

1장

구성과 무대

구성과 무대에 대하여

드라마나 영화를 보면서 다음에 이어질 내용을 상상하며 궁금해한 경험이 있나요? 그런 상상이 드라마나 영화를 보는 재미를 더해 주고 감동을 더 크게 하기도 하지요. 그런데 그것은 희곡과 시나리오를 쓰는 사람이 우리를 즐겁게 하는 어떤 장치를 넣었거나 사건들을 구성하는 묘미를 발휘했기 때문일 겁니다. 극을 통해 재미를 느끼고 깨달음을 얻게 되는 이유는 여러 가지가 있겠지만, 흥미 있는 사건들을 엮어 놓은 짜임새도 그중의 하나일 것입니다. 등장인물이 겪는 갈등과 그것을 풀어 가는 과정을 보며 우리는 극에 빠져들게 되지요.

극은 허구지만 실제 현실에서 일어날 수 있는 가능성, 즉 개연성을 가진 사건을 어떻게 엮어 가고 거기에 주제 의식을 통일성 있게 제시할 수 있느냐가 구성의 관건이 됩니다. 극을 구성하는 방법은 인물의 행동이나 사건을 어떻게 연결하느냐에 따라 결정되지요. 흔히 인과에 의한 방법, 중심인물을 중심으로 엮어 가는 방법, 극에 담긴 사상을 중심으로 전개하는 방법 등이 있습니다.

극은 3단 구성과 5단 구성을 가장 일반적인 형태로 봅니다. 3단 구성은 '처음, 중간, 끝'으로 짜고, 5단 구성은 발단, 상승, 정점(위기), 하강, 대단원(결말)로 구성합니다. 발단에서는 등장인물과 전개될 사건에 대한 기본 설명이 이루어지고 이야기의 실마리가 제시되지요. 상승에서는 사건이 복잡해지며 갈등의 핵심 축이 형성되는 등 갈등이 심화되고 긴장감이 더해집니다. 정점에서는 갈등이 최고조에 달하고 해결의 실마리가 마련되어 극의 전환이 일어나며, 하강에서는 극의 갈등이 해결 상황으로 접어들고 반전이 나타나기도 합니다. 마지막 대단원에서는 모든 갈등이 해결되고 인물의 운명이 결정되어 극이 끝나게 됩니다.

뮤지컬이나 연극, 드라마, 영화를 본 후 장소나 배경 음악, 특별한 소품들이 기억에 남아 여운을 주는 경우는 없었나요? 희곡이나 시나리오에서 제시하는 이러한 요소들은 극의 내용과 연결되어 문학적 가치를 높입니다. 극의 무대는 배우와 관객이 만나는 장소로 등장인물의 행동이 일어나는 환경입니다. 허구가 실제 현실 같은 효과를 얻는 가상 공간이지만, 사건의 배경이 되며 내용상 특별히 상징적인 의미를 띠기도 합니다. 무대는 무대 지시문(scene direction), 해설로 제시되는데 무대 장치, 소도구 배치, 조명, 음향 효과를 포함하지요. 이러한 장치를 통해 극의 분위기, 인물의 심리 상태, 나아가 작품의 주제를 전달합니다.

희곡의 무대는 시나리오나 방송 대본에 비해 상대적으로 제약이 많습니다. 희곡은 한정된 무대에서 펼쳐지기 때문에 상연이 이루어질 수 있는 범위 내에서 작품의 공간적인 배경과 분위기를 만들어 가야 하지요. 그에 비해 시나리오는 제약이 별로 없습니다. 다양한 기술적 지원을 받아 주제를 실현할 만한 폭넓은 무대를 구현할 수 있는 것이 특징입니다.

희곡과 시나리오를 읽을 때 사건이 어떻게 전개되고 연결되는지 살펴보고 그것이 무대나 영상으로 어떻게 나타날지 상상하면서 감상해 보세요.

동승(童僧)

함세덕(1916~1950) 극작가. 인천에서 태어나 인천상업학교를 졸업함. 1936년 『조선문학』에 단막극 「산 허구리」를 발표하고 1939년 동아일보에서 주최한 연극제에 「동승」으로 참가했으며, 1940년 조선일보 신춘문예에 「해연(海燕)」이 당선되어 정식으로 등단함. 해방 직후 월북하여 6·25전쟁 중에 사망함. 섬과 바다를 배경으로 어민들의 생활과 꿈을 주로 그림. 주요 작품으로 「고목」 「동승」 「산허구리」 등이 있음.

등장인물

주지

정심 (淨心, 상좌승*)

도념 (道念, 사미승,* 14세)

미망인 (서울 안 대갓집* 딸)

초부 (焦夫)*

인수 (仁壽, 초부의 아들)

미망인의 친정 모

미망인의 친척들

과부 (구경꾼)

새댁 (구경꾼)

노인 (구경꾼)

총각 (구경꾼)

• 동승(童僧) 동자승. 나이가 어린 승려.
• 상좌승(上座僧) 계급이 높아 윗자리에 앉는 승려.
• 사미승(沙彌僧) 십계(十戒)를 받고 구족계(具足戒)를 받기 위하여 수행하고 있는 어린 남자 승려.
• 대갓(大家)집 대대로 세력이 있고 번창한 집안.
• 초부(焦夫) 나무꾼. 땔나무를 하는 사람.

참예인(參詣人)*들

젊은 승(僧)들

첫겨울.

동리*에서 멀리 떨어진 심산 고찰*.

숲을 뚫고 가는 산길이 산문(山門)*으로 들어간다. 원내(院內)에 종각*, 그 뒤로 산신당,* 칠성당*의 기와지붕, 재* 올리는 오색기치(伍色旗幟)가 펄펄 날린다. 후면은 비탈. 우변* 바위틈에 샘에서 내려오는 물을 받는 물통이 있다.

재 올린다는 소문을 들은 구경꾼 떼들 산문으로 들어간다.

청청한 목탁 소리와 염불* 소리 이따금 북소리.

도념, 물지게에 걸터앉은 채 멀거니 동리를 내려다보고 있다. 이따금 허공을 응시하다가는, 고개를 탁 떨어트리고 흐느낀다.

초부, 나무를 한 짐 안고 들어와 지게에 얹는다.

도념 인수 아버지. 정말 바른 대루 얘기해 주세요. 우리 어머닌 언제
　　　오신다구 하셨어요.

* 참예인(參詣人) 신이나 부처에게 나아가 뵈는 사람.
* 동리(洞里) 마을.
* 심산 고찰(深山 古刹) 깊은 산에 있는 역사가 오래된 옛 절.
* 산문(山門) 절 또는 절의 바깥문.
* 종각(鐘閣) 큰 종을 달아 두기 위하여 지은 누각.
* 산신당(山神堂) 산신을 모신 집.
* 칠성당(七星堂) 불교에서 일곱 개의 별을 뜻하는 칠원성군을 모신 집.
* 재(齋) 성대한 불공이나 죽은 이를 천도(薦度)하는 법회.
* 우변(右邊) 오른편짝.
* 염불(念佛) 불경을 외는 일.

초부 내년 봄보리* 비구* 나면 오신다드라.

도념 또 거짓말?

초부 거짓말이 뭐니? 세상 없어두 이번엔 꼭 데리러 오실걸.

도념 바위틈에 할미꽃이 피기가 무섭게 보리 비나 하구 동네만 내려 다봤어요. 인수 아버지네 보리를 벌써 다섯 번째 비었지만 어디 오세요?

초부 내년만은 틀림없을 게다.

도념 동지,* 섣달,* 정월,* 이월, 삼월, 사월 아이구 아직두 여섯 달이 나 남았군요?

초부 뭘, 세월은 유수* 같다는 말두 있지 않니?

도념 여섯 달을 또 어떻게 기다려요?

초부 눈 꿈쩍할 사이야.

도념 또 봄보리 비구 나서 안 오시면 도라지 꽃이 필 때 온다고 넘어 갈라구?

초부 이번만은 장담하마. 틀림없을 게다. (도념의 팔을 붙잡고 백화 목* 밑으로 끌고 가며) 이리 오느라. 내가 여섯 달을 빨리 기다 리는 법을 가르쳐 주마.

도념 그만둬요. 또 속일라구?

초부 한 번만 더 속으려무나.

• 봄보리 이른 봄에 씨를 뿌려 첫여름에 거두는 보리.
• 비구 베고.
• 동지(冬至) 음력으로 열한 번째 달. 동짓달.
• 섣달 음력으로 한 해의 맨 끝 달.
• 정월(正月) 음력으로 한 해의 첫째 달.
• 유수(流水) 흐르는 물.
• 백화목(白樺木) 하얀 화목. 화목은 벚나무.

초부, 도념을 나무에 세우고 머리 위에 세 치°쯤 간격을 두고 도끼를 들어 금〔線〕을 긋는다.

도념 (발돋움을 하며) 이거 너무 높지 않아요? 작년 봄에 그은 금은 두 치밖에 안 됐어요.

초부 높은 게 뭐니? 네가 이 금까지 자랄 땐 여섯 달이 다 가구, 뒷산에 꾀꼬리가 울구, 법당° 뒤엔 목련 꽃이 화안히 필 게다. 그럼 난 또 보리를 비기 시작하마.

도념 눈이 오나 비가 오나 하루 안 빠지구 아침이면 키를 재 봤어요. 그은 금까지 키는 다 자랐어두 어머니는 안 오시던데요 뭐?

도념, 물지게를 지고 일어선다. 서너 걸음 걷다가 기진하여° 픽 쓰러진다.

초부 (달려가 붙들며) 아니, 물은 하루 종일 길으라던?

도념 할 수 있나요.

초부 제기, 마당에다 배를 띄울라나 부다.

도념 가마솥에 세 번이나 꼭 차게 길어 부었는데두 모자라는걸요.

초부 그걸 다 어따 쓴다디?

도념 어따 쓰는 게 뭐예요? 떡을 세 시루°나 찌구, 전야 부칭게를 이

° **치** 길이의 단위. 한 치는 한 자의 10분의 1로 약 3.03cm에 해당한다.
° **법당(法堂)** 불상을 안치하고 설법도 하는 절의 주된 집채.
° **기진(氣盡)하다** 기운이 다하여 힘이 없어지다.
° **시루** 떡이나 쌀 따위를 찌는 데 쓰는 둥근 질그릇.

틀을 두구 부쳤는데, 그 설거지가 좀 해요?

초부 거 참 누군지 굉장히 지낸다.

도념 왜, 우리 절 도사들이 댁에는 안 갔었어요. 서울 안 대갓집 재 올리니 시주하라구˚ 갔었을 텐데?

초부 오셨드라. 아, 요전 사십구일재˚ 지냈으면 그만이지, 백일재˚는 또 뭐니?

도념 죽은 혼이 백일 만에야 가시문을 열구 극락엘 들어가거든요.

초부 그 댁이 아마 이 절에 시주 그중 많이 했을걸?

도념 저 칠성당두 그이 할머니가 지으셨대요. 작년에 종각 기둥이 썩어서 쓰러지게 됐을 때두 그 댁에서 고쳐 주구요.

초부 참, 언젠가 스님두 그러시드라. 서울 안 대갓집 아니면 이 절을 버티어 나갈 수가 없다구.

도념 못 꾸려 나가구말구요. 우리 절은 본산(本山)처럼 추수하는 게 없구, 시주 받는 것두 적거든요. 그런데 그 대갓집에서는 해마다 쌀을 열 가마씩 공양해˚ 주구, 한번 재를 올리는 날이면 노구메˚를 두 솥씩 세 솥씩 지어 줘요. 그래서 재가 끝나면 그 밥을 말렸다가 다음 잿날까지 두구두구 먹는걸요.

구경 오는 부인네들 한 패가 숨을 가쁘게 쉬며 올라온다.

과부 극락이 이렇게 높다면 난 지옥엘 갈망정 안 갈 테유.
새댁 숨 좀 돌려 가지구 들어갑시다. (원내를 기웃거리다 안을 가리키며 초부에게) 저이가 서울서 온 분이에요?
초부 (나가며) 난 이 절 사람이 아니오. (도념을 가리키며) 얘더러 물어보슈.

초부, 다시 나무를 긁으러 내려간다.

도념 네, 저이가 바루 서울서 오신 안 대갓집 아가씨세요.
과부 어디?
새댁 지금 법당 앞에서 신발 신는 이가 바루 그 대갓집 딸이라는구려.

● 시주(施主)하다 자비심으로 조건 없이 절이나 승려에게 물건을 베풀어 주다.
● 사십구일재(四十九日齋) 사람이 죽은 지 49일 되는 날에 지내는 재. 후생의 안락을 위하여 명복을 빈다.
● 백일재(百日齋) 사람이 죽은 날로부터 백 번째 되는 날에 드리는 불공.
● 본산(本山) 일종(一宗), 일파(一派)의 본종이 되는 큰절. 각 말사(末寺)를 통할한다. 본사(本寺).
● 공양(供養)하다 불(佛), 법(法), 승(僧)의 삼보(三寶)나 죽은 이의 영혼에게 음식, 꽃 따위를 바치다.
● 노구메 산천의 신령에게 제사 지내기 위하여 놋쇠나 구리로 만든 작은 솥에 지은 메밥.

도념 (자랑하듯이) 저 아씨는 언제든지 하아얀 두루매기에다 하아얀 털목도리를 하구 오신답니다.

과부 대갓집 딸이란, 아닌 게 아니라 다르군요. 인품이 절절 흐르는데.

도념 머리에두 모두 금붙이만 꽂았어요. 참 이쁘지요?

새댁 (웃으며) 이 녀석아, 이쁜지 미운지 네가 아니?

도념 왜 몰라요? 이 절에 오는 사람 중에서 저 아씨같이 이쁜 이는 없어요. 목도리를 벗으면 목이 눈같이 하아예요.

과부 조구만 녀석이 그게 무슨 소리야?

새댁 그럼 넌 예전부터 알았겠구나?

도념 그러믄요. 어렸을 때부터 안걸요. 그이가 처음 불공을 드릴 때 "난 아이가 없어 축원°까지 드리는데 어쩌면 느 어머닌 너를 이 절에다 두구 돌보지도 않니." 하면서 울라구 하겠지요.

과부 에구 고것이야. 말두 음전하게° 하네.

도념 참 어데서들 오셨지요?

새댁 여기서 한 100리 떨어진 가좌울서 왔어.

도념 저, 그 동네에 혹시 저 대갓집 따님 같은 이 사시는 것 모르세요?

과부 그런 인 없어. 왜?

도념 우리 어머니두 꼭 저이같이 생기셨거든요.

새댁 그래?

도념 만나시거든 꼭 나한테 좀 알려 주세요.

과부 그래라.

● 축원(祝願) 희망하는 대로 이루어지기를 마음속으로 원함.
● 음전하다 말이나 행동이 곱고 우아하다. 또는 얌전하고 점잖다.

여자 구경꾼들, 산문으로 들어간다. 남자 구경꾼들, 또 한 패가 올라온다.

총각 애, 재 다 지냈니?

도념 아아니요. 조금 있으면 끝나요. 어서들 들어가 보세요.

노인 누군지 자식 한번 똑똑하겐 났군.

총각 그러게 말이에요.

노인 얘가 이렇게 출중하게* 생겼을 땐 애 어머닌 얼마나 이뻤겠나?

도념, 원망스러운 듯이 구경꾼들을 쳐다본다. 고개를 푹 숙이고 물지게를 들고 비틀거리며 나간다.

총각 애, 내가 좀 들어다 주랴?

도념 스님 보시면 꾸중하셔요.

노인 아아니 왜 꾸중을 하시니?

도념 아침에두 저어기서 나무하는 이가 길어 준다구 하시기에, 맡겼다가 혼난걸요? 서방 대사(西方大師)*들은 가시덤불이나 바위 위에 앉은 채 3년씩 4년씩 식음*을 전폐*하구, 난행고행*을 하시며 수업을 하시는데, 너는 요까진 물 긷는 괴로움두 못 참느냐구 하시면서 야단야단하셨어요. (하고 원내로 들어간다.)

- 출중(出衆)하다 여러 사람 가운데서 특별히 두드러지다.
- 서방 대사(西方大師) 서쪽 지방의 승려. 인도 승려.
- 식음(食飮) 먹고 마심. 또는 그런 일.
- 전폐(全廢) 아주 그만둠. 또는 모두 없앰.
- 난행고행(難行苦行) 몹시 괴로운 수행.

총각 쟤가 그 처녀 중이 나가지구 삼(麻)밭에다 버리구 간 애랍니다.

노인 처녀 중이?

총각 네, 지금은 없어졌지만 10여 년 전에 이 산 너머에 여승들만이 사는 니암(尼庵)이 있었대요.

노인 그럼 파계*를 한 셈이군?

총각 그렇지요. 아주 신앙이 굳은 여자였었는데, 아무래두 젊은 사람들이란 할 수 없나 봐요.

노인 남자는 뭐 하는 사람인데?

총각 사냥꾼이라는군요. 매일 사냥하러 이 산에 드나드는 중에 둘이 눈이 맞었다나 봅니다.

노인 그럼 지금두 살아 있긴 하겠군?

총각 살아 있다나 봅니다.

노인 그럼, 스님이 오늘까지 쟬 주워다가 키우셨겠군?

총각 그렇지요. 즈 어머니가 쟤가 아홉 살 때 한 번 다녀갔다는군요. 허지만 쟤는 보지두 못했지요. 스님한테만 갈 적에 내년 봄보리 비구 나서 꼭 데리러 온다구 하더니 이내 깜깜무소식이라는군요.

노인 그럼 스님께선 즈이 부모 사는 데를 아시긴 하겠군?

총각 아시지만 당최 안 가르쳐 주시는 모양이에요.

　　도념, 물을 붓고 빈 물지게를 지고, 다시 나온다. 구경꾼들 "쉬" 하고 말을 뚝 그친다.

---

* 파계(破戒) 계(戒)를 받은 사람이 그 계율을 어기고 지키지 아니함.

도념 왜들 안 들어가구 스셨어요?

총각 지금 들어갈란다.

도념 지금 내 얘기를 하셨지요?

총각 아니.

도념 아니가 뭐예요?

총각 우리가 네 얘기를 왜 하니?

도념 그럼 왜 내가 나오니까 얘기하시다가 뚝 끊치세요?

총각 네가 그렇게 생각하니까 그렇지.

도념 뭘요? 절에 도는 사람들치구 내 얘기 안 하는 사람 있나요? 모두들 소군소군만 하지 한 사람두 나한테 우리 어머니 사시는 데를 가르쳐 주는 이는 없어요.

노인 모두 모르니까 그러겠지.

남자 구경꾼들, 원내로 들어간다. 초부의 아들 인수, 새 꾸래미를 허리에 차고 느름치기˚를 들고 소리를 하며 들어온다.

인수 새야 새야 파랑새야, 녹두밭에 앉지 마라, 녹두꽃이 떨어지면 청포 장수 울고 간다. (원내로 들어가려고 한다.)

도념 (쫓아가 앞을 막아서며) 못 들어가.

인수 왜? 다아들 들어가는데 왜 나만 못 들어가?

도념 새 꾸래밀 들고 어델 들어가려구 이래? 스님 보시면 펄펄 뛰실 텐데.

인수 꾸중 들어두 내가 듣지 네가 들어?

˚ 느름치기 새총.

도념 으응? 너를 왜 절 안에 들여보냈냐구 날 가지구 꾸중하시니까 걱정이지.

인수 산문으루 안 들어가면 그만이지. (비탈로 내려가며) 이 길루 돌아서 가두 꾸중하셔?

도념 (당황하며) 너 그 길룬 못 간다.

인수 오오라. 너 또 돛*을 쳐 놨구나? 흥! 똥 묻은 개가 겨 묻은 개 나무랜다구, 저는 토끼를 산 채루 막 잡으면서 내가 새 좀 잡는다구 절에도 못 들어가게 했겠다. 어디 보자. (하고 산문과 비탈 길 사이로 나간다.)

동리 어린애들 한 패가 산문에서 나와 인수의 노래를 따라 부르며 비탈길로 나란히 내려간다. 도념, 나무에 가 기대서서 동리 아이들을 멀거니 바라본다. 무슨 설움이 복받치는지 나무에 얼굴을 파묻고 허희한다.* 상좌승(25세쯤) 정심, 산문에서 나온다.

정심 도념아, 재 다 끝났다. 어서 들어가 마냄들 진짓상 봐라.

도념 (무언(無言))

정심 너 또 동네 내려가구 싶은 게구나?

도념 알면서 왜 물으세요?

저심 너는 언제나 스님의 말씀을 터득한단 말이냐?

도념 나두 재들처럼 좀 맘 놓구 놀구 싶어요.

정심 넌 아직두 그런 생각밖에 할 게 없니? 스님께서 밤낮 뭐라고 하

---

*돛 '덫'의 사투리.
*허희(歔欷)하다 한숨을 짓다.

시던? 우리들은 인간 속세 가운데서 그중 유복한˚ 사람들이라
구 늘 하시지 않던?

도념 유복이 무슨 유복이에요?

정심 이게 무슨 소리니?

도념 1년에 한 번두 동네에 내려가서 놀라구 하신 적이 있어요? 남
들은 단옷날˚은 그네를 뛰구 노는데 여기서는 재만 지내지 않
어요? 정월이라구 윷 한 번을 놀게 한 적이 있어요?

정심 아무래두 네가 요새 마(魔)에 섭(攝)한˚ 모양이다. 요새가 그중
위험한 때야. 만일 믿음이 약해 꾀임에 넘어간다면, 이때까지
쌓은 공덕˚두 다 허사가 되구 만다.

도념 좌상˚께서는 어깨동무하구 내려가는 동네 애들을 보시면서두
그러세요?

정심 그럼 넌 저 애들이 유복하단 말이냐?

도념 네. 어머니 아버지가 있구, 동생들 누나들이 있구, 참 재미나게
산다니, 그게 정말 유복이지 뭐예요?

정심 스님께서 그 소릴 들으셨다면 또 펄쩍 뛰시겠다. 사람이 부모를
따르는 거나, 동네에 살구 싶어 하는 것은 모두 번뇌˚ 때문이라
구 말씀하시던 것을 또 잊은 게구나? 산하구 절밖에 세상을 모
르구 사는 것이니까 우리들 신세야말루 부처님께 치하하지˚ 않

˚ 유복(有福)하다 복이 있다.

˚ 단옷날 우리나라 명절의 하나. 음력 5월 5일로, 단오떡을 해 먹고 여자는 창포물에 머리를 감고 그네를 뛰
며 남자는 씨름을 한다.

˚ 마(魔)에 섭(攝)하다 마가 끼다, 마가 들다. '마'는 일이 잘되지 아니하게 헤살을 부리는 요사스러운 장애물.

˚ 공덕(功德) 좋은 일을 행한 덕으로 훌륭한 결과를 가져오게 하는 능력.

˚ 좌상(左上) 계급이 높아 윗자리에 앉는 승려 중 한 사람.

˚ 번뇌(煩惱) 마음이나 몸을 괴롭히는 노여움이나 욕망 따위의 망상.

˚ 치하(致賀)하다 남이 한 일에 대하여 고마움이나 칭찬의 뜻을 표시하다.

으면 안 된다구 하시지 않드냐?

도념 그 말은 귀에 젖었으니까 그만하시구, 저한테 우리 어머니 얘길 몰래 좀 들려주실 수 없어요?

정심 나이두 그만큼 먹었는데 넌 입때* 어머니 생각을 하구 있니?

도념 요새는 참말 참말 한번 보구 싶어요. 좌상은 우리 어머닐 보셨으니까 아시지요?

정심 본 적 없어.

도념 뭘요? 또 속이시려구. 우리 어머니가 날 버리구 이 절을 도망하시던 해까지 3년이나 같이 계셨다구들 그러던데요. 뭐?

정심 그건 공연히 하는 소리들이야.

도념 꼭 좀 가르쳐 주세요 네. 스님 몰래 지금 계신 데를 좀 가르쳐 주세요.

정심 벌써 그때가 10년 전 일인데, 낸들 지금 어떻게 알겠니?

도념 스님이 가르쳐 주지 말라구 하셔서 그러시지요?

정심 스님두 모르셔어.

도념 모르시는 게 뭐예요? 5년 전에 여기 다녀까지 가셨다는데? 어쩌면 나만 살짝 빼놓구 못 보게 하셔? 좌상은 얼굴은 아시겠지요? 어떻게 생기셨지요?

정심 하두 오래돼서 그것두 잊어버렸다.

도념 대강 어렴풋이라두 생각은 나시겠지요?

정심 눈앞에 모습이 가물가물하다가는 그대루 희미해져 버리니까 통 기억이 안 난다.

도념 생각나시는 대루만두 좋으니 좀 얘기해 주세요.

---

* 입때 여태.

정심 작년에두 얘기했지만 저 서울 안 대갓집 아씨같이 생기신 것만
은 틀림없다.

도념 정말 그렇게 이쁘셨어요?

재가 끝났나 보다. 원내에서 북소리 요란히 들린다.

정심 아이, 그만 캐라. 넌 오늘 밤에 강* 받을 경문*을 다 외 놓기나
하구 이러니?

도념 못 왔어요.

정심 또 스님께 꾸중 듣게 됐구나. (한숨을 쉬고, 혼잣말로) 나두 나
이를 먹을수록, 너는 감히 상상두 못 할 여러 가지 번뇌가 들끓
구 있단다. 그중에두 여인에 대한 사랑과 욕정의 번뇌는 날로
나를 괴롭혀 가기만 한다. 그렇기 때문에 매일 밤 고덕하신* 스
님의 강의를 받구두 번뇌에서 해탈*치 못하는구나. 너는 아직
어리니까 나 같은 괴로움을 못 가진 것만도 행복하다구 생각해
야 한다. 뭣 때문에 동네 내려갈 궁리를 하구 어머닐 그리워하
며 경문 공부까지 게을리한단 말이냐?

도념 인젠 참말 진저리가 나서 경문은 못 외겠어요.

정심 마음이 밤낮 딴 곳에 가 있기 때문에 그러지?

도념 한참 읽구 있으면 경전 속에 어머니 얼굴이 스르르 떠올라 와요.

정심 그것만두 아니야. 가만히 보니까 요새 모두 너 하는 짓이 수상

• 강(講) 불교에서, 사람들이 모여서 경전 따위를 외우고 논의함. 또는 부처의 공적을 찬양하는 모임.
• 경문(經文) 불교 경전의 문구.
• 고덕(高德)하다 덕이 높다.
• 해탈(解脫) 번뇌의 얽매임에서 풀리고 미혹의 괴로움에서 벗어남.

하드라.

도념 수상하긴 뭣이 수상하다구 그러세요?

정심 너, 어젯밤에 법당에 왜 들어갔니?

도념 (돌연 낭패해진다.* 평정*을 지으며) 경문을 외우다 힐끗 보니까 촛불이 꺼졌겠지요. 그래 불을 켜 놓으려구 들어갔어요.

북소리와 법당에서 나오는 참예인들의 왁자지껄한 떠드는 소리.

정심 모두들 나오시는 모양이다.

도념 으응? 아씨가 왜 이리 나오실까요?

장안* 부자, 안 대갓집 딸, 시름없이* 나온다. 하아얀 소복을 입었다. 얼굴엔 수심이 가득히 끼었다.

정심 (허리를 굽히어) 얼마나 가슴이 아프시겠습니까?

미망인 기만 막힐 따름이지 슬프지두 않군요.

도념, 황홀한 눈으로 미망인을 응시한다.

정심 남달리 영악하구 귀여운 도련님이었으니까, 부처님께서 몸소 가까이 두시려구 불러 가신 모양입니다.

• 낭패(狼狽)하다 계획한 일이 실패로 돌아가거나 기대에 어긋나 매우 딱하게 되다.
• 평정(平靜) 평안하고 고요함. 또는 그런 상태.
• 장안(長安) 수도라는 뜻으로, '서울'을 이르는 말.
• 시름없이 근심과 걱정으로 맥이 없이.

미망인 그 애는 극락엘 갔으니 좋겠지만, 나야 그래두 살아 있는 것
만 어디 합니까?

정심 인간 번뇌 모르구 타계하는* 게 얼마나 행복합니까?

미망인 그 애 하나를 낳으려구 꼭 백일기도*를 했었어요. 오늘 백일
재를 지낼 줄이야 꿈엔들 생각했겠어요?

정심 상심되시겠습니다.

미망인 (비로소 도념이 자기를 뚫어질 듯 바라보고 있는 것을 발견한
다.) 쟤가 사월 파일날* 내가 불탄제(佛誕祭) 올리러 왔을 때 산
목련 꺾어 주던 애지요?

정심 그랬던가요?

미망인 (도념에게) 아니, 너 그동안 퍽 컸구나.

도념 (수줍어 고개를 숙인다.)

미망인 네가 준 그 목련 꽃 갖다가 병에 꽂아 뒀는데 보름이나 살았
드랬어.

도념 (의아한 듯) 그래요? 여기선 방에 갖다 두면 향불내*에 단박에
시들어 버려요. 역시 동넨 좋군요?

정심 그날 아씨께서 내려가신 후, 얜 산에서 저절루 나는 생물을
두구 보지 꺾었다구 스님께 여간 꾸중을 듣지 않았답니다.

미망인 아이, 저를 어쩌나. 나 때문에요?

도념, 울 듯 울 듯 미망인을 바라본다.

* 타계(他界)하다 사람이 죽다. 특히 귀인(貴人)이 죽는 일을 이른다.
* 백일기도(百日祈禱) 목적을 가지고 백 일 동안 기도를 드림. 또는 그렇게 드리는 기도.
* 파일날 우리나라 명절의 하나. 음력 4월 8일로 석가모니의 탄생일이다.
* 향(香)불내 향을 태우는 냄새.

미망인 그렇게 나를 자꾸 보지 말어.

정심 도념아, 그만 들어가라.

도념 네.

미망인 (나가려는 도념을 붙들며) 그대루 두세요. 잠깐만 더 있다 가게. (도념에게) 아까 내가 방에 들어갔을 때두 창틈으로 들여다 보구 있었지?

도념 아아니요.

미망인 아니가 뭐야? 내가 두 눈으로 확실히 봤는데? 그리구 승방˚에 갔을 때두 부엌 뒷문으루 내다보구서 뭘?

도념 좌상께서 우리 어머니 얼굴두 꼭 아주머니같이 이쁘다고 하셨어요. 그래서 난 아주머니만 보면 왜 그런지 괜히 좋아요.

미망인 응? 나같이 생기셨어?

도념 (울음 섞인 소리로) 그렇지만 마음만은 야차˚같이 악독하시대요. 그래서 저를 데려가시지 않는대요.

미망인 그러시길래 널 버리고 가셨지?

도념 그런데 왜 목도리를 안 하구 나오셨어요.

미망인 (약간 놀라며) 목도리? 응, 방에 벗어 놨어. 골치가 아프길래 바람 좀 쐬려구 나왔지.

정심 앤 동네 애들 설날 기다리듯, 아씨 댁 재 올리는 날만 기다린답니다.

미망인 나를 그렇게 보구 싶어 했어요?

정심 그러믄요. 아주 '하아얀 털목도리 한 부인'이라구 아씰 부른답니다.

미망인 (도념의 두 손을 뺨에다 갖다 대며) 나두 왜 그런지 너를 볼 적마다 맘이 끌렸었단다. 너 이 절 떠나서 살구 싶지 않니?

정심 아씨, 이게 무슨 말씀이십니까?

도념 살구 싶어요. 동네 내려가서 살구 싶어요. 허지만 스님이 못 내려가게 하시는걸요.

미망인 스님껜 내가 잘 말씀 여쭤 볼게. 오늘이 백일재 마지막 날이니까, 우리 인철이두 편안히 극락에 갔을 거야. 그러니까 너 우리 집에 가서 나를 어머니라고 부르구 살잔 말이야.

도념 정말이세요? 거짓말 아니시지요? 절 속이시는 건 아니시겠지요?

미망인 내가 언제 거짓말했나?

˚ 승방(僧房) 여승들이 사는 절. 이사(尼寺).
˚ 야차(夜叉) 사천왕에 딸린 여덟 귀신인 팔부의 하나. 사람을 괴롭히거나 해친다는 사나운 귀신이다.

도념 아아니요. 허지만 모두들 나한테 거짓말만 하니까 통 믿을 수가 없어요.

미망인 그럼 나만은 거짓말 안 하는 사람인 줄 알면 되지 않니?

도념 네, 저를 꼭 데려가 주세요.

정심 도념아, 어데다 어리광을 피우구 이러니? 아씨, 얘를 양자 삼으실 생각만은 아예 마십쇼. 스님께서 절대루 허락 안 하실 겁니다.

도념 아니에요. 아주머니께서 잘 말씀 여쭈면 됩니다. 스님께서두 저더러 꼭 따라가라구 하실 거예요.

미망인 염려 마라. 너 입때까지 서울 못 가 봤지?

도념 네, 여기서 멀다지요?

미망인 한 400리˚ 간단다.

도념 가 보진 못했지만, 스님께 말씀은 많이 들었어요.

미망인 무슨 말씀?

도념 옛날에는 대궐이 있었다구요.

미망인 지금두 있어.

도념 우리 본산 대웅보전˚이나 약사당˚보다 수십 배나 크다지요?

미망인 그럼. 그 뒤루 뼁 둘러 성이 있구, 동서남북 사대문이 있어. 옛날에는 저녁 종만 치면 대문을 닫구 다니지를 못하게 했단다.

도념 스님께서도 궁전은 같은 속세지만 속세 중에서는 그중 깨끗하고 귀한 곳이라구 하셨어요. 그리구 저더러 사람이 십선˚의 왕

˚ 리(里) 거리의 단위. 1리는 약 0.393km에 해당한다.
˚ 대웅보전(大雄寶殿) 부처를 모셔 두는 건물.
˚ 약사당(藥師堂) 중생의 질병 구제, 수명 연장, 재화 소멸, 의식(衣食) 만족을 이루어 주며, 중생을 바른길로 인도하여 깨달음을 얻게 하는 부처인 약사유리광여래를 모신 법당.
˚ 십선(十善) 살생 등 열 가지 악을 행하지 않음.
˚ 전세(前世) 불교에서 삼세의 하나. 이 세상에 태어나기 이전의 세상을 이른다.

위(王位)에 태어나 궁중에 살게 될라면 전세*에 그만한 공덕을 쌓지 않으면 안 되니까, 너두 열심히 도를 닦어 금생*에 좋은 일을 많이 해 놓아 후생*에 가서 고귀한 몸이 되도록 하라구 하셨어요.

정심 그렇지만 아씨 댁은 궁전이 아니라 민간의 집이야.

도념 서울은 마찬가지지 뭐예요? 좌상. 좌상께서두 스님께 잘 말씀 해 주세요.

미망인 (도념을 조용히 바라보며) 나더러 '어머니' 하구 불러 봐.

도념 (가늘게) 어머니!

미망인 (그를 껴안으며) 일생 너를 친자식같이 생각하구 내 곁에서 안 놓을 테다.

정심 (눈물을 닦으며) 스님이 허락하시면 좋겠습니다만, 원체가 완고하신* 양반이구 또 애 어머니 과거가 과거니만치 좀처럼 승낙하실 것 같지 않군요.

미망인 너, 여기 있거라. 내가 가서 스님께 말씀 여쭙구 올게.

정심 양자 달라구 하는 이가 어디 한 분 두 분였나요?

미망인, 원내로 들어간다. 정심, 뒤따른다. 도념, 입에다 손을 대고 "인수 아버지." 하고 부른다. 멀리 "인수 아버지." 하고 산울림이 퍼져 온다. 초부 "왜 그러니?" 하며 갈퀴*를 들고 들어온다.

● 금생(今生) 지금 살고 있는 세상. 이승.
● 후생(後生) 죽은 뒤의 생애. 내생(來生).
● 완고(頑固)하다 융통성이 없이 올곧고 고집이 세다.
● 갈퀴 마른 나뭇가지나 곡식 따위를 긁어모으는 데 쓰는 기구.

도념 (좋아 뛰며) 난 서울 가요. 난 서울 가게 됐어요.

초부 서울?

도념 네.

초부 너 또 도망가려구 하는 게 아니냐?

도념 도망이 뭐예요? 하아얀 털목도리 한 부인이 날 데려다 쉬영아들* 삼는댔는데.

초부 쉬영아들? 너 그게 정말이니?

도념 그러믄요. 지금 스님께 승낙 맡으러 가셨어요.

초부 도념인 운 틔었구나.

도념 난 속으로 벌써부터 언제든지 그 부인 입에서 이 말이 나올 줄 알았어요.

초부 네가 하룻밤 새에 서울 대갓집에 쉬영아들이 된다니, 아주 그야 말루 꿈같구나?

도념 그이가 불공 드리기 전에 나한테 한 얘기가 있어요.

초부 뭐라구 했길래?

도념 "아이, 그 애 참 의젓하게두 생겼다. 쉬영아들 삼았으면 좋겠네." 아, 이러드니 그 말이 정말이었군요?

초부 나두 서울 가면 한번 찾아가마.

도념 네, 꼭 오세요. 사랑에다 모셔 놓구 한 상 잘 차려 드릴게요. 인수 아버지 좋아하시는 술두 많이 드리구요.

초부 그래라. (하늘을 쳐다보며) 어째 눈이 오려나 부다.

도념 퍽퍽 쏟아져두 좋아요. 샘가에 빙판이 지면 또 물을 어떻게 긴

---

* 쉬영아들 수양(收養)아들. 남의 자식을 데려다가 제 자식처럼 기른 아들.

나 하구 걱정했지만, 인젠 괜찮아요. 서울 아씨 댁엔 씨종°들이 많으니까 제가 안 길어두 될 거예요. (2, 3보 나가다가 돌연 생각난 듯이 발을 멈추며) 에구 깜박 잊어버렸드랬네. (하고 급히 비탈길로 달려간다.)

초부 (펄쩍 뛰며) 너 또 토끼 덫을 쳐 놓은 게구나?

도념 (돌아보며) 걸쳤을 거예요. (하고 쏜살같이 내려간다.)

　초부, 부근의 낙엽을 긁는다.

도념의 소리 인수 아버지, 인수 아버지.

초부 (내려다보며) 걸쳤니?

도념의 소리 네, 여간 크지 않아요. 망 좀 잘 봐 주세요.

초부 그래라.

　이때 주지, 미망인과 이야기하며 원내에서 나온다.

초부 (절하며) 스님, 안녕하셨습니까?

주지 음. 많이 했나?

초부 어젯밤 바람엔 도토리가 상당히 많이 떨어졌어엽쇼.

주지 묵이나 잘 쑤거든 한 목판° 갖다 주게.

초부 네.

주지 참 그리구, 어렵지만 들어가서 손님들 상 좀 날러 주게. 손이 모

° 씨종 대대로 내려가며 종노릇을 하는 사람.
° 목판 음식을 담아 나를 수 있게 널빤지의 사방에 전을 댄 나무 그릇.

자라 쩔쩔매구들 있으니. (미망인에게) 말씀만은 고맙습니다만은, 나는 절대루 속세에 안 내려보낼 작정이니까, 오늘 이야기는 이대루 걷어 두시지요.

초부, 원내로 들어가며 뒤로 손을 돌려 도념에게 스님 오신 신호를 한다. 그러나 도념은 모르는 모양이다.

미망인 하지만 저 애 앞길두 생각해 주셔야 하지 않겠어요? 이대루 절에서 늙히실 작정이시라면 모를까…….

주지 늙히지요. 이 더러운 속세에 털끝만치나마 서방 정토°의 모습을 갖춘 곳이 있다면, 그것은 이 절밖엔 없으니까요.

미망인 세상에서 죄를 짓구 들어왔다면 모를까, 아직껏 동네 구경두 못 한 것을 일생 여기서 보내게 하신다는 건……. 뭐라구 했으면 좋을까 좀 가혹하시다구……?

주지 속세 구경 못 한 게 얼마나 다행합니까?

미망인 그렇지만 벌써 부모 생각을 하구 세상에 가서 살구 싶어 하지 않어요? 더군다나 나이 먹으면 여기 있는대두 세상 사람들이 갖는 번뇌는 자연히 갖게 될 거라구 생각해요.

주지 설혹 갖게 되더래두 단지 그리워하구 보구 싶어 할 따름이지, 술을 먹구 계집을 탐내구 부처님이 말리시는 육계°를 태연히 범할 염려는 없거든요.

미망인 그런 짓을 하게 제가 가만두나요?

• 서방 정토(西方淨土) 서쪽으로 십만 억의 국토를 지나면 있는 아미타불의 세계. 서방 극락.
• 육계(肉戒) '불식육계(不食肉戒)'의 줄임말. 육식을 금하는 계율.

주지 아무리 말리신대두 자연 듣구 보는 게 그것밖에 더 있습니까?

미망인 왜요? 집에서 내보내지 않구 여기서처럼 경문 읽게 하구 수업시키면, 스님께 강의받는 거나 다름없지 않아요?

주지 이 사방이 탁 트인 산간에서 동네 내려가구 싶어 하는 녀석이, 서울 가서 행길에 안 나가려구 하겠습니까?

미망인 그럼, 저한테 몇 해만 맡겨 주세요. 데리구 있다가 도루 돌려보내 드릴 테니.

주지 저는 다만 번뇌의 기반에서 도념이를 미연*에 막기 위해 이러는 겁니다. 한번 발을 내려놓구 다시 생각하면, 그때는 벌써 제 자신이 얼마나 깊은 구렁*에서 헤매구 있다는 것을 발견할 것입니다. 미처 발을 뺄 수가 없이 전신이 죄 구렁으로 휩쓸려 들어가거든요. 저두 속세에서 발을 끊구 불문*에 귀의할* 때까지는 이만저만한 수업과 고행을 쌓은 게 아닙니다. 제가 당해 보구 하는 것이니 자꾸 조르지 말어 주십시요.

미망인 그럼 도념이 장래니 행복이니 다 빼놓구, 다만 저를 위해 꼭 양자루 주십시오.

주지 글쎄 자꾸 이러시면 제가 여간 난처하지 않습니다.

미망인 남편을 잃은 지 3년이 못 되어 외아들마저 이렇게 잃구 보니, 눈앞에 땅이 다 꺼질 듯하군요. 마음이 서운하던 참에 그 애가 자꾸 나를 따르는 것을 보니까 불현듯 정이 솟아오릅니다. 지금부터는 그 애한테라두 마음을 붙이구 살아야지, 외로워서 단

---

* 미연(未然) 어떤 일이 아직 그렇게 되지 않은 때.
* 구렁 움쑥하게 파인 땅. 빠지면 헤어나기 어려운 환경을 비유적으로 이르는 말.
* 불문(佛門) 절. 불교를 믿는 사람의 사회. 불가(佛家).
* 귀의(歸依)하다 부처와 불법(佛法)과 승가(僧伽)로 돌아가 의지하여 구원을 청하다.

한 시간을 못 살 것 같군요.

주지 아씨의 마음만은 누구보다도 제가 잘 압니다.

미망인 아신다면서 이렇게 애원하다시피 하는데두 승낙 못 하시겠단 말씀이세요?

주지 아씨, 노엽게 생각 말아 주십쇼.

미망인 그럼 한 1년만 데리구 있다가 다시 올려 보내 드리지요.

주지 ······.

미망인 그것두 안 되시겠단 말씀이세요?

주지 ······.

미망인 그럼, 반년두 안 되겠어요?

주지 아씨께서 양해해 주시기를 저는 바랄 따름입니다.

미망인 그럼 도념이를 불러다 제 생각을 한번 들어 보시지요? 지가 날 따라가겠다면 저에게 맡겨 주시고, 또 싫다면 저두 억지는 안 하겠어요.

주지 물어보시나 마나, 그 녀석은 지끔 당장 따라가겠다구 날뛸 겁니다.

미망인 그럼 승낙하시지 뭘 그러세요?

주지 아무튼, 저에게 생각할 여유를 좀 주십쇼. 오늘루 꼭 데리구 가셔야만 할 것두 아니시니까, 좌우간 일간* 댁으루 기별해 드리지요.

미망인 그럼 전 승낙하신 걸루 믿구 있겠어요. 그리구 어머님께두 그렇게 여쭈겠어요. (하고 원내로 들어간다.)

주지 이 녀석이 일하다 말구 또 어델 갔을까? 에이 걱정 덩어리 같

---

* 일간(日間) 가까운 며칠 안.

으니.

　초부, 원내에서 나오며 스님이 나오셨다고 초조히 신호를 한다. 그러나 도념은 전연˚ 열중하여 알아채지 못한다.

초부 다 날러 드렸습니다.

주지 에구, 수고했네.

도념의 소리 토끼 똥 많은 데다 쳐 놓으면 영락없어요.

초부 (황급히 도념의 소리를 막으려고 고함을 지른다.) 인수야, 인수야, 저놈이 겁두 없이 또 저 나무 꼭대기에 올라갔군! 선뜩 내려오지 못하겠니? 에이구, 저눔의 나무 위에 새집 지어 놓은 것만 보면 맥이 풀려요.

도념의 소리 인수 아버지, 스님 아직 안 나오셨지요?

초부 나, 나무 쓰러질 적마다 새 새끼가 죽거든입쇼. 이, 인제부터는 도끼질을 하기 전에 미리 등어리를 옮겨 놓구 패야겠어요.

주지 (냉철히) 지금 그게 도념의 소리지?

초부 아닙니다. 모, 모르겠습니다.

도념의 소리 인수 아버지, 잠깐만 와 보세요. 아주 대자예요.

주지 저 소리가 아니야? (비탈을 향하여) 도념아, 도념아, 너 거기서 뭘 하구 있니?

도념의 떨리는 소리 아무것도 안 합니다.

주지 아무것두 안 하는데 거긴 왜 웅크리구 앉었니? (돌연 경악하여 일보 뒤로 물러서며) 너 또 토끼를 잡았구나? 이리 올라오너라.

˚ **전연(全然)** 전혀. 완전히.

냉큼 못 올라오겠니?

도념의 소리 스님, 토끼를 뇌 줄 테니 용서해 주십시오.

주지 그대루 가지고 빨리 올라오너라.

　　도념, 토끼를 들고 올라온다.

주지 누가 잡으라구 하던?

도념 …….

주지 누가 잡으라구 하던? 어서 대답 못 하겠니?

도념 스님, 다시는 안 그러겠습니다.

주지 꽃두 두구 보라구 했거늘, 하물며 네 발 달린 산 짐생을 잡어? 너 오계를 외 봐라.

도념 불살생(不殺生), 불육식(不肉食), 불간음(不姦淫), 불투도(不偸盜)*, 불음주(不飮酒).

주지 (말이 끝나기 전에 추상같이*) 계율 중에두 살생이 그중 큰 죄라는 것은 경문을 들려줄 적마다 타일렀지?

도념 네.

주지 모르구 했다면 모르되, 알면서 왜 했니? 응? 알면서 왜 했어? (원내를 향하여) 정심아, 정심아.

도념 스님, 다시는 안 그러겠습니다. 다시는 안 그러겠습니다.

　　정심, 원내에서 급히 나온다.

* 불투도(不偸盜) 남의 물건을 훔치지 않음.
* 추상(秋霜)같다 호령 따위가 위엄이 있고 서슬이 푸르다.

정심 부르셨습니까?

주지 빨리 이 녀석을 갖다 산신당에 가둬 둬라. 한 사흘 갇혀서 굶구 나면 덫에 걸친 토끼가 얼마나 불쌍하다는 것을 알 테니.

도념 스님 한 번만 용서해 주십쇼.

주지 안 돼. (정심에게) 그리구 참나무 회차리를 둘만 해 오너라.

정심 다시는 안 그러겠다구 비는데 이번만 용서해 주시지요.

주지 아니 너는 시키는 일이나 할 것이지 무슨 대꾸니? 냉큼 끌구 가 지 못하겠니?

정심, 도념에게 동행을 최촉한다.*

초부 (무슨 생각을 했는지 돌연 도념의 손에서 토끼를 뺏으며) 스님, 사실은 덫은 제가 쳤지 도념이가 친 게 아닙니다.

주지 자네가 쳐 놓은 데서 저 녀석이 토끼를 잡아 들구나올 리가 없 어.

초부 제가 나무하는 동안 덫을 잠깐 봐 달라구 했었습지요.

인수, 원내에서 소리를 하며 나오다가 이 광경을 목격한다.

인수 (부의 말을 막으며) 아니에요. 스님.

초부 (아들을 쥐어박으며) 닥드려, 이 자식아. (주지에게) 덫은 정말 이지 제가 쳤지 도념이가 친 게 아닙니다.

---

* **최촉(催促)하다** 재촉하다.

주지 정말 자네가 쳤나?

초부 네.

주지 도념아 그렇니?

도념 (정심 뒤에 가, 가려 선 채 무언(無言))

주지 누가 쳤어? 바른대루 선뜩 대답해라.

초부 제가 쳤어엽쇼.

주지 도념아 그렇니?

도념 (자기도 의심치 않고) 네.

주지 (초부를 보고) 아니, 나무나 해다 때지 자네더러 누가 토끼를 잡아 달라던가?

초부 뵈올 낯 없습니다.

주지 (인수의 허리에서 새 꾸러미를 발견하고 또 한 번 대경한다.*) 에구 이 녀석, 넌 또 웬 새 새끼를 이렇게 많이 잡았니? 응? 당장 내려가거라. 자네두 내려가구. 그리구 다시는 이 절에 발 들여놓지 말게. 자네 부자 때문에 우리 도념이까지 죄짓겠네.

　인수, 성이 나 가지고 대꾸하려고 비쭉비쭉하는 것을 초부가 눈을 부릅뜨며 말린다.

초부 긁은 거나 마저 봐 가지고 내려가겠습니다.

주지 가드래두 그 토끼는 내 눈앞에서 놔주구 가게.

초부 네.

* 대경(大驚)하다 크게 놀라다.

초부, 토끼를 놓아준다. 토끼, 펄펄 날듯이 질주한다. 초부, 지게를 지고 안 가려는 아들을 떠다밀며* 나간다.

주지 저렇게 펄펄 날으는 걸 백죄* 잡으려구 한담? (도념에게) 외(外)에 사람들 함부루 들이지 말라구 했는데 왜 들였니? (정심에게) 넌 들어가 보든 일 봐라.

정심 "네." 하고 원내로 다시 들어간다.

도념 못 들어가게 했는데, 비탈길루 돌아서 들어갔어요.
주지 (도념을 나뭇등걸 위에 앉힌 후) 난 그런 줄 모르구 공연히 너만 가지구 나무랬구나. 내가 잘못했다. 참 그리구 서울 안 대갓집 아씨께서 널 데려다가 한 반년 동안 쉬영아들 삼구 싶다구 하시드라. 내가 다른 사람 같으면 절대루 승낙하지 않을 거지만, 그 아씨 말씀이라 해서 이삼일 내루 기별해 디린다구 했다.
도념 스님, 감사합니다.
주지 서울 가서두 내가 이른 말 하나라두 거스른다면 당장 도루 불러올 테야.
도념 네.
주지 그리구 갈 때는 내가 경전을 줄 테니 가지구 가서 열심히 읽구, 올라올 땐 내 앞에서 다 외야 한다.
도념 네, 갈 땐 혼자 가게 됩니까?

* 떠다밀다 떠밀다.
* 백죄 드러내 놓고 터무니없게 억지로. 백주에.

주지 아씨는 오늘 내려가시구 너는 내가 대갓댁에 가서 너한테 관한 여러 가지 말씀두 여쭐 겸 사날* 후에 데리구 갈 테다. 그런 줄 알구 그동안 세수두 말갛게 하구, 손톱 발톱두 깨끗이 깎구, 가서 웃음거리 안 되도록 해라.

도념 네.

주지 사람이란 첫째 예의범절을 단정히 해야 하는 법이니라.

　인수, 암상*이 잔뜩 나 가지고 나갔던 길에서 다시 뛰어 올라온다. 초부, 낙엽 뗌*을 안은 채 "인수야 인수야." 하고 규성*을 치며 쫓아 올라온다. 그러나 때는 이미 늦었다.

주지 너 이 녀석, 다시 오지 말라니까 왜 또 올라왔니?

인수 왜 남더러 이 녀석 저 녀석 하세요? 진짬 큰 것은 누가 잡았는데요?

주지 뭐 어째?

인수 우리 아버지가 너무 순하니까 만만해서 그러시는군요?

도념 너, 버릇없이 어디다 대들구 이러니?

인수 이눔아, 넌 국으루* 있어. 스님 돛은 누가 쳤는데요? 법당에 가셔서 관세음보살* 뒤를 뒤져 보세요. 뭐가 나오나? 그것 보시면 누가 토끼를 잡았나 아실걸요? (도념을 흘겨보며) 나쁜 자식 같

---

* 사날 사나흘. 사흘이나 나흘.
* 암상 남을 시기하고 샘을 잘 내는 마음. 또는 그런 행동.
* 뗌 더미.
* 규성(叫聲) 부르짖는 소리.
* 국으루 제 생긴 그대로. 또는 자기 주제에 맞게. 국으로.
* 관세음보살(觀世音菩薩) 아미타불의 왼편에서 교화를 돕는 보살.

으니. 죄다 우리 아버지한테 죄를 씌우구 있지.

주지 (도념에게) 너 여기 꼼짝 말구 섰거라. (급히 원내에 들어간다.)

초부 (지게 작대기로 인수의 등을 내려 갈기며) 선뜩 내려가지 못하겠니?

인수 아버진 가만히 계셔요. (도념을 놀리며) 꼴좋다.

도념 너 까불면 나한테 죽는다.

인수 흥, 염소 뿔 시이다. 오라, 그 토끼 껍질 벳기든 칼루 날 죽이려구? 애비 없는 후레자식˚은 사람두 막 죽이나? 날 죽이면 넌 지옥에 가서 아흔아홉 번 죽어.

　　도념, 더 이상 참을 수 없다는 듯이 달려들어 난타한다.˚ 양인(兩人) 멱살을 붙들고 뒹굴며 싸운다. 안 대갓집 딸, 산문에서 나오다 달려가 뜯어말린다. 초부도 말린다.

미망인 놔라, 놔. 도념아 이 손 놔, 어서.

　　도념, 인수의 멱살 잡았던 손을 놓고 제 분에 못 이겨 울어 버린다.

인수 중, 중, 깍까중, 덩불 밑에 할타중, 물 건너 팽가중. (놀리며 내려간다.)

미망인 (옷의 흙을 털어 주며) 고만 울어라, 눈물 닦구. 쌈은 왜 하니?

도념 ……. (운다.)

˚ 후레자식(子息) 배운 데 없이 제풀로 막되게 자라 교양이나 버릇이 없는 사람을 낮잡아 이르는 말.
˚ 난타(亂打)하다 마구 때리다.

미망인 내일모레 우리 집에 가면 저런 녀석 꼴 안 볼 텐데 뭘 그러
　　　　 니? 어서 울지 마라. 뚝 그치구.

도념 댁에 가두…… 모두들 애비 없는 후레자식이라구 놀려 먹으면
　　　 어떡해요?

미망인 어따가 감히 그런 소리를 해? 내가 가만두나? 아까처럼 한번
　　　　 웃어 봐. 응 어서.

도념 (금시˚에 풀리며 벙끗 웃는다.)

미망인 (꼭 껴안으며) 아이구, 이뻐라.

도념 우리 어머닌 살아 계신지 돌아가셨는지두 모르는데, 나만 댁에
　　　 가서 호강할 걸 생각하니까 자꾸 미안한 생각이 나요.

미망인 (서글퍼지며) 아무래도 나보담은 어머니가 좋지?

도념 네.

미망인 어머니두 나처럼 생기셨다니까, 지금 나처럼 부잣집에서 사실
　　　　 거야.

도념 아니에요. 고생하실 거예요.

미망인 어떻게 알어?

도념 지난 정월 보름날 잣불˚을 키어 봤드랬어요. 스님께서 도념 어
　　　 머니가 잘사나 못사나 보자구 하셔서 모두들 돌아앉어 켰드랬
　　　 는데, 어머니 불이 그만 피시시 죽겠지요.

　　이때 원내에서 스님의 "도념아 도념아." 부르는 노성˚.

˚ 금시(今時) 바로 지금.
˚ 잣불 음력 정월 열나흗날 저녁에 일 년 신수를 보는 아이들 장난의 하나.
˚ 노성(怒聲) 성이 난 목소리.

미망인 애, 어서 대답해라.

도념 싫어요.

미망인 또 뭘 잘못한 게구나?

주지의 소리 도념아, 도념아.

미망인 어서 대답하구 빨리 가 봐라. 역정°이 잔뜩 나신 모양이다.

도념 안 가겠어요. 가두시려거든 가두시라지요. 겁나지 않아요.

미망인 이게 무슨 소리니?

　돌연 원내가 소요해지면서° 참예인들의 비명, 규환,° 쾅쾅거리고 마루를 뛰어내리는 발소리 등등.

미망인 별안간 이게 웬일이야?

　구경꾼 여자들, 지껄이며 나온다.

미망인 왜들 어느새 나오시우?

과부 재 헛지냈소.

새댁 에구 끔찍끔찍해라.

미망인 아아니 왜요? 무슨 일이 있었어요?

과부 토끼 죽은 걸 존상° 뒤에 놓구 재를 올렸으니, 헛지낸 거지 뭐예요?

° 역정(逆情) 몹시 언짢거나 못마땅하여서 내는 성.
° 소요(騷擾)하다 여럿이 떠들썩하게 들고일어나다.
° 규환(叫喚) 큰 소리로 부르짖음.
° 존상(尊像) 지위가 높고 귀한 형상.

미망인 토끼 죽은 거라니요?

새댁 하나두 아니구, 자그만치 여섯 마리씩을.

미망인, 급히 원내로 들어가려고 한다. 이때 남바구*를 쓴 미망인의 친정 모(母), 공포에 부들부들 떨며 원내에서 나온다.

친정 모 (딸을 붙들며) 들어가지 마라. 부처님 역정 나셨다. 이 일을 어떡하면 좋단 말이냐? 입때 축원한 게 아니라 부처님 욕하구 있었다. 나무아미타불, 나무아미타불.

미망인 아니, 누가 그런 짓을 했어요?

친정 모 나두 모르겠다. 저기 스님이 들구 나오시는구먼.

주지, 토끼 목도리 한 뭉텅이를 손끝에 들고 노기* 심두*에 달하여 나온다. 뒤따라 정심과 승(僧)들, 참예인들, 구경꾼 남자들.

주지 도념아, 너 이게 웬 거니? 살생을 하구, 거짓말을 하구, 네가 점점 가시덤불 속으루 들어가구 있구나?

미망인 얘가 토끼를 이렇게 잡았을 리가 없습니다. 누가 주었나 부지요?

젊은 승 팔아두 두 냥씩은 받을 텐데, 하나두 아니구 여섯씩 그걸 누가 줍니까?

친정 모 누가 주었드래두 어따 둘 데가 없어 성스러운 보살님 존상 뒤에다 감춰 둔단 말이냐?

---

* 남바구 '남바위'의 사투리. 남바위는 추위를 막기 위하여 머리에 쓰는 쓰개.
* 노기(怒氣) 성난 얼굴빛. 또는 그런 기색이나 기세.
* 심두(心頭) 생각하고 있는 마음의 첫머리. 또는 꼭대기.

주지 나는 설마하니 내 눈을 속이구 네가 이런 악착한˚ 짓을 하는
줄이야 꿈에두 몰랐었다. 믿는 나무에 곰이 핀다더니˚ 똑 맞었
어. 에구 끔찍끔찍해라. 내야 속았지만 억만 중생의 민심을 환하
게 들여다보구 계시는 부처님두 속으실 줄 알았느냐? (돌연 몸
을 떨며) 나무아미타불 관세음보살.

참예인들, 승(僧)들, 각기 합장하며 "나무아미타불 관세음보살"을
따라 외운다.

친정모 에구, 무서라. 어쩌면 애가 눈두 깜짝 안 하구 섰네. 적으나면
"잘못했습니다." 하구 빌 게 아니야?
주지 (조용히 그러나 엄숙한 문답조˚로) 내가 언젠가 이 산의 옛이야
기를 들려준 적이 있었지.
도념 (한마디 한마디 똑똑히) 네. 수나라 대군이 고구려를 쳐들어와
을지문덕 장군이 나아가 막던 때였습니다.
주지 그때 이 산에 성을 쌓구 적군을 막던 병사들이 몇 살들이라구
했지?
도념 열네 살, 열다섯 살들이라구 하셨습니다.
주지 그 소리가 부끄러 어떻게 아가리루 나오니? 네 나이 지금 몇 살
이냐?
도념 열네 살입니다.
주지 어따 열넷을 처먹었니? 살살 거짓말이나 하구, 찔끔거리구 다니

˚ 악착(齷齪)하다 잔인하고 끔찍스럽다.
˚ 믿는 나무에 곰이 피다 잘되려니 믿었던 일에서 생각지 못한 변화가 생김을 비유적으로 이름. 곰은 곰팡이.
˚ 문답조(問答調) 묻고 대답하는 말투.

며 요런 못된 짓만 하니 그때 화살을 맞구 쓰러져 가면서 종을 치든 병사두 이 절 사미승이었구 이름두 도념이었느니라. 하룻밤 갇히구 종아리 맞을 것이 무서워 죄를 나무꾼에게 씌우고, 너는 빠지려구 했단 말이냐?

도념 그게 무서워 그런 건 아닙니다.

주지 그럼 왜 그랬니?

도념 오늘 갇히면 아씨 따라가지 못하게 되겠기에, 눈 꾹 감구 거짓말을 했습니다.

일동, 물을 끼얹은 듯 조용해진다. 미망인, 감정의 격동을 진정하려고 애를 쓴다.

주지 (약간 측은하지만) 당장 죽더래두 비겁한 짓은 말라구 했거늘 서울 못 갈까 봐 거짓말을 했어?

도념 스님, 제 잘못은 제가 잘 압니다.

주지 이 토끼를 잡은 잘못두 안단 말이냐?

도념 네.

주지 알면서 왜 했니?

도념 아씨 목도리 두르신 게 어떻게 이쁜지, 나두 어머니가 데리러 오신다면 드리려구 맨들었습니다.

미망인, 격(激)하여 돌아서서 운다.

주지 (연민한° 마음이 들어) 그 에미 소리 좀 작작 해라. 그 죄 덩어리를 생각하구 네가 또 죄를 짓는단 말이냐? (한숨을 쉬며) 이게 다 인과˚ 때문이야.

젊은 승 하필 영혼 축원하는 불전에 살생한 재물을 바쳤으니, 부처님
께서 얼마나 노하셨을까?

친정 모 아주 백정˚ 행세를 하는구면? (지팡이로 땅을 치며) 엥, 우
리 인철이가 극락 문을 들어가다 말구, 가시 문으루 내쫓겼겠다.
(주지를 보고) 무얼 정신없이 생각하구 있소?

주지 마님. 뵈올 낯 없습니다. (정심에게) 빨리 가서 법당을 말갛게
소세해라.˚ 마당 쓸구 물 뿌리구.

정심과 승들, 원내로 들어간다.

노인 가는 날이 장날이라더니, 이건 정녕 반대였군?

총각 그러게 말입니다. 허우정정 산 넘어 왔다 허탕방만 쳤군요. 내려
가시지요.

참예인들, 서로 지껄이며 불평에 찬 소리를 던지고 하나씩 둘씩 내
려간다.

미망인 (달려가 막으며) 왜들 가세요? 들어들 가세요. 대소롭지 않은
일을 가지구 왜들 이러세요?

주지 (참예인들을 보고) 어서들 도로 들어가시지요.

• 연민(憐憫)하다 불쌍하고 가련하게 여기다.
• 인과(因果) 선악의 업에 따라 그에 해당하는 과보(果報)를 받는 일.
• 백정(白丁) 소나 개, 돼지 따위를 잡는 일을 직업으로 하는 사람.
• 소세(掃洗)하다 비로 쓸고 물로 닦다.

미망인의 친척들, 참예인들 도로 원내로 들어간다. 무대에는 주지
와 미망인과 도념, 3인만 남는다.

주지 이 애를 세상에 내려보냈다가는 정말 야차를 맨들겠습니다. 아
　　　주 단념하십쇼.

정심, 창황히* 다시 나온다.

정심 아씨께서 먼점 들어오셔야만 좌석이 진정되겠습니다.
주지 어서 들어가 보십쇼.

정심을 따라 미망인, 원내로 들어간다.

도념 (흘연히*) 스님, 전 세상에 가서 살구 싶어요.
주지 닥드려. 무얼 잘했다구 또 그런 소릴 하구 있니?
도념 저더러 거짓말한다구만 마시구 저한테 어머니 계신 데를 가르
　　　쳐 주십쇼.
주지 네 어미란 대죄*를 지은 자야. 너에겐 에미라기보다는 대천지
　　　원수라는 게 마땅하겠다. 파계를 한 네 에미 죄의 피가 그 피를
　　　받은 네 심줄에 가뜩 차 있으니까, 너는 남이 한 번 헤일 염주*

---

* 창황(蒼慌)히 미처 어쩌할 사이 없이 매우 급작스럽게.
* 흘연(吃然)히 머뭇거리며.
* 대죄(大罪) 큰 죄.
* 염주(念珠) 염불할 때에, 손으로 돌려 개수를 세거나 손목 또는 목에 거는 법구(法具).

면 두 번을 헤어야 한다.

도념 왜 밤낮 어머니 욕만 하십니까? 아름다운 관세음보살님은 그 얼굴처럼 마음두 인자하시다구 하시지 않으셨어요? 절에 오는 사람마다 모두들 우리 어머니는 이뻤을 것이라구 허는 걸 보면 스님 말씀 같은 그런 무서운 죄를 지으셨을 리가 없어요.

주지 그건 부처님에게만 여쭙는 소리야. 너 『유식론』*에 쓰인 경문 알지?

도념 네.

주지 외면사보살 내면여야차(外面似菩薩 內面如夜叉)라 하셨느니라. 네 에미는 바루 이 경문과 같이 얼굴은 보살님같이 아름답지만, 마음은 야차같이 무서운 독물이야.

도념 스님, 그렇게 악마 같을 리가 없습니다.

주지 네 아비의 죄가 네 어미에게두 옮아서 그러니라.

도념 옮다니요?

주지 네 아비는 사냥꾼이거든. 하루에두 산 짐생을 수십 마리씩 잡어, 부처님의 가슴을 서늘하게 한 대악무도한* 자야. 빨리 법당으루 들어가자. 냉수에 목욕하구 내가 부처님께 네가 저지른 죄를 모다 깨끗이 씻어 주시도록 기도해 주마.

도념 싫여요, 싫여요. 하루 종일 향불 냄새를 쐬면 골치가 어쩔어쩔해요.

주지 이게 무슨 죄받을 소리니? (조용히 달래며) 도념아, 너 저 연못을 봐라. 5월이 되면 꽃이 피고, 잎사귀엔 구슬 같은 이슬이 구

• 『유식론(唯識論)』 불교 법상종의 주요 경전.
• 대악무도(大惡無道)하다 대단히 악독하고 사람의 도리에 어긋난 데가 있다.

르구 있지 않니? 저렇게 잔잔한 연못두 한 겹 물만 퍼내구 보면 시꺼먼 개흙투성이야. 그것뿐인 줄 아니? 10년 묵은 이무기가 용이 돼서 하늘루 올라가려구 혓바닥을 낼름거리며 비 오기만 기다리구 있단다. 동네두 꼭 저 연못과 마찬가지야. 겉으루 보면 모두 즐겁구 평화한 듯하지만 속에는 모든 죄악과 진애*가 들끓는, 그야말루 경문에 아로새겨 있는 글자 그대루 오탁*의 사바* 니라.

도념 아니에요. 모두들 그렇지 않대요. 연못 속에는 연근이라는 맛있는 뿌럭지가 있지, 이무기는 없대요.

주지 누가 그러던? 누가 그래?

도념 동네 사람들 올라올 적마다 물어봤어요.

주지 그럼 동네 녀석들 하는 소리는 정말이구, 내 말은 거짓말이란 말이지? 경전이, 부처님 말씀이 모두 거짓말이란 말이지? 오! 이런 불가사리 같은 녀석 봤나? (하고 펄펄 뛴다.)

도념 스님, 바른대루 말이지 저는 이 절에 있기가 싫습니다.

주지 듣자 듣자 하니까 나중에 못 하는 소리가 없구나? 오, 그 눈으로 날 보지 마라. 살생을 하드니 전신에 살*이 뻗친 모양이다.

미망인, 원내에서 나온다. 뒤따라 그의 모(母).

도념 (미망인에게 매달리며) 어머니, 저를 데려가 주세요.

* 진애(塵埃) 티끌과 먼지를 통틀어 이르는 말로 세상의 속된 것을 비유적으로 이르는 말.
* 오탁(汚濁) 더럽고 흐림.
* 사바(娑婆) 괴로움이 많은 인간 세계.

미망인 응, 염려 마라.

주지 염려 마라니요? 아씨는 그저 애를 데려가실 작정이십니까?

미망인 그러믄요?

친정모 못 한다. 넌 얘 하는 짓을 지금껏 두 눈으루 똑똑히 보구두 이러니?

미망인 어머니, 봤기에 더 한층 데려가구 싶은 생각이 솟았어요. 얼마나 어머니를 그리워했으면 그런 짓을 다 했겠어요? 지금 이 애를 바른길루 이끌어 가려면 내 사랑 속에서 키우는 것밖에 딴 도리가 없어요.

친정모 얘는 전생에 제 부모의 죄를 받구 태어났기 때문에 아무리 구하려구 해두 구할 수가 없단다. 호녁 마마˙ 하듯 이렇게 피하지 못할 죄가 하나씩 둘씩 발생하지 않니? 애보담 우리 인철이 영혼 축원할 도리나 걱정해라.

미망인 인철인 기왕 죽은 애니까 재를 다시 지내면 그만 아니에요?

친정모 얘가 토끼 목도리를 존상 뒤에다 감춰만 뒀다면 모를까. 젊은 별좌˙ 얘길 들으니까 어젯밤엔 떡 그 더러운 것을 관세음보살님 목에다 걸어 놓구 물끄러미 바라다보구 있었다는구나.

미망인 (울며 미칠 듯이) 어머니, 난 애 없이는 살 수가 없어요. 애당초에 생각이나 안 먹었드면 모를까, 한번 먹어 놓은 것이라 잃구는 살 수가 없어요.

주지 아씨께서 진정으로 얘를 사랑하신다면, 눈앞에 두구 노리개를

˙ **살(煞)** 사람을 해치거나 물건을 깨뜨리는 모질고 독한 귀신의 기운.

˙ **호녁마마** 바이러스가 일으키는 급성 전염병인 홍역(紅疫)과 천연두.

˙ **별좌(別座)** 불사(佛事)가 있을 때에 불전(佛前)에 음식을 차리는 일. 또는 그 일을 맡아 하는 사람.

삼으시려구 하시지 말구 애 마디마디에 사무쳐 있는 전생의 죄속에서 영혼을 구하게 이 절에 둬 주십시요. 자기 한 몸의 죄만 아니라 제 아비 제 어미 죄두 씻어야 할 테니까 애는 여간한 공덕을 쌓기 전에는 저승에 가서 무서운 지옥을 면치 못하게 될 것입니다.

도념 스님, 죽어서 지옥에 가더래두 난 내려가겠어요. 찾어오는 사람을 막지 않구 떠나는 사람을 붙들지 않는 것이 우리 절 주의라구 늘 말씀하시지 않으셨습니까?

주지 (열화같이 노하며) 수다스러. 한번 못 간다면 못 가는 줄 알어라. (미망인을 보고 선언하듯) 아씨께서 서방님을 잃으시고 외아들마저 잃으신 것두 다 전생에 죄가 많으셨든 탓입니다. 아씨 죄두 미처 벗지 못하시구 이 죄 덩이를 데려다가 어떻게 하시려구 이러십니까? 두 번 다시 이 이야기를 끌어내시려거든 다신 이 절에 오시지 마십시오.

주지, 뒤도 안 돌아 보고 원내로 들어간다. 친정 모도 뒤따른다. 미망인, 주지의 말에 찔리어 전신을 부르르 떤다. 염하다* 놓친 사람 모양으로 털벅 나무등걸에 가 주저앉아 운다.

도념 어머니, 이대루 그냥 도망이라두 가시지요.

미망인 그렇게는 못 한단다. 넌 이 절에 남어서 스님의 말씀 잘 듣구 있어야 한다.

도념 촛불만 깜박깜박하는 법당을 또 어떻게 혼자 지켜요? 궂은비가

* 염(殮)하다 시신을 수의로 갈아입힌 다음, 베나 이불 따위로 싸다.

줄줄 나리는 밤이나 부엉이가 우는 새벽엔 무서워 죽겠어요.

미망인 너한테는 그게 숙명이니까 내 힘으루는 어떻게 할 도리가 없구나.

미망인, 도념을 누구에게 빼앗길 듯이 세차게 안고 운다. 정심, 산문에서 나온다.

정심 도념아, 빨리 종 쳐라.

도념 (눈물을 닦고) 네.

정심, 산문 앞의 등롱˚에 불을 켜고 다시 원내로 들어간다.

미망인 내가 원체 죄가 많은 년이니까 너를 데리고 갔다가 너한테까지 무슨 화를 끼칠지, 난 그게 무서워졌다. 어서 들어가자. 그 대신 내가 한 달에 한 번씩 보름날 달 밝은 밤엔 꼭 널 보러 오마.

도념 네.

미망인, 우는 도념을 달래 가지고 원내로 들어간다. 주위는 차츰차츰 어두워진다. 이윽고 범종 소리 들려온다. 멀리 산울림. 초부, 나무를 안고 나와 지게에 얹고, 담배를 한 대 피운다. 흩날리는 초설˚을 머리에 받은 채 슬픈 듯한 표정으로 종소리를 듣는다.

이윽고 종소리 그친다. 도념, 고깔을 쓰고 바랑˚을 걸머지고,˚ 깽매

˚ 등롱(燈籠) 등의 하나. 대오리나 쇠로 살을 만들고 겉에 종이나 헝겊을 씌워 안에 촛불을 넣어서 달아 두기도 하고 들고 다니기도 한다.
˚ 초설(初雪) 첫눈.

기[*]를 들고 나온다.

초부 (지게를 지고 일어서며) 지금 그 종 네가 쳤니?

도념 그러믄요. 언제 내가 안 치구 다른 이가 쳤나요?

초부 밤낮 나무해 가지구 비탈을 내려가면서 듣는 소리지만 오늘은
왜 그런지 유난히 슬프구나. (일어서다가 도념의 옷차림을 발견
하고) 아니, 너 갑자기 바랑[*]은 왜 걸머지구[*] 나오니?

도념 이번 가면 다신 안 올지 몰라요.

초부 왜? 스님이 동냥 나가라구 하시든?

도념 아아니요. 몰래 나가려구 해요.

초부 이렇게 눈이 오는데 잘 데두 없을 텐데. 어딜 간다구 이러니?
응, 갈 곳이나 있니?

도념 조선 팔도 다 돌아다닐걸요 뭐.

초부 아얘, 그런 생각 말구 어서 가서 스님 말씀 잘 듣구 있거라.

도념 벌써 언제부터 나가려구 별렀는데요? 그렇지만 스님을 속이구
몰래 도망가기가 차마 발이 떨어지지 않어서 못 갔어요.

초부 어머니 아버질 찾기나 했으면 좋겠지만 찾지두 못하면 다시 돌
아올 수도 없구, 거지밖에 될 게 없을 텐데 잘 생각해서 해라.

도념 꼭 찾을 거예요. 내가 동냥 달라구 하니까 방문 열구 웬 부인이
쌀을 퍼 주며 나를 한참 바라보구 있더니 별안간 "도념아. 내 아
들아, 이게 웬일이냐." 하구 맨발바닥으로 뛰어내려 오던 꿈을
여러 번 꾸었어요.

• 바랑 승려가 등에 지고 다니는 자루 모양의 큰 주머니.
• 걸머지다 짐바에 걸거나 하여 등에 걸치어 들다.
• 깽매기 꽹과리.

초부 가려거든 빨리 가자. 퍽퍽 쏟아지기 전에. 이 길루 갈 테니?

도념 비탈길루 가겠어요.

초부 그럼 잘 가라. 난 이 길루 가겠다.

초부 네, 안녕히 가세요.

초부, 나무를 지고 내려간다. 도념, 두어 걸음 나갈 때 법당에서 주지의 독경˚ 소리. 발을 멈추고, 생각난 듯이 바랑에서 표주박을 꺼내 잣을 한 웅큼 담아서 산문 앞에 놓는다.

도념 (무릎을 꿇고) 스님, 이 잣은 다람쥐가 겨울에 먹으려구 등걸˚ 구멍에다 봐 둔 것을 제가 아침이면 몰래 끄내 뒀었어요. 어머니 오시면 드리려구요. 동지섣달˚ 긴긴밤 잠이 안 오시어 심심하실 때 깨무십시오. (산문에 절을 한 후) 스님, 안녕히 계십시오.

멀리 동리를 내려다보고 길게 한숨을 쉰다. 정적. 원내에서는 목탁과 주지의 염불 소리만 청청히 들릴 뿐. 눈은 점점 퍽퍽 내리기 시작한다. 도념, 산문을 돌아다보며 돌아다보며 비탈길을 내려간다.

—막—

(『함세덕 문학 전집』 1, 지식산업사 1996)

˚ 독경(讀經) 불경을 소리 내어 읽거나 욈.

˚ 등걸 줄기를 잘라 낸 나무의 밑동.

˚ 동지(冬至)섣달 한겨울을 대표하여 이르는 말.

「동승」은 1939년에 쓰인 작품입니다. 세월이 아무리 흘러도 인간에게는 변하지 않는 가치가 있습니다. 어머니라는 존재에 대한 그리움과 사랑도 그중 하나일 것입니다. 동승을 소재로 삼은 이 희곡은 보편적인 삶의 가치에 대해 생각해 보게 합니다.

주인공 도념은 사냥꾼과 비구니 사이에서 태어난 사생아입니다. 동승이 된 도념은 주지 스님의 엄격한 가르침을 받으며 종교적 구원의 길로 인도되지만 어머니에 대한 그리움과 속세의 삶에 대한 동경으로 괴로워하지요. 마침 외아들을 잃고 절에서 재를 올리던 안 대갓집 미망인을 본 도념은 어머니를 떠올리게 되고, 미망인도 도념을 보고 연민과 애정을 느껴 양아들로 데려가려고 합니다. 그런데 처음에 반대하던 주지가 승낙을 하려는 시점에 도념이 토끼를 잡아 털가죽을 관세음보살 뒤에 숨겨 온 사실이 밝혀집니다. 이를 계기로 주지 스님은 도념이 미망인의 양자가 되는 것을 허락하지 않지요. 그러나 끝내 속세의 삶에 대한 동경을 버리지 못한 도념은 눈이 내리는 날 어머니를 찾아 절을 떠난다는 내용입니다.

이 작품은 구성이 아주 뛰어납니다. 극중 시간은 어느 겨울날 초부가 산에서 나무를 해 가지고 돌아가는 하루 동안입니다. 그 안에 도념의 출생에서부터 현재까지의 삶을 넣어 구성했지요. 발단, 상승, 정점(위기), 하강, 대단원(결말)의 구성이 뚜렷하고 어린 도념을 중심인물로 설정하여 진정한 인간 구원이 무엇이고 올바른 삶의 가치가 무엇인지 생각해 보게 합니다.

얼핏 보면 이 작품의 주제는 '어머니에 대한 그리움'이라 할 수 있습니다. 그런데 좀 더 깊이 들여다보면 작품이 전하는 또 다른 메시지를 찾아볼 수 있지요. 작품의 배경은 깊은 산속의 절입니다. 절에 들어가는 산문(山門)의 첫 번째 문이 일주문인데 종교적 세계와 세속적 세계의 경계가 되는 문이지요. 도념은 절에 오는 사람들로부터 속세의 삶에 대해 전해 듣게 됩니다. 절은 엄격한 규율과 법도에 따라 속세와의 인연을 끊고 불도에 정진해야 하는 공간인데, 어린 도념이 이를 감당하기에는 힘겨운 곳입니다. 세속적인 삶을 포기하지 못하는 도념을 보며 여러분은 어떤 생각이 들었는지요?

이 작품은 인물의 설정에서도 의미 있는 모습을 보여 줍니다. 도념에게 우호적인 측과 대립적인 측의 인물들이 서로의 가치관을 내세워 각축하는 것으로 짜여 있지요. 세속적 가치 추구와 종교적 가치 추구로 크게 갈라지는 도념과 주지, 인간적으로 의지하고 도와주는 관계인 도념과 초부, 그리움을 안고 살며 서로 이해하고 교감하는 관계인 도념과 미망인, 속세에 대한 부정적 인식과 속세적인 삶의 가치를 주장하며 갈등하는 주지와 미망인. 이러한 등장인물들 간의 관계는 어머니에 대한 그리움을 넘어 삶의 올바른 가치가 무엇인지 근원적으로 고민하게 합니다.

활동

1 「동승」에서 '도념'이 갈등하는 이유를 말해 봅시다.

2 이 작품의 구성은 어떤 사건을 중심으로 상승과 하강에서 대칭을 이루고 있습니다. 그 사건이 무엇인지 생각해 봅시다.

3 이 작품에서 다음 소재들이 지닌 의미가 무엇인지 정리해 봅시다.

소재	극 중 역할	의미
물지게	도념이 일하는 도구. 아이들의 놀이 도구와 대비됨.	
잣	도념이 어머니를 만나면 드리려고 모으는 것	
토끼 목도리	도념이 어머니를 만나면 드리기 위해 준비하는 것	
비탈길	도념이 절을 떠나면서 초부와 헤어져 혼자 걷는 길	

4 이 작품은 도념이 절을 떠나는 장면에서 끝납니다. 절에서 나온 도념에게 어떤 일이 일어날지 상상해 보고 써 봅시다.

원고지

이근삼(1929~2003) 극작가. 평양에서 태어나 해방 직후 월남하여 동국대 영문학과를 졸업하고 미국 뉴욕대 대학원을 수료함. 1959년 『사상계』에 단막 희곡 「원고지」를 발표하며 등단함. 풍자와 해학을 통해 현대인의 위선적인 의식을 날카롭게 드러내고, 사회의 부조리를 비판한 많은 작품이 있음. 주요 작품으로 「원고지」, 「제18공화국」, 「국물 있사옵니다」, 「유랑극단」 등이 있음.

등장인물

중년 교수 (본직 번역)

처

장남

장녀

감독관

천사

막이 오르기 전, 요란스러운 통속˚ 음악이 들린다. 음악이 차차 요란해질 무렵, 스포트라이트가 무대 전면(막 앞) 중앙에 서 있는 장녀를 포착한다. 꽉 몸에 낀 화려한 색의 블라우스와 카프리 팬츠˚를 입고 있다.

무지무지한 젖통과 뒤로 사정없이 바그라진˚ 엉덩이에 관중들은 첫 장면에 위압을 느낀다. 입이 보통 여자의 서너 배는 된다. 빨간 칠

• **통속(通俗)** 비전문적이고 대체로 저속하며 일반 대중에게 쉽게 통할 수 있는 일.
• **카프리 팬츠(capri pants)** 홀쭉한 8부 길이 팬츠. 발목 위 5~8cm 길이 전후의 슬림 라인이 특징이다.
• **바그라지다** 짜임새가 물러나서 틈이 벌어지다.

을 한 아가리가 전 안면의 3분의 2는 차지한다. 스포트라이트에 번쩍이는 귀걸이, 목걸이, 팔찌가 관중들 눈에 거슬린다. 나이는 스물셋쯤. 이야기하는 동안 끊임없이 폼을 이리저리 흔든다. 음악이 멎는다.

장녀 (멋들어지게 관객들에게 인사를 하고 나서) 바쁘신데 이렇게 많이 모여 주셔서 참 감사합니다. 말씀드리기 전에 제 소개를 먼저 할까요? 여러분들은 저한테 소개할 필요가 없어요. 아까 여러분들이 이 극장(혹은 이 학교, 혹은 이 집) 문을 들어오실 때 저는 옆에서 자세히 여러분들을 보았어요. 죄다 연령이 다르고, 직업이 다르고, 성격이 다르고, 여기 오시기 전에 잡수신 저녁 식사의 찬거리도 다르지 않겠어요. 저는 여러분들을 잘 알아요. 그런데 모든 것이 제각기 다른 여러분들이 이렇게 한자리에 앉아 계신 것을 보니 누가 누군지 분간을 할 수가 있어야죠. 모두 똑같이 보이는걸요. 많은 사람들이 한 사람이 되어 버렸어요. 저에겐 여러분들이 한 사람같이 보인단 말입니다. 오늘 여러분을 모신 것은 다름이 아니라 근심, 걱정이 가득 찬 여러분들에게 우리 집 구경을 좀 시켜 드리려고 한 것입니다. 우리 집은 크게 자랑할 만한 것은 못 되지만 남부럽지 않게 살고 있습니다. 저는 이 집 첫딸입니다. 장녀란 말입니다. 남동생이 하나 있어요. 곧 소개하겠습니다만. 말이 자꾸 많아져 미안합니다. 그러나 저는 남자가 아닙니다. 말이 짧아지면 무엇으로 제가 여자라는 걸 증명할 수 있겠어요. 저의 아버지는 참 훌륭한 분이에요. 아버지는 학교에서 가르치는 교수인데 안 나가는 학교가 없어요. 이름이 나면 저절로 여기저기서 찾는 법인가 보죠? 그동안 책을 열두 권이나 냈으니 말은 다 했지요. 물론 그 열두 권이 전부 번역 작품입니다만. 열두 권임에는 틀림이 없지요. 아버지의 명성과 돈벌이가 이런 데다 저는 또 이렇게 현대적인 신여성이니 걱정할 게 뭐 있겠어요. 저의 남동생도 매 마찬가집니다. 건강하기가 이루 말할 수 없습니다.

(이때. 서서히 막이 오른다.)

그럼, 저의 집으로 안내하겠어요.

(장녀, 무대 좌측으로 걸어간다.)

이것이 응접실입니다.

(장녀, 좌측으로 사라진다.)

무대 우측 후면˚에 소파가 있다. 관객석 가까운 곳에 책상과 의자하나가 전면을 향해 자리 잡고 있다. 책상 위에는 원고지가 그득히쌓여 있다. 소파는 흔히 볼 수 있는 형(型)이지만 씌운 커버의 무늬는원고지의 칸 그대로다. 무대 우측에 보이는 벽의 일부분과 후면에 서있는 긴 벽의 모습도 흡사 원고지를 곧추세운 것 같다. 벽의 무늬들도 원고지의 칸 그대로다. 후면 벽 우측에 바깥하고 통하는 도어가있다. 동물원의 코끼리 우리 같다고 함이 좋을지도 모른다. 후면 벽에 큼직한 창이 뚫려 있다. 소파 앞에는 신문지가 몇 장 흩어져 있다.우측 무대 중간쯤에 플랫폼˚이 중앙을 향해 45도 각도로 위치해 있다. 플랫폼 후면에도 역시 벽이 있지만 이 벽은 화려한 색깔로 칠이되어 있다. 이 플랫폼은 장녀 및 장남의 방이다. 한구석에 역시 고운색깔의 소파가 있어 이 위에 미끈하게 생긴 장남이 길게 누워 있다.

˚ **후면(後面)** 향하고 있는 방향의 반대되는 쪽의 면.
˚ **플랫폼(platform)** 역에서 기차를 타고 내리는 곳. 여기서는 무대를 약간 높인 것을 말하며 다른 공간을 상징함.

이 방에는 라디오, 축음기*를 비롯한 우리가 생각할 수 있는 모든 사치품이 여기저기에 늘어져 있다. 큼직한 괘종시계*도 하나. 전체적으로 소왕국 같은 인상을 준다. 우측에 비해 좌측 플랫폼의 방이 굉장히 밝다. 관객들은 우측 방과 좌측 방 사이에 벽이 있다고 생각해야 한다. 좌측 방, 즉 응접실 소파 뒤에 굵은 줄이 칭칭 감긴 막대기가 하나 서 있다. 장남이 일어선다. 그러고서는 관중에게 이야기한다.

장남 전 이 집 장남입니다. 이쪽 높은 방은 저하고 누이동생이 함께 생활하는 곳입니다. 아버지를 소개하기 전에 행복한 가정을 이룰 수 있는 비결을 말씀드리겠어요. 아주 간단합니다. 부모는 자식들에게 맡은 바 책임을 다하면 됩니다. 밥 세끼도 제대로 못 먹이고, 학비도 제대로 못 주는 부모들이 아들딸이 결혼할 때가 되면 아주 귀찮게 간섭을 한단 말입니다. 우리는 이런 버릇을 버려야 합니다. 우리 집이 비교적 행복한 것도 우리 부모님의 열렬한 책임감 때문입니다. (자기 손목시계를 보며) 지금이 저녁 일곱 시 반이니 아마 아버지가 곧 돌아오실 겁니다. 아버지는 늘 쾌활한 얼굴에다 발걸음은 참새처럼 가볍지요.

졸음이 오는 지루한 음악과 더불어 철문 도어가 무겁게 열리며 교수 등장. 아래위 양복이 원고지를 덧붙여 만든 것처럼 이것도 원고지 칸투성이다. 손에는 큼직한 낡은 가방을 들고 있다. 허리에 쇠사슬을 두르고 있는데 허리를 돌고 남은 줄이 마루에 줄줄 끌려 다닌

* 축음기(蓄音機) 원통형 레코드 또는 원판형 레코드에 녹음한 음을 재생하는 장치.
* 괘종시계(掛鐘時計) 시간마다 종이 울리는 시계. 보통 추가 있으며 벽에 걸어 둔다.

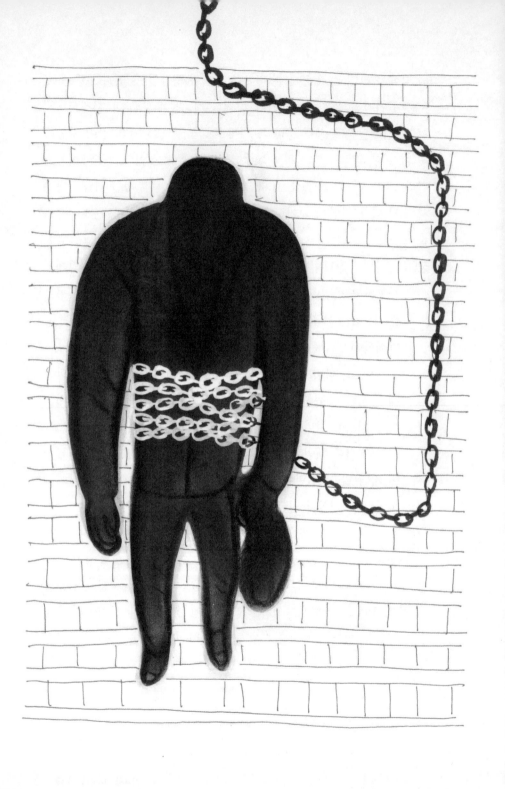

다. 쇠사슬이 도어 밖까지 나가 있어 끝이 없다. 도어를 닫고 소파에 힘들게 앉는다. 여전히 쇠사슬을 끌고 다니면서, 가방은 자기 옆에 놓고 처음으로 전면을 바라본다. 중년에 퍽 마른 얼굴, 이마에는 주름살이 가고 찌푸린 얼굴은 돌 모양 변화가 없다. 잠시 후 피곤하다는 듯이 두 손을 옆으로 뻗치면서 크게 기지개를 한다. '아아' 하고 토하는 큰 하품은 무엇에 두들겨 맞아 죽는 비명같이 비참하게 들려 오히려 관객들을 놀라게 한다. 장녀가 플랫폼에 나타난다.

장녀 저의 아버지랍니다. 밖에서 돌아오시면 늘 이렇게 달콤한 하품을 하신답니다.
(교수는 머리를 기대고 잠을 자고 있다. 코를 고는데, 흡사 고양이 우는 소리다.)
인제 어머님이 돌아오세요. 어머님은 늘 아버지의 건강을 염려하세요.

적당한 곳에서 처가 나타난다. 과거에는 살도 쪘지만, 현재는 몸이 거의 헝클어져 있다. 퇴색한 옷을 입고 있다. 소리를 안 내고 들어와, 잠자는 교수의 주머니를 샅샅이 턴다. 돈을 한 주먹 쥐고, 이어 교수의 가방을 턴다. 돈 부스러기를 몇 장 찾아내고 그 액수가 적음에 실망을 한다. 잠시 후, 교수를 흔들어 깨운다.

장녀 제 말이 맞았지요?

플랫폼 방 불이 서서히 꺼진다.

처 여보, 여기서 그냥 주무시면 어떡해요, 옷도 안 갈아입으시고.

교수 깜빡 잠이 들었군.

교수 일어선다.

처 어서 옷을 갈아입으세요.
(처는 교수 허리에 칭칭 감긴 철쇄*를 풀어 헤치고, 소파 뒤의
긴 막대기에 감겨 있는 또 하나의 굵은 줄을 풀어 교수 허리에
다시 감아 준다.)
옷을 갈아입으시니 한결 시원하지 않아요?

교수 난 잘 모르겠어.

처 김 씨 만나 봤어요?

교수 아니, 원체 바빠서.

처 그렇지만 김 씨 만나는 일이 제일 바쁘지 않아요. 내일까지 내
야 하는데 전 어떡해요?

교수 내일 만나, 내일 만나.

처 내일 누구가 누구를 만난단 말이에요?

교수 내가 그 이 씨를 만난다니까.

처 이 씨는 또 누구요?

교수 당신이 만나라는 출판사 주인 말이야.

처 그 주인이 왜 이 씨예요? 김 씨지.

교수 그래, 김 씨랬어.

처 이름도 못 외고 어떻게 해요?

* 철쇄(鐵鎖) 쇠사슬.

교수 (화를 내며) 김 씨면 어떻고 이 씨면 어때? 박 씨면 또 어때? 아닌 게 아니라 누가 누군지 분간을 못 하겠어. 누굴 만난다고 찾아가다가 보면 영 딴 사람한테 가게 된단 말이야. (잠시 사이) 거 애들보고 음악이나 한 곡 틀라고 하시오.

처 (순하고 부드러운 목소리로 옆방을 향하여) 얘들아. (잠시 후) 얘들아. (대답이 없다. 여전히 부드럽게) 얘들아.

장남 (처의 소리와는 정반대로 호령이나 하듯이) 왜 그래요?

처 가벼운 음악이나 한 곡 틀어라. 아버지가 피곤하시단다.

장남 알겠어요!

옆방에서 축음기 소리가 난다. 시끄럽고 귀가 아픈 곡이면 어떤 음악이건 상관없다. 판에 고장이 난 듯, 똑같은 곡이 되풀이된다. 처는 무표정한 얼굴, 교수는 시끄럽다는 듯이 손으로 귀를 막는다. 참다못해 교수는 손을 흔들며 중지하라는 시늉을 한다. 음악이 멎으면 옆방이 밝아진다. 소파에 앉아 무엇을 처먹고 있는 장남과 아무렇게나 앉아 화장을 하고 있는 장녀가 보인다.

교수 저런 시끄러운 음악을 무엇 때문에 틀까?

처 왜 시끄러워요? 애들이 제일 좋아하는 곡인데.

교수 좋건 나쁘건 간에 왜 똑같은 곡을 되풀이하느냐 말이오?

처 당신이 음악을 몰라 그래요. 애들은 좋다고 하던데.

교수 그 곡 이름이 뭐지?

처 「찬란한 인생」이라나요.

교수 「찬란한 인생」이라. 찬란한 인생이 자꾸 되풀이된다는 말이군.

처 그런가 부죠.

교수가 소파 앞에 굴러 있는 신문지를 집어 본다.

교수 (신문을 혼자 읽는다.) 참 비가 많이 왔군. 강원도 쪽에 눈이 굉장한 모양인데. 또 살인이야, 이번엔 두 살 난 애가 자기 애비를 죽였대. 참, 지프차가 동대문을 들이받아 동대문이 완전히 무너졌군. 지프차는 도망가 버리구. 이것 봐. 내 『개성을 잃은 노동자』라는 번역 책이 착취사에서 다시 나왔어. 이 씨가 또 당선됐군. 신경통에 듣는 한약이 새로 나왔는데. 끔찍해라, 남편이 자기 아내한테 또 매 맞았군.

처가 신문지를 한 장 다시 접는다. 날짜를 보더니

처 당신두 참, 그건 옛날 신문이에요. 오늘 것은 여기 있는데.

교수 (보던 신문 날짜를 읽고) 오라, 3년 전 신문을 읽고 있었군. 오늘 신문 이리 주시오. (오늘 신문을 받아 가지고 다시 읽는다.) 참, 비가 많이 왔군. 강원도 쪽에 눈이 굉장한 모양인데, 또 살인이야. 이번에는 두 살 난 애가 자기 애비를 죽였대. 참, 지프차가 동대문을 들이받아 동대문이 완전히 무너졌군. 지프차는 도망가 버리구. 이것 봐, 내 『개성을 잃은 노동자』라는 번역 책이 악마사에서 다시 나왔어. 이 씨가 또 당선됐군. 신경통에 듣는 한약이 새로 나왔는데. 끔찍해라, 남편이 자기 아내한테 또 매 맞았군.

처 참, 세상도 무척 변했군요. 3년 전만 해도 그런 일이 없었는데. 당신 피곤하시죠?

장녀 (옆방에서 화장을 하며, 장남에게) 애, 시계가 좀 늦은데 일어선 김에 밥이나 좀 줘라.

장남, 시계에 밥을 준다.

처　여기 좀 계세요. 저 밥을 좀 지을게요.

교수　괜찮어, 밥 먹었어.

처　어디서요?

교수　여기서 먹었던가? 아니야, 거리서 먹었던 것 같기도 하구.

처　언제요?

교수　오늘 아침에도 먹었구. 점심두…… 글쎄…… 그러다 보니 밥을 먹었는지 안 먹었는지 분간을 못 하겠군.

처　지금 하시는 번역은 언제 끝나요?

교수　지금 하는 번역이 몇 가지나 있지?

처　그러니까 밤낮 원고료를 잘리지요. 『자존심의 문제』, 『예술에 있어서의 창조성』, 『검둥이와 마녀』, 『어떤 여자의 고백』……. 이렇게 넷뿐인가요?

교수　그렇겠지. 아이 피곤해.

처　어떤 것이건 빨리 끝내야지, 어떻게 해요. 집도 수리해야겠구, 축음기도 사야겠구, 또 이달에 아버지 생일도 있잖아요.

교수　밤낮 생일을 치르고 있으니 어떻게 된 거요? 어제도 아버지 생일잔치를 했는데.

처　당신두 참! 어제 당신 아버지가 생신이었어요. 이번엔 우리 아버지 생일이구.

교수　그저께도 누구 아버지 생일이라고 해서 돈 만 환*을 내지 않았소?

처 그건 대식이 동생 사촌의 며느리뻘 되는 여자의 아버지 생일이래서 그랬지요.

교수 그 바로 전날에도 누구 아버지 생일이라고 해서 돈을 냈는데.

처 그건 순자 언니 조카뻘 되는 며느리 시누이의 아버지⋯⋯.

교수 됐어, 됐어. (크게 하품을 하며) 아이 피곤해.
(이때, 밖에서 시계가 여덟 시를 친다. 교수는 깜짝 놀라 일어선다.) 여덟 시야! 여덟 시! 늦겠군.

처 어디 가세요?

교수 어디 가긴 어디 가. 나 가는 데 모르시오? 옷 갈아입어야지.

전번 모양 철쇄를 졸라맨다. 이어, 도어 쪽으로 가서 철문 같은 도어를 열고 밖으로 나간다. 잠시 후, 다시 들어온다.

처 왜 또 돌아오세요? 나가시기가 바쁘게.

교수 여덟 시를 치기에 아침 여덟 신 줄 알았지. 대학에 강의하러 나간다고 나섰더니 밖이 캄캄하지 않아. 생각해 보니 밤 여덟 시군. (소파에 누우면서) 오늘 밤은 좀 푹 쉬어야겠군.

처 공부는 안 하세요?

교수 공부?

처 아, 번역 말이에요.

교수 좀 쉬어야겠어.

처 그럼 좀 쉬시다 일어나세요. 전 옆방에 갔다 오겠어요. 참 당신

● **환(圜)** 우리나라의 옛 화폐 단위. 1환은 1전(錢)의 100배이다. 1953년 2월 15일부터 1962년 6월 9일까지 통용되었다.

두 옷 좀 갈아입으세요.

전번 모양 철쇄를 바꾸어 맨다. 이어 퇴장.

교수 아이 피곤해.

이때 고요한 음악이 들린다. 눈을 감고 자는 교수의 얼굴에 처음으로 미소가 돈다. 잠시 후 응접실 불이 서서히 꺼지고 플랫폼 방이 다시 나타난다. 소파 앞에 초라하게 앉아 있는 처와 소파에 자리 잡고 있는 장남, 장녀.

장녀 (처에게 명령조로) 양말, 하이힐!
장남 (처에게 명령조로) 잠바, 머플러!

처는 말이 떨어질 때마다 알았다는 듯이 머리를 끄떡이며 순응한다.

장녀 용돈, 교과서, 과자!
장남 떡국, 만둣국, 설렁탕!
장녀 영화값, 연극값, 다방값!
장남 교제비, 차비, 동창회비!

장남, 장녀 같이 손을 내밀면서

장녀 돈!
장남 돈!

장녀 자식에 대한 책임!

장남 자식에 대한 책임!

플랫폼 방의 불이 꺼지며 다시 응접실이 밝아진다. 소파에 누워 철쇄마저 어느 사이에 풀어 헤치고 행복하게 잠자는 교수가 보인다. 시계가 아홉 시를 친다. 시간이 한 시간 경과하였음을 표시한다. 이때 창문을 열고 감독관이 방 안을 들여다본다. 얼굴이 흉측하게 생긴 데다 아래위를 까만 옷으로 차리고 있어 지옥의 옥리*를 방불케 한다. 긴 회초리를 든 손을 방 안에 밀어 넣더니 잠자는 교수를 회초리로 때린다. 교수가 눈을 비비며 일어난다.

감독관 원고! 원고!

교수 (일어나며) 네 곧 됩니다. 또 독촉이군.

감독관 (책상 쪽을 가리키며) 원고! 원고!

교수 소파 한구석에 있던 가방을 집어 갖고서 황급히 책상에 가 앉는다. 가방에서 원고를 끄집어내고 책을 펼친다.

감독관 원고! 원고!

이윽고 교수는 번역을 시작한다. 감독관이 창문을 닫고 사라진다. 처가 들어온다. 큰 자루를 손에 들고 있다.

* **옥리(獄吏)** 감옥에서 죄수를 감시하던 구실아치.

처   어머나! 그렇게 벌거벗고 계시면 어떡해요.

막대기에 감긴 철쇄를 줄줄 끌어다 교수 허리에 감아 준다.

처   감기에 걸리면 큰일 나요.

교수는 말없이 번역을 한다. 처는 의자를 하나 끌어다 교수 옆에 앉더니 큰 자루를 벌리고 교수를 주시한다.*

처   빨리! 빨리!

교수가 말없이 원고지 한 장을 쭉 찢어 처에게 넘겨준다. 처는 빼 앗듯이 원고지를 가로채더니 자루 안에 쓸어 넣는다. 그리고

처   300환!

재빠르게 다음 페이지의 번역을 끝낸 교수가 다시 한 장을 찢어 처에게 넘긴다. 처는 같은 행동을 반복하며

처   600환! (이어) 900환!

플랫폼 방이 다시 밝아진다. 달콤한 음악과 더불어 장남 장녀가 또 무엇을 처먹으면서 거울 앞에 가더니 얼굴의 여드름을 짠다. 옆방

---

* 주시(注視)하다 어떤 목표물에 주의를 집중하여 보다.

에서는 여전히 교수와 처가 결사적으로 일을 한다. 처의 요란스러운 셈 소리가 3천 환을 훨씬 넘었다. 감독관이 다시 창가를 지나가며 기웃거리고 사라진다. 일하던 교수가 갑자기 붓을 놓고 쓰던 원고지를 보더니 슬그머니 미소를 짓는다.

처　왜 그러세요?

교수　참 신기한 일이야.

처　3천 환을 겨우 넘었을 뿐인데 무엇이 신기해요.

교수　이 원고지 말이오. 다 200자 칸이 있는데 이 종이만은 190자 칸밖에 안 들었어. 열 자 모자라. 어째서 그럴까? 원고지가 한결 크고 시원해 보이는군. 마음이 탁 트이는 것 같아. 이상한데, 이상해.

　교수는 여전히 미소를 지으면서 전면을 바라본다. 이때 무대 전체가 어두워지고 스포트라이트가 교수만을 포착한다. 잠시 모든 것이 조용해지며 과거를 상기시키는 감상적인 음악이 고요히 흘러나온다. 교수 전면에 또 하나의 스포트라이트가 투사되며 천사가 역시 미소를 지으며 가벼운 발레를 추면서 들어온다. 교수는 천사를 물끄러미 바라본다.

교수　(한참 있다) 오라, 생각이 나는 것 같아. 그래 바로 그거.

천사　나를 완전히 잊은 줄 알았어요.

교수　(일어서며) 분명 그래. 아직 잊지를 않았어. 나의 희망, 나의 정열의 옛 모습이야.

천사　쥐꼬리만 한 기억력이 아직 남아 있군요.

교수 언제 어떻게 돼서 당신과 헤어졌는지 모르겠습니다. 나에게도 불타는 듯한 정열이 있었어요. 그래요. 생각이 납니다. 밤을 새워 가며 아름다움을 노래하고, 진리를 위해 온 생애를 바치겠노라고 떠들던 때……. 아, 꿈같은 시절이었습니다. 당신은 왜 나를 버렸어요.

천사 당신이 나를 떠났지요. 당신을 돕고 싶습니다. 그러나 이미 늦었어요. 나한테 되돌아오기는 너무 늦었어요.

교수 내 꿈을 도로 찾아 주십시오. 생각할 힘을 주시오. 요즈음은 통 사고를 할 수가 없습니다.

천사 사고(思考)할 필요가 없어요. 이미 사고(事故)가 난걸요.

교수 이 함정에서 뛰어나가고 싶습니다. (천사가 서서히 사라진다.) 가지 마시오! 내 희망, 내 정열은 어떻게 되는 거요. 꿈을 주십시오! 내 꿈! 내 꿈!

꿈을 잃은 교수는 맥없이 전면을 바라보며 앉아 있다. 어둠 속에서 창을 여는 소리가 나며, 감독관이 얼굴을 나타낸다.

감독관 (회초리를 흔들며) 원고! 원고는 언제 쓰는 거야!

이 소리에 교수는 비로소 정신을 차리고 다시 비참한 표정으로 번역을 계속한다. 이러는 사이에 무대 전체가 암흑화된다. 잠시 후 새소리, 닭 우는 소리와 더불어 무대 전체가 밝아진다. 아침이다. 교수는 책상에 머리를 박은 채 자고 있다. 플랫폼 방에서는 장남이 반나체가 돼서 아령을 쥐고 운동을 하고 있다. 장녀가 아침 신문을 들고 응접실로 들어온다.

장녀 (관객들에게) 벌써 아침이 됐습니다. (자고 있는 교수를 가리키며) 아버지는 연구하시다 가끔 그대로 책상에서 주무신답니다. 그야말로 학자지요. 여러분은 아침에 어머니가 먼저 안 나오시고 제가 이 방에 대신 왔다는 점을 이상하게 생각하실는지 모르겠습니다. 어머니는 아침 일찍이 아버지 원고를 가지고 출판사로 달려갔으니 이렇게 제가 대신 왔습니다. 아시겠지요. 아버지가 밤늦도록 수고하시니 저도 아버지를 위해 한 가지 좋은 일을 해 드리고 있습니다. 아침마다 아버지께 신문을 읽어 드립니다. (교수를 깨운다.) 아버지. (교수 눈을 비비며 머리를 든다.) 아침 신문 왔어요. 읽어 드리겠어요.

교수 (하품을 하고) 그래, 읽어 다오.

장녀 (신문을 읽는다.) 비가 많이 왔어요. 강원도 쪽의 눈이 굉장한 모양이에요. 또 살인입니다. 이번엔 두 살 난 애가 자기 애비를 죽였대요. 참, 지프차가 동대문을 들이받아 동대문이 완전히 무너졌답니다. 지프차는 도망가 버리구. 이것 봐요. 아버지 『개성을 잃은 노동자』라는 번역 책이 악마사에서 다시 나왔어요. 이씨가 또 당선됐답니다. 신경통에 듣는 한약이 새로 나왔군요. 끔찍도 해라. 남편이 자기 아내한테 또 매 맞았대요.

교수 하룻밤 사이에 참 신기한 사건도 많아라. 세상이 그렇게 변해서야 어디 살 수 있겠니. 너 왼쪽 손에 들고 있는 종이는 뭐냐?

장녀 이거요?

영자 신문을 교수에게 준다. 교수는 받기가 무섭게 기계적으로 번역을 한다.

장녀 뭘 번역을 하세요?

교수 이 영어를 우리말로 고치는 거야.

그대로 번역을 한다.

장녀 아버지두 참! 그거 오늘 아침 신문이에요.

교수 (신문을 보더니) 그렇군! 난 영어길래 곧 번역하려구 했지.

(시계가 여덟 번을 친다. 교수는 무엇에 놀란 듯 황급히 일어나 가방을 들고 소파 쪽으로 가 철쇄를 바꾸어 맨다.)

벌써 여덟 시야. 빨리 가야지. 빨리 가야지. 이번엔 분명 아침 여덟 시겠지. (무겁게 철문을 열고 퇴장하면서) 오늘이 무슨 요일이더라?

장녀 모레가 일요일이구, 내일이 국경일이니까……. 오늘은 금요일이군요.

교수 퇴장, 장남 등장, 장남과 장녀는 소파에 앉아 고약한 세리*처럼 버티고 처의 귀가를 기다린다. 이윽고 처가 철문을 열고 돌아온다. 피곤에 못 이겨 허둥지둥하면서도 돈 보따리는 꼭 끼고 있다. 현기증이 심한 듯 소파 앞에 무릎을 떨어뜨리며 주저앉는다. 장녀와 장남은 여전히 무표정한 얼굴로 손을 번쩍 내민다. 처는 보따리를 헤치고 돈을 나누어 준다. 돈을 받자 두 자식은 일어서서 밖으로 나간다. 경쾌한 음악이 흘러나온다. 처가 마루에서 일어나 소파에 주저앉아

---

* 세리(稅吏) 세금 징수의 일을 맡아보는 관리.

눈을 감는다. 잠시 후 창문이 열리더니 다시 감독관이 회초리로 처를 친다. 처가 깜짝 일어난다.

감독관 연탄 준비! 김장거리! 빨랫감!
처   아이 또 독촉이군.

책상 쪽으로 가 천천히 흩어진 책이며 원고지를 정리한다.

—막—

(『이근삼 전집 1』, 연극과 인간, 2008)

여러분은 원고지에 글을 써 본 적이 있을 겁니다. 그때 가장 어려운 점은 무엇이었나요? 아마도 정해진 규정에 따라 한 칸 한 칸 글을 채워 넣는 것이었겠지요. 요즘은 창작이나 번역 글 모두 컴퓨터로 작성하는 게 일반적이지만 이전에는 원고지를 이용했습니다. 1959년에 발표된 희곡 「원고지」는 원고지에 매인 어느 중년 교수의 일상을 통해 현대인의 삶을 돌아보게 하는 작품입니다.

이 희곡의 중심인물인 중년의 대학 교수는 번역 일을 하며 아내, 아들, 딸과 한 가정을 이루고 삽니다. 자식들은 그가 가장으로서 자신들의 물질적 풍요를 책임지는 것이 당연하다고 생각하고 아내도 그가 벌어 오는 돈에만 관심이 있지요. 번역이 본업처럼 되어 버린 교수는 가장으로서의 의무감과 과중한 일에 짓눌려 정상적인 사고 능력을 상실한 채 무의미하게 살아갑니다. 그러다가 천사를 만나 잃어버린 꿈을 되찾으려 하지요. 하지만 결국 실패로 돌아가고 다시 지루하고 틀에 박힌 일상으로 돌아옵니다.

「원고지」는 일반적인 희곡과는 다른 면이 많은 독특한 단막극입니다. 어떤 점에서 다른지 생각해 볼까요? 일단 무대 장면, 장치들이 예사롭지 않지요. 벽지, 집안 가구, 인물 의상 등에 원고지 무늬를 사용합니다. 왜 무대 위가 온통 원고지일까요? 일정한 규칙에 따라 칸이 그어진 원고지는 사용하는 방법이 정해져 있습니다. 그것을 벗어나면 비판을 받고 수정을 해야 합니다. 그런 점을 감안한다면 원고지는 주인공에게 어떤 속박이나 억압의 의미를 갖는 게 아닐까요? 또한 번역은 제2의 창조적인 노동이라고도 하는데 이 작품에서 번역의 결과물인 원고지는 가족들의 세속적인 욕망을 채워 주는 지폐에 불과하지요.

대사에서는 자녀들의 발언과 실제 상황이 일치하지 않는 경우가 자주 보입니다. 장녀가 "어머님은 늘 아버지의 건강을 염려하세요."라고 말하지만 교수 부인은 남편의 주머니에 든 돈에만 관심이 있는 상반된 행동을 보여 주지요. 또 "밖에서 아버지가 돌아오시면 늘 이렇게 달콤한 하품을 하십니다."라고 말하지만 곧 피곤함에 젖어 잠자는 교수의 행동으로 사실이 아님이 밝혀집니다. 이는 가족 구성원들이 서로의 처지에 무관심한 채 살아가고 있음을 보여 주는 것입니다. 그리고 똑같은 음악과 똑같은 신문 내용이 반복되는데 이는 지루하게 반복되는 일상을 의미하겠지요.

등장인물의 대사나 행동, 무대 장치, 음향 등을 통해 주제를 상징적으로 보여 주는 데 중점을 두다 보니 「원고지」에는 특별한 사건이나 갈등이 나타나지 않습니다. 또한 사건과 사건이 인과 관계에 의해 긴밀하게 연결되었다는 느낌도 없지요. 이런 경향의 극을 '부조리극'이라고 하는데, 「원고지」는 부조리극의 특징을 잘 보여 주는 작품입니다. 전체적인 구성도 일반적인 5단계 구성이 아닌 '발단, 상승, 정점(위기), 하강, 대단원(결말)'로 되어 있어 사건에 의해 생기는 긴장감이 약합니다.

이 희곡은 삶의 가치와 의미를 상실한 현대인의 비극적인 삶과 무너진 가족 관계 등을 풍자적으로 비판한 작품입니다.

1 「원고지」의 배경인 벽지, 소품인 교수의 옷이 모두 원고지 무늬로 설정되고, 교수의 직업도 원고지를 사용하는 일입니다. '원고지'의 상징적인 의미가 무엇인지 생각해 봅시다.

2 이 작품에서 똑같은 내용이 반복되는 인물들의 대사와 똑같은 내용이 반복되는 일상의 모습이 무엇을 의미하는지 말해 봅시다.

3 이 작품을 읽고 무대 구조를 상상하여 아래 도면에 그림으로 그려 봅시다.

벽   무대

**엮어
읽기**

　문학의 갈래 중에서 이야기로 메시지를 전달하는 것은 무엇이 있을까요? 소설
과 극이 대표적이지요. 두 갈래 모두 '자아와 세계의 갈등'을 다루는 것을 특징으
로 합니다. 사건과 사건을 인과 관계로 이어서 앞뒤가 맞는 이야기로 만들고 그 안
에서 인물들의 갈등을 드러내 주제를 구현한다는 면에서 두 갈래는 닮았습니다.
소설 『불멸』(김탁환)과 『칼의 노래』(김훈)가 드라마 「불멸의 이순신」으로 재탄생한
것처럼 두 갈래는 교섭이 활발합니다.

　연극과 영화에서도 이러한 교섭은 활발한데, 예컨대 희곡 「이(爾)」와 영화 「왕의
남자」가 그렇지요. 두 작품은 조선 시대 연산군 때를 배경으로 하고 있습니다. 친
모 폐비 윤씨의 처참한 죽음에 대한 복수로 폭군이 된 연산군을 아실 겁니다. 그
의 왕으로서의 모습과 한 인간으로서의 내면적 고뇌, 인생에 대한 태도 등을 보여
주는 두 작품은 광대인 공길과 장생, 왕의 총애를 받는 장녹수와의 관계를 축으로
이야기가 전개됩니다.

　이번에 함께 읽을 희곡과 시나리오는 같은 장면을 다룬 대목입니다. 극의 전체
구성상 어떤 단계인지 파악해 보고, 각기 어떤 방식으로 무대를 설정하고 장면을
전환하는지 살펴보세요. 또 희곡과 시나리오의 일반적인 특징과 각기 다른 특성
이 무엇인지도 눈여겨보면 좋겠습니다.

이(爾)

김태웅(1965~) 극작가, 연극 연출가. 서울대 철학과를 졸업하고 한국예술종합학교 연극원 극작과 예술전문사 과정을 졸업함. 희곡집 『이』 『반성』 『링링링링』 등이 있음.

13. 장생의 유언

옥사.˚ 눈이 뽑힌 채로 죽음을 기다리고 있는 장생에게 공길이 찾아온다.

공길 누가 깝쳐?

장생 대봉 나리가 어인 행차신가?

공길 내가 말했지 죽는다고.

장생 죽는 건 쉬운 일이야. 어떻게 죽느냐가 문제지. 몸이 근질근질해서 매품 좀 팔려 했더니 이거 죽게 생겼구먼. 이거 누구 흉내 내며 죽어야 하나? 내 걱정이 많다.

공길 아주 작정을 했구나.

장생 길아, 나 어려 종살이 할 때 말이야. 누가 겁 없이 안방마님 금붙이 훔쳐 간 적 있었어. 주인 양반이 종놈들 죄 모아 놓고 호통 만통을 쳤지. 근데 누구 하나 나서는 놈 없더라구. 엄동설한˚인데 좀 추웠겠어?

˚ 옥사(獄舍) 죄인을 가두어 두는 건물.
˚ 엄동설한(嚴冬雪寒) 눈 내리는 깊은 겨울의 심한 추위.

근데. 거참 이상하지 꼭 그 금붙이를 내가 훔친 것만 같더라구. "어르신, 제가 훔쳤어요, 제가요." 그 말을 하는데 왜 오줌이 질 흘러내리는지······. 바지춤을 타고 그 뜨뜻한 오줌이······ 뜨뜻한 게 어찌 그리도 시원하던지. 지금 꼭 그런 기분이야. 아주 시원해.

공길 누가 알아준다고 그따위 거짓말을 해? 누가 누구한테 뭘 배워? 확실히 해 둘 게 있는데 난 비방서* 쓰지 않았어.

장생 대견한 놈. 너도 천상 광대라. (사이) 헌데, 임금은 내가 애들 모으러 나간 줄 알고 있더군.

공길 애들 단속 못 한다고 추궁받기 싫어서 둘러댄 것뿐이야. 난 나를 위해서만 살아. 너도 너를 위해 내 앞에 나타나지 말았어야 했어.

장생 난 내 가슴이 벌렁거릴 때만 살아 있다고 느껴. 그래서 온 거야. 내가 살아서 꿈틀거리고 있다는 것을, 내가 살아서 웃고 떠들고, 싸고 갈기고 있다는 것을, 그리고 누구도 그걸 짓밟을 수 없다는 것을 알리려고 온 거라고. 너를 두고 한양을 떠날 수도 있었지만 내 벌렁대는 가슴을 따라온 것이라고.

공길 이건 음모일 뿐이야. 너는 음모에 잘못 끼어든 잔망스럽고* 멍청하기 짝이 없는 광대일 뿐이라고, 자식아.

장생 근데, 길아. 지금이 낮이냐 밤이냐? (사이) 이렇게 앞이 안 보이니까 많은 게 보여. 니 마음이 보여. 밝고 환한 니 마음이 보여. 길아, 죽으면 더 많은 게 보이겠지?

공길 그래, 이 바보짓거리가 니가 말하던 광대의 얼이란 말이지?

장생 무엇이든 일어날 일이 일어나고 일어날 수밖에 없는 일이 일어나는

• 비방서(誹謗書) 남을 헐뜯는 글.
• 잔망(孱妄)스럽다 보기에 태도나 행동이 자질구레하고 가벼운 데가 있다.

거야. 그걸 인정하지 않으려니 괴로운 거고. 허니 죽게 돼라. 지미럴,
이거 죽으려니 한판 놀고 싶구나. 예전처럼…… 너랑 같이. 쟁기쟁기
재쟁쟁…….

공길, 장생을 끌어안고 있다가 나간다.

장생 길아, 사람들이 몰려올 거야. 그 사람들을 위해서 신명나게 한판 놀
아 줘.

〔『이(爾)』(김태웅 희곡집 1), 평민사 2003(개정판 2010)〕

왕의 남자

최석환 시나리오 작가. 주요 작품으로 「왕의 남자」 「라디오 스타」 「날아라 허동구」 「구르믈 버서난 달처럼」 등이 있음.

78. 궁옥, 밤

공길 지친 모습으로 옥사에 들어선다.
옥문 간수*들 머리를 숙여 예를 표한다.

공길, 눈이 먼 채 형틀을 쓰고 앉아 있는 장생을 본다.
그저 바라본다.
공길, 간수를 본다.
간수, 항아리에서 물을 한 바가지 떠서 들고 안으로 들어간다.
장생, 물바가지를 받아 마신다.

장생 간수 양반, 지금이 낮이오, 밤이오? 내 광대요. 평생 남의 흉내 내며
　　　산 광대. 이거 누구 흉내 내며 죽어야 하나?

공길, 표정 없는 눈으로 장생을 바라본다.

* 간수(看守) 감옥에서 죄인을 감시하는 역할을 하던 사람.

장생 저기, 재미난 얘기가 있는데 함 들어 볼래요? 내 어려 종살이할 때 일
인데, 누가 겁 없이 안방마님 금붙이를 훔친 적이 있었어요. 주인 양
반이 종놈들 죄 모아 놓고 호통을 쳤지. 근데 나서는 놈이 없더라구.
엄동설한인데 좀 추웠겠수? 근데, 거 참 이상하지. 꼭 그 금붙이를 내
가 훔친 것만 같더라구. "어르신, 제가 훔쳤어요……." 그 말을 하는데
왜 오줌이 질질 흘러내리는지. 바지춤을 타고 그 뜨뜻한 오줌이……
뜨뜻한 게 어찌 그리도 시원하던지. 지금 꼭 그런 기분이야. 아주 시
원해.

(사이)

근데 거 참 희한하네요. 이렇게 안 보이니 보일 땐 못 보던 게 보여요.
죽으면 더 많은 게 보일라나?

(사이)

내 평생 맹인 연기를 하고 살았는데, 막상 진짜 맹인이 되서는 맹인
연기 한번 못 해 보고 죽는 게 정말 한이네. 진짜 제대로 한번 놀 수
있는데 말이요. 허허허.

공길, 하염없이 장생을 바라본다.

79. 궁 연산 처소, 밤

낮은 병풍.
그 앞에 연산 앉아 있다.
병풍 뒤에서 구슬프지만 아름다운 풀피리 소리 들려온다.
풀피리 소리 멈춰지고,

병풍 위로 손 인형 하나가 올라온다. 장생 인형(a)이다.

장생 인형, 병풍 위에 털썩 걸터앉는다.

공길 인형(b), 병풍 위로 고개를 삐죽 내민다.

공길 인형, 주춤거리며 다가와 장생 인형 옆에 와서 앉는다.

나란히 앉은 두 인형 화면 가득 잡힌다.

공길(O.S.)*

(b) 미안해.

(a) 뭐가?

(b) 주인마님 금붙이 내가 훔쳤단 말이야.

(a) 상관없어. (사이) 그 금붙이 어딨어?

(b) 여기.

(a) 나랑 도망가지 않을래.

(b) 어디로?

(a) 어디든!

두 인형 병풍 위에서 이리저리 헤매고 다닌다.

실제인지 환청인지 광대패들의 신명나는 장단 들려온다.

공길(O.S.)

(b) 광대다!

(a) 가 보자!

---

* O.S. 영화에서 대사가 나오는데 화면에는 말하는 사람이 안 보이고 화면 밖에서 말이 나오는 것.

두 인형, 병풍 위에서 덩실덩실 춤을 춘다.

춤을 추다 병풍 모서리에서 공길 인형이 외줄을 탄다.

공길(O.S.)

(a)   아래를 보지 마.

(b)   무서워.

(a)   줄 위라고 생각하면 안 돼.

　　　줄 위는 반 허공이야.

　　　땅도 아니고 하늘도 아닌 반 허공.

두 인형, 외줄을 타듯 병풍 모서리를 경중경중 걷는다.

갑자기 멈춘다.

두 인형 병풍 아래로 사라진다.

인형이 다시 올라온다.

장생 인형의 눈이 칼로 찢겨 있다.

공길(O.S.)

(a)   내 평생 맹인 연기를 하고 살았는데,

　　　막상 진짜 맹인이 되서는 맹인 연기 한번 못 해 보고

　　　죽는 게 정말 한이네.

　　　진짜 제대로 한번 놀 수 있는데 말이요. 허허허.

장생 인형, 병풍 아래로 풀썩 내려간다.

연산, 의아해 쳐다본다.

병풍 밑에서 피가 배어 나온다.

연산 놀라 달려들어 병풍을 거칠게 젖힌다.

쓰러져 있는 공길의 손목에서 피가 흘러나오고 있다.

(jump)*

의관*들 일어나 조용히 문을 닫고 나간다.

공길, 손목에 붕대를 동여 매고 누워 있다.

연산, 공길을 한동안 내려다본다.

연산 일어나 공길에게서 눈을 떼지 못하며 공길로부터 멀어진다.

창호 문에 턱 막힌다.

손을 뒤로 돌려 문을 연다.

문을 빠져나가 휘청거리며 긴 복도를 따라 걸어간다.

〔한국영상정보원 2005〕

• jump 점프 컷. 두 장면 사이의 부자연스러운 절단을 의미하며, 연속성이 없는 두 장면을 붙이는 편집 방식.
• 의관(醫官) 조선 시대에, 내의원에 속하여 의술에 종사하던 벼슬아치.

2장

대사와 행동

대사와 행동에 대하여

드라마나 영화를 본 후 그 작품이 오랫동안 기억에 남았다면 그 이유는 무엇일까요? 줄거리가 훌륭해서일 수도 있고 배우의 연기가 좋아서일 수도 있습니다. 인물의 멋진 '대사'나 의미 있는 '행동'이 인상적이어서 기억에 각인되는 경우가 더 많을 것 같기도 합니다. 드라마 「그들이 사는 세상」에서 "이해할 수 없기 때문에 우린 더 얘기할 수 있고, 이해할 수 없기 때문에 우린 지금 몸 안의 온 감각을 곤두세워야 한다. 이해하기 때문에 사랑하는 건 아니구나. 또 하나 배워 간다." 같은 대사나, 영화 「죽은 시인의 사회」에서 교사가 학생들과 함께 책상 위로 올라가는 행동은 오랫동안 기억에 남아 그 작품의 감동을 간직하게 합니다.

이렇듯 대사와 행동은 극에 대한 느낌과 기억을 만드는 중요한 요소가 됩니다. 그러나 무엇보다도 대사와 행동이 가지는 가장 큰 의미는 그것이 극을 이끌어 가는 뼈대라는 것입니다. 극과 같이 사건이나 갈등으로 흥미를 유발하는 소설을 읽을 때 여러분은 작가의 의도를 어떻게 알아차리나요? 등장인물의 말이나 행동을 통해서도 알 수 있지만 작가의 대리인 즉 서술자의 안내가 중요한 역할을 할 것입니다. 그런데 극은 서술자가 없어 등장인물의 대사나 행동을 통해서 주제를 파악해야 합니다. 그럼 대사에는 어떤 종류가 있고, 행동은 어떤 특징이 있는지 알아봅시다.

극의 대사에는 독백, 대화, 방백, 침묵 등이 있습니다. 독백은 인물이 혼자 하는 말이지요. 본인과 소통하는 자기 내면의 소리이며, 자기 분열, 마음의 갈등, 욕구 등을 표현할 때 쓰입니다. 대화는 등장인물들이 주고받는 말로 극에 가장 많이 등장하는데, 인물 간의 관계와 태도를 표현하고 사건을 전개하고 행동을 설명하는 기능을 합니다. 방백은 등장인물이 무대 위의 다른 인물에게 들리지 않는다는 '연극적 약속' 하에 관객에게 직접 전달하는 대사인데, 인물의 의도, 견해, 다짐 등을 드러내거나 진행 중인 사건이나 행동을 평할 때 쓰입니다. 때로는 극에서 침묵이 중요한 대사의 역할을 하기도 하지요. 대화 상황에서 아무 의사도 표현하지 않지만 그 침묵 속에는 해당 인물의 복잡한 내면 심리가 들어 있습니다.

행동은 등장인물이 무대 위에서 펼치는 표정, 몸짓, 동작 등 모든 의미 있는 움직임을 말하는데 대사와 함께 극을 진행하는 중요한 역할을 합니다. 특히 행동은 극적 상황에서 갈등 관계를 더욱 심화시키거나 긴장감, 위기감을 조성하기도 하고, 갈등을 해소하는 데 기여하기도 합니다. 행동은 극본이나 대본에서 행동 지시문으로 제시되지요. 그러니 이 부분을 읽을 때 그 의미를 생각해 보는 것이 중요합니다. 그럼 실제 작품을 보며 대사에 나타난 의도와 심리, 행동에 담겨 있는 의미를 찾아봅시다.

어디서 무엇이 되어 만나랴

최인훈(1936~) 소설가. 함경북도 회령에서 태어나 6·25전쟁 중에 월남함. 서울대 법대를 중퇴하고 1959년 소설가로 등단함. 남북한의 이데올로기를 동시에 비판한 문제작 『광장』을 비롯해 『총독의 소리』 『화두』 등 많은 소설을 펴냄. 희곡 「옛날 옛적에 훠어이 훠이」 「어디서 무엇이 되어 만나랴」 등이 있음.

막이 오르면 밤.

온달 등장.

두리번거리면서 무대 가운데로 나온다.

약한 조명이 한 줄기 위에서 온달의 몸 하나만 밝히면서 그와 움직임을 같이한다.

쭈그리고 앉아서 생각에 잠긴다.

짐승들 우는 소리 가끔 들린다.

다시 일어나 조심스럽게 발을 옮기며 여기저기 걸어 본다.

다시 쭈그리고 앉는다.

생각한다.

하늘을 쳐다보며 무엇인가 생각해 내려고 애쓰는 온달.

다시 일어나 아까와 같은 모양으로 둘레를 걸어 본다.

낙심해서* 다시 주저앉는다.

짐승들 우는 소리.

하늘을 쳐다보며 무엇인가 생각해 내려고 애쓰는 온달.

---

* 낙심(落心)하다 바라던 일이 이루어지지 아니하여 마음이 상하다.

손가락으로 허공을 더듬으면서 기억 속에 있는 길을 더듬어 본다.

자신을 얻었는지 일어난다.

여기저기 걸어 본다.

완전히 지쳐서 털썩 주저앉는다.

짐승 우는 소리.

바람 소리.

온달의 머리 위에서 비추던 단 하나의 조명이 꺼진다.

사이.

바람 소리.

작은 빛이 무대 안쪽에 켜진다.

온달 그 앞으로 걸어간다.

온달 여보십시오.

사이

온달 여보십시오.

사이

소리 이 밤중에 누구십니까?

온달 네, 지나가는 나무꾼이올시다.

대문이 열리며 초롱˚을 든 여자가 나타난다.

여자 나무꾼이 왜 이런 밤중에…….

온달 네. 실은…….

여자 아무튼 이리로…….

암전,* 방 안

온달 엉거주춤 서 있다.

여자 자, 이리로…….

온달 아니올시다. 소인은 헛간 같은 데서 머물러 있다가 밝는 날 물
러가겠습니다.

여자 자리가 불편해서 그러십니까? 워낙 산속이라…….

온달 아니지요. 그런 것이 아니라…….

여자 요기*를 하셔야겠지요?

온달 아닙니다.

여자 요기를 하셨습니까?

온달 아니……. 저…….

여자 (웃으며 기다린다.) …….

온달 저…….

여자 네?

온달 (허리에 찬 요깃거리를 풀면서) 냉수나 한 그릇 주시면 요깃거
리는 여기…….

• **초롱** 등(燈)의 하나인 '등롱'을 달리 이르는 말. 등롱 안에 주로 촛불을 켜기 때문에 붙여진 이름이다.

• **암전(暗轉)** 연극에서, 무대를 어둡게 한 상태에서 무대 장치나 장면을 바꾸는 일.

• **요기(療飢)** 시장기를 겨우 면할 정도로 조금 먹음.

여자, 나간다.

온달, 두리번거린다.

한참 후에 여자 음식상을 들고 들어온다.

여자 자, 이리로……

온달 (황송해하면서 앉는다.)

여자 산속 음식이라 별것이 없습니다.

온달, 먹는다.

거북하고 서툰 몸짓.

여자 어쩌다 이렇게 늦으셨습니까?

온달 네, 저는 온달이라구 합지요. 나무도 하고 사냥도 합니다. 실은
오늘 제가 놓은 덫을 보러 가던 길입니다.

여자 덫을 놓았습니까?

온달 네, 대개 짐승들은 밤에 걸리는데 아침결에 호랑이라든지 이리
같은 것들이 덫에 걸린 짐승을 채어 가는 적이 많습죠. 그래서
밤사이에 가까운 바위 굴에서 지내다가 새벽 일찍이 거두러 가
는 것입죠.

여자 네, 그리로 가시는 길이군요.

온달 네, 그런데 (밥을 먹으면서 띄엄띄엄) …….

여자 …….

온달 길을 잃었습지요.

여자 늦게 떠나신 게로군요?

온달 아니…….

여자 ⋯⋯.

온달 그런 것이 아니라⋯⋯.

여자 ⋯⋯.

온달 아무리 늦어도⋯⋯.

여자 ⋯⋯.

온달 눈 감고도 아는 길인데⋯⋯.

여자 ⋯⋯.

온달 오늘은 웬일인지⋯⋯.

여자 ⋯⋯.

온달 길은 잘못 들어서

여자 (웃는다.) ⋯⋯.

온달 여기가 어딘지⋯⋯?

여자 내일 밝는 날에 보시면 아시겠지요.

온달 네.

여자 사냥은 덫으로만 하십니까?

온달 아니지요.

여자 활이나, 또 창으로?

온달 네.

여자 호랑이도 잡습니까?

온달 잡은 것이 아니라⋯⋯.

여자 호랑이는 아직 못 잡아 보셨나요?

온달 아니지요, 한 번 만났지요.

여자 그래서요?

온달 그놈이 죽었지요.

여자 어째서요?

온달 제가 그만…….

여자 ……?

온달 부둥켜안고 뒹굴다가 한참 만에 보니, 죽었더군요.

여자 (웃으며) 잡으셨군요.

온달 아니, 네, 그놈이 죽었지요.

여자 그럼 돈을 많이 버시겠습니다.

온달 무슨 돈을…….

여자 짐승을 그렇게 많이 잡으시니…….

온달 얼마 돼야지요.

여자 성안에서 팔겠군요?

온달 네.

여자 (온달의 손목을 가리키며) 그 손의 상처는?

온달 네, 아까 낮에…….

여자 짐승에게?

온달 아니, 나무를 자르다가…….

여자 나무를……. (신음한다.)

온달 (숟갈을 놓으며) 어디…….

여자 (고개를 들며) 괜찮아요. 조금…… 드세요.

온달 됐습니다.

여자 아닙니다. 다 잡수셔야 제가 즐겁습니다.

온달 (다시 숟갈을 든다.) …….

여자 어떤 나무를…….

온달 네, 큰 고목을 잘랐습죠.

여자 그 나무 얘기를 좀 해 주세요.

온달 큰 고목이었습죠.

여자 (애써 웃으며) 그래요?

온달 네.

여자 그래, 집에는 처자들도 있습니까?

온달 어머니뿐입니다.

여자 그럼 아직 장가를 아니 드셨습니까?

온달 네.

여자 평양성은 큰 성이지요.

온달 네.

여자 그런 성안에서 사는 사람들이 부럽지 않습니까?

온달 소인이 할 일이 있어야지요.

여자 왜요, 그만큼 일하시면 어디선들 못 살겠습니까?

온달 소인은 나무하기와 사냥밖에는 모르니, 산을 떠나서 살 수 있겠습니까?

여자 그래도 성안에는 재미있는 구경거리도 많고 할 터인데…….

온달 그러나 제 어머니가 거기서는 못 사십니다.

여자 (끄덕이며) 착하셔라…….

온달 …….

여자 그만 드십니까?

온달 배불리…… 먹었습니다…… 이렇게…….

여자 네?

온달 이렇게 좋은 음식을 처음 먹습니다.

여자, 상을 들고 나간다.
옷 한 벌을 가지고 나온다.

여자 밤사이 이 옷을 갈아입으십시오.

온달 아니, 소인은…….

여자 사양 마십시오.

여자, 온달을 이끌어 세워 놓은 막(창호지) 뒤로 간다.
창호지에 옷을 갈아입는 그림자.
두 사람 다시 나온다.
온달, 깨끗한 옷으로 갈아입었다.

온달 자, 편히 앉으십시오.

여자, 다시 나갔다가, 거문고를 들고 나옴.

여자 곧 주무시렵니까?

온달 네, 저…….

여자 괜찮으시다면 제가 거문고 몇 가락 바칠까 합니다.

온달 네.

여자, 거문고를 탄다.
알맞을 국악 한 곡.
곡이 끝났다.
바람 소리.
사이.
짐승 소리.

여자 맘에 드셨습니까?

온달 (꿈에서 깨듯) 네, 소인은…… 장에 가면 날라리 패들이 풍악을 잡히고 노는 것을 봤습지요만…….

여자 네?

온달 이렇게 잘하지는 못하더이다.

여자 그래요? (웃음) 자주 들으셨습니까?

온달 웬걸요.

여자 왜요? 돈을 받습니까?

온달 아니지요. 풍악을 듣는 사이에 장바닥의 망나니*들이 모피를 훔쳐 갔습죠.

여자 저런…….

온달 그다음부터는 가까이 가지를 않았습지요.

여자 저런……. (생각에 잠긴다.) …… 고단하시지요?

온달 아닙니다.

여자 그러시다면, 곡조야 대접 못 하겠습니까?

다시 한 곡조.
창호지에 어리는 그림자.
거문고를 타는 구렁이 한 마리.

여자 온달 님.

온달 네.

여자 저 바람 소리가 들리십니까?

* 망나니 언동이 몹시 막된 사람을 비난조로 이르는 말.

온달 (귀를 기울인다.) 네.

여자 온달 님이 들으신 이 곡조는 저 바람 소리입니다.

온달 …….

여자 바람 소리, 천지사방으로 다니면서 이야기를 듣고 다니는 저 바람 소리를 여기다 담았지요. (거문고 줄을 튕긴다.)

온달 …….

여자 온달 님.

두 사람 마주 본다.

오랜 사이.

두 사람 일어난다.

손을 잡는다.

창호지 뒤로 들어간다.

자리에 드는 두 사람의 그림자.

누운 그림자.

점점 어두워지면서 하늘에서 떨어지는 꽃잎이 눈송이처럼.

거의 다 어두워진 무대.

아침 햇살이 푸른 기운이 희미하게 비치면서 창호지에 어리는 구렁이의 그림자.

소리 듣거라. 나는 하늘님을 모시던 하늘의 딸인데 실수가 있어서 이 산에서 대죄하던* 중, 이번에 용서함을 받고 다시 내 나라로 가게 되었다. 하늘의 심부름꾼이 늙은 소나무에 내리고 나는 거

---

* 대죄(待罪)하다 죄인이 처벌을 기다리다.

기서 그를 맞아, 승천하기로° 된 것이었다. 그 나무가 바로 네가 어제 낮에 찍어 넘긴 그 노송°이다. 천 년에 한 번 있는 그 나무를 잃은 나는 이제 천 년을 또 기다려야 한다. 비록 네가 알고 한 일이 아니로되 이 한을 어찌 풀랴. 다만 네 살과 뼈를 먹는 것만이 그 아득한 세월을 견딜 힘을 줄 것이니 너는 과히° 원망 말라. 나도 네가 억울함을 아는즉, 너와 더불어 하늘의 즐거움을 누렸다. 너는 과히 원망 말라.

온달 아씨, 소인이 비록 무식하나 은혜를 어찌 모르며, 몰랐다고는 하나 아씨에게 끼친 화를 어찌 모른다 하겠소. 아씨 말대로 천한 몸이 하늘의 복을 누렸으니 어찌 죽음인들 마다하겠소. 다만 소인에게 늙은 어머니가 계신즉 한 가지 걱정일 뿐이오.

소리 아뿔싸, 그 일을 몰랐구나. (사이 바쁘게 몰아쉬는 숨소리.) 원래 내가 그대를 해치려 함도 아니고 그대 또한 알고 한 일이 아닐뿐더러 비록 짧기는 하나 더불어 하늘을 안 사이인지라 나도 그대를 살리고 싶다. 다만 우리 족속°의 법이 해침을 받으면 반드시 돌려주는 것인즉, 이 일이 어렵구나. 한 가지 방편은 있으니, 만일 하늘의 뜻이면, 내 말이 끝나자마자 앞산에 있는 빈 절간°에 걸린 종이 세 번 울리면 그때는 그대는 살리라.

● 승천(昇天)하다 하늘에 오르다.
● 노송(老松) 늙은 소나무.
● 과(過)히 정도가 지나치게.
● 족속(族屬) 같은 문중이나 계통에 속하는 겨레붙이.
● 절간(間) '절'을 속되게 이르는 말.

사이.

쿵하고 울려오는 종소리.

또 한 번.

다시 한 번.

고개를 수그리고 앉은 여자의 그림자.

일어나 앉은 온달의 그림자.

두 사람 칸막이를 돌아 나온다.

아까처럼 마주 앉는다.

말없이.

사이.

바람 소리.

짐승 소리.

여자 온달 님.

온달 ……．

여자 제가 무섭습니까?

온달 (고개를 젓는다.) ……．

여자 온달 님은 하늘이 아시는 분. 두려워 마십시오.

온달 (고개를 젓는다.) ……．

여자 ……．

온달 인제 날도 밝았으니, 저는 이만 물러가겠습니다. (일어난다.)

여자 (같이 일어서면서) 온달 님, 가지 마십시오.

온달 ……．

여자 온달 님.

온달 집에서 어머니가 기다리십니다.

여자 …….

온달 이 길은 늘 다니는 길이니 다시 들르지요.

여자 정말이십니까?

온달 …… 아씨 …….

온달, 방에서 나와 신을 신는다.
대문 쪽으로
낭자˙ 뒤따른다.

온달 (문간에서) 그럼.

여자 (마주 본다.) 가지 마십시오. 온달 님!

온달 (돌아서서 뒷걸음질로 문간을 나간다.)

암전.
앞산에 있는 절간 종각.
온달 등장.
종각에 붙은 계단은 무너져 내렸다.
기둥 모서리를 잡고 솟구쳐 누상˙에 오르는 온달.
마루에 쓰러져 있는 노파.
들여다보는 온달.
와락 달려들어 일으켜 안는다.
머리가 피투성이가 된 시체.

● 낭자(娘子) 예전에, '처녀'를 높여 이르던 말.
● 누상(樓上) 다락집의 위.

암전.

어둠 속에서 온달의 부르짖음.

오마니!

암전.

동굴에서 벌떡 깨어나 앉는 온달.

새벽녘.

두리번거리면서 무대 가운데로 나온다.

약한 조명이 한 줄기 위에서 온달의 몸 하나만 밝히면서 그와 움직임을 같이한다.

쭈그리고 앉아서 생각에 잠긴다.

짐승들 우는 소리 가끔 들린다.

다시 일어나 조심스럽게 발을 옮기며 여기저기 걸어 본다.

다시 쭈그리고 앉는다.

생각한다.

하늘을 쳐다보며 무엇인가 생각해 내려고 애쓰는 온달.

다시 일어나 아까와 같은 모양으로 둘레를 걸어 본다.

낙심해서 다시 주저앉는다.

짐승들 우는 소리.

하늘을 쳐다보며 무엇인가 생각해 내려고 애쓰는 온달.

손가락으로 허공을 더듬으면서 기억 속에 있는 길을 더듬어 본다.

자신을 얻었는지 일어난다.

여기저기 걸어 본다.

완전히 지쳐서 털썩 주저앉는다.

짐승 우는 소리. 바람 소리.

온달의 머리 위에서 비추던 단 하나의 조명이 꺼지고. 밝은 조명.

온달 (멍하고 섰다가) 꿈…….

잠시 그대로 섰다가

온달 (먼 데를 보며) 오마니! (짧고, 두려움에 떠는 목소리.)

소스라치듯 몸을 날려 퇴장.

온달의 통나무집 약간 넓게 잡은 마당.
오른쪽에 문이 난 울타리가 집을 둘러싸고 있다.
여름.
저녁 무렵.
울타리에 짐승 가죽을 널어놓았다.
방문은 열려 있고 아무도 없는 텅 빈 무대.
뻐꾸기 소리.
뒷산에서
사립문°으로 대사와 공주 등장.

대사 (공주를 안내하며 마당에 들어선다.) 여기서 잠깐 쉬어 가시지요.
공주 (말없이 마당에 들어선다.)
대사 아무도 없는 모양인가. 이쪽으로. (공주를 툇마루로 인도한다.
　　　공주 마루에 걸터앉는다. 삿갓을 쓰고 승복으로 차렸다.) 늘 지

° 사립문 사립짝을 달아서 만든 문. '사립짝'은 나뭇가지를 엮어서 만든 문짝.

나다니는 집이라 허물이 없습니다. 멀리 가지 않았을 테니 목이
나 축이고 가십시다.

공주 (잠깐 사이를 두고) 예까지 왔으니 갓을 벗어도 되겠지요?

대사 벗으시고 땀을 들이십시오. 불편한 걸음을 용케 견디셨습니다.
(공주, 갓을 벗는다.) 이 근처에는 소승˚의 암자˚와 이 집밖에는
없으니 염려하실 것 없습니다.

공주 그런 데다 나를 가두게 되었으니 대사도 인제 마음이 놓이시겠
지요?

대사 다 공주님을 생각해서지요.

공주 이 산속에 생으로 묻어 버리는 것이 위하는 것이군요.

대사 때가 되면 돌아가시면 됩니다.

공주 때가…….

대사 그렇지요. 모든 것에는 때가 있습니다. 때를 거역하시면 안 됩니
다. 참는 사람은 이기고 그렇지 못한 사람은 자기와 남을 함께
망칩니다. 공주님을 이곳으로 보내는 부왕˚의 가슴이 어떻겠습
니까? 다 때를 거스르지 않기 위함이지요. 또 이렇게 되고 보니
말씀이오나 생활은 평양성에만 있는 것도 아니요 궁궐 안에만
있는 것도 아니올시다. 몸을 담는 곳을 보지 말고 마음속에 뜻
을 가지면 하늘과 땅 사이에 원래 내 집 아닌 곳이 없습니다.

공주 내 집을 두고 하필 다른 집을 찾을 것이 무엇인가요?

대사 또 그 말씀이시군요. 잘 알아들으셨기에 소승을 따라 이곳까지

˚ 소승(小僧) 승려가 자기를 낮추어 이르는 일인칭 대명사.

˚ 암자(庵子) 큰 절에 딸린 작은 절. 또는 도를 닦기 위하여 만든 자그마한 집.

˚ 부왕(父王) 왕자나 공주가 자기의 아버지인 임금을 이르던 말. 또는 다른 사람이 왕자나 공주의 처지에서
아버지인 임금을 이르던 말.

오신 것이 아닙니까?

공주 대사가 너무 무서운 소리를 하길래 아버님을 생각해서 그런 것이지요.

대사 소승이 지어낸 이야기가 아닙니다. 만일 공주께서 그대로 성에 머물러 계시면 골육상쟁*은 피할 길 없이 되어 있습니다.

공주 분해요.

대사 참으셔야 합니다.

공주 왜 내가 참아야 하나요?

대사 아버님을 위하셔야지요. 그리고 이 나라의 백성을 위해서지요.

공주 아무것도 안 하고, 제 집에 제 부모 곁에 있겠다는 사람이 쫓겨 나야 하고, 무서운 음모를 꾸미는 사람들에게 자리를 내주어야 합니까?

대사 평화를 위해섭니다.

공주 항복이에요.

대사 이긴 것입니다. 참는 사람이 이긴 것입니다. 백성을 사랑하는 사람은 늘 져야 합니다. 자기가 이기고자 하면 백성이 괴로움을 당해야 합니다. 그러니 져야 합니다.

공주 그 얘기를 왜 오라버니한테 못 하십니까? 대사가 그토록 아끼는 그 훌륭한 제자한테 말예요.

대사 할 수가 없었지요.

공주 없다니요.

대사 왕자의 자리를 버리고 출가하고* 싶다고 저에게 상의하시더군요.

---

* 골육상쟁(骨肉相爭) 가까운 혈족끼리 서로 싸움.
* 출가(出家)하다 번뇌에 얽매인 세속의 인연을 버리고 성자(聖者)의 수행 생활에 들어가다.

공주 …….

대사 그분이 좋아서 하시는 일이 아닌 것을 아시지 않습니까?

공주 자기가 정말 싫으면 어떻게 해요? 알 수 없어요. 그 속을…….

대사 만일 그렇다면 소승이 이렇게 애를 태울 일이 무엇입니까? 왕 자님의 심정은 누구보다 소승이 잘 알고 있습니다. 소승이 만류 한˚ 것이지요. 출가의 뜻을 버리는 것이 이 경우에는 참다운 출 가라고요. 보살˚을 남 먼저 건너게 하고 자기는 남았다 맨 나중 에 건너가겠다는 것이니, 이 나라에 매인 인연을 제 혼자 벗어 버리려는 것은 부처의 길이 아니라고요.

공주 …….

대사 그러니 (기척이 나는지 사립문께를 본다. 공주, 삿갓을 집어 쓴 다. 대사, 아니라고 손짓으로 말리면서) ……그러니 괴로운 것 은 공주님만이 아닙니다. 저 성안에서 바늘방석에 앉아 있는 모 든 사람을 생각하면 오늘부터의 생활이 그리 끔찍한 것이 아니 라는 말이지요.

공주 언제까지 여기서 기다려야 하나요?

대사 아무도 모릅니다.

공주 모두 내가 속은 거예요. 나를 쫓아내구 자기들만 편하려구 제 일 약한 나를 몰아낸 거예요.

대사 아버님 약속을 잊으셨습니까?

공주 그게 무슨 약속이 됩니까? 기약˚은 할 수 없으나 부를 날이 있 으리라. (벌떡 일어서며) 모두 그 여우가 꾸민 짓이야.

˚ 만류(挽留)하다 붙들고 못 하게 말리다.
˚ 보살(菩薩) 위로 깨달음을 구하고 아래로 중생을 제도하는 불교의 이상적 수행자.
˚ 기약(期約) 때를 정하여 약속함. 또는 그런 약속.

대사 과하십니다.

공주 뭐가 과해요. 죄 없는 나를 아버지 곁에서 떼어 내서 일생을 비구니°로 보내게 꾸민 사람은 그럼 뭐라 해야 옳습니까? 내가 무얼 잘못했다는 겁니까? 내가 경솔하게 떠나왔나 봐요. 아버님의 그럴듯한 얘기에 홀려서.

대사 그렇지 않습니다. 자, 고정하십시오. (공주 앉는다.) 아무도 공주님께서 잘못하셨다고는 않습니다. 그러나 공주님께서 궁내에 계시면 공주님을 업고 제 속셈을 차리자는 무리들이 필시 일을 저지르게 되고 그렇게 되면 어머님께서는 가만있지 않을 테니 급기야 골육°이 서로 다투는 일이 될 것입니다.

공주 어머님만 살아 계셨어도……

대사 어머님께서는 훌륭한 비구니였습니다.

공주 비구니라뇨?

대사 출가해서만이 비구니가 아니지요. 그분은 세간°에 있으면서도 부처님의 제자였으니까요. 공주님께서 출가하시게 된 것도 모두 인연이겠지요.

공주 몰라요. 무슨 인연이에요. 저만 살겠다는 사람들 때문에 희생이 되는 것뿐인데 제가 무슨 뜻이 있어서 오는 길인가요?

대사 뜻보다 더 큰 것이 인연이요, 업°이지요. 공주님의 이 걸음을 위해 과거 모든 부처와 삼천° 세계의 준비가 있었다고 생각하십시

· 비구니(比丘尼) 출가하여 구족계를 받은 여자 승려.
· 골육(骨肉) 부자, 형제 등의 육친.
· 세간(世間) 세상 일반.
· 업(業) 미래에 선악의 결과를 가져오는 원인이 된다고 하는, 몸과 입과 마음으로 짓는 선악의 소행.
· 삼천(三千) 불교 천태종에서, 모든 만물을 통틀어 이르는 말.

오. 가만있자, 이 집 사람들이 어디로 갔을까. (부엌으로 들어간다. 공주, 일어서서 울타리 쪽으로 간다. 널어놓은 짐승 가죽을 둘러본다. 대사 물그릇을 들고 부엌에서 나오다가 짐승 가죽을 구경하고 선 공주를 보고 빙긋 웃는다. 곁에 와서) 자, 목을 축이십시오.

공주 (받아 마시고) 이게 호랑이가 아닙니까?

대사 그렇습니다.

공주 이걸 어떻게 잡았을까요?

대사 맨손으로 잡았다더군요.

공주 맨손이라뇨?

대사 산에서 맞부딪쳐서 사람이 이기고 짐승이 져서 이렇게 된 것이지요.

공주 그럴 수가…….

대사 호랑이가 재수가 나빴지요.

공주 이 이빨 (호랑이의 입께를 가리키며) 대력° 장군보다 힘세군요.

대사 글쎄요. 하긴 대력 장군은 아직 호랑이를 맨손으로 잡았다는 얘기는 없으니깐요.

공주 그 뚱뚱한 뱃속에는 술과 나쁜 꾀만 가득 차 있을 텐데 무슨 힘을 쓸라구요.

대사 …….

공주 이건 뭐예요?

대사 곰입니다.

공주 이게 곰이에요? 우스운 얼굴이군요. 이건?

° 대력(大力) 대단히 강한 힘.

대사 (들여다보며) 여우군요.

공주 어쩜, 닮았어…….

대사 네?

공주 닮았다구요.

대사 닮다뇨?

공주 아버님 곁에서 치마를 두르고 관을 쓰고 있는 여우하고 닮았다
니깐요. (여우 머리를 손가락으로 친다.)

대사 공주님의 그 성미가 여러 사람에게 두려움을 준 겁니다. 세상과
맞서는 마음을 버리십시오.

공주 이 집 주인이 사냥꾼이군요.

대사 그렇지요. 사냥도 하고 농사도 짓고 그렇지요.

공주 짐승을 이렇게 많이 잡으니 돈도 많고 잘살겠죠?

대사 허허 (집을 돌아보면서) 잘살면 이렇게 살겠습니까?

공주 (자기도 돌아보며) 정말 이렇게 사냥을 많이 하는데…….

대사 공주님, 이 짐승을 하루에 잡는 줄 아십니까? 호랑이를 매일 만
나는 줄 아십니까? 이 호랑이도 억지로 잡는 것이지요.

공주 억지로?

대사 그렇습니다.

공주 그게 무슨 말입니까?

대사 누가 호랑이 만나기를 좋아하겠습니까? 만났으니 맞붙었고 맞
붙다 보니 이놈이 이 지경이 됐겠죠.

공주 그래도 호랑이를 잡지 않았어요?

대사 잡은 게 아니라 잡힌 거죠.

공주 난 그런 말이 싫어요. 오라버님도 꼭 그런 투로 얘기해요. 어머
니를 말리는 것도 아니고 안 말리는 것도 아니고……. 오라버니

한테 달렸는데 남들 손에 주물럭거려지는 걸 내버려 두고, 그래서 모든 일이 이렇게 된 거예요. 오라버님은 어머니가 대력 장군이 하는 일을 알면서도 말리려 들지 않아요. 그러니까 싫지 않은 거예요. 그러니까 자기가 원한 거예요. 사실 간단한 일을 가지고 내가 속았어요. 난 어머니 생각을 하면 분하고 오라버니 생각을 하면 불쌍했어요. 그래서 내가 지기로 한 건데 지금 생각하면 또 그렇지 않은 것 같아요. 오라버니가 제일 나쁜 것 같아요.

대사 공주님.

공주 아니에요. 호랑이를 잡았으면 그 사람은 장사예요. 대력 장군보다 더 용맹한 장사예요. 그걸 억지로 잡았다는 게 무슨 말이에요. 대력 장군보다 더 뛰어난 장수예요. 그 뚱뚱보보다도…….

대사 그런데 사람들은 바보 온달이라고 하지요.

공주 (놀라며) 뭐라구요.

대사 바보 온달이라구요.

공주 (감동한 듯 잠깐 사이) 어쩌면, 이게 바로 온달 집인가요? 정말?

대사 (놀라며) 온달을 아십니까?

공주 (혼자 감동해서 집을 둘러보고 왔다 갔다 하면서) 알 만해요. 대사님의 그 인연이니 업이니 한 이야기가…….

대사 온달을…….

공주 알고말고요. 아주 옛날부터, 아주 옛날부터, 그땐 어머니도 계셨죠. (갑자기 낯을 가리고 흐느낀다.)

대사 (당황해서) 공주님.

공주 (흐느낀다.)

대사 어쩐 일이십니까, 갑자기…….

공주 (낯을 들고 웃으며) 괜찮아요. 옛날 생각이 나서……. 어렸을 때 제가 울보였대요. 그래서 아버님이 저를 안고 마루에서 어르시면서 자꾸 울면 바보 온달에게 시집보낸다고 하셨죠. 그러면서 멀리 산을 가리키면서 저 멀리 저 산속에 사는 바보 온달에게 시집을 보낸다고. 그게 봄이었겠죠. 마루에서 저를 안고 계셨으니. 지금은 헐린 낙랑 못가에 있던 정자였는지도 몰라요. 여름인지도 모르겠군요. 새들이 우는 소리도 들리던 것 같아요. 그러면서 뽀얀 먼 산을 가리키면서 저기 사는 바보 온달에게 시집보낸다고. 그러면 왜 그리 무섭던지. 아아 그 집에, 온달네 집에 내가 와 있다니, 이상하잖아요, 네? 대사님.

대사 나무아미타불.

공주 이상한 생각이 들어요. 이 집 울타리, 저 절구, 그렇지, 물레두 저 자리에 있구. 울타리, 그래요. 난 예전에 여기 와 봤어요. 분명히 이것도 (짐승 가죽을 쓰다듬으며) 곰, 다 본 적이 있어요. 우스운 꼴을 한 이 곰, 처음 봤을 때 이 곰의 낯이 우스웠던 걸 알겠어요. 그때도 우스웠거든요. 그 생각이 난 거예요. (소리 내어 웃는다.) 꿈속에 와 본 것이겠죠? 그런데도 이렇게 생생할 수 있을까요?

대사 부모미생전의 소식도 듣는다고 하니…….

공주 부모미생전? 아니 그땐 어머니 생전*이에요

대사 (웃으며) 부모가 태어나기 전에 우리가 있던 곳을 보는 것이 부처의 힘이란 말이지요.

공주 부모가 태어나기 전에 내가 어디 있었나요?

• 생전(生前) 살아 있는 동안.

대사 미움도 슬픔도 없는 곳이지요.

공주 토끼!

토끼 한 마리가 마당을 가로질러 사라진다. 뻐꾸기 소리 뒷산에서.

공주 뻐꾸기. 저 소리도 들은 적이 있어요.

대사 자, 그럼 가 보실까요. 이 집 식구들이 무관˚은 하지만 다행히 만나지 않았으니 오히려 잘되었습니다.

공주 가요? (낯빛이 흐려진다.) 좀 더 있다가 가요. 쉬고 있자니 또 걷기가 대근해요.˚

대사 쉬엄쉬엄 가십시다.

공주 한번 가면 실컷 살 곳인데 서두를 것이 뭐예요. (마루에 가 앉는다.)

대사 (따라가서 곁에 선다.)

공주 바보 온달은 어떤 사람인가요? 바본가요?

대사 (웃으며) 어떤 사람이 바본가요?

공주 (깔깔 웃는다.) 바보가 바보죠.

대사 글쎄, 공주님께서 이곳에 와 보셨다니 온달도 보셨을 것이 아닙니까?

공주 (눈을 흘기며) 나를 골리는군요. 좋아요. 키는 9척 같구…….
모르겠군.

대사 곰의 대가리는 생각나시는데 사람의 얼굴은 생각이 안 나신다?

˚ 무관(無關) 관계나 상관이 없음.
˚ 대근하다 견디기가 어지간히 힘들고 만만하지 않다.

공주 참 이상하지요? 집이며, 그래요. 저것 저 절구까지 생각나는데 사람은 생각이 안 나요. (뻐꾸기 소리) 저 소리도…….

이어 뻐꾸기 소리. 온달의 모친 등장. 대사를 보고 합장.*

대사 쉬고 있습니다.

온모 (갓을 쓴 공주를 보며) 물을 떠다 드릴까?

대사 마셨습니다. (공주를 보며) 동행이 있어서……. 그럼 가 봐야지. (일어선다.)

공주 (움직이지 않는다.)

대사 (도로 앉으며) 좀 더 쉬었다 갑시다.

온모 (부엌에서 나오며) 요기하실 것을 드리리까?

대사 아닙니다. 곧 가야지요.

공주 (일어서서 울타리께를 오락가락한다.)

대사 (다가가서) 공주님.

공주 (갓을 눌러쓰며) 이러구 있는데 어떨라구요. 뒷산을 좀 걷다 오 겠어요. 그편이 좋겠지요?

대사 그럴 것이면 가시는 길에 얼마든지 쉬고 가실 데가 있는데…….

공주 (대꾸 없이 사립문을 나간다. 퇴장.)

대사 (잠깐 그쪽을 보고 섰다가 마루에 가 앉는다.) 온달은 산에 갔 습니까?

온모 네, 오늘 두 번째 갔답니다.

대사 두 번째?

* 합장(合掌) 두 손바닥을 합하여 마음이 한결같음을 나타냄. 또는 그런 예법.

온모 산에 덫이 있지요. 저 너머. 덫을 보러 갈 때는 산에서 자지요.

대사 산에서?

온모 네. 대개 짐승들이 덫을 놓은 날에 제일 많이 걸리는데 아침에 아무리 일찍 가도 딴 짐승들이 덫에 걸린 놈을 채어 간 뒤끝에 가게 되니까, 아예 가까운 굴에서 밤을 지내다가 새벽같이 가 보는 것이지요.

대사 그럼 오늘은…….

온모 모르지요. 오늘 아침에 그 애가 새벽같이 뛰어와서 하는 말이, (돗자리에 말렸던 옥수수를 거둬들이면서) 아무 일두 없느냐 구 하는군요. 무슨 일이 있겠느냐구 했더니 간밤에 꿈이 뒤숭 숭해서 덫에 가 보지도 않구 달려왔다면서 돌아서 갔지요.

대사 온달은 효자지요.

온모 (옥수수를 소쿠리에 담아 두 번 갈라서 부엌에 나른다. 바가지 에 그 일부를 담아 가지고 나와서 절구에 넣고 찧는다.
사이.
뻐꾸기 소리, 대사, 사립문께로, 그리고 뒷산 쪽으로 동정을 살 피는 몸짓) 오늘은 동행이 계십니다.

대사 (건성으로) 네.

온모 어느 절의 스님이신지? 시중드실 상좌˚신가요?

대사 (마지못해) 아니지요. 지나는 길에 들러 가는 동행이지요.

온모 젊은 스님인가 보던데.

대사 아직 출가한 지 오래지 않아서…….

온모 네?

˚ 상좌(上佐) 스승의 대를 이을 여러 승려 가운데에서 가장 높은 사람.

대사 아니, 저 짐승 가죽이 신기한가 봅니다.

온모 신기할 것두…….

대사 저런 호랑이야 그림에나 볼까 신기할밖에. 나도 저렇게 큰 놈은 처음이외다.

온모 미련한 놈이지요. 저 물건과 어루다니…….

대사 하는 수가 있었겠습니까?

온모 갑자기 길목을 막고 서더라니, 하긴…… 좀체 그런 일이 없었는 데…… 산의 영물˚을 다쳐서 어떨지…… 나무관세음보살…….

대사 제가 길목에 나섰으니 도리가 없는 일이지요. 남에게 살생할 기 연˚을 준 것도 제 놈의 업이지요. (눈을 감고 무슨 생각을 한다. 온모, 무슨 말을 하려다가 눈을 감고 있는 것을 보고 다시 절구 질을 잇는다.

사이. 다시 머리를 들어 대사를 본다.)

대사 (눈을 뜨고) 힘이 드시지요?

온모 네?

대사 힘이 드시지요?

온모 네. 하는 일인데…….

대사 (다시 눈을 감는다. 입속으로 염불˚)

온모 (절구질을 멈추고) 저어…….

대사 (눈을 뜨며) 네?

온모 실은 좀 여쭈어 볼…….

대사 (바라본다.)

˚ 영물(靈物) 신령스러운 물건이나 짐승.
˚ 기연(起緣) 모든 현상이 생기(生起) 소멸 하는 법칙.

온모 꿈이란 게 뜻이 있습니까?

대사 무슨 꿈인데?

온모 아까 온달이 왔을 때 그 얘기를 하고 산에 가는 것을 말릴까 하다가, 공연한 일일 것 같아, 하지 않았는데, 오늘 새벽꿈이지요. 온달이 관*을 썼는데 햇덩이처럼 눈이 부시더군요. 그런데 조금 있더니 그 관에서 피가 흐르지 않겠습니까?

대사 흠!

온모 어찌나 안됐는지. 산에서 혹시 무슨 일이나 없는지 걱정이 돼서 해가 뜨자 저 앞에 나가 기다리고 있자니 그 애가 오더군요. (절굿공이*를 한 번 올렸다 놓는다. 사이.) 보내 놓고 나니 말릴 걸 그랬어요. 무슨 꿈일까요?

대사 뜻이 있을라구요? 없는 마음에 없는 것들이 오며 가며 하는 것이지요.

온모 네?

대사 염려할 것 없습니다.

공주, 사립문에 손을 댄다.

대사 온달이 장가를 들 모양이군요.

공주, 손을 내리고 멈춰 선다.

---

* 염불(念佛) 불경을 외는 일.
* 관(冠) 검은 머리카락이나 말총으로 엮어 만든 쓰개. 신분과 격식에 따라 여러 가지가 있었다.
* 절굿공이 절구에 곡식 따위를 빻거나 찧거나 할 때에 쓰는 기구.

온모 장가를요?

대사 백성이 관을 썼으니 장가를 들 형상이 아닙니까?

온모 제 놈이 어떻게 장가를…….

대사 누가 알겠습니까? 천지의 조화가 온달에게라구…….

온모 그래도 이런 데서 사니 어디서 색싯감을 데려오겠소? 그런데 웬 피가…….

대사 피는 생명이니, 기운이 있어서 좋지요.

온모 그랬으면야. 그래도 그런 길한 꿈이면 왜 그리 끔찍한지…….

대사 모친 모자가 남을 해치는 일 없이 사니 무슨 걱정이 있겠습니까?

온모 그렇긴 하지만……. (절구질)

공주 등장, 사립문께를 거닌다. 대사 다가온다.

대사 떠나실까요?

공주 기왕 늦었는데 신랑이나 보구 가야죠. (웃는다.)

대사 공주님. 귀한 몸을 생각하셔서 조심을 하셔야죠. 한 사람 눈에 라도 덜 띄는 게 좋습니다. 소승 말대로 하십시오.

공주 귀한 몸. 천지간에 있는 목숨 가진 것이 제 둥지 없는 것이 없 는데, 제집에서 쫓긴 이 몸, 나보다 귀하지 않은 게 어디 있을라 구요.

대사 공주님.

공주 글쎄 지금껏 제가 아버님과 대사님 말을 어긴 것이 없으니 제 말도 들어주어요. 옛날 어릴 적에 바보 온달이라면 그저 무섭 고 그런 것이지, 우리처럼 집에서 살고 땅을 밟고 사는 사람이 라고는 생각지 않았던가 봐요. 여기가 온달네 집이라니 꼭 거짓말 같고 꿈같고 옛날얘기만 같아요. 온달을 보기 전에는 믿을 수 없어요. 네, 그러니 온달을 보고 가요.

대사 온달은 호랑이도 아니고 도깨비도 아니고 우리 같은 사람, 그저 나무꾼이죠.

공주 믿지 못하겠어요. 아버님 팔에 안겨 귓가에 듣던 이름. 저 산에 산다던 그 산에 내가 와 있고 그 온달네 집에 내가 와 있다니……. (울먹해진다.)

대사 (뒤를 돌아다보며) 좋습니다. 기다려서 가기로 하지요.

공주 (갓을 추키며 웃는다.) 부모미생전 소식을 듣겠다는데 뭘 그래요?

대사 (할 수 없다는 듯이) 부처님 소식을 아시겠다는 데야 소승이 뭐라 할 리가 있습니까?

공주 그러니까 염려 마요. 예까지 와서 제가 어쩌겠어요?

대사 글쎄요.

공주 어머니하고 둘이 살림인가요?

대사 그렇지요.

공주 이상해요. 궁에서 예까지 나오는 사이에도 앞길이 캄캄하고 걱정이면서도 이런 기분은 들지 않았는데…….

대사 어떤 기분 말인가요?

공주 궁을 떠나 비구니가 된다. 세상이 바뀌는 일인데도 조금도 이상한 생각이 들지 않았어요. 싫고 무섭고 분하고 억울하긴 해도 이상스럽다든지 어리둥절하진 않았어요. 그런데 여기가 온달네 집이란 말을 듣는 때부터 뭐가 뭔지 모르겠어요. 꿈속 같아요. 지금껏 살아온 게 모두 꿈속 같아요. 온달이라는 사람을 보면 다시 제정신이 들지 몰라요. 도깨비를 말로만 듣다가 정작 도깨비를 보여 준다고 누가 그러면 그 사람 기분이 지금 저 같은 거지요. 그때까지 도깨비를 믿던 사람도 아니라구 펄펄 뛸 테지요. 제가 그래요. 지금 꿈속 같아요. 꿈에 본 일을 생시에 그대로 당하면 놀라지 않겠어요?

대사 (독백) 설법[*]이라면 좋은 설법이군.

공주 설법?

대사 아니올시다. 소승의 혼잣소립니다. 아무튼 저리 가서 앉읍시다. (두 사람이 마루에 가 앉는다.)

온달 모, 빨은 가루를 마당에 깐 자리 위에 펴서 말린다.

대사 식량은 과히 염려하시지 않겠어요?

온모 네, 두 식구 입인데……. 그 애가 오죽 부지런합니까? 장가를 들일 때 마련을 하느라구 먹고 남는 걸 좀 모아 두지요. 눈먼 새가 모이 줍는 것이죠. 먹고 남는 게 얼마나 됩니까? 그래도 꽤 장만했나 싶으면, 으레 기다리다가 흉년이 드는군요. 그때마다 도로 까먹구. 꼭 흉년 드는 게 때를 맞춘단 말씀이오. 그러다 보니 아직 떠꺼머리[*]를 못 면하게 했으니 내가 죽을 순들 있나요?

대사 농사가 흉년이라구 짐승도 흉년일까요?

온모 모르시는 말씀. 흉년 드는 해는 짐승들도 흉년인가 봅니다. 어디로들 다 가는 모양인지 짐승 구경을 할 수가 없어요. 농사 안 짓는 것들이 거 웬일인지…….

• 설법(說法) 불교의 교의를 풀어 밝힘.
• 떠꺼머리 장가나 시집갈 나이가 된 총각이나 처녀가 땋아 늘인 머리. 또는 그런 머리를 한 사람.

사립문이 열리며 온달 등장. 송아지만 한 곰 한 마리를 메고 들어
온다.

온모 (일어서며) 인제 오는군.

대사 허, 곰…….

온달 (마당가에 짐승을 내려놓을까 하다가, 뒤뜰로 돌아간다. 온달
　　　모 뒤를 따라간다.)

대사 보셨습니까?

공주 (꿈꾸듯) 저게 온달인가요.

대사 부모미생전 소식이 어떻습니까?

공주 …….

온달과 모친 나온다. 대사를 향해 합장.

대사 저게 걸렸던가?

온달 네.

대사 듣자니 늦어서 갔다던데 그대로 있었군.

모친, 부엌으로 들어간다.

온달 작은 짐승이면 저런 놈들이 채어 가는 것이지만, 저것을 채어
　　　갈 짐승이야 어디 있습니까?

대사 참말 그렇겠군. 저게 웅담*을 빼 팔면 수월찮은 돈이지.

* 웅담(熊膽) 곰의 말린 쓸개.

온달 얼마 됩니까?

대사 이 사람아. 얼마 되다니……. 이즈음 저 중국에서 들어온 약 쓰는 법이 많이 퍼졌는데 녹용과 곰의 쓸개가 으뜸이라더군.

온달 처음 듣습니다.

대사 여태껏은 곰을 잡으면 어떻게 팔았나?

온달 가죽은 모피 다루는 장사치들이 사고 고기는 말려서 양식으로 쓰지요.

대사 흠, 그러면 중국인들이 좋아한다는 곰의 쓸개를 통째로 다 약으로 쓴 것이니 신선놀음이군그래.

온달 곰은 저것 (울타리를 가리키며) 말고는 이게 두 번째입니다.

대사 여태껏?

온달 네, 저놈은 길에서 만나도 제가 피하고, 조심스러워서 덫에 걸리는 일도 드물지요.

대사 내 말대로 하게. 그놈의 쓸개를 꺼내서 약방에 가져가면 모피 값 같은 건 어림도 없을 걸세.

온달 그런 얘기를 들어 본 적이 없어서…….

대사 그럴 것일세. 요즈음에 그쪽에서 건너온 새 처방이라고 하니 혹 널리 알려지지는 않았겠지만, 가만있자. 자네가 가지고 가서는 옳은 값을 받지 못할 것이니 떼어 놓게. 내가 팔아 주지.

온달 네.

대사 들어 보았기로서니 자네가 팔아서는 안 되지. 내가 장사치들한테 그럴싸하게 얘기하면 곰의 쓸개 아니라 돼지 쓸개라도 곧이 들을 테니깐…….

온모 (모친, 부엌에서 나오며) 스님, 있는 것으로 요기를 하시겠습니까?

대사 아닙니다. 우리는 길에서 가지고 온 걸로 요기를 했으니 괜찮습니다.

온모 드릴 것도 없습니다만 (온달에게) 그럼 얘, 시장하겠구나.

온달, 모친을 따라 부엌으로 들어간다.

공주 (일어서서 사립문께로 온다.)

대사 자 가실까요?

공주 가십시오.

대사 네?

공주 저는 가지 않기로 하겠습니다.

대사 그게 웬 말씀입니까? 이제 와서 돌아가시겠다니?

공주 누가 돌아간다고 했나요.

대사 지금 말씀이…….

공주 전 대사님 암자에 가지도 않고 궁으로 돌아가지도 않겠어요.

대사 그럼 어떡하시겠다는 말씀입니까?

공주 여기 있겠어요.

대사 여기라니요?

공주 여기가 여기지요. 이 집에…….

대사 그건 안 됩니다. 출가한 분이 속가°에 계실 수 있습니까?

공주 저는 아직 출가하지 않았어요. 지금 출가하러 가는 길이지요.

대사 그러면…….

공주 내가 부처님의 길에 드는 게 꼭 필요한 것이 아니라 나라는 한

° 속가(俗家) 불교를 믿지 아니하는 사람의 집. 승려가 되기 전에 태어난 집.

몸이 궁에 없으면 될 것이 아니 됩니까?

대사 아니…….

공주 알고 있어요. 내가 출가하여 왕족에게서 떨어져야 한다는 말이
겠지요. 그러니까 지금 그렇게 하려는 것이지요.

대사 소승은 잘 모르겠습니다.

공주 이 집 식구가 되려는 것이지요.

대사 네? 그게 무슨 말씀입니까?

공주 이 집 며느리가 되겠다는 말입니다.

대사 (놀라서 한 발 물러선다.)

공주 대사님, 무얼 놀라십니까? 궁 속에 있던 몸이 산속의 암자에서
세상과 끊는 몸이 된다면 이미 어제까지의 나는 없는 것. 그러
니 내 한 몸을 이래라저래라 할 사람은 없겠지요. 아까부터 나
는 꼭 꿈을 꾸는 것 같았지요. 그 옛날 아버님께서도 온달에게
시집보내신다던 그 말이 이렇게 이루어질 줄이야……. 인연이
요, 업이라고 하셨지요? 이게 인연이요 업이 아니고 무엇입니
까? 하필이면 이 길목에 온달의 집이 있고, 집을 나온 내가 여
기서 발길이 멈춰지다니……. 이제 환해졌어요. 여기가 내 집이
군요. 그래서 그렇게 모두 예전에 보던 물건이군요. 그래요. 내
가 살던 곳이에요. 여기가 아버님 팔에 안겨서 멀리 바라보던
곳. 철없이 무서웠던 건 아마, 그때는 여기 올 길이 익지 못해서
그랬던가 봐요. 길이 없는 데로 보낸다고 하면 무서운가 보지
요? 길이, 이젠 길이 익고 터져서 이렇게 오고 보니 그렇게 편할
수가 없군요.

대사 공주님.

공주 대사님. 반드시 출가해서 출가가 아니라고 하셨지요? 몸을 담

는 곳을 묻지 말고 뜻을 찾으라고 하셨지요. 뜻보다 인연은 더 강하고 업은 피하지 못한다고 하셨지요. 인제 알겠군요. 그리고 또……. (생각한다.) 뭐라 하셨더라……. (생각하다가) 옳지, 호랑이를 잡은 것이 아니라 잡혔다고 하셨지요. 오다가다 만난 것이라구, 그게 인연이라구. 알겠군요. 이렇게 만나는 것을, 그 옛날, 봄날부터 지금까지 만나는 그 길을 걸어온 것을 인제 환하게, 아주 환한 마음이군요. 환한 길 위에 내가 서서, 환한 집에 내가 있어요. 지금껏 내가 믿고 살아온 것이 그토록 허망한 인연인 것을 안 지금 나한테는 그 봄날, 아버님이 둥둥이 치시며* 들려준 이름만이, 그래요. 온달 바보 온달, 그 이름만이 내게 남은 내 몫인 인연이에요. 그것이 울고 싶도록 붙들고 싶은 빼앗기지 않을 나만의 인연이에요. 저 사람들에게 내가 누구라는 것도 얘기하지 말고 며느리를 삼으라고 말해 주세요.

대사 안 될 일입니다.

공주 왜 안 됩니까?

대사 지엄한* 몸을 생각하십시오.

공주 출가한다 함은 모든 소유를 버리는 것. 지엄도 버려야지요. 아니면 지엄만은 가지고 가는 출가도 있는가요?

대사 …….

공주 아무 염려할 것 없습니다. 왕성*에 있던 몸이 비구니가 되게 된 마당에 나는 놀라지 않았는데, 사람이 사람의 집에 살겠다 하는데 그토록 마다하니 알 수 없군요. 자, 나를 이 집에 살게 말

• 둥둥이 치다 어린아이를 둥개둥개 어르다.
• 지엄(至嚴)하다 매우 엄하다.
• 왕성(王城) 왕궁이 있는 도시. 왕도(王都).

쏨해 줘요.

대사 안 될 말씀입니다.

온달 부엌에서 나온다.

공주 그러면 내가 하지요.

대사 공주님.

공주, 온달의 앞에 다가가서 갓을 벗는다. 삭발은 아직 아니다.

온달 (소스라치며) 악……. 당신은, 당신은…….

공주 네, 저는 성안에서 살던 여염집˚ 여잔데, 사정이 있어서 이 대사
님 지시대로 이 집으로 시집을 오게 되었습니다.

온달 (독백) 그 여자다. 꿈에 본 그 여자다.

공주 스님께서 두루 돌아다니며 보시고 저를 이 집으로 인도하신 것
입니다. 저는 일찍이 신수˚를 보는 용한 사람의 말이, 올해 부모
곁을 떠나 길 떠난 첫 집에 몸을 의탁하라˚ 했는데 바로 이 집
이 그 집이군요. 다행히 스님이 잘 아시는 터이니 저를 의심하
실 것도 없으시겠으니 부디 갈 데 없는 이 몸을 거두어 주시면
정성으로 두 분을 모실까 합니다.

온달 모, 부엌에서 나와 멍하니 마주선다.

• 여염(閻閻)집 일반 백성의 살림집.
• 신수(身數) 한 사람의 운수.
• 의탁(依託)하다 어떤 것에 몸이나 마음을 의지하여 맡기다.

공주 (모친을 향해) 어머님, 어머님을 모시게 해 주십시오.

온모 (대사를 향하여) 꿈이, 꿈이…….

대사 (세게 고개를 저으며) 아닙니다. 좀 사정이 있는 일이오나 이 댁에 계실 분이 아닙니다.

온모 글쎄, 보아하니…… 그런 것 같은데…….

주먹 쥔 두 손을 가슴에, 뒤로 몸을 피하듯 하며 두려운 듯 공주를 주시한다.

공주 아닙니다. 어머니, 스님께서 하시는 말씀은 이 집이 살림이 넉넉지 못하다 하시는 것으로 저를 위한 말씀이오나, 제가 바라는 것은 그런 것이 아닙니다. 기왕 팔자를 따르라는 이 몸을 되레 이렇게 오는 이, 가는 이 없는 곳에 살고 싶습니다. 허락지 않으시면 하실 때까지 저는 이 자리를 물러나지 않으렵니다. 아마 듣자 하니 이 댁에서도 일손을 맞아야 할 처지니 저를 거두어 주세요.

대사 이러심 안 됩니다. 공주, 아니 아씨, 음. (사이) 이 댁에서 허락을 아니 하시는데…….

공주 아직 아무 말씀도 않으셨어요. 갑자기 무슨 말씀을 하겠어요? 온달 님.

온달 (넋 나간 듯이 서 있다가 흠칫 놀란다.)

공주 온달 님, 저를 거두어 주십시오.

대사 온달이, 안 된다고 말씀드리게.

온달, 여전히 홀린 듯이 공주를 보며 서 있다.

공주 그것 보셔요. 아무 말씀 안 하시는 건 저를 거두어 주신다는 뜻
　　이겠지요?

대사 안 됩니다.

공주 저는 대사님에게 부탁하는 게 아닙니다.

대사 온달이, 이 사람, 그러실 분이 아니야.

공주 제가, 본인이 이렇게 말씀드리는데, 여부가 있으며, 더 들을 말
　　씀이 무엇입니까? 갈 데 없는 이 몸을 거두어만 주신다면 힘껏
　　섬기겠습니다. 네, 어머니.

온모 (두려움에 떨면서 마귀를 보듯) 관세음보살.

공주 온달 님의 마음에 달린 것. 저렇듯 말씀이 없으심은 거두시는
　　뜻이니……

온달 (독백) 아, 그 여자다. 꿈에 그 여자다.

공주 두 분께 예를 올리겠습니다. (절을 하려 한다.)

대사 (황망히˚) 물러서시오. 이분은 평강 왕의 공주이시오.

공주 대사. (날카롭게 대사를 쏘아본다.)

기겁한 모자 꿇어 엎드린다.

대사 연유˚가 있어 공주님을 모시고 가던 중 잠시 들렀던 길이오. 공
　　주님께서 하시는 말씀도 다 당신들과는 상관없는 일이니 이 일

˚ 황망(慌忙)히 마음이 몹시 급하여 당황하고 허둥지둥하는 면이 있게.
˚ 연유(緣由) 일의 까닭. 사유(事由).

을 발설하지* 마시오. (공주를 향해) 공주님, 자 떠나십시다.

공주 (먼 데를 보며 서 있다.)

대사 공주님.

공주 (이윽고) 내가 누구인지를 알리고 싶지 않았으나……. 나는 정
녕 평강 공주요. 그럴 일이 있어 세상을 버리고 대사를 따라 출
가하는 길에 올랐다가 우연히 이 집이 온달의 집임을 알았소.
이 몸은 이미 궁을 떠날 때 공주도 왕족도 아닌, 구름처럼 냇물
처럼 가고 싶은 데 가고 쉬고 싶은 데 쉬는 것이 허락된 몸, 일
찍이 이 몸이 어릴 때 아버님 말씀이 내가 자꾸 울고 보채면 온
달에게 시집보내리라 하시던 생각이 문득 떠오르며 나한테는
환한 새 길이 보였소. 어디를 가나 매한가지인 이 몸, 보기에 어
진 두 분을 모시고 다시 세상에 머무르고 싶어졌소. 모르고 설
사 나를 받아들였더라도 언젠가는 알게 될 일, 나를 밝히고도
내 뜻은 여전하니 어쩌할지?

대사 공주님.

공주 온달 님.

대사 온달이, 용서를 빌게.

공주 (대사에게 날카롭게) 무슨 말씀을! (온달에게) 온달 님, 제 말
이 거짓말 같습니까?

온달 고개를 들며 홀린 듯이 공주를 본다.

공주 그러면…….

* 발설(發說)하다 입 밖으로 말을 내다.

대사 온달이.

온달 고개를 푹 숙인다.

온모 죽을죄를 지었습니다.

공주 (대사에게) 내 뜻은 이미 작정했습니다. 나는 왕궁에도 가지 않으려니와 암자에도 가지 않습니다. 두 분이 허락하실 때까지 여기 있으렵니다. (무대 전면으로 나온다. 대사 따라 나온다.) 대사, 이상해요. 정말 뭐랄까. 지금 내 이 마음, 아까도 말했죠? 비구니가 되려고 여기까지 오면서도 나는 정신이 말짱했어요. 분하고 억울하지만 내가 왜 궁에 있을 수 없는가, 궁에 있을 수 없다면 이 길밖에 없다는 것, 그걸 알고 있었지요. 그래요. 슬펐지만 난 그 슬픔을 알 수 있었어요. 그러나 지금은 달라요. 온달, (그쪽을 본다.) 난 온달이란 사람이 있는 줄은 몰랐어요. 무서운 걸 그저 온달이라 부르는 줄 알았나 봐요. 그런데 내 눈앞에 그 온달을 본 순간 난 뭐가 뭔지 몰라졌어요. 아직 꿈같아요. 난 믿을 수 없어요. 이런 일은 있을 수 없어요.

대사 그렇습니다. 있을 수 없습니다.

공주 그래요. 있을 수 없어요. 그러니까 난 더 짜증이 나요. 믿을 수 없는 것이 눈앞에 있다니. 있을 수 없는 것이 이렇게 있다니. 그래요. 지금 말이 생각났어요. 네. 있을 수 없는 것이 있다니 이게 나를 짜증나게 해요. 나는 대사를 따라갈 생각이었어요. 그런데 지금은 안 돼요. 철도 없었던 때의 꿈같은 이야기가 꿈이 아니라는 일. 이것을 난 믿지 못하겠어요. 이런 일. 아아, 뭐라고 설명할까. 난 갑자기 뭐가 뭔지 몰라졌어요. 모든 게 꿈같아요.

난 이 꿈에서 깨고 싶어요. 대사를 따라가는 일도 나는 아까처럼 믿을 수 없어졌어요. 내 길이 알 수 없는 꿈길에 들어와 버렸어요. 난 미치는 것 같아요. 이게 무슨 꿈인지 나는 알아보고 싶어요. 내가 여기 있겠다는 마음 알겠어요? 이 꿈의 끝장을 못 보면 난 미칠 것 같아요. 꿈이 나를 잡았어요. 부모미생전의 소식인가요? 이 어리둥절한 소식을 더 알고 싶어요. 난 인제 여기서 살아야 해요 (다시 아까 위치로. 대사 뒤따름.)

대사 온달아. 무엄하다.˚ 왜 대답이 없느냐?

공주 무엄하지 않아요. 내가 내놓은 말. 내가 허락하는데 누구한테 무엄하단 말입니까? (꿇어앉아 맞절˚을 하는 자세가 된다.)

대사 공주님.

온모 (아들에게) 온달아. 왜 가만히 있느냐. 죽을죄를 빌어야지.

공주 아닙니다. 온달 님의 뜻은 이제 알았습니다. 어머님만 허락하신다면 저는 여기서 살겠습니다.

온모 공주님.

공주 어머님.

온모 공주님. 온달아. (두려움에 질리면서) 이놈아. 이 무엄한 놈아. 공주님 이것이 워낙 얼되어서˚ 혼이 빠졌나 봅니다. 그래서 사람들도 바보 온달이라 부르지요. 죽을죄를 용서하십시오. 살려 주십시오.

공주 바보가 아닙니다. 제가 왜 바보한테 거두어 주기를 원하겠습니까? 평양에서도 보지 못한 훌륭한 장삽니다. 갑옷 입고 투구 쓴

˚ 무엄(無嚴)하다 삼가거나 어려워함이 없이 아주 무례하다.
˚ 맞절 서로 동등한 예를 갖추어 마주 하는 절.
˚ 얼되다 사람됨이 좀 모자란 듯하다.

말 잘 타는 장군들 가운데 저 호랑이를 맨손으로 잡은 자는 하나도 없어요.

온달 얼굴을 들어 공주를 본다.
공주 마주 본다.

온모 (주먹 쥔 두 손을 눈높이에 들며 마귀를 막듯 공주 쪽을 가리며 대사를 향해 목쉰, 가늘고 떨리는 소리로 비통하게) 이 일을 어찌하면 좋습니까?

대사 두려운 듯 온달을 본다.
온달 무엇에 씌운 듯이 공주를 본다.
공주 무엇에 씌운 듯이 마주 본다.

무대 암전. 밤. 아까와 같은 모습대로의 네 사람. 약간씩 어두워지는 조명. 멀리서 짐승 우는 소리. 오래 그대로 있다가 이윽고 막.

공주 궁 무대 안쪽에 엷은 비쳐 보이는 위장*으로 막은 침대. 그 앞의 의자. 양쪽으로 출입문.
공주 의자에 앉아 있다.
1막에서 10년 후. 가끔 바람 소리. 초가을의 밤.
무대는 너무 밝지 않게.
공주 생각에 잠겨 있다.

---

* 위장(僞裝) 본래의 정체나 모습이 드러나지 않도록 거짓으로 꾸밈. 또는 그런 수단이나 방법.

자주 바람 소리에 귀를 기울인다.

공주 (시녀를 부른다. 시녀 등장.)

시녀 부르셨습니까?

공주 네가 있었느냐?

시녀 네. (분부를 기다린다. 공주 말없이 의자에 앉아 있다.) 무슨 분부시온지?

공주 (문득 거기 사람이 있는 것을 깨달은 듯이) 오냐, 별일이 아니다. 어째 잠이 오지 않는구나. 너, 나하고 말동무하련?

시녀 네.

공주 게 앉거라.

시녀 괜찮습니다.

공주 (밖에 귀를 기울이며) 무슨 소리가 나지?

시녀 (귀를 기울여 보고) 귀뚜라미 우는 소리밖에는 듣지 못하겠습니다.

공주 그래?

시녀 나가서 보고 올까요?

공주 아니다. 내가 잘못 들은 게지. (귀를 기울이고) 그래 귀뚜라미 소리다. (한참 침묵) 장군께서 속옷을 넉넉히 가지고 가셨느냐?

시녀 네, 마침 제가 꾸렸습니다. 여러 벌 넣어 드렸습니다.

공주 내가 챙겨 드릴 걸 그랬구나. 싸움터에서는 한데°에서 밤을 지내시니 밤에는 썰렁하실 거야.

시녀 그렇습니다. 철이 철인걸요.

° 한데 사방, 상하를 덮거나 가리지 아니한 곳. 곧 집채의 바깥을 이른다.

공주 너 몇 살이냐?

시녀 열다섯이옵니다.

공주 그래? 열다섯, 꼭 내 나이구나.

시녀 네?

공주 네가 여기 있은 지 얼마나 되지?

시녀 1년 하고 조금 되었습니다.

공주 너도 들어서 알겠다만 내가 네 나이에 장군께 시집갔느니라. (얼굴에 옛날을 되새기는 웃음.)

시녀 네.

공주 그때 연유가 있어서 장군과 나는 장군의 본가에서 지냈는데 내가 그때는 일도 많이 했느니라.

시녀 황공하옵니다.

공주 아니다. 그때는……. (생각한다.) 그때 내가 한 살림만큼 일하는 자는 이 궁 안에 없을 거야.

시녀 저희들은 편합니다.

공주 시어머님과 세 식구지만 산속의 외딴 살림이라 일도 많았지.

시녀 장군께서 입궐하시기가* 불편하셨겠습니다.

공주 입궐?

시녀 네, 여기서 퍽 떨어진 곳이라고들…….

공주 그때는 장군께서 벼슬을 하시기 전이지.

시녀 그러면?

공주 사냥도 하시고, 농사도 지으시고…….

시녀 농사를요?

---

* 입궐(入闕)하다 대궐 안으로 들어가다.

공주 (유쾌하게) 그럼 나도 김을 매었지.

시녀 네?

공주 (웃는다.) 네가 어리구나. 산속에 사는 것이 별궁°에서 놀고 지내는 것인 줄 알아?

시녀 네에.

공주 내가 장군께 갈 때 적지 않은 패물을 가지고 갔는데 장군께서 다 잃어버리셨지.

시녀 잃어버리시다니요.

공주 내가 장군더러 성내에 가서 소용되는° 물건을 바꿔 오시라고 했더니 다 도적을 맞고 오셨지.

시녀 어떻게요?

공주 (생각한다. 웃으며) 그렇게 되었어.

시녀 듣고 싶습니다.

공주 어른이 실수하신 이야기를 들어 무엇하겠느냐?

시녀 장군께서 어떻게 실수를 하십니까?

공주 왜? 장군께서라고…….

시녀 네, 싸움터에서 여태껏 져 본 적이 없으시고 게다가 장군께서 신라 장수를 얼마나 많이 베셨습니까?

공주 네 말이 맞다. 신라 군사들에게는 무서운 어른일 테지.

시녀 신라 군사들뿐이 아닙니다. 백성들 간에서는 장군은 하늘이 내신 장수라고들 한답니다. 장군께서 산에 계실 때는 호랑이를 타고 다니셨다지요?

● 별궁(別宮) 특별히 따로 지은 궁전.

● 소용(所用)되다 일정한 용도로 쓰이다.

공주 호랑이를 타고 다녀?

시녀 산신령께서 장군께 보낸 호랑이를 타고 다니셨다던데요?

공주 그래? (입가에 웃음.)

시녀 공주님께서는 보시지 못하셨습니까?

공주 응? 그래. 나도 보았지. (생각에 잠긴다.) 보고말고. 산의 영물도 장군 앞에서는 강아지 같았지.

시녀 그럼 정말이군요.

공주 (신이 나서 귀여운 듯이) 그럼 정말이고말고.

시녀 진정 그 소문이 헛말이 아니군요.

공주 왜 헛말이겠느냐.

시녀 그럼 그 호랑이를 집에서 기르셨습니까?

공주 아니야, 장군께서 행차를 하실 때면 어디선가 나타났지.

시녀 어쩌면…….

공주 그래서 영물이라지 않느냐?

시녀 장군께서 궁에 들어가시면 모두들 호랑이 장군이라고 한다더군요.

공주 너는 잘도 아는구나.

시녀 저도 얻어들었습죠.

공주 장군께서는 어진 분이야.

시녀 네, 저희들도 압니다.

공주 그래?

시녀 한 번도 꾸지람을 들은 적이 없습니다. 저뿐 아니라 공주 궁에 있는 하인은 물론이거니와 모시고 다니는 군관들도 그렇게 말하는걸요?

공주 군관들이?

시녀 그러믄요. 장군께서는 싸움터에서 제일 먼저 나아가시고 뒤끝에는 제일 늦게 돌아오신다고요.

공주 (일어서서 서성거리며) 그럼, 네가 맞았다. 궁중에서도 하인들도 군사들도 다 그분을 우러러본단 말이지? 그렇고말고, 나도 알았지. (혼잣말이 되며) 그때 첫눈에 나도 알았어. 너 사냥을 간 적이 있느냐?

시녀 없습니다.

공주 그러리라. 산에는 짐승도 많지.

시녀 사슴을 본 적이 있습니다.

공주 어디서…….

시녀 궁에 들어갔을 때 후원에서 봤습니다.

공주 (웃으며) 사슴을…….

시녀 사슴 같은 것도 잡아 오셨습니까?

공주 가끔 큰 짐승을 잡아 오셨지. 너 곰을 본 적이 있느냐?

시녀 없습니다.

공주 곰이라는 짐승이 꽤 크니라.

시녀 얼마나 큽니까?

공주 큰 것은 송아지만 하다.

시녀 사로잡는가요?

공주 사로잡을 때도 있지. 집에서 기르기도 했어.

시녀 사람을 해치지 않습니까?

공주 어느 해 겨울에 장군께서 곰의 새끼를 한 마리 잡아오셨어.

시녀 네.

공주 겨울을 지내니까 아주 정이 들어서 내 일을 잘 거들어 주었지.

시녀 신통해라.

공주 암, 강아지보다 낫지.

시녀 어떤 일을 거듭니까?

공주 절구질하지.

시녀 어쩌면.

공주 힘이 세어서 종일 절구질을 시켜도 그만두라기 전에는 밤까지 한단 말이야. 또 장군을 따라서 나무하러도 갔지.

시녀 나무를 합니까?

공주 응, 아니지. 장군께서 하루 종일 나무를 하시면 그걸 저녁에 짊어지고 오는 것이지. (생각에 잠기며) 너 수수떡을 먹어 봤느냐?

시녀 못 먹어 봤습니다. 수수로 떡을 만듭니까?

공주 하고말고. 그런데 이놈이 수수떡을 제일 좋아하거든. 한번은 밤중에 부엌에 들어와서 떡을 뒤져 먹다가 그릇들을 모두 부숴 버렸어.

시녀 저런. (웃는다.)

공주 장군께서 귀여워하시니까. 저녁때가 되면 마중하러 나가고, 보이지 않는다 싶으면 고개 위에 가서 앉아 있지.

시녀 네 식구가 사셨군요.

공주 그래, 맞다. 한식구지. 가만 (귀를 기울인다.) 아닌가? (멍하고 있다가)…… 내가 무슨 말을 하다가 말았던가?

시녀 곰하고 한식구…….

공주 옳지. 그놈 얘기를 했지. 그런데 이것이 어느 여름에 집을 나가고는 돌아오지 않았어.

시녀 산으로 갔군요.

공주 그렇지. 그런데 장군께서는 그 후에 보셨다는 거야.

시녀 그 곰을요?

공주 응. 제 아내를 데리고 가는 것을 보셨다더군.

시녀 가고 말았군요.

공주 아무렴. 곰이 사람의 식구야 되겠느냐. 얘야.

시녀 네?

공주 우리 시어머님께서 아직 그 집에 계시는 줄 너도 알지?

시녀 네.

공주 한사코 오시지 않겠다고 하셔서 그대로 계시다마는…… 장군 께서 돌아오시면 모시고 나도 오랜만에 뵈오러 가야 하겠다. 너 도 따라와 보렴?

시녀 네, 소원입니다.

공주 그래라. 요즈음 오면서 시어머님 심정을 알겠다. 그러나 인제는 나이가 많으시니 혼자 계시게 하는 것이 근심스럽구나. 밖에서 들 혹 뭐라 하는 소리를 못 들었느냐?

시녀 무슨?

공주 (머뭇거리다가) 아니다. (일어나서 몇 걸음 거닌다. 다시 의자에 앉는다.) 졸리느냐?

시녀 아닙니다.

공주 되었다. 이야기를 하고 나니 좀 시원해졌어. 그만 물러가거라.

　　시녀 물러간다.

공주 (허공을 보며 앉아 있다.) 왜 이리 마음이 안존하지˚ 못할까. (기 척에 귀를 기울인다.) 아무도 아닌가? (잠시 귀를 기울이다가

˚ 안존(安存)하다 아무런 탈 없이 평안히 지내다. 안거하다.

또 시녀를 부른다. 시녀 등장.)

시녀 부르셨습니까?

공주 응, 아직 새벽이 되자면 멀었지?

시녀 네, 아직.

공주 날이 밝거든 궁중에 사람을 보내서 싸움터의 소식을 알아 오너라.

시녀 네, 매일같이 가는 자가 있습니다.

공주 아니다. 시간을 기다리지 말고 날이 밝거든 곧 사람을 보내도록 해라.

시녀 그리하겠습니다.

공주 되었다. 물러가라.

시녀 물러간다.

공주 이번 싸움에 이기고 돌아오시면 대장군이 되셔야지. 벌써 됐어야 할 것을……. 그때마다 이러쿵저러쿵하던 무리들도 이번 승전˚에 는 반대할 구실이 없을 테지. 장군을 멀리 보내려고 하지만 그건 안 돼, 장군은 이 몸 가까이, 늘 이 몸 가까이서 이 몸을 지켜 주어야지. 내가 그날 장군을 뵈었던 그날부터 장군은 이 몸의 방패요, 이 몸의 울타리였지. 비록 용맹하다고는 하나 산속에서 짐승들의 왕으로 평생을 마치었을 장군을 대고구려의 장군까지 밀어 온 것이 이 몸인데……. 아니, 나도 할 만큼 한 것이지. 어느 여염집 아낙네가 나만큼 일을 했으랴. 장군과

˚ 승전(勝戰) 싸움에서 이김.

함께 걸어온 이 길에서 나는 어떤 반대자들이건 사정없이 물리쳐 왔다. 앞으로도 내 길을 막는 자는 용서치 않으리라. 그런데 (귀를 기울이며) 아직 날은 밝지 않고, 싸움터에서 오는 파발마˚도 이르지 않았겠고⋯⋯. 이상스럽게 마음이 설레는군.

온달의 영(靈)˚ 등장. 갑옷을 입고 투구는 벗었다. 온몸에 낭자한˚ 피. (적절한 조명과 분장으로 유명을 달리한˚ 온달의 모습을 강조.)

공주 오, 장군. (달려간다.)

온달 (손을 들어 막으며) 가까이 오지 마시오.

공주 (멈춰 선다.) 장군.

온달 가까이 오지 마시오.

공주 이게 어찌된 일입니까?

온달 나는 이미 이 세상 사람이 아니오.

공주 (경악하며) 오!

온달 공주, 이번 싸움은 기필코 이기려 하였소. 나는 싸웠소. 그리고 이겼소.

공주 그러나 장군께서⋯⋯.

온달 나를 죽인 것은 신라가 아니오.

공주 그것이 웬 말입니까?

온달 나를 죽인 것은 고구려 사람이오.

˚ 파발마(擺撥馬) 예전에, 공적인 일로 급히 가는 사람이 타던 말.
˚ 영(靈) 죽은 사람의 넋. 영혼(靈魂).
˚ 낭자(狼藉)하다 여기저기 흩어져 어지럽다.
˚ 유명(幽明)을 달리하다 '유명(幽冥)'은 '저승과 이승' 또는 '어둠과 밝음'을 아울러 이르는 말.

공주 내 편이…….

온달 그렇소. 우리 사람이 나를 죽였소.

공주 그놈이, 오호, 누굽니까?

온달 그 일은 급하지 않소. 공주. 내가 여기 온 것은 당신에게 작별을 고하기 위함이오.

공주 하느님, 이것이 꿈입니까?

온달 꿈이 아니오, 공주. 내 말을 잘 들으시오. 장수가 싸움에서 죽는 것은 마땅한 일. 비록 내 편의 흉계˚에 죽임을 당했을망정 나는 상관없소. 공주, 당신을 이 세상에 두고 가는 것이 내 한이오. 내가 없는 궁성에 의지 없을 당신을 생각하면 차마 내 어찌 저승길의 걸음을 옮기리까. 공주, 이 몸에게 베푸신 크낙한˚ 은혜 티끌만큼도 갚지 못하고 가는 이 사람은 죽어도 죽지 못하겠습니다. 10년 전 그날, 이 몸이 하늘을 보던 그날, 당신이 내 오막살이에 오신 날, 이 몸은 당신의 꽃다운 얼굴에 눈멀고 당신의 목소리에 귀먹었습니다. 당신은 그 전날 밤에 내게 오셨습니다. 산에서 동굴에서 지낸 하룻밤에 당신은 나와 더불어 천년을 맹세하셨습니다. 그날, 당신께서 내 앞에서 갓을 벗어 보이셨을 때 나는 알아보았습니다. 당신이 내 하늘인 것을 알아보았습니다. 벙어리 된 이 몸은 당신의 망극한˚ 말씀을 들으면서도 벙어리 된 입을 놀릴 수 없었습니다. 당신은 이후 내 하늘이었습니다. 산짐승과 더불어 살던 이 몸에게 사람 세상의 온갖 지혜를 가르치신 당신, 창으로 곰을 잡듯, 덫으로 이리를 잡듯,

---

˚ 흉계(凶計) 흉악한 계략.

˚ 크낙하다 크나크다.

˚ 망극(罔極)하다 임금이나 어버이의 은혜가 한이 없다.

적의 군사를 잡는 것은 쉬운 일이었습니다. 당신을 위해서 나는 싸웠습니다. 당신의 기쁨을 위해서 신라와 백제의 성과 장수들을 나는 취하였습니다.* 싸움터의 길은 내가 짐승들을 쫓던 그 길보다 더는 험하지 않았습니다. 설사 천배나 그 길이 험하였기로서니 나에게 그것이 무슨 두려움이었겠습니까. 이 천한 몸에게 주어진 영광도 오직 공주를 위한 방패라 생각하고 나는 두려운 줄도 몰랐습니다. 공주, 고구려 평양성의 인심은 무섭더이다. 이 몸은 산에서 활을 쏘고 창으로 끼니를 얻던 그때처럼 편한 마음을 한신들 가지지 못하였습니다. 나보다 뛰어난 사람들이 구름처럼 모인 평양성에서 나는 눈멀고 귀먹은 짐승이었습니다. 나는 보지도 듣지도 않았습니다. 부마*될 내력 없는 이 몸을 비웃는 소리도 나에게는 가을날 산의 가랑잎 스치는 소리더군요. 하늘인 당신을 모신 이 몸은 아무것도 듣도 보지도 않았습니다. 무엇을 들어야 할 이치가 있었을까요? 숱한 사람들이 나에게 말했습니다. 공주 당신께서 하시는 이야기를 다 들어서는 안 된다고. 온달은 나라의 부마이고 나라의 장군이라고……. 그러나 다 이 몸에게는 부질없는 말들. 공주, 당신이 나의 고구려였습니다. 고구려, 그것은 당신이었습니다. 덕이 높으신 왕자의 말씀도 내 귀는 듣지 못하였습니다. 그분들은 모두 다른 고구려를 섬기는 어른들인 것을 나는 알게 되었지만 지금까지도 이 몸과는 상관없는 일입니다. 지금 나는 당신에게서 떠납니다. 나는 두렵습니다. 당신 말고 다른 고구려를 섬기는 사람들이 당

---

* 취(取)하다 자기 것으로 만들어 가지다.
* 부마(駙馬) 임금의 사위.

신을 해칠 일이, 공주…….

공주 장군 (가까이 다가선다.)

온달 (다가서다가) 안 됩니다. (손을 들어 막으면서 한 발 물러선다.)

공주 가지 마시오. 장군.

온달 이윽고 새벽이 되겠으니, 죽은 자는 제 몸이 있는 곳을 찾아가
야지요. (이때 새벽 종소리.)

공주 장군. 장군을 해친 자가 누굽니까?

온달 머리에, 머리에 상처가 있는 장수, 잠든 나를 찌른 그자를 내가
칼로 쳤소. (뒷걸음질로 물러간다.)

공주 장군 이름을, 그자의 이름을…….

장군 (고개를 젓는다.) 공주, 어머니를 어머니를……. (영 사라진다.)

공주 아아 장군…….

　　암전. 침상˚에서 일어나며 어둠 속에서 부르짖는 공주의 목소리.
차례로 밝아지는 조명 속에 시녀 1, 2, 3 등장.

공주 (허공을 보면서) 장군께서, 장군께서…….

시녀 1 공주님.

시녀 2 꿈을 꾸셨습니까?

시녀 3 공주님.

공주 (정신을 차리고) 오, 너희들이냐.

시녀 1 가위눌리셨습니다.˚

˚ **침상(寢牀)** 누워서 잘 수 있도록 만든 가구.
˚ **가위눌리다** 자다가 무서운 꿈에 질려 몸을 마음대로 움직이지 못하고 답답함을 느끼다.

공주 나를 일으켜라. (부축을 받으며 의자에 와 앉는다. 온달이 사라
　　진 쪽을 본다. 일어서서 그쪽으로 두어 걸음.) 오오.

시녀 2 웬 꿈을 꾸셨습니까?

공주 꿈? 아, 꿈이었으면, 꿈이었으면, (의자에 와서 쓰러진다.) 꿈이
　　었으면…….

시녀 3 (물을 드린다.) 드십시오.

공주 (받아 마신다.)

시녀 1 자리에 드십시오. (부축하려 한다.)

공주 (손으로 물리치며) 아직 날이 새지 않았느냐?

시녀 2 곧 밝을 것입니다.

공주 (좌우를 돌아보며) 너희들은 무슨 소리를 못 들었느냐?

시녀 1 아무 소리도 듣지 못하였습니다.

시녀 2 공주님께서 가위눌리시는 소리밖에는 못 들었습니다.

공주 누가 저 밖을 살펴보아라.

　　시녀 1, 2, 문밖으로 나간다. 잠시 후 들어온다.

시녀 1 아무도 없습니다.

공주 꿈……. (흠칫하며) 저 소리, 들리느냐? (일어선다.)

시녀 2 네, 말이.

공주 말이 우는 소리지?

시녀 3 그런가 봅니다.

공주 궁에 사람을 보냈더냐?

시녀 1 아닙니다. 밝는 날 일찍이 들어가라고 일렀으니 그자는 아닐
　　것입니다.

공주 그러면 이 새벽에 웬 말이냐? 나가 보아라. 빨리.

시녀 2, 3 급히 퇴장.

공주 너희들도 나가 보아라.

시녀 1 퇴장.

공주 무슨 일이나 없었으면 (온달이 사라진 쪽을 보며) 꿈이었던
가? 방금 저기 서 계셨는데……. 아직도 말씀이 귀에 쟁쟁한
데……. 부디 무사하시기를……. 이 몸을 위해서였다고? 이 몸
이 베푼 은혜? 내외간에 어째서 그런 말씀을 하시는가? 은혜?
은혜를 말하면 이 몸이야말로, 세상을 버렸던 몸이 내 집에 돌
아오게 된 것이 누구의 힘이었던가? 내가 그것을 몰랐던가? 아
니, 님을 뵈온 그날부터 하늘이 보내신 장수를 고구려에 으뜸
가는 자리에 세우는 것이 내 꿈이었지. 장군은 마땅히 그럴 만
한 분이었기에. 오늘날 백제와 신라의 장수들이 두려워하고 온
나라가 우러러보는 높은 자리가 장군에게는 기쁨이 아니었다
니……. 산을 타고 다니실 때처럼 편안한 날은 하루도 없었다
니……. 그러면 고구려의 부마요, 고구려의 높은 장수로 지낸
이 세월이 장군에게는 고통이었다는 말인가? 장군에게 싸움터
에서 싸움터로 영광을 찾으시게 한 내 진언과 뒷받침은 장군
에게 고통을 만들어 주었단 말인가? 내 한 몸의 권세를 위해서
만 나는 장군에게 싸움을 권했던가? 아니다. 산속의 모진 살림
도 나는 견뎠었지. 내가 장군을 첫눈에 보았을 때, 오, 나야말

로 하늘을 보았지. 생시가 꿈이 되고, 꿈이 생시가 되던 그 마음. 내 인연의 길목에 홀연히 모습을 나타내신 장군. 곰 한 마리를. 그래, 송아지만 한 곰 한 마리를 메고 사립문을 들어오실 때 나는 이 눈을 믿을 수 없었지. 장군이, 온달이, (웃음을 지으며) 바보 온달이 진짜 사람이라니……. (웃음을 짓는다.) 왜 그토록 믿기지 않았을까? 옳지, 그때 내 마음은 그 일을 믿을 수 없었지. 온달이 육신을 가진 진짜 사람이라는 일. 그 일이 무작정 믿기지 않았지. 그러자 살아온 세월이 모두 아리송해졌지. 나는 알고 싶었어. 그것이 정말 꿈인지 생신지, 모두를. 장군을, 나를, 세상을, 고구려를, 신라를, 무엇인가를, 조바심 나게 나는 알고 싶었지. 장군은 누구인가를, 장군은 천하의 명궁*인 것을 알았지. 장군이 얼마나 글을 깨치는가를 알고 싶었지. 나는 가르쳐 드렸지. 곧 내가 더 가르쳐 드릴 것이 없는 것을 알았지. 그래서 또 나는 알았지, 장군은 평양성에 오셔야 한다는 것을, 아버님께서 사냥을 나오신 날 나는 장군에게 일러 드렸지. 아버님 눈앞에서 떠나지 말고 자꾸 짐승을 쏘아 맞히시라구. 평양성에서도 장군은 으뜸가는 용사인 것을 나는 알았지. 장군은 싸움마다 이기시고 한없이 이기실 힘을 가지셨으니 나는 장군이 어디까지 이기시는가를 알고 싶었어. 장군이 누구인가를 알기 위해서……. 아내 된 이 몸이 장군을 위해서 무얼 할 수 있는가를 알기 위해서. 그래서 나는 장군의 적들을 알아냈지. 그들을 목 자르고 멀리 쫓아 보냈어. 장군과 내가 가는 길을 더 분명히 보기 위해서. 그 길을 위해서 장군은 태어나지 않았는가. 그 길을

* 명궁(名弓) 명궁수(名弓手). 활을 잘 쏘기로 이름난 사람.

위해서 장군은 내 앞에 나타나시지 않았던가? 그 길을 위해서 어린 시절 내 귓전에 그 이름을 울려 주시지 않았던가? 그런데 그것을 그 길을 바라시지 않으셨다니? 내가 드리는 말씀을 한 마디도 물리치지 않으신 당신은 당신이 아니었습니까? 당신은 누굽니까? 그토록 오랜 세월, 이 몸의 하늘이었으면서도 지금 그러지 않다고 하시는 당신은 누굽니까? 님이여. 당신은 누굽니까? (밖에서 웅성이는 소리.)

시녀들 (등장.) 공주님.

공주 오, 웬일이냐? 누가 말을 타고 왔더냐?

시녀들 (꿇어앉으며 흐느낀다.) 공주님.

공주 웬일이냐? 사위스럽다.°

시녀 공주님. 장군께서 전사하셨다 합니다.

공주 무엇이라? 그러면, 그러면. (쓰러진다. 시녀들, 부축해서 의자에 앉힌다.) 소식을 가져온 자를 불러라.

시녀 2 나간다. 전령°을 데리고 등장.

공주 싸움터에서 왔느냐?

전령 아닙니다. 저는 궁중의 근무이온데 방금 싸움터에서 전령이 와서 장군께서 돌아가신 것을 알려 왔기에 위병장°의 명령으로 공주 궁에 알리러 왔습니다. 우리 편이 싸움에는 이겼으나 장군께서는 전사하셨다 합니다.

° **사위스럽다** 마음에 불길한 느낌이 들고 꺼림칙하다.
° **전령(傳令)** 명령을 전하는 사람.
° **위병장(衛兵長)** 경비와 순찰의 임무를 맡은 병사인 위병들을 통솔·지휘하는 군인.

공주 그러면 아까 말씀이……. 물러가라. 궁에 들어가겠으니 차비를……. (기함해서* 의자에 앉은 몸이 쓰러진다.)

부축하는 시녀들. 다른 시녀 여러 명 등장. 우왕좌왕하면서 벌컥 뒤집힌 무대.

등불이 넘어지면서 암전.

전장. 들판에 작은 천막을 치고 그 아래 온달의 관을 놓았다. 멀리 지평선 쪽으로 전기(戰旗)*들이 펄럭이는 것이 원경*으로 보임. 장교 지휘 아래 군병 여럿이 관을 들어 올리려 하고 있다. 구령에 맞춰 일제히 들어 올리려 하기를 몇 번 거듭하지만 들리지 않는 관, 장교, 당황해서 직접 거든다. 마찬가지다. 전령 장교 한 사람 등장.

전장 (지휘 장교에게) 무엇하고 계시오. 공주님께서는 벌써 이곳에 오셔서 기다리고 계시오. 빨리 관을 옮겨 오라는 분부시오.

지장 이상한 일이오.

전장 이상하다니……?

지장 관을 움직일 수가 없소.

전장 무어라구요? 이 사람들을 가지고…….

지장 그것이 아니오. 사람이 모자라서가 아니오. 관이 들리지 않는단 말이오.

전장 무슨 말이오.

● 기함(氣陷)하다 갑작스레 몹시 놀라거나 아프거나 하여 소리를 지르면서 넋을 잃다.
● 전기(戰旗) 전투 때에 쓰는 기.
● 원경(遠景) 멀리 보이는 경치. 또는 먼 데서 보는 경치.

지휘 장교. 구령을 내려 다시 관을 드는 작업을 해 보인다.
전령 장교도 다가서서 거든다. 안 들리는 관.

전장 이게 어찌된 괴변°인가.

지장 이 일을 어찌하면 좋겠소?

부장 일찍이 듣지 못한 일. (두려운 듯이 관을 보면서) 나하고 같이 갑시다.

두 장교 더불어 퇴장. 좌우로 갈라서는 병사들.
여러 사람이 오는 소리. 공주, 시녀 2, 여러 장수, 장교, 병사들 등장.

공주 오호…….(한 발 한 발 관에 다가선다. 관 앞에서 열라는 손짓.)

의병장들 관 뚜껑을 연다.

공주 (관 앞에 꿇어앉아, 한 손으로 모서리를 잡고 다른 손으로 시체를 쓰다듬는다.) 장군…… 이게 웬일입니까? (고개를 돌려 장수들을 한 사람씩 천천히 훑어본다. 갑자기 몸을 일으켜 돌아서서) 장수들은 투구를 벗으시오.
(장수들 영문을 몰라 어리둥절한다.)

공주 내가 알아볼 것이 있으니 장수들은 투구를 벗으시오.

온달의 부장 싸움터에서 장수는 투구를 벗지 못합니다.

● **괴변(怪變)** 예상하지 못한 괴상한 재난이나 사고.

공주 알고 있다. 그러나 내가 명하는 것이니 잠시 벗어라.

전장 안 됩니다.

공주 정말 못 벗겠느냐?

부장 군율°이 산과 같습니다.

공주 괘씸한 것. 네가 벌써 나를 업수이 보는가? 그러면 내 손으로 벗기리라. (다가선다. 호위° 군사들 창으로 앞을 막는다. 장교들도 가로막는다.) 너희들이, 너희들이 내 앞에 창을 대느냐? 물러서라. (호위병들 묵묵부답으로 막아선 채로 있다. 공주 비틀거린다. 시녀들이 급히 부축한다.) 아아 그랬던가…… 그랬던가……. 새벽에 하신 말씀을 이제야 알겠구나. 오, 오랜 꿈, 오랜 꿈의 길이 이제 환하고나. 장군, 당신이 누구였던가를 당신이 나의 누구였던가를……. (관 곁에 돌아온다.)

공주의 영창°……. 합창대의 합창. 혹은 대원의 한 사람에 의한 독창으로, 공주는 동작만.

그 옛날 봄날에
님의 이름 들었네
무섭고 그리운
님의 이름 들었네
온달 내 님으
 그 옛날 여름날에

• 군율(軍律) 모든 군인에게 적용되는 군대 내의 규범이나 질서.
• 호위(護衛) 따라다니며 곁에서 보호하고 지킴.
• 영창(咏唱) 아리아. 오페라, 오라토리오 따위에서 기악 반주가 있는 서정적인 가락의 독창곡.

님의 얼굴 보았네
장하고 그리운
님의 얼굴 보았네
온달 내 님아

그 옛날 산속에
님의 사랑 받았네
꽃 피고 눈도 오는
님의 시집 살았네
온달 내 님아

그 옛날 그때부터
내 님은 달렸네
백제와 신라와
오랑캐를 무찔렀네
온달 내 님아

그 옛날 그때부터
이 몸은 꿈이었네
아둔하고 우둔한
내 님의 꿈이었네
온달 내 님아

그 옛날 그 기쁨이
벌판에 흩어졌네

내 아닌 내 마음이
내 님을 죽였다네
온달 내 님으

그 옛날 그 노래를
어느 누가 막으리
저승이 만 리라도
소리쳐서 부르겠네
온달 내 님으

공주 장군, 비록 어제까지 장군이 치닫던 벌판이라 하나, 이제 누구
를 위해 여기 머물겠다고 이렇게 떼를 쓰십니까? 장군의 마음
을 내가 알고 있으니 집으로 돌아가십시다. 고구려는 내 아버지
의 나라. 당신의 원수를 용서치 않으리다. 평양성에 가서 반역자
들을 모조리 도륙°을 합시다. 자, 돌아가십시다. (손짓을 한다.)

의병장들 관 뚜껑을 닫고 관을 올려놓은 받침의 채°를 감는다.

공주 들어 올려라.

올라오는 관. 모두 놀라는 소리.

° **도륙(屠戮)** 사람이나 짐승을 함부로 참혹하게 마구 죽임.
° **채** 가마, 들것, 목도 따위의 앞뒤로 양옆에 대서 메거나 들게 되어 있는 긴 나무 막대기.

공주 가자, 평양성으로. 그곳에서 잔악한 반역자들을 샅샅이 가려내어 목을 베리라. (공주 움직인다.)

　　공주, 시녀, 관, 군사들, 서서히 퇴장. 부장과 장수 몇 사람만 무대에 남는다.

장수 1 (부장에게) 공주의 노여워하심이 두렵습니다.

장수 2 필시 무슨 기미를 알아보셨음이 틀림없습니다.

부장 어떻게 알 수 있단 말인가?

장수 3 투구를 벗으라고 하신 것이 증거가 아닙니까?

부장 어떻게 알았을까? (둘러보고) 너희들 중에 배반하는 자가 있으면 행여 온전히 상금을 누릴 목숨이 있거니는 생각 말라.

장수들 무슨 말씀입니까. 억울합니다.

부장 그렇겠지. 이것을 문제 삼는다 치더라도 (투구를 벗는다. 머리를 처맸다. 피가 배어 있다.) 이것이 어쨌단 말인가. 이토록 신라 놈들과 싸운 것이 군법*에 어긋난단 말인가? (음험한* 웃음) 두려워 말라. 공주보다 더 높은 분이 우리 편이야.

장수들 (비위 맞추는 너털웃음.)

부장 가자, 평양성으로. 그곳에서 과연 누구의 목이 먼저 떨어지는가를 보기로 하자.

　　모두 퇴장.

• 군법(軍法) 군 내부에 적용하는 형법.
• 음험(陰險)하다 음산하고 험악하다.

처음과 같은 온달의 통나무 오두막.

앞에서 한 달 후.

초겨울의 저녁 무렵.

심부름하는 아이〔婢〕 부엌을 드나든다.

온달의 어머니 처마 밑 의자에 나와 앉는다. 멍하게 하늘을 본다.
일어서서 마당을 서성거리다가 사립문을 나간다.

사이.

공주와 대사 등장.

공주 (문간에서 멈추고 서서) 어머니.

비　공주님. (인사드린다.)

공주 어머니께서는?

비　뒷산에 가셨습니다.

공주 뒷산에?

비　매일 나가십니다. 어떤 때는 하루 종일 계십니다.

공주 적적하셔서…….

비　장군께서 여기 계시는 것같이 마중하러 나가시는 모양입니다.

공주 아……. (사이) 바람이 찬데.

대사 네가 가서 모시고 오너라.

공주 내가 가지요.

대사 이 애를 보내십시오.

공주 …….

비 나간다.

공주 (둘러본다. 집 안에 들어간다. 사이. 나온다.) 그대로군요.

대사 노부인의 소원이라 그대로 두었지요.

공주 (집을 한 바퀴 돌아간다. 뒤뜰에 갔다가 반대편으로 나온다. 마당 가운데로 나서며) 내 집. 대사님.

대사 네.

공주 그날 대사의 암자로 가는 길에 무엇하러 이 집에 들렀습니까?

대사 ······.

공주 들르지만 않았어도······.

대사 우리가 보지 못하고 듣지 못한 숱한 업들이 닦아 놓은 길을 어떻게 피할 수 있었겠습니까? 업도 우리를 보지 못하고 우리도 업을 보지 못합니다. 다만 만날 뿐입니다.

공주 (격하게 발작적으로 격해지는가 하면 갑자기 풀이 죽고 하는 식으로) 나는 모르겠어요. 지금도 모르겠어요. 그날 장군을 뵈오면서, 아니? 집이라는 말을 들은 그 찰나에 내 머릿속의 무엇인가가 어긋나 버렸어요. 무엇일까요?

대사 집착을 버리십시오.

공주 집착? 아니에요. 그것은 내 것이 아니니까 집착할 수도 없지 않아요? 생시와 꿈이 어긋난 것일까? 무엇이 내 안팎에서 틀려 버린 것일까? 그때 이 마당에서 내가 느끼던 그 짜증스러움. 내가 살아오던 세월이 뱃멀미처럼 곤두서면서 나는 평양성의 시간을 토해 버렸어요. 그 뒤에 남은 어질머리*를, 어질머리를 달래느라구 나는 발버둥 쳤어요. 정신을 수습하려는 뱃손님처럼. 그런데

---

* 어질머리 머리가 어지럽고 혼미하여지는 병. 어질병.

도 지금은 (이마에 손을 얹는다.) 나는 어지러워요. 이 마당, 저 울타리, 저 산봉우리들. 초겨울의 이 무렵 내가 살던 집이에요. 그 세월이 흘렀는데 왜 이토록 아무 일도 없을까요. 그것이 이 상스러워요.

대사 공주님, 우리가 없어도 강산은 있고, 우리가 없어도 세월은 있습니다.

공주 용서할 수 없어요. 나는 그것을 용서할 수 없어요. 좋아요. 그러나 세월과 내가 함께 있는 동안만은 나는 이 어질머리에서 풀려나고 싶어요.

대사 그래서 노부인과 사시러 여기 오신 게 아닙니까?

공주 (갑자기 누그러지며) 그래요.

대사 그리고 공주님께서는 궁에 계셔서는 안 됩니다.

공주 무슨 낙이 있다고 내가 거기 있기를 원하겠어요. 그러나 나를 죽지 부러진 새라고 업수이여기는° 것이 괘씸해서 지금까지 버티고 있었던 것뿐입니다.

대사 그런 생각은 버리십시오.

공주 나를 위해서가 아닙니다. 장군의 명예를 위해서, 장군이 돌아가시자 손바닥 뒤집듯 돌아서는 것들이 미워서.

대사 모든 일은 끝났습니다.

공주 그런데 나는 끝난 것 같은 느낌이 들지 않아요.

대사 네?

공주 장군께서 꼭 돌아오실 것만 같아요. 집에서는 꼬박 밤을 새웠어요.

° 업수이여기다 업신여기다.

대사 한 달밖에 안 됐으니 그러시겠지요.

공주 한 달? 어제 같아요. 이렇게 와 보니, 여기서 살던 세월이 어제 같구요. 10년 전에 이 마당에 들어서던 일이 어제 같구요. 대사님. 마음은 왜 움직이지 않습니까? 어지러운 바람이 몰아쳐 갔는데 왜 마음은 꼭 어제 같습니까?

(대사 거닌다.)

공주 어째서 이럴까요?

대사 공주는 잊어버림이 모자라서 그렇습니다.

대사 잊어버림이? 어떻게 잊어버립니까? 저는 걱정입니다.

대사 네?

공주 어머님께 장군이 돌아가신 이야기를 어떻게 했으면 좋을까요?

대사 그것이 어렵군요.

공주 나의 참마음 같아서는 영영 말씀드리고 싶지 않아요. 그리고 모시고 있으면서 언제까지나 말씀드리지 않을 수도 없고.

대사 방법은 있습니다.

공주 무슨?

대사 공주께서 제 암자에 거처하면서 가끔 여기 와 머무르시면 되지 않겠습니까?

공주 저는 옛날처럼 장군이 계시던 시절처럼 어머님을 모시려고 온 것입니다. 그리고 한두 번이지 번번이 저 혼자만 나타나면 어찌 생각하시겠습니까?

대사 그러니…….

공주 아무튼 나는 인제 돌아갈 곳은 없는 몸이니 양단간˚에 정하기

˚ 양단간(兩端間) 이렇게 되든지 저렇게 되든지 두 가지 가운데.

는 해야 하겠는데…….

대사 얼마 동안은 괜찮으리다. 장군께서 싸움터에 계시는 동안 다니러 오셨다고 하면 되지 않겠습니까?

공주 싸움터에……. (슬픈 웃음.)

대사 장군께서도 공주님이 노부인과 사시기로 한 일을 잘했다고 하실 것입니다.

공주 (끄덕인다.) 저한테 당부하시던걸요.

대사 평소에 걱정을 하셨겠지요. 어머님을 모시지 못하셨으니.

공주 어머님께서 평양에 오시기를 한사코 마다하셨지요. 나이 많으신 분이 갑자기 생소한 곳에서 부대끼실 것도 그렇고, 여기 계시게 한 것입니다.

대사 네. (머뭇거리며) 말해서 어떨지 모르겠습니다만…….

공주 네?

대사 실은 장군께서 저한테 하신 말씀이 있었지요.

공주 무슨 말씀을?

대사 네…….

공주 갑갑하군요.

대사 공연히 말을 낸 것 같군요.

공주 아이 갑갑해라.

대사 말씀드리지요. 어머님이 여기 계시게 된 것은 어머님 뜻이기도 하겠지요마는 장군께서도 그렇게 바라고 계셨습니다.

공주 그럴 리가 있습니까?

대사 말씀드리기 어렵습니다.

공주 괜찮아요. 내가 인제 무엇을 두려워하겠습니까?

대사 장군께서는 당신이 미천한* 몸인 것을 늘 어려워하셨습니다.

공주 아아. (사이) 그래서요?

대사 그래서 어머님을 궁에 모시는 일도 삼가신 것이지요.

공주 (일어선다.) 장군, 야속하십니다. 어째 저를 그토록 몰라주셨습니까? 이 한을 어떻게 풀면 좋겠습니까 대사님?

대사 노부인께 효성을 다하시러 온 게 아닙니까?

공주 그렇습니다. 아까 얘기는 궁리를 하면 도리가 있겠지요. 그 말을 듣고는 나는 인제 정말 여기를 떠나지 못하겠습니다. 대사님. 그런 이야길랑 더 들려줘요. 내가 몰랐던 이야기를.

대사 그뿐입니다.

공주 생각해 주세요.

대사 차차 생각해 보지요. 공주께서 여기 계시면 늘 뵙게 되겠지요.

공주 그동안 격조하게˚ 지냈었군요. 왜 나를 자주 찾아 주지 않으셨어요? 내가 몰랐던 일을 나한테 알려 주실 수 있었을 텐데.

대사 그때는 그렇게 되더군요.

공주 내가 대사를 노엽게 한 일이라도 있었던가요?

대사 아닙니다. 저도 처음에는 말씀도 드리고 할까 했습니다만.

공주 그런데 왜?

대사 되레 이롭지 못할 것 같아서…….

공주 누구에게?

대사 모든 사람에게지요.

공주 저는 대사님이 왕자의 편이신 줄 알았어요.

대사 왕자는 불도의 동행잡니다. 길을 찾는 친구로서 무관하게 저를

• 미천(微賤)하다 신분이나 지위 따위가 하찮고 천하다.
• 격조(隔阻)하다 오랫동안 서로 소식이 막히다.

대하시는 것이지요.

공주 왕자는 왜 왕비를 간하지˚ 못합니까? 왜 간사한 자들이 둘레에서 날뛰는 것을 막지 못합니까?

대사 왕자는 늘 온달 장군에게 호의를 가지고 계셨습니다.

공주 그래서 내 남편을 죽이도록 놓아두었습니까? (격한 투로 점점 흥분하면서) 그 사람의 미지근한 태도 때문에 얼마나 많은 사람이 사태를 그릇 판단했는지. 나는 왕자가 가장 나쁜 비극은 피하도록 힘을 쓰는 줄로 알았어요. 내가 그 사람을 믿지 말고 내 손에 힘이 있었을 때 화근˚을 뿌리째 뽑았어야 하는 것을. 힘도 용기도, 지혜도 없는 사람을, 허깨비 같은 사람을 어렴풋이 믿고 있다가 하늘 같은 남편을 잃을 줄이야. 반역자들을 처단하라는 내 호소를 그 사람은 종시˚ 믿어 주지 않더군요.

대사 어전 회의˚에서 말이지요.

공주 (끄덕인다.)

대사 무어라 하시던가요?

공주 무슨 말이라도 한다면 시원하지 않겠어요?

대사 …….

공주 아무것도 없는 빈 얼굴, 빈 마음, 그래도 임금의 자리는 마다 않을 테지요?

대사 공주께서 무사히 여기 오시게 애쓰신 것도 왕자님이십니다.

공주 무사히?

˚ 간(諫)하다 웃어른이나 임금에게 옳지 못하거나 잘못된 일을 고치도록 말하다.
˚ 화근(禍根) 재앙의 근원.
˚ 종시(終是) 끝내.
˚ 어전 회의(御前會議) 임금의 앞에서 중신들이 모여 국가 대사를 의논하던 회의.

대사 황공합니다.

공주 살인자들.

대사 고정하십시오. 효도를 하시려면 조용히 계셔야 합니다.

공주 (쓸쓸하게 웃는다.) 조용히? 조용하지 않으면 내가 어떻게 한단 말이오? 10년 전 이 마당에 들어설 때도 나는 조용할 수밖에 없었지요. 그때 내가 이 집에 머문 것이 잘못인가? 내가 그대로 지나치기만 했어도 이 집 주인은 아직 여기 있을 것을……. 내가…… 내가 나빴었군. 그러나 그때, 나를 사로잡은 그 이상한 설렘……. 그 속에 이 모든 불행이 깃들여 있었는가? 그렇다면 이 몸은 장군의 큰 재앙이었던가? (비통한 음성.)

대사 공주님. 아닙니다. 고정하십시오. 공주님의 비통한 마음을 풀어 드릴까 제가 또 한 말씀 드리지요.

공주 말해 주오. 진실을. 이 가슴에 화살 같은 못을 박는 말이라도 좋소, 진실을 말해 주시오.

대사 그때 공주님께서는 말로만 듣던 온달 장군이 생시의 사람인 것을 보시고 놀라신 것이지요.

공주 놀랐느냐구요? (고개를 젓는다.) 놀랐느냐구? (고개를 젓는다.) 달라요. 그렇게 말해 버리면 쉽겠지요. 그러나 달라요. 아직도 잡히지 않는 그때의 이 마음. 이 안타까움. 10년이 가도 가시지 않는 이 안타까움. 놀랐느냐구요? 네. 놀랐지요. 놀라운 일이 조금도 놀랍게 느껴지지 않는 데 놀랐지요. 이런 말이 있나요? 아니 말이야 있든 없든…….

대사 그 말씀을 제가 드리려는 겁니다.

공주 그 말이라니.

대사 장군께서도 놀라지 않으셨을 거라는 말씀이지요.

공주 그럴 리가…….

대사 장군께서는 여기서 뵙기 전에 공주님을 알고 계셨습니다.

공주 나를 보셨다는 말인가요?

대사 장군께서 그 전날 산에서 주무셨다던 생각이 나십니까?

공주 나고말고요. 그래서 그날 짐승을 메고 들어오시지 않았습니까? 송아지만 한 곰을. (꿈꾸듯.)

대사 맞습니다. 장군이 그날 밤 산에서 꿈을 꾸셨다더군요.

공주 꿈을?

대사 네.

공주 그래서?

대사 꿈에서 공주님을 뵈었다더군요.

공주 처음 듣는군요. 자세히 얘기해 주세요.

대사 그래서 공주님을 보았을 때 대뜸 알아보았다고 하더군요.

공주 꿈 얘기를 더 자세히…….

대사 (웃으며) 꿈속에서도 공주님과 혼인을 하셨다고.

공주 어떻게?

대사 장군이 산에서 일을 하다가 그 뭡니까 덫을 놓은 데로 가는 길인데 가도 가도 늘 가는 굴이 나타나지 않더라는군요. 그런데 어느덧 날은 저물고 방향을 알 수 없는데 불빛이 보이더랍니다. 찾아가서 주인을 찾으니 어떤 낭자가 나와서 맞는데……. 그 낭자와 부부가 돼서 살았답니다.

공주 꿈 얘기지요?

대사 그렇지요.

공주 그게 답니까?

대사 네.

공주 꿈 말예요. 그래서 어떻게 됐답니까?

대사 꿈이 옛날얘기처럼 자꾸 뒤가 있나요? 그래서 그랬겠지요.

공주 (웃는다.)

대사 그러니 산에서 돌아와서 공주를 보니 꼭 꿈속에 보는 그 낭자라더군요.

공주 꿈속에 여자는 무엇하는 웬 여자였던가요?

대사 글쎄요. (생각한다.) 꿈이니, 그 역시 (생각한다.) 옳지, 자기는 이 산속에서 이 집에 살면서, 장군이 오시기를 기다리고 있었다더군요.

공주 꿈에서는 제 집에 장군이 들르신 것이군요. 생시와는 반대로.

대사 그렇군요. 그래서 말하자면 장군께서는 공주가 찾아오실 줄을 알고 계신 것이 되지 않습니까?

공주 (밝은 표정.)

대사 그러니 공주님이 굳이 이곳에 머무르셨기 때문에 그 후의 일이 생겼다고만 할 수 없는 것이지요. 공주께서 어릴 적 꿈결같이 들으셨던 온달이라는 이름이, 살아 있는 사람인 것을 보고 놀라신 것처럼, 장군도 꿈에서 백년해로한˚ 낭자가 제 집 뜰에 서 계신 것을 보신 것이니 놀랐다면 두 분이 다 놀랐겠고 놀라지 않았다면 역시 두 분이 마찬가지였겠으니 공주께서 두 분의 인연을 혼자 정하신 것처럼 생각하시고 괴로워하실 것은 아닐 일이다, 이런 뜻이지요.

공주 (밝게) 그랬던가요······. 대사님께서는 언제 그 얘기를 들으셨습니까?

˚ 백년해로(百年偕老)하다 부부가 되어 한평생을 사이좋게 지내고 즐겁게 함께 늙다.

대사 장군이 얼마 전에 어머님을 뵈러 이곳에 오신 길이죠. 제 암자에도 들르셨지요. 그때 말씀하시더군요. 제가 그날 여기서 쉬게 된 연유를 말씀드렸더니, 장군도 옛날얘기를 하시더군요.

공주 그랬던가요……. 제게는 그런 말씀을 않으셨는데.

대사 장군의 성품이 그렇지 않았습니까?

공주 그렇지요. 집에서나 군대에서나 말이 없으셨지요. 그러나 제가 부탁드린 일은 모두 해 주셨지요. 어떤 일이든.

대사 장군은 꿈속에서 맺으신 백년가약*을 생시에 당하시고 평생을 그 꿈이 이어진 것으로 생각하셨지요. 장군이 그렇게 말씀하시더군요. 그 꿈이 잊히지 않는다고, 그 꿈속에 아직 사는 것 같다고요.

공주 장군도 저를 미리 아셨다고…….

대사 (문간을 보며) 제가 가 봐야겠군요. 멀리 가셨는가?

대사 퇴장. 공주, 그대로 서 있다. 나가는 대사를 보지 않고 생각에 잠겨 서 있는 모습. 움직인다. 집을 손으로 어루만진다. 여기저기를. 마치 앞의 막에서 관을 만지던 손짓처럼, 정면을 향하면서.

공주 나를 꿈속에서 만나셨다고? 내가 장군을 미리 알았던 것처럼 나를 알고 계셨다고? 왜 이렇게 늦는가? 모든 일이 끝나고 소용없이 되었을 때 진실이 드러나다니……. 그때의 내 마음, 그 짜증스러움. 알 듯 말 듯하던 심사. 아무리 말을 뱉어도 혀가 짧게 느껴지던 그 마음은 그 탓이었는가? 내가 산 꿈. 산속의 꿈에서

---

* 백년가약(百年佳約) 젊은 남녀가 부부가 되어 평생을 같이 지낼 것을 굳게 다짐하는 아름다운 언약.

장군과 같이 보낸 나의 시간을 내가 몰랐던 탓이었던가? 분명히 내가 산 세월, 장군을 모시고 다름 아닌 내가 산 세월을 내가 생각해 낼 수 없는 까닭에 느낀 안타까움이었던가? 장군도 그것을 느꼈을 것이 아닌가? 나의 행동이 당돌했겠지. 나한테는 그렇게 당연하던 일이. 아니 틀림없어. 서먹서먹해하시고 어려워하신 것은 그 때문이었군. 장군께서는 잘 알고 있으면서 나한테는 알아듣게 할 수 없던 꿈의 세월 때문에. 장군께서는 산 속의 그 밤을 자연스럽게 사시는 것이지만 나는 그렇지 않으리라는 짐작. 아, 내가 바로 그랬었는데 내가. 나는 그 시절, 어릴 때 그 무섭고 그리운 귓가의 세월이 그대로 자연스러웠는데 장군께서는 그렇지 못하시리라는 염려. 우리는 같은 어려움을 살았었군. 그 염려 때문에, 장군과 나의 삶이 생소하지* 않은 것을 알리려고 나는 장군께 글을 가르치고, 술책을 일러 드리고, 고구려를 말씀해 드리고, 신라를 말씀해 드리고, 장군이 되시게 하고, 궁중이 어떤 곳인가를, 누구를 죽이셔야 하는가를 일러 드렸지. 장군과 나 사이에 있는 그 안타까움을, 서먹함을 거둬 버리기 위하여. 서로의 꿈을 기억해 주지 못하는 그 미안스러움을 메우기 위해서, 우리가 더불어 하는 일이 많으면 많을수록 그 안타까움이 그 미안스러움이 덜어지기나 할 것처럼. 그런데 그러면 그럴수록 우리 사이에는 남이 들어왔지. 우리의 꿈속에서는 보지도 못하던 남이, 우리는 그 속에서 서로를 잃어버리지 않기 위해서 그 남들을 없애는 길밖에는 없었지. 그러면 더 많은 남들을 없애야 했지. 더 많은 신라 놈들 모두를, 백제 놈들

---

* 생소(生疏)하다 어떤 대상이 친숙하지 못하고 낯이 설다.

모두를, 요하˚ 건너편에 사는 놈들 모두를, 어디까지 가야 끝날 것이었는가, 우리가 우리를 만나기 위해서는. 그리고 장군은 가 버리셨군. 어디로? 내가 모르는 어디로. 장군이 살아 계실 때 몰랐던 일이, 그 짜증스러움이 지금 알아지고, 지금 가셨는데 장군은 없고, 장군과 내가 한 꿈속에서 살면서도 모르고 지냈 다는 것이 또다시 새로운 짜증스러움이 되는구나. 어찌하면 좋 은가? 이 일은 어디 가서 풀리는가? 이 새로운 꿈은?

   온모, 대사, 비 등장. 공주 다가간다. 온모, 공주를 보고 놀라며 두 려운 듯한 몸짓, 전에 여기서 살던 때의 두 사람의 미묘한 관계가 엿 보이게 하는 동작으로.

공주 어머님, 그동안 별고 없으셨습니까?

온모 …….

공주 (절한다.)

온모 (마주 절한다.)

공주 추운 날씨에 어디를 갔다 오십니까. (온모를 살피고) 옷걸이도 걸치지 않으시고 (자기 배자˚를 벗는다. 밝고 진한 주홍빛 배자, 온모에게 다가가 입혀 드린다.)

온모 온달은…….

대사 온달 장군은 싸움터에 계십니다.

온모 싸움터?

˚ 요하(遼河) 랴오허 강. 중국 만주 지방의 남부 평야를 흐르는 강.
˚ 배자(褙子) 추울 때에 저고리 위에 덧입는 옷.

대사 네. 이번에는 좀 오래 계실 것 같습니다. 그래서 공주께서 문안
드리러 왔습니다. 장군이 돌아오실 때까지 여기서 모시고 계시
겠답니다.

온모 여기서…….

공주 어머님, 그동안 불편하셨지요? 자주 와서 문안드린다는 것
이…….

온모 (고개를 젓는다.)

공주 이번에는 장군께서는 오래 걸리실 모양이니 (말을 잇지 못하다
가, 힘들여 밝게) 그사이 제가 시중을 들겠습니다.

온모 여기서 사시겠다고?

공주 네.

대사 여기서 이러실 것이 아니라 들어가시지요. (온모에게) 공주께서
는 어머님이 오신 다음에 들어가신다고 여태껏 밖에서 기다리
셨습니다.

온모 (별다른 빛 없이, 앞장서 들어간다.)

공주, 비 뒤를 따른다. 이때 많은 사람들이 가까이 오는 기척. 장교 1,
군사 여럿 등장. 들어가던 사람들이 멈춰 서다가 다시 나온다.

대사 (장교를 알아보고) 오, 당신이군. 웬일이시오?

공주 웬일인가?

장교 왕명*을 받들어 공주를 모시러 왔소.

공주 나를?

• 왕명(王命) 임금의 명령.

장교 그러하오.

공주 나는 여기서 살기로 했느니라.

장교 돌아오시라는 분부시오.

공주 내 일은 내가 알아서 할 것이니 돌아가서 그렇게 여쭈어라.

장교 아니 됩니다.

공주 무엇이라? 네. 이놈, 네가 실성*을 했느냐?

장교 실성한 것도 아니오.

공주 아니 이놈이…….

장교 온달 장군도 돌아가신 이 마당에 공주는 궁을 지키지 않고 왜 함부로 거동하셨소?

온모 무엇이? 온달이, 온달이…….

장교 (그쪽을 보고 웃으며) 모르고 계셨습니까? 온달 장군은 한 달 전에 세상을 떠났습니다.

온모 (쓰러진다. 비, 공주, 붙든다.) 온달이, 온달이…….

공주 이놈, 네. 이 무슨 짓이냐? 네가 어떻게 죽고 싶어서 이다지 방자하냐?*

장교 방자? (껄껄 웃는다.) 세상이 바뀐 줄도 모르시오? 온달 없는 공주가 누구를 어떻게 한다는 말이오.

대사 이게 어찌 된 일이오. (장교에게) 지나치지 않은가!

장교 가만히 비켜서 있거라.

대사 오!

장교 아니, 이놈을 끌어가라.

---

* 실성(失性) 정신에 이상이 생겨 본정신을 잃음.
* 방자(放恣)하다 어려워하거나 조심스러워하는 태도가 없이 무례하고 건방지다.

병사들 일부, 대사를 끌고 퇴장.

장교 (공주에게) 자 걸으시오.

공주 네가 정녕 내 말을 듣지 못하겠느냐?

장교 내 말을? 왕명을 받들고 온 사람에게?

공주 이놈이 정녕 실성했구나. 내가 돌아가면 어찌 될 줄을 모르느냐? 나는 이곳에 머물기로 하고 이미 아버님께도 여쭙고 오는 길, 누가 또 나를 지시한단 말이냐? 정 그렇다면 근일* 중에 내가 궁에 갈 것이니 오늘은 물러가라.

장교 정 안 가시겠소?

공주 (분을 누르며) 내가? 말을 어느 귀로 듣느냐? (타이르듯) 네가 아마 잘못 알고 온 것이니, 그대로 돌아가면 오늘의 허물*을 내가 과히 묻지 않으리라.

장교 (들은 체를 않고) 정 소원이라면 평안하게* 모셔 오라는 명령이었다. 잡아라.

　　병사들, 공주의 팔을 좌우에서 잡는다.

공주 어머니.

장교 편하게 해 드려라.

---

* 근일(近日) 미래의 매우 가까운 날.
* 허물 잘못 저지른 실수.
* 평안(平安)하다 걱정이나 탈이 없다.

병사 1, 칼을 뽑아 공주를 앞에서 찌른다. 공주 앞으로 쓰러진다. 붙잡았던 병사들 서서히 땅에 눕힌다.

장교, 손으로 지시한다.
병사 2, 큰 비단 보자기로 공주의 시체를 싼다.
장교, 또 지시한다.
병사들. 공주를 들고 퇴장. 장교 뒤따라 퇴장. 공주의 살해에서 퇴장까지의 동작은 마치 의전* 동작처럼. 기계적으로 마디 있게 처리.

대사 공주. 좋은 세상에서 또다시 만납시다.

온모, 사건이 진행되는 동안 전혀 움직이지 않고 서 있다가 모두 퇴장한 다음 무대 정면으로 조금씩 움직여 나온다. 밝은 진홍색 배자와 성성한* 백발이 강하게 대조되게, 날이 저물 무렵, 이 조금 전, 병사들의 퇴장 무렵부터 눈이 조금씩 내리기 시작. 흰 눈, 진홍빛 배자, 백발이 이루는 색채의 덩어리를 인상적으로 나타낼 수 있도록 조명을. 온모 소리는 없이 입속에서 중얼거리는 표정.

온모 (얼굴을 약간 쳐들어 눈발을 보며) 눈이 오는군⋯⋯. 오늘은⋯⋯ 산에서⋯⋯ 자는 날도 아닌데⋯⋯ 왜⋯⋯ 이렇게 늦는구? (계속 내리는 눈발 속에.)

—막—

〔『옛날 옛적에 훠어이 훠이』, 문학과지성사 2009〕

● 의전(儀典) 명사(名士)나 귀빈을 예우하거나 어떤 행사를 축하하기 위하여 거행하는 의식.
● 성성(星星)하다 머리털 따위가 희끗희끗하게 세다.

우선 작품의 내용을 대강 볼까요? 온달은 어머니와 함께 산속에서 사냥을 하며 살아갑니다. 평강 공주는 왕궁에서 쫓겨난 몸으로 비구니로 살아야 할 처지이지요. 그녀는 자신의 욕망이 정치 세력 즉 사회와의 갈등으로 좌절되어 비극적 삶을 살아야 할 운명인데, 어린 시절의 추억을 떠올려 온달과 결혼합니다. 그의 힘을 토대로 10년을 와신상담한 끝에 다시 권력의 중심에 서지요. 그러나 그의 동지이자 남편인 온달이 암살되고 공주는 막강한 힘에 밀려나 온달의 집에 돌아오지만 뒤따라 온 군사들에게 죽임을 당합니다.

어디서 많이 들어 본 이야기죠? '바보 온달과 평강 공주' 설화. 이 희곡을 보면서 여러분이 알고 있는 이야기와 어딘가 닮은 부분도 있지만 여러 면에서 다르다고 생각했을 것입니다. 설화보다는 좀 무거운 내용을 중심으로 진행되는 것 같고, 즐겁기보다는 안타까운 장면이 더 많이 나오는 것 같기도 합니다.

최인훈의 「어디서 무엇이 되어 만나랴」는 '바보 온달과 평강 공주'의 설화를 역사적인 사실을 토대로 상상력을 가미하여 재구성한 희곡입니다. 옛이야기를 현대 사회에 맞게 재해석하거나 일부 내용을 가지고 새로운 의미를 만들어 내는 일은 작가들이 흔히 쓰는 재창조의 방법입니다. 김광섭 시인의 「저녁에」라는 시가 있지요. 이 시를 유심초라는 듀엣이 '어디서 무엇이 되어 다시 만나랴'라는 노래로 만들어 불렀습니다. 공교롭게 우리가 읽어 본 최인훈의 이 희곡과 제목이 거의 같고 정서도 비슷한 느낌이네요.

저렇게 많은 중에서 / 별 하나가 나를 내려다본다. / 이렇게 많은 사람 중에서 / 그 별 하나를 쳐다본다. // 밤이 깊을수록

/ 별은 밝음 속에 사라지고 / 나는 어둠 속으로 사라진다. / 이렇게 정다
운 / 너 하나 나 하나는 / 어디서 무엇이 되어 / 다시 만나랴

—김광섭 「저녁에」

그리고 1970년 화가 김환기가 이 시를 읽고 점묘화로 「어디서 무엇이 되
어 다시 만나랴」라는 그림을 그렸습니다. 뉴욕이라는 거대한 도시에서 밤
하늘의 별을 바라보며 고향과 친구를 그리워하는 마음을 담았다고 하지
요. 희곡, 노래, 그림이 각기 다른 예술 장르이고 작품 속 상황도 다르지만
그 정서만큼은 서로 통하고 있는 것이지요.

최인훈의 희곡 「어디서 무엇이 되어 만나랴」는 온달과 평강이 온갖 역경
을 맞고 이 세상이 그들을 갈라놓을지라도 순순한 사랑을 영원히 이어 갈
것이란 메시지를 전하고 있습니다. 그러나 작가가 단지 사랑 이야기를 하기
위해 설화를 현대적으로 되살렸을까요? 이 희곡에서 주목할 점은 어느 것
이 옳기 때문에 승리하는 일반적 결말과는 다르다는 것입니다. 삶이란 생각
처럼 합리적으로, 이성적으로 손쉽게 결정 나는 것이 아니란 것을 보여 주
는 것 같습니다. 우리의 삶은 예상하지 못한 만남과 이별, 그것을 둘러싼 사
회적 배경 등이 복합적으로 섞여 펼쳐지는 것이니까요. 그래서 순수한 사랑
은 영원하다는 의미 외에 인간들이 만들어 내는 갈등이 인간의 비극을 가
져온다는 의미도 찾아볼 수 있네요. 나아가 이 작품에는 현실에서 인정받
지 못한 비극적 삶도 다음 세상에서는 구원받을 수 있다는 불교적 세계관
이 담겨 있기도 합니다.

활동

1 다음은 '바보 온달과 평강 공주' 설화의 이야기 구조입니다. 설화에 나타나지 않지만 「어디서 무엇이 되어 만나랴」에 추가된 이야기를 찾아 정리해 봅시다.

> 가. 평강왕이 울보인 평강 공주에게 농담을 함.
> 나. 공주가 궁에서 쫓겨남.
> 다. 온달을 찾아가 온달과 그의 어머니를 설득하여 결혼함.
> 라. 공주가 살림을 일구고 온달을 가르침.
> 마. 온달이 전쟁에 나가 공을 세움.
> 바. 온달이 전사함.
> 사. 공주가 움직이지 않는 온달을 달래 저승으로 인도함.

2 이 작품에 등장하는 세 꿈의 의미를 이야기해 봅시다.
- 온달의 꿈:

- 온모의 꿈:

- 공주의 꿈:

3 이 작품을 읽는 동안 인생에 대해 다시 한 번 생각하게 만든 인물의 대사와 행동이 있으면 찾아보고 그 의미를 써 봅시다.

**엮어
읽기**

극 문학에는 연극 대본인 희곡, 영화 대본인 시나리오, 텔레비전 드라마 극본 등이 있습니다. 요즘은 뮤지컬이 활발하게 제작되고 공연되면서 극의 새로운 영역으로 떠오르기도 합니다. 이중에서 대사의 묘미와 행동의 의미를 찾을 수 있는 시나리오와 드라마 극본 한 편씩을 소개합니다. 두 작품을 통해 등장인물들의 대사에 어떤 심리와 태도가 담겨 있으며 주제 의식은 어떻게 드러나는지 살펴봅시다. 또한 지시문으로 제시된 행동들을 찾아보고 각 부분에서의 역할이 무엇인지도 알아봅시다.

「오발탄」은 이범선의 동명 소설을 나소운·이종기가 각색하여 1961년 유현목 감독이 영화로 만든 시나리오입니다. 한국전쟁 직후 비참한 현실에 희생되는 한 가족의 불행한 삶과 몰락 과정을 그린 작품입니다. 전쟁의 상처를 드러내는 대사와 방황하는 모습을 보여 주는 인물의 행동을 찾아 가며 읽어 봅시다.

노희경의 「그들이 사는 세상」은 16부작의 텔레비전 드라마입니다. 방송국 드라마 제작국을 배경으로 일상적인 멜로드라마의 틀을 넘어 따뜻한 인간미에 바탕을 둔 인간관계, 일과 사랑, 현대인의 복잡한 삶의 이야기 등을 그린 작품입니다. 삶을 돌아보게 하는 명대사와 내레이션으로 주목받은 작품인 만큼 읽으면서 대사의 묘미를 음미하고 행동에 담긴 인물의 심리를 찾아보면 더 재미있을 듯합니다.

오발탄˙

원작 **이범선**(1920~) 소설가. 평안남도 신안주에서 태어나 동국대 국문과를 졸업함. 1955년 『현대문학』에 단편소설 「암표」「일요일」을 발표하며 등단함. 주요 작품으로 「오발탄」「갈매기」「피해자」「분수령」 등이 있음.

등장인물

송철호 (계리사˙ 사무실 서기)	사동˙
송영호 (그의 동생, 상이군인)	치과 의사
송해호 (그의 동생, 신문팔이)	보안계 주임
송명숙 (그의 누이동생)	수사계 주임
송혜옥 (그의 딸)	경찰관(A)
철호의 어머니	경찰관(B)
철호의 아내	경찰관(C)
오설희 (여대생)	식당 보이
박만수 (상이군인)	택시 운전수(A)
강경식 (상이군인)	택시 운전수(B)
곽진국 (제대 군인)	택시 운전수(C)
미리 (여배우, 명숙의 동창)	다방 마담
조감독	아파트 수위 영감

˙ 오발탄 1961년 유현목 감독에 의해 영화화된 시나리오(나소운·이종기 각색)로, 원작 소설은 1959년에 발표되었다. '오발탄(誤發彈)'은 잘못 쏜 탄환이라는 뜻.
˙ 계리사(計理士) '공인 회계사'의 전 용어.
˙ 사동(使童) 관청이나 회사 따위에서 잔심부름을 하는 아이.

김성국 (계리사)   기타

미스 최 (타이피스트*)

앞부분 줄거리

계리사 사무소 서기인 영호는 전쟁 통에 미쳐 "가자!"를 외치는 어머니, 영양실조에 걸린 만삭의 아내, 양공주가 된 여동생, 실업자인 퇴역 군인 동생 철호를 거느린 한 집안의 가장. 그러나 계리사의 월급으로는 한 가족을 먹여 살리기도 빠듯해, 영호는 치통을 앓으면서도 치과에 갈 엄두를 못 낸다. 어느날 영호는 경찰로부터 철호가 은행을 털다 붙잡혔다는 전화를 받는다. 철호를 면회하고 집으로 돌아온 영호는 아내가 아이를 낳으려고 한다는 소식을 듣고 병원으로 가지만 아내는 숨을 거둔 뒤다. 잇따른 불행에 좌절한 영호는 아내의 시신을 보지도 않고 병원을 나와 길거리를 방황하다 치과에 들러 이를 뺀다.

100. 경찰서 앞

허탈해서 나온 철호가 허공을 쳐다보고 섰다가 힘없이 걷는다.

101. 빌딩 앞

여기까지 걸어온 철호. 사무실로 들어가려다 다시 걷는다.

102. 철호의 집 앞

철호가 휘청거리고 골목을 접어드는데 어머니의 날카로운 "가자!" 소리.

그 소릴 듣자 철호의 눈에 눈물이 왈칵 솟으며 꽥, 소리 지른다.

철호 가세요. 갈 수만 있다면.

---

* 타이피스트(typist) 타자하는 일을 직업으로 하는 사람.

103. 철호의 방 안

철호가 아랫방에 들어서자 웃방 구석에서 고리짝*을 뒤지고 있던 명숙이가 원망스럽게

명숙 오빤 어딜 그렇게 돌아다니슈.

철호는 들은 척도 않고 아랫목에 털썩 주저앉아 버린다.

명숙 어서 병원에 가 보세요.

철호 병원에라니?

명숙 언니가 위독해요.

철호 …….

명숙 점심 때부터 진통이 시작되어 죽을 애를 다 쓰고 그만 어린애가 걸렸어요.

철호 …….

명숙 지금쯤은 아마 애길 낳았는지.

철호가 부시시 일어나 담배를 붙여 물고 문을 연다.

명숙 오빠!

철호 ……. (돌아본다.)

명숙 어딜 가세요?

철호 …… 병원에.

명숙 (답답해서) 어느 병원인지 아세요?

철호 …… 참.

명숙 동대문 부인 병원 419호실.

명숙 오빠!

철호 ……. (돌아선다.)

---

* 고리짝 키버들의 가지나 대오리 따위로 엮어서 상자같이 만든 물건. 주로 옷을 넣어 두는 데 쓴다.

명숙 그냥 가기만 함 무슨 소용 있어요? 돈을 가져가셔야죠.

철호 …… 돈?

  명숙은 벽에 걸린 핸드백을 집어 든다.

  철호는 얻어맞은 사람처럼 방바닥만 내려다보고 섰다. 뒤꿈치가 계란만
큼이나 뚫어진 명숙의 나일론 양말.

명숙이가 만 환* 뭉치를 내밀며

명숙 옜소. 나 기저귀감 챙겨서 곧 갈게요.

철호도 돈뭉치를 멍하니 바라보다가 받아 넣는다.

　　—OL*—

104. 동대문 산부인과 복도

  철호가 318호실 앞으로 휘청거리고 와서 조용히 노크한다.

  이윽고 문이 열리면 텅 빈 실내를 간호원이 소독하고, 한 간호원이 철호
의 위아래를 훑어보며

간호원 혹시 이 방에 입원한 환자의 가족이신가요?

철호 ……네.

간호원 …….

철호 …….

간호원 한 시간 좀 지났어요.

철호 ……? …….

간호원 부인과 과장실에 가 보세요.

  하고 문을 닫는다.

---

* 환(圜) 우리나라의 옛 화폐 단위. 1환은 1전(錢)의 100배.
* OL 오버랩(overlap). 현재 화면이 사라지면서 다음 화면으로 바뀌는 기법을 뜻하는 시나리오 용어.

화석(化石) 같은 철호.

105. 시체 안치실 앞

철호가 유령처럼 걸어온다.

문 앞에 와서 손잡이를 잡다가 힘없이 놓고 돌아선다.

눈앞에 뽀얗게 흐린 채 거기 우두커니 서 있을 뿐.

—OL—

106. 병원 정문 앞

철호가 나와서 어디로 갈까 망설이다가 정처 없이 걸어 본다.

107. 거리

허탈한 상태로 걸어가는 철호.

여기서 자신의 소리가 W°한다.

소리 (벽력 같은 소리로) 영호야! 그렇게나 살자면 이 형도 벌써 잘 살 수

　　　있었단 말이다.

입은 찢어지고 눈에선 눈물이 사정없이 솟고 그러면서도 눈만은 정기(精

氣)°가 차서 앞을 정시(正視)하며.°

108. 경찰서 앞

철호는 멍하니 서(署)를 바라보다가 다시 걷는다.

* W 와이프아웃(wipe-out). 한 화면이 닦아 내는 것처럼 조금씩 없어지며 다른 화면으로 바뀌는 기법을
　뜻하는 시나리오 용어. 여기서는 자신의 목소리가 들려온다는 뜻.
* 정기(精氣) 생기 있고 빛이 나는 기운
* 정시(正視)하다 똑바로 보다.

109. 거리

철호의 사무실.

철호가 휘청거리고 와서 빌딩을 멍하니 올려 보다가 또다시 걷는다.

110. 다른 거리

문방구점, 라디오상, 사진관, 제과점.

그는 길옆에 늘어선 가게의 진열장을 하나하나 기웃거리며 걷고 있다.
그러나 철호의 눈에는 무엇인지 하나도 보이지 않는다.

그는 어느 문 앞에 걸린 간판 앞에 우뚝 선다.

'○○ 치과' 그것을 쳐다보는 철호의 얼굴이 점점 찌푸려지며 손으로 볼
을 움켜쥔다.

철호가 주머니에서 만 환을 꺼내 보더니 이윽고 결심한 듯 안으로 들어
간다.

111. ○○ 치과 안

'앗!' 하는 비명과 함께 의사가 집게를 들고 철호의 이를 뽑아낸다.

의사 좀 아팠지요. 뿌리가 구부러져서…….

하며 뽑아 든 이를 보인다. 철호가 침을 타구˙에 뱉는다. 나오는 피. 의사
가 계속해서 뽑은 자리를 치료하고 나서

의사 됐습니다. 한 30분 후에 솜을 빼 버리슈.

철호는 머리를 좌우로 흔들어 보고 나서

철호 이쪽을 마저 뽑아 주실까요?

의사 어금니를 한 번에 두 개씩 빼면 출혈이 심해서 안 됩니다.

˙ 타구(唾具) 가래나 침을 뱉는 그릇.

철호 몽땅 뽑았으면 좋겠는데요.

의사 한쪽을 치료해 가면서 뽑아야지 안 됩니다.

철호 그럴 새가 없습니다. 마악 쑤시는걸요.

의사가 주사기에 약을 넣으며 빙그레 웃는다.

의사 안 됩니다. 빈혈증이 일어나면 큰일나니까요. 자 벗으실까요.

하자 철호는 하는 수 없이 의자에서 일어선다.

112. ○○ 치과 앞

치과에서 나온 철호가 볼을 손끝으로 눌러 보면서 걸어간다.

113. 거리

철호가 볼을 만지며 걸어온다.

그는 또 우뚝 선다. 다른 치과 앞이다. 그가 한참 생각다 들어가면

—OL—

철호가 이번에는 양쪽 볼을 손으로 누르며 나온다.

그는 주머니에서 휴지를 꺼내 입안의 피를 뱉는다.

114. 서울역 부근

여기까지 온 철호가 또 휴지를 꺼내서 피를 뱉는다. 오싹 몸을 떠는 철호의 이마에 땀방울이 맺힌다.

이때 거리에 전등이 들어온다. 눈앞이 환하게 밝아진다. 점점 흐려진다.

그는 또 한 번 오싹 몸을 떤다.

115. 설렁탕집 안

휘청거리고 들어온 철호가

철호 설렁탕!

하고 의자에 쓰러진다.

철호가 또 휴지를 꺼내다가 힘없이 일어나 밖으로 나간다.

116. 그 집 앞

그 집 옆 골목으로 비틀거리고 나온 철호가 시궁창에 가서 쭈그리고 앉는다.

"왈칵" 쏟아져 나오는 피.

그는 저고리 소매로 입술을 닦으며 일어선다.

눈앞이 빙글빙글 돌기 시작한다.

그는 휘청거리고 나가서는 지나가는 자동차를 세우고 던져지듯 털썩 차 안에 쓰러지자 택시는 구르기 시작한다.

117. 자동차 안

조수 어디로 가시죠?

철호 해방촌!

자동차가 원을 그리며 돌자

철호 아냐. 동대문 부인 병원으로.

이번엔 반대로 커브를 돌리자

철호 아냐. 종로서로 가아!

운전수와 조수가 못마땅해서 힐끗 돌아본다.

118. 동대문 부인과 산실*

아이는 몇 번 앙! 앙! 거리더니 이내 그친다.

그 옆에 허탈한 상태에 빠진 명숙이가 아이를 멍하니 바라보며 앉아 있다.

여기에 W되는 명숙의 소리.

명숙 오빠 돌아오세요, 빨리. 오빠는 늘 아이들의 웃는 얼굴이 세상에서
　　젤 좋으시다고 하셨죠? 이 애도 곧 웃을 거예요. 방긋방긋 웃어야죠.
　　웃어야 하구말구요. 또 웃도록 우리가 만들어 줘야죠.

119. 경찰서 앞

택시가 와 선다.

120. 자동차 안

조수가 뒤를 보며

조수 경찰섭니다.

혼수 상태의 철호가 눈을 뜨고 경찰서를 물끄러미 내다보다가 뒤로 쓰
러지며

철호 아니야. 가!

조수 손님 종로 경찰선데요.

철호 아니야. 가!

조수 어디로 갑니까?

철호 글쎄 가재두—.

조수 참 딱한 아저씨네.

철호 …….

운전수가 자동차를 몰며 조수에게

운전수 취했나?

조수 그런가 봐요.

---

* 산실(産室) 해산하는 방, '해산'은 '아이를 낳음'을 뜻함.

운전수 어쩌다 오발탄 같은 손님이 걸렸어. 자기 갈 곳도 모르게.

　철호가 그 소리에 눈을 떴다가 스르르 감는다.

　밤거리의 풍경이 쉴 새 없이 뒤로 흘러간다.

　여기에 철호의 소리가 W한다.

철호(E*) 아들 구실, 남편 구실, 애비 구실, 형 구실, 오빠 구실, 또 사무실
　　서기 구실, 해야 할 구실이 너무 많구나. 그래 난 네 말대로 아마도
　　조물주의 오발탄인지도 모른다. 정말 갈 곳을 알 수가 없다. 그런데
　　지금 나는 어딘지 가긴 가야 하는데.

　이때 네거리에 자동차가 벨 소리와 함께 선다.

조수 (돌아보며) 어딜 가시죠?

　철호가 의식이 몽롱해진 소리로

철호 가자.

　121. 하늘

　도시의 소음이 번져 가는 초저녁 하늘. 유성(流星)이 하나 길게 꼬리를
문다.

　122. 교차로

　때르릉 벨이 울리자 신호가 켜진다.

　철호가 탄 차도 목적지를 모르는 채 꼬리에 꼬리를 물고 행렬에 끼어서
멀리멀리 사라져 간다.

〔『한국 시나리오 선집』 3, 집문당 1990〕

---

* E 효과음(Effect)을 뜻하는 시나리오 용어로, 보통 등장인물은 보이지 않고 소리만 나는 경우에 사용된다.

그들이 사는 세상

노희경(1966~) 드라마 작가. 경남 함양에서 태어나 서울예술대학 문예창작과를 졸업함. 주요 작품으로 「세상에서 가장 아름다운 이별」 「우리가 정말 사랑했을까」 「꽃보다 아름다워」 「그들이 사는 세상」 「빨간 사탕」 등이 있음.

앞부분 줄거리

선후배 관계인 지오와 준영은 과거 연인 관계이며 현재 같은 방송국에서 드라마국 PD로 일하고 있다. 준영은 준기와 연인 관계인데 준기는 준영이 제 일만 우선시하며 이기적이란 이유로 이별을 통보한다. 한편 지오도 연인인 연희와 이별한다. 드라마 국장에게 혼이 난 준영을 위로하던 지오는 오래전부터 다시 만나고 싶었다며 고백을 한다. 드라마 국장 민철은 유명 배우인 윤영과 연인 사이로 이혼까지 했으며 현재도 애틋한 마음을 가지고 있다. 잘나가는 감독 규호는 신인 배우인 해진의 구애를 받고 있다. 준영은 갑자기 만난 어머니를 지오에게 보여 주는 것을 창피하게 생각한다.

1. 블랙 화면

자막 — 드라마트루기*

2. 준영의 옷방, 낮

준영, 턱과 어깨 사이에 전화기를 끼고 화장대에 앉아, 콤팩트를 바르며.

---

* 드라마트루기(dramaturgy) 영화의 기둥 줄거리를 제공하는 희곡이나 방송용 대본을 집필하는 방법.

준영 (짜증나고, 어이없는) 길 가는 사람한테 물어봐, 엄마가 잘했나? 내가 존경하고 좋아하는 선배니가 말조심해 달라고 신신당부했는데, 거기서 친구랑 포커 얘기하는 게 그럼 잘한 거냐?! (하고, 일어나, 옷장의 옷을 고르고, 옷장 문을 쾅 닫는)

* 화면 분할 — 준영 모의 집 앞 〉〉
준영 모, 집 대문 열고 나와, 차로 가며, 전화하는, 화난.

준영모 그럼 거기서 무슨 말을 했어야 되는데? 니 아버지처럼 정치 얘기하며, 이놈도 맘에 안들고 저놈도 맘에 안든다, 뭐 그런 얘길 해야 돼? 그러면 니 체면이 서?

준영 (주방 쪽으로 가서, 물을 마시며) 엄마, 그냥 미안하단 말 한마디면 돼. 엄마도 잘 알잖아, 미안한 짓 한 거. 왜 우겨?

준영모 내가 뭘 우겨?! 기어이 에미한테 미안하단 말을 들어야 속이 풀리는 니가, 이상한 거지.

준영 엄마 딸이 이상함 퍽이나 좋겠다? 전화 끊어, 나 나가야 돼.

준영모 너 그 선배란 애, 그냥 선배 아니지? 걔 집안이 어떤 애야? 돈 많어? 니 아버지처럼 돈 없는 집안 애 아냐?

준영 (답답하고 짜증 난, 발을 동동 구르며) 엄마!

준영모 소 키운다며? 미쳤어, 얘가. 너 그런 가난한 집안에 시집가서 니가 어떻게 살라고,

준영 소 키움 다 돈 없냐? 소가 천 마리 만 마리면 돈 많은 거지, 소가 얼마나 비싼데?

준영모 정말 소가 만 마리야?

준영 (답답한) 몰라, 끊어, 나가야 된다고! 엄마!

준영 모 정신 차려, 기집애야! (하고 차 타고 가는, 화면 사라지고)

준영 어후, 어후······. (화나, 전화기 팽개치고, 숨을 고르며, 씩씩대는)

(중략)

6. 화장품 매장. 낮

지오 (와플 같은 걸 먹는) 의자에 앉아, 준영이가 의자에 앉아 직원의 테스트를 받는 걸 보며 둘이 얘기하는.

준영 어쩌다 그런 애를 놀리고 그러면, 엄마로서 "얘, 그러면 못쓴다, 세상을 그렇게 편협하게 살면 안 돼, 너는 늘 약자의 편에 서서, 정의롭고 의리 있게······." (직원에게) 상쾌하다, 이거 주세요. (하고, 신용 카드 꺼내며) 그렇게 바른 생각을 말해야지. 그렇게 공부 못하는 애랑 놀지 말고, 공부 잘하는 애들만 집에 데려와라? 그게 엄마로서 할 말이야?!

지오 그래도 니네 엄만 귀엽다 야.

준영 뭐?

지오 (의자에서 일어나며) 적어도 자기가 하고 싶은 말은 대놓고 하잖아. 울 아버진 어떤 줄 아냐? 자식한텐 절대 말 안 해, 그리고 죄 없는 엄마를 뒤에서 들들들들······. 이번에도 결국 소똥 기곌 사 줬다.

준영 소똥 기계?

지오 말했잖아, 소똥 치우는 기계를 사 달라고 땡깡 피우신다고, 덕분에 퇴직금 중간 정산했다.

준영 (직원이 주는 물건 받으며, 인사하고, 나가며) 그깟 돈이야 또 벌면 되지, 뭐가 문제야?

지오 (서운한, 보다, 따라가는?!)

준영 (걸어가며) 내가 진짜 이 말은 안 할라고 했는데, 울 엄마가 나 중학
　　　 교 땐 또 어땠는 줄 알아?

지오 (기분 안 좋은, 준영 옆으로 가 걸어가며, 와플 먹는데)

준영 (지오의 와플 뺏어서 먹으며) 학교 선생님한테 나 총학생회 회장 시
　　　 켜 달라고 촌지 찔러서, 학교가 발칵……. 내가 울 선생님은 청렴하
　　　 신 분이라고 그러지 말라고 그러니까, 내 머리 쥐어박으며 돈 싫어하
　　　 는 사람이 어딨냐고, 세상 물정 모르는 소리 한다고, 나중에 선생님
　　　 이 나한테 돈 봉투 돌려주시며 하신 말씀이 내가 지금도 귀에 쟁쟁
　　　 해. 엄마한테 가져다주렴, 그리고 전해 주렴, 세상에 돈이 전부가 아
　　　 닌 사람도 있다고. (멈춰 서며, 와플을 입에 다 넣고, 백에서 손수건
　　　 을 찾으며) 생애 최대의 개쪽이었다, 진짜.

지오 (그런 준영 가만 보며 서운한, 수건 주며) 너는 돈이 우습냐?

준영 (입 한가득 와플 물고, 무심히) 뭐?

준영 (N*) 내가 드라마국에 와서, 귀에 못이 박이게 들은 드라마트루기.

　　 민철, 현관을 나와, 거실 쪽을 보면 윤영, 윤영 회사 대표와 직원들과 커
피를 마시며 서류를 보며 얘기하는 모습이 보이는, 민철, 그런 윤영을 잠시
보다가 초라하게 나가는.

준영 (N) 다른 말로, 연출법의 기본은, 드라마는 갈등이라는 것이다.

---

* N 내레이션(narration)을 뜻하는 시나리오 용어로, 장면 밖에서 들려오는 목소리를 나타낸다.

지오 (화난, 참으며) 돈이 우스우니까 그런 말하는 거 아냐? (어이없이 웃
으며) 야, 부잣집 딸은 역시 다르다.

준영 ?

지오 직장인한테 퇴직금 정산이 어떤 건지…… 가난한 농군 집안의 장남
이 어떤 건지…… 너는 그깟 게 다 그냥 구질스런…… 관두자, 관둬,
내가 널 두고 무슨 얘길 하냐, 알아듣지도 못하는데……. (하고, 가는)

준영 (가는 지오 보며, 뭔가 싶은) ?!

준영의 내레이션이 시작되고, 준영, 지오에게로 가며, "내가 그런 식으로
말한 게 아니잖아, 선배가 아무것도 모르고, 엄마한테 자꾸 찾아가서 미안
하다 그러라니까." 하며 변명하며 가고, 지오는 손사래 치며 "됐어, 됐어."
하며 가는, 준영, "되긴 뭐가 돼?" 하며 지오를 달래며 가는.

준영 (N) 갈등 없는 드라마는 있을 수도 없고, 있어서도 안 된다. 최대한
갈등을 만들고, 그 갈등을 어설프게 풀지 말고 점입가경˚이 되게 상
승시킬 것. 그것이 드라마의 기본이다.

카메라, 지오와 준영에게 가면, 준영, 화가 나 돌아서 가며.

준영 맘대로 해, 맘대로. 무슨 남자가…… 그만큼 말했음 좀 져 주면 어디
가 덧나나.

지오 (뛰어와 준영의 팔을 잡으며) 어디 가? 친구들 만나기로 약속해 놓고?

˚ 점입가경(漸入佳境) 들어갈수록 점점 재미가 있음.

준영 이런 기분으로 무슨 친구를 만나, 됐어.

지오 (팔 잡으며) 너 정말 니 성질대로 할래?!

준영 (화가 나서 보는)

지오 (손잡아 끌며) 가, 가자고.

준영 그럼 화 풀어.

그렇게 실랑이하는.

준영 (N) 드라마국에 와서 내가 또 하나 내 귀에 못이 박이게 들은 얘기는 드라마는 인생이라는 말이다. 그런데 이 시점에서 드라마와 인생은 확실한 차이점을 보인다. 현실과 달리 드라마 속에서 갈등을 만나면 감독은 신이 난다. 드라마의 갈등은 늘 준비된 화해의 결말이 있는 법이니까. 갈등만 만들 수 있다면, 싸워도 두려울 게 없다. 그러나 인생에서는 준비된 화해의 결말은커녕, 새로운 갈등만이 난무할* 뿐이다.

(중략)

19. 지오, 준영 카페 밖 정원. 밤

지오, 답답하게 서 있고,

준영, 애를 안고 나와, 밝은.

준영 왜 먼저 갈라 그래, 같이 가기로 했잖아.

----

* 난무(亂舞)하다 함부로 나서서 마구 날뛰다.

지오 (답답한, 괜히 발로 땅을 차며) 그냥.

준영 오늘 밤에 내 드라마 같이 보기로 해 놓고 무슨 말,

지오 수경이한테 전화 왔는데 집으로 오는 중이래.

준영 (말꼬리 자르며, 서운한) 차라리 수경이랑 사귀지그래? 왜 맨날 걔를 어쩌지 못해서 그렇게 끌려다녀. 정말 그 부분은 진짜로 맘에 안 들어.

지오 (답답한, 조금 심통 난 듯) 나는 너 뭐든 다 좋은 줄 아냐?

준영 (아이를 안고, 대수롭지 않게) 내가 뭐가 싫어?

지오 결혼은 한다면서, 애는 왜 못 낳아?

준영 (이상하고 어이없단 듯) 애 낳으면 연출 못 하잖아.

지오 연출을 왜 못 해? 회사에서 자르는 것도 아닌데?

준영 아기 가지고 그 배를 불러, 현장을 어떻게 나가?

지오 1년 휴직…….

준영 (말꼬리 자르며, 편하게) 1년 뒤에 그 애는 그냥 커? 울 엄마 늘상하는 소리가 자긴 손주 못 봐준다야. 그럼 내가 다 해야 되는데……. 난 애 못 낳아. 그리고 요즘 유행이 얼마나 잘 변하는데 연출 1년 쉬면 감각 죽기는 시간문제야. 죽어라 조연출 생활 4년 하고, 2, 3년 연출하고 그만두라고……. 난 못 해, 안 해. (하고, 들어가는)

지오 (가는 준영 보며, 어이없는)

준영 (가다 돌아서며) 이 일로 헤어지네 마네 하기만 해, 내가 속 좁은 남성 지상 주의자라고 동네방네 떠들고.

지오 (억울한, 화난) 넌 무슨 말을 그렇게 잘해?!

주변에 야외 테이블 쪽 사람들과 준영 놀란.

지오 남자가 애 낳으랍 다 이기적인 거냐?! 차라리 결혼한단 소릴 말던가?!

준영 (달래는) 알았어, 알았어, 결혼 안 함 되잖아, 그럼. 이제 화 풀려?

지오 (화나는, 짐짓 괜찮은 척 크게 말하지만 서운해 버럭대는) 그래, 말어라, 말어?! 나도 뭐 너랑 굳이…… 결혼까지 해서…… 그러고 싶지는 않어, 뭐, 나, 나는 결혼 못 해, 화, 환장했는 줄 아냐? 요즘 남자들 싹 다 물어봐 봐. 뭐…… 결혼이 그렇게 하고 싶은가…….

준영 (우는 아이를 달래며, 대수롭지 않게) 그래, 그럼 말음 되겠네, 가! 수경이한테나.

지오 (속상하고, 서운해서, 말이 끝나기 무섭게 확 가는)

준영 (어이없어, 보며) 아으. 저 쫌생이…… 정말. (하고 우는 애기를 달래며) 어어어어…… 울지 마, 울지 마.

20. 카페에서 나온 길거리, 밤

지오, 화가 나 빠른 걸음으로 걸어가는데, 그 옆으로 아이를 안은 지오와 준영이가 즐겁게 애를 가지고 귀여워하며, 지나가는(환상), 지오, 울 듯한 얼굴로 마구 걸어가다가, 멈춰 뒤돌며.

지오 못된 기집애.

뒷부분 줄거리

지오와 준영은 티격태격하면서 일과 사랑을 병행해 나간다. 민철은 윤영과 함께하는 시간이 마냥 행복하다. 규호의 마음에 해진이 들어간다. 한편 갑작스럽게 방송국에 오신 아버지 때문에 지오는 당황한다. 얼마 후 지오는 준영에게 헤어지자는 제안을 한다. 지오는 이유를 물으러 온 준영을 냉담하게 내몰아칠 뿐이다. 그리고 지오는 녹내장 판정을 받는다. 서로 이별의 아픔을 잊으려고 준영은 수경을, 지오는 연희를 만나지만 서로의 아픔은 그리움으로 더해 간다. 지오가 미니시리즈 기획 회의 차 해외로 가는 길에 뜻밖에 준영도 함께 동행하게 된다. 휴양지에서 신 나게 춤추고 노는 준영과 수경을 바라보며 지오는 질투심에 혼란스럽고 힘이 든다. 그런데 지오가 미니시리즈를 촬영하면서 촬영 감독이 사고를 당하는 사건이 발생하고, 지오의 눈이 녹내장에 걸려 사고가 난 것이 알려지자 준영이 공동 연출로 투입된다. 그들은 함께 미니시리즈의 마지막 촬영을 마치고 쫑파티를 한다. 그리고 1년 후 그들의 모습이 펼쳐진다.

〔『그들이 사는 세상 1』, 북로그컴퍼니 2009〕

작품 출처

수필

곽재구 「땅끝에서 바다로 이어지는 신비의 바닷길」 한승원 외 『남도땅 멋길 맛길』, 디자인하우스 2000

권정생 「사는 거야 어디서 살건」 강혜원 엮음 『사람 사이에 삶의 길이 있고』, 사계절 1993

김용준 「두꺼비 연적을 산 이야기」 『근원 수필』, 을유문화사 1948; 『새 근원 수필』, 열화당 2001

김현 「두꺼운 삶과 얇은 삶」 『두꺼운 삶과 얇은 삶』, 나남 1986; 『김현 문학 전집』 14, 문학과지성사 1993

루쉰 「어진 사람과 어리석은 자, 그리고 노비」 『아침 꽃을 저녁에 줍다』, 이욱연 옮김, 도서출판 창 1991

박이문 「나의 길, 나의 삶」 『길』, 미다스북스 2003

소로 「월든」 『월든』, 강승영 옮김, 은행나무 2011

시애틀 추장 「우리는 결국 모두 형제들이다」 김종철 엮음 『녹색평론 선집 1』, 녹색평론사 1998

신영복 「당신이 나무를 더 사랑하는 까닭─소광리 소나무 숲」 『나무야 나무야』, 돌베개 1996

심훈 「감옥에서 어머님께 올린 글월」 『그날이 오면』, 한성도서주식회사 1949; 『심훈 전집』 제1권, 심훈기념사업회 2000

오정희 「소양강 처녀」 『허리 굽혀 절하는 뜻은』, 도서출판 창 1994

유안진 「쇠붙이와 강철 시대의 봄을 맞으면서」 『엉뚱하게 살아 보기』, 시와시학사 1993

유종원 「종수 곽탁타전(種樹郭橐駝傳)」 『고문진보』(김달진 전집 5), 문학동네 2000

윤오영 「달밤」 『고독의 반추』, 관동출판사 1974; 『곶감과 수필』, 태학사 2001

이익섭 「무식한 놈」 『꽃길 따라 거니는 우리말 산책』, 신구문화사 2010

장영희 「미안합니다」 『내 생애 단 한 번』, 샘터사 2010

조지훈 「지조론」 『지조론』, 삼중당 1962; 『조지훈 전집』 5, 나남 1996

피천득 「수필」 『산호와 진주』, 일조각 1969; 『인연』, 샘터 2002

하근찬 「상이군인에서 얻은 영감과 외나무다리의 결합」 이호철 외 『소설, 나는 이렇게 썼다』,
   평민사 1999

희곡, 시나리오

김태웅 「이(爾)」, 『이(爾)』(김태웅 희곡집 1), 평민사 2003(개정판 2010)

노희경 「그들이 사는 세상」, 『그들이 사는 세상』(노희경 대본집) 1, 북로그컴퍼니 2009

이근삼 「원고지」, 『이근삼 전집』 1, 연극과 인간 2008

이범선 「오발탄」(나소운·이종기 각색) 『한국 시나리오 선집』 3, 집문당 1990

최석환 「왕의 남자」 한국영상정보원 2005

최인훈 「어디서 무엇이 되어 만나랴」 『옛날 옛적에 훠이 훠이』 (최인훈 전집 10), 문학과지성
   사 2009

함세덕 「동승」, 『함세덕 문학 전집』 1, 지식산업사 1996

수록 교과서 보기

			지학(권영민) I
하근찬	상이군인에서 얻은 영감과 외나무다리의 결합	수필	신사고 I
김태웅	이(爾)	희곡	천재(고형진)Ⅱ, 천재(정재찬) I
노희경	그들이 사는 세상	시나리오	창비 I
이근삼	원고지	희곡	미래엔Ⅱ, 비상(박영민) I, 비상(유병환) I, 지학(권영민) I, 지학(최지현)Ⅱ, 천재(김윤식) I, 천재(정재찬) I, 해냄Ⅱ
이범선	오발탄(나소운·이종기 각색)	시나리오	비상(유병환)Ⅱ, 상문Ⅱ, 지학(최지현)Ⅱ, 천재(정재찬)Ⅱ
최석환	왕의 남자	시나리오	천재(정재찬) I
최인훈	어디서 무엇이 되어 만나랴	희곡	교학(윤석산) I, 지학(권영민)Ⅱ
함세덕	동승	희곡	교학(조남현) I, 천재(고형진) I

이 책을 엮는 데 도움을 준 선생님들

이름	지역	학교	이름	지역	학교
갈선희	인천	학익여자고등학교	김소연	대구	경북여자고등학교
강갑례	부산	부산진고등학교	김수림	서울	방산고등학교
강경한	서울	영신여자고등학교	김순남	양산	효암고등학교
강면숙	춘천	춘천 봉의고등학교	김승필	광주	정광고등학교
강성구	양평	양서고등학교	김연지	부천	계남고등학교
고성만	광주	국제고등학교	김영남	울산	울산신정고등학교
고종렬	평택	현화고등학교	김영아	익산	이리여자고등학교
고창균	성남	낙생고등학교	김영진	전주	상산고등학교
공용식	목포	영흥고등학교	김영호	서울	대광고등학교
곽동엽	과천	과천여자고등학교	김영호	대전	보문고등학교
곽현주	평택	평택기계공업고등학교	김용진	서울	동국대사대부속고등학교
국응상	인천	검단고등학교	김은규	부산	부산금곡고등학교
김원진	대전	보문고등학교	김인경	군포	수리고등학교
김건수	서울	해성여자고등학교	김정관	서울	서울경신고등학교
김경기	부천	덕산고등학교	김정희	서울	둔촌고등학교
김광철	광주	풍암고등학교	김종숙	홍성	서해삼육고등학교
김기정	서천	공동체비전고등학교	김종인	서울	대진고등학교
김동기	서울	한서고등학교	김종인	김천	김천농공고등학교
김미정	아산	설화고등학교	김종현	포항	포항세화고등학교
김민희	인천	인천하늘고등학교	김주영	고창	고창고등학교
김보형	포천	포천일고등학교	김주철	광주(경기)	경화여자고등학교
김성중	광주	전남여자고등학교	김증민	청원	부강공업고등학교
김성찬	포항	동지고등학교	김지영	부산	부산용인고등학교
김성호	대전	대전중앙고등학교	김철주	의왕	우성고등학교

이름	지역	학교	이름	지역	학교
김철호	원주	원주여자고등학교	박종윤	서울	성심여자고등학교
김치홍	서울	명지고등학교	박지영	서울	방산고등학교
김태호	서울	이대부속고등학교	박지혜	서울	한성여자고등학교
김학묵	울산	방어진고등학교	박진호	서울	인창고등학교
김현수	포항	두호고등학교	박창원	남양주	동화고등학교
김희균	광주	광주석산고등학교	박해영	영광	영광전자고등학교
남승림	고양	경기북과학고	박현옥	곡성	곡성고등학교
노권우	서울	경기고등학교	박현정	서울	신림고등학교
노원기	안산	안산강서고등학교	박형석	서울	중산고등학교
류재욱	천안	천안여자상업고등학교	박혜민	대구	안산광덕고등학교
류현준	안산	양지고등학교	박혜선	부산	부산진고등학교
류형주	안양	동안고등학교	박혜진	사천	삼천포중앙고등학교
문교진	서울	동북고등학교	박휘석	인천	인하대사대부속고등학교
문명숙	울산	효정고등학교	박희식	서울	대원외국어고등학교
문미애	부산	구덕고등학교	방 혁	인천	학익여자고등학교
문성수	부산	부산 남일고등학교	백순구	부산	지산고등학교
문쌍영	울산	울산 성신고등학교	변미경	광주	서진여자고등학교
문정연	인천	인일여자고등학교	변민영	서울	동구마케팅고등학교
문종호	대구	강북고등학교	변병희	안산	안산고등학교
민병관	부산	금성고등학교	변준석	대구	영진고등학교
민지현	화천	화천정보산업고등학교	변태우	서귀포	제주제일고등학교
민형기	홍성	홍주고등학교	서금석	오산	운암고등학교
박수봉	구리	동명여자정보산업고등학교	서상호	울산	울산중앙고등학교
박길제	광명	진성고등학교	설성룡	부산	남산고등학교
박나영	청주	충북여자고등학교	성지현	과천	과천중앙고등학교
박두울	서울	이대부속고등학교	성효제	강릉	강릉명륜고등학교
박상준	김제	김제서고등학교	손규상	울산	학성고등학교
박성수	서산	서산고등학교	손민석	당진	호서고등학교
박성한	안산	안산고등학교	송찬욱	춘천	성수고등학교
박솔잎	서울	동성고등학교	송창섭	사천	삼천포여자고등학교

이름	지역	학교	이름	지역	학교
신은주	인천	인일여자고등학교	이상훈	평택	효명고등학교
신 철	인천	대인고등학교	이선미	서울	서울삼육고등학교
심경애	강릉	강일여자고등학교	이선영	서울	성보정보고등학교
심승호	성남	태원고등학교	이성하	화성	반송고등학교
심청택	대구	대구동부고등학교	이세련	순천	순천공업고등학교
안오진	부산	부경고등학교	이세은	서울	덕원여자고등학교
안지혜	천안	천안월봉고등학교	이승필	서울	송곡여자고등학교
양인숙	서울	리라아트고등학교	이시익	부천	계남고등학교
엄성신	서울	신도고등학교	이영균	산청	생초고등학교
오규설	경주	근화여자고등학교	이영발	서울	서울문영여고
오정훈	제주	제주여자고등학교	이영창	성남	복정고등학교
우장식	보령	대천고등학교	이예스라	청원	부강공업고등학교
유난희	광주	첨단고등학교	이옥근	여수	여수고등학교
유동숙	화성	삼괴고등학교	이용희	부천	송내고등학교
유성호	서울	하나고등학교	이월춘	창원	진해중앙고등학교
유영택	수원	조원고등학교	이은경	광주	금호고등학교
유정열	인천	서인천고등학교	이일수	부산	양정고등학교
윤경희	광주	서진여자고등학교	이정규	원주	상지여자고등학교
윤관희	음성	음성고등학교	이정숙	인천	학익고등학교
윤승식	강진	성요셉여자고등학교	이정연	서울	수락고등학교
윤진석	평택	안중고등학교	이종암	포항	대동고등학교
이강련	인천	인천여자공업고등학교	이종원	서울	영동일고등학교
이경민	고양	능곡고등학교	이주섭	창원	성지여자고등학교
이계영	서산	서령고등학교	이지애	남양주	청학고등학교
이기조	대전	보문고등학교	이지훈	수원	수원외국어고등학교
이동우	부산	동인고등학교	이진희	서울	서울영상고등학교
이루리	동두천	동두천외국어고등학교	이태경	안산	안산강서고등학교
이미예	충주	충주여자중학교	이현종	여수	여천고등학교
이봉규	남양주	광동고등학교	이현희	서울	세화여자고등학교
이상헌	홍성	홍성여자고등학교	이혜정	인천	문학정보고등학교

이름	지역	학교	이름	지역	학교
이호연	서울	세현고등학교	조숙희	대전	동방고등학교
임명희	나주	전남과학고등학교	조용부	서울	서울아이티고등학교
임영빈	서울	상명대사대부속여자고등학교	조필규	울산	울산제일고등하교
임일환	서울	송곡여자고등학교	진동일	부산	대연고등학교
임종오	군산	영광여자고등학교	천영기	부산	대동고등학교
장덕원	서울	강서고등학교	최보윤	용인	보라고등학교
장민경	양평	용문고등학교	최성룡	구례	구례고등학교
장진환	울산	성광여자고등학교	최연정	안산	송호고등학교
전길운	대전	유성여자고등학교	최재영	경산	문명고등학교
전수진	진주	경남자동차고등학교	최태진	서산	서령고등학교
전영덕	남양주	와부고등학교	최흥길	서울	선정고등학교
전 청	전주	전북여자고등학교	최환욱	인천	인천인제고등학교
정강철	광주	광덕고등학교	하재일	고양	화정고등학교
정양정	서울	세화여자고등학교	한명균	하남	남한고등학교
정오현	하남	덕소고등학교	한미선	해남	해남고등학교
정용기	공주	금성여자고등학교	한수미	전주	전주제일고등학교
정은영	인천	대인고등학교	함성민	광명	광명북고등학교
정종화	장성	담양고등학교	허기문	나주	나주고등학교
정주혜	서울	혜성여자고등학교	허선익	진주	경남과학고등학교
정태호	김해	김해외국어고등학교	허철범	수원	수원외국어고등학교
정호윤	강릉	강일여자고등학교	현안욱	전주	솔래고등학교
정훈탁	광주	정광고등학교	홍순봉	동해	임계고등학교
조경선	고흥	고흥고등학교	홍순철	천안	북일여자고등학교
조경안	서울	성남서고등학교	홍순희	중국	상해 한국학교
조규붕	서울	대동세무고등학교	흥영기	서울	배재고등학교
조남선	대구	성광고등학교	홍준의	남양주	진건고등학교
조선주	고양	화정고등학교